매혹

크리스토퍼 프리스트 장편소설 | 김상훈 옮김

리사에게

제1부

이 이야기가 어디서부터 시작되었는지 기억해 보려고 했다. 유년 시절의 추억을 떠올리고, 그 당시 내가 경험했을지도 모를 어떤 일 때문에 지금의 내가 생겨난 것이 아닌가 하는 궁금증을 느끼기도 했다. 예전에는 그런 생각을 거의 하지 않았다. 대체로 행복했기 때문이다. 내가 행복했던 것은 실제로 무슨 일이 일어나고 있는지 몰라도 상관없도록 보호받고 있었기 때문일지도 모르겠다. 어머니는 내가 세 살 때 돌아가셨지만, 이런 충격조차 어느 정도 완화된 형태로 받아들일 수 있었다. 어머니는 오랫동안 병을 앓으셨고, 실제로 돌아가실 무렵 나는 대부분의 시간을 유모와 함께 보내고 있었기 때문이다.

가장 뚜렷하게 기억하고 있는 것은 즐거웠던 일들이다. 여덟 살이었을 때, 학교에 갔던 나는 간호실에서 준 편지를 가지고 집으로 돌아가라는 지시를 받았다. 많은 학생들이 바이러스에 감염되는 사태가 일어났고, 학생 전원을 검진한 결과 내가 보균자라는 사실이 판명되었던 것이다. 나는 자택 격리 조치를 받았고, 병균이 몸에서 사라질 때까지 다른 아이들과 함께 지내는 것이 금지되었다. 결국 나는 사설 병원에 입원했고, 한 쌍의 멀쩡한 편도선을 제거하는 수술을 받았다. 학교로 돌아간 것은 아홉 번째 생일을 맞고 며칠 지나서였다.

격리 기간은 거의 6개월에 달했고, 우연하게도 길고 무더웠던 여름의 최성기(最盛期)와 겹쳤다. 나는 대부분의 시간을 혼자서 보냈다. 처음에는 고립되고 외톨이가 된 듯한 기분에 시달렸지만 곧 적응했다. 그때 나는 고독의 즐거움을 배웠다. 엄청난 양의 책을 읽고, 집 주위의 전원 지대를 오랫동안 산책하고, 처음으로 야생 동식물에 관심을 가지기 시작했다. 아버지에게서 단순한 구조의 카메라를 선물받은 나는 새와 꽃과 나무에 관해 연구하기 시작했다. 친구들과 노는 것보다 그쪽이 더 좋았다. 뜰에 은신처를 만들어 놓고, 책이나 사진을 보며 그곳에 틀어박혀 공상의 나래를 펼치거나 백일몽에 잠기곤 했다. 오래된 유모차 바퀴를 이용해 만든 손수레를 끌고 오솔길과 야산을 돌아다니며 일찍이 느낀 적이 없을 정도의 행복감에 잠겼다. 모든 것이 만족스럽고 단순명쾌한 시절이었다. 그 시기에 나는 자신감을 얻고 정신적으로도 꿋꿋해졌으며, 그 경험은 나를 변하게 만들었다.

학교로 돌아가는 것은 고통이었다. 너무 오래 휴학하고 있던 탓에 아이들은 나를 외부인으로 간주했다. 학교 행사나 놀이에서도 언제나 따돌림을 받았고, 어느 집단에도 끼어들 수가 없었다. 마치 혼자만 비밀 언어나 암호를 모르는 사람 취급을 받았던 것이다. 그러나 나는 별로 개의치 않았다. 오히려 그 덕택에, 예전만큼은 아니지만 혼자만의 시간을 가질 수 있었다. 나는 그 학교를 졸업할 때까지 줄곧 바깥에서만 나돌았고, 다른 사람의 눈에도 거의 띄지 않았다. 그 길고 고독했던 한여름의 경험을 나는 결코 후회하지 않는다. 오히려 더 오래 계속되었더라면 좋았을 것이라고 생각할 정도이다. 자라면서 나는 변화했고, 지금의 나는 그때의 내가 아니다. 그러나 여전히 일종의 유아적인 동경심을 느끼며 그 즐거웠던 시기를 반추해 보곤 한다.

　그렇다. 아마 그것이 발단이 되었는지도 모르겠다. 그리고 그 후에 일어난 일이 지금의 나를 만들었다. 지금 이 시점에서 나는 단지 〈나〉일 뿐이지만 곧 이름을 가지게 될 것이다. 이것은 여러 목소리로 술회된 나 자신의 이야기이므로.

제2부

1

집은 바다가 내려다보이는 곳에 있었다. 회복기 환자들을
위한 요양 병원으로 개조된 후 원래 건물에 두 채의 커다란
부속 동(棟)이 추가되었고, 정원은 산책을 원하는 환자들이
급사면을 지나다닐 필요가 없도록 새롭게 조경되었다. 완만
한 지그재그를 그리며 잔디밭과 화단 사이를 누비는 조약돌
을 깐 오솔길들은 나무 벤치가 있고 휠체어를 멈출 수 있는
여러 장소로 이어졌다. 정원에는 초목이 무성했고, 빽빽하지
만 잘 손질된 관목과 보기 좋은 낙엽수들이 늘어서 있었다.

중심부에서 시작되는 좁은 오솔길을 따라 끝까지 내려가
면 산울타리에 에워싸인 작은 공간이 하나 나온다. 방치된
탓에 잔디가 제멋대로 자라 있는 이곳에서는 만(灣) 전체를
조망할 수 있었다. 이곳에 오면 미들콤이 병원이라는 사실을
잠시 잊을 수도 있었다. 그러나 이곳에서조차 예방 조치가
취해져 있었다. 잔디 안에 박혀 있는 낮은 콘크리트 턱은 휠
체어가 울퉁불퉁한 지면이나 그 너머의 절벽으로 미끄러지
는 것을 방지하기 위한 것이고, 뒤쪽의 덤불 위로는 주 병동
의 간호사실과 직결된 비상 호출 장치가 여봐란듯이 고개를
내밀고 있었다. 이곳까지 오는 환자는 거의 없었다. 이곳으
로 내려오거나 다시 올라가려면 한참 걸렸고, 병원 직원들은

이렇게 멀리까지 휠체어를 밀고 내려오려고 하지 않기 때문이었다. 그러나 주된 이유는 아마 간병 서비스의 범위가 테라스나 가장 위쪽의 잔디밭 너머로는 미치지 않기 때문인지도 모른다.

바로 이런 이유에서 리처드 그레이는 가급적 자주 이곳으로 오곤 했다. 휠체어 바퀴를 움직여 더 많은 거리를 와야 하는 탓에 팔 운동이 되었고, 고독을 좋아하기 때문이기도 했다. 책과 텔레비전과 전화와 라디오가 있는 1인용 방에서도 혼자 있을 수 있기는 했지만, 일단 본관 안에 있으면 다른 환자들과도 교류해야 한다는 미묘한 압력을 느껴야 했다.

그는 원래부터 활동적인 사내였다. 미틀콤 요양소에서 지낸 지는 오래되었지만, 자신이 환자라는 사실에는 여전히 잘 적응하지 못하고 있었다.

수술은 더 이상 받을 필요가 없었지만, 회복은 너무나도 더디게 느껴졌다. 입원 생활은 불쾌했다. 물리 치료를 받으면 녹초가 되었고, 통증도 쉽게 사라지지 않았다. 혼자 있을 때는 고독했지만, 다른 환자들과 함께 있을 때는 이들 중 다수가 영어가 서툰 탓에 조바심을 내고 신경이 곤두서는 경우가 많았다. 친구가 없었기 때문에 정원과 그곳에서 보는 경치가 그가 즐길 수 있는 전부였다.

그레이는 매일 이 조용한 장소로 내려와서 아래쪽 바다를 응시했다. 이곳은 스타트 만이라고 불리는 해안의 일부이고, 데번 주 남부에 있는 라임 만의 서쪽 끄트머리에 해당했다. 오른쪽을 보면 음울한 바다로 이어지는 깎아지른 듯한 스타트 곶의 모습이 눈에 들어왔다. 곶은 이따금 안개나 비에 가려 흐릿해졌다. 왼쪽으로는 비샌즈의 별장지가 조금 보였다. 경치와 전혀 어울리지 않는 휴일용 이동 주택들이 줄지어 늘어서 있고, 그 옆으로는 위디콤 호수의 잔잔한 수면이 보인다. 호수 너머로 우뚝 선 암벽이 옆 마을을 시야에서 가리고 있었다. 이곳의 해변에는 조약돌이 깔려 있었다. 날씨가 좋을 때면 그레이는 절벽으로 몰려와 힘없이 부딪히는 파도 소리에 귀를 기울이곤 했다.

그 어떤 것보다도 그레이가 보고 싶어 하는 것은 거친 바다였다. 뭔가 긍정적이고 극적인 것, 단조로운 일과를 깨뜨리는 것을 원했던 것이다. 그러나 그가 있는 곳은 날씨가 좋고 온난하기로 이름난 데번 주였다. 회복 중인 환자에게는 딱 좋은 곳이다.

이 모든 일이 그레이의 정신 상태를 완벽하게 반영하고 있었다. 그는 심각한 부상을 입었지만 마음은 육체만큼은 크게 다치지 않았고, 언젠가는 몸도 마음도 똑같은 방법으로 치유되리라는 느낌을 받고 있었다. 충분한 휴식, 쉬운 훈련, 그리고 점점 높아지는 의욕. 바다를 응시하고, 밀물과 썰물을 관찰하고, 파도 소리에 귀를 기울이는 일만이 유일하게 실행 가능한 행위일 때도 많았다. 철새의 이동을 보면 가슴이 뛰었고, 자동차 엔진 소리가 들릴 때면 언제나 두려움으로 몸을 떨었다.

그레이의 유일한 소망은 일상으로 돌아가는 것이었다. 이제 그는 양손에 지팡이를 짚고 일어날 수도 있었고, 목발은 이제 영원히 과거의 것이 되었다고 자신하고 있었다. 휠체어를 자기 손으로 움직여 정원으로 내려가서, 양팔을 써서 의자에서 일어난 다음 지팡이에 기대고 몇 걸음 걸을 수도 있었다. 그는 물리 치료사나 간호사를 대동하지도 않고, 보조 기구나 타인의 격려 없이도 혼자서 이런 일을 할 수 있다는 사실에 긍지를 가지고 있었다. 일어서면 시야가 더 넓어졌고, 절벽 쪽으로도 더 가까이 갈 수 있었다.

아침에 잠에서 깼을 때는 비가 내리고 있었다. 부슬비는 오전 내내 끊임없이 내렸다. 그래서 코트를 입어야 했지만, 비가 멈춘 지금도 그레이는 여전히 코트 차림이었다. 혼자서는 코트를 벗을 수 없었기 때문이다. 그레이는 자신의 장애를 자각하고 음울한 기분을 맛보았다.

자갈길을 밟는 소리와 함께 누군가가 오솔길을 가로막는 축축한 잎사귀와 나뭇가지를 헤치고 다가오는 기척이 느껴졌다. 그레이는 지팡이와 다리를 천천히 움직여 몸을 돌렸다. 고통을 감추기 위해 무표정한 얼굴이었다.

간호사인 데이브였다.「혼자 그러실 수 있겠습니까, 미스터 그레이?」

「혼자 선 채로 있을 수는 있어.」

「휠체어에 다시 앉고 싶으신가요?」

「아니…… 그냥 서 있고 싶어서.」

간호사는 몇 걸음 떨어진 곳에 멈춰 서서 한 손을 휠체어 위에 슬쩍 얹었다. 필요하다면 재빨리 앞으로 밀어서 그레이를 앉힐 작정인 듯했다.

「뭔가 도와드릴 것이 있는지 보러 왔습니다.」

「코트 벗는 걸 도와주겠나. 더워서 땀이 나는군.」

젊은 간호사는 앞으로 걸어 나와 그레이가 기댈 수 있도록 자기 팔뚝을 내민 다음 지팡이를 치웠다. 그는 한 손으로 코트 단추를 끌렀고, 그레이의 양 겨드랑이에 커다란 손을 넣고 지탱함으로써 환자가 자기 힘으로 코트를 벗을 수 있도록 했다. 목이나 등의 근육을 수축시키지 않고 어깨뼈를 비틀어 소매에서 팔을 빼는 데는 시간이 걸렸고, 통증도 심했다. 물론 데이브의 도움을 받아도 이 절차를 비켜갈 수는 없었기 때문에, 코트를 벗었을 무렵에는 아픈 내색을 안 하려야 안 할 수가 없었다.

「자, 됐습니다 리처드. 이제 의자에 앉으시죠.」데이브는 그레이의 몸을 돌려 거의 들어 올리다시피 해서 휠체어 위에 앉혔다.

「못 견디겠어, 데이브. 몸이 이런 상태인 걸 견딜 수가 없어.」

「날마다 좋아지고 있지 않습니까.」

「자넨 내가 여기 온 이래 줄곧 나를 이 얼어 죽을 의자 위에 올려 줬다가 내려 주는 걸 반복하고 있어.」

「혼자 힘으로는 침대에서조차 빠져나오지 못할 때도 있었습니다.」

「기억이 안 나.」

데이브는 고개를 돌려 길 쪽을 올려다보았다.

「그런 걸 기억할 필요는 없습니다.」

「내가 여기 얼마나 오래 있었지?」 그레이가 물었다.

「서너 달쯤 됐습니다. 아마 네 달쯤 됐겠군요.」

그레이의 기억에는 결락된 부분이 있었다. 영원히 찾을 수 없는 침묵의 기간. 그가 기억하고 있는 것이라고는 이 정원, 이 오솔길, 이 풍경, 이 고통, 그리고 끝없이 내리는 부슬비와 안개에 싸인 바다뿐이었다. 이것들 모두가 그의 마음속에서 뒤죽박죽으로 뒤섞여 이제는 서로 떼어 놓고 생각할 수도 없었고, 똑같은 일과가 되풀이된 탓에 날의 구분도 없었다. 그러나 그전에 잃어버린 기간이 존재했다. 침대에서 꼼짝도 못 하는 상태에서 진정제나 진통제 주사를 맞고, 잇달아 수술을 받은 기간이. 그는 다행히 이 모든 일에서 살아남았고, 어느새 퇴원해서 이 요양소에까지 왔다. 그러나 혼자 힘으로는 아직 침대에서조차 빠져나올 수가 없었다. 그런데 이 잃어버린 시기 직전의 일에 관해 생각해 보려고 하면, 기억 속의 그 무엇인가는 그에게서 몸을 돌려 손아귀에서 슬쩍 빠져나가는 것이었다. 기억나는 것이라고는 단지 정원과 물리 치료, 그리고 데이브와 다른 간호사들뿐이었다.

그레이는 잃어버린 기억이 다시는 돌아오지 않을 것이라 체념하고 있었고, 억지로 생각해 내려고 하면 단지 회복을 늦출 뿐이라 여기고 있었다.

「실은 용건이 있어서 왔습니다.」 데이브가 말했다. 「오늘 아침 손님들이 왔답니다.」

「그냥 가라고 해.」

「그중 한 사람은 만나고 싶어 하실 것 같은데요. 여자이고, 예쁘기까지 하니……」

「그런 건 상관 안 해. 신문사에서 온 작자들 아냐?」

「그런 것 같군요. 남자 쪽은 예전에 본 적이 있습니다.」

「그럼 나는 지금 물리 치료를 받는 중이라고 해줘.」

「아마 기다릴 겁니다.」

「날 좀 도와줄 수 없겠어, 데이브? 내가 그 작자들을 어떻게 생각하는지 잘 알잖아.」

「당신더러 억지로 그 사람들을 만나라고 강요할 사람은 없지만, 적어도 그쪽에서 뭘 원하는지 알아내는 편이 낫지 않을까요.」

「난 할 얘기가 없어.」

「혹시 무슨 뉴스를 전해 들을 수 있을지도 모릅니다. 그런 생각은 안 해봤습니까?」

「허구한 날 그 얘기로군.」

이런 대화를 나누면서도 데이브는 양손으로 등받이 뒤의 손잡이를 위에서 눌러 휠체어를 선회시켰다. 허리를 펴고 천천히 손잡이를 움직여 휠체어를 상하로 조금씩 흔든다.

「어쨌든 간에……」 그레이가 말했다. 「그치들이 내게 무슨 소식을 전해 준단 말이지? 내가 모르는 유일한 것은 내가 무엇을 모르는지 모른다는 점이야.」

데이브는 휠체어에서 손을 떼고 그 주위를 돌아 그레이 곁

20

으로 왔다.

「위로 밀고 올라갈까요?」

「아무래도 내게 선택의 여지는 없는 것 같군.」

「물론 선택의 여지는 있습니다. 하지만 그 사람들은 런던에서부터 먼 길을 왔고, 당신을 만나기 전까지는 돌아가려 하지 않을 겁니다.」

「알았어. 그러게.」

데이브는 그레이를 태운 휠체어를 뒤에서 받치면서 천천히 밀었다. 오솔길 표면이 울퉁불퉁한 탓에 본관까지는 느린 속도로 한참을 올라가야 했다. 자기 힘으로 휠체어를 움직일 경우 그레이는 언제 충격이 오고, 또 등과 엉덩이가 어떤 영향을 받을지 본능적으로 감지할 수 있었지만, 다른 사람이 뒤에서 밀어 줄 경우에는 결코 그럴 수가 없었다.

그들은 자동문을 통해 본관으로 들어가, 천천히 복도를 지나 엘리베이터가 있는 곳으로 갔다. 모자이크 세공이 된 나무 마루는 새틴 천처럼 매끄럽게 반짝였고, 전혀 닳은 자국이 없었다. 건물 내부는 언제나 청결하게 유지되고 있었다 — 언제나 연마제나 니스, 맛있는 음식 냄새를 풍겼기 때문에 전혀 병원 냄새가 나지 않았다. 방음 처리도 확실하게 되어 있었기 때문에 마치 환자들 대신 고급 손님들을 받는 비싼 호텔 같은 느낌을 주었다. 리처드 그레이에게는 유일하게 집처럼 여겨지는 곳이었다. 이따금 옛날부터 줄곧 이곳에서 살아온 것이 아닐까 하는 생각이 들 때도 있었다.

2

위층에 도달하자 데이브는 여러 개 있는 라운지 중 한 곳을 향해 휠체어를 밀고 갔다. 평소와 달리 그곳에는 다른 환자의 모습이 보이지 않았다. 라운지 한쪽의 작은 방에 놓인 책상 앞에서는 주임 임상 심리학자인 제임스 우드브리지가 전화 통화를 하고 있었다. 그는 그레이를 보고 고개를 끄덕여 보인 뒤, 조용한 목소리로 빠르게 몇 마디 하더니 전화를 끊었다.

반대쪽 창가에는 신문 기자인 토니 스튜어가 앉아 있었다. 기자의 모습을 보자마자 그레이는 이 사내를 만날 때마다 느끼는 익숙한 심적 갈등을 경험했다. 개인적으로는 호감이 가는 솔직한 인물이었지만, 그가 소속된 신문은 평판이 안 좋고 엄청난 발행 부수를 자랑하는 3류 타블로이드였다. 최근 몇 주 동안 스튜어는 왕실 가족의 로맨스에 관한 여러 추측 기사를 이 신문에 게재했다. 신문은 매일 미들콤 요양소로 배달되었다. 그것도 리처드 그레이 앞으로. 그레이는 표지를 슬쩍 훑어볼 뿐 실제로 읽는 일은 거의 없었지만 말이다.

스튜어는 그레이가 방에 들어오자마자 일어서서 잠깐 웃어 보이고는 우드브리지 쪽을 보았다. 심리학자는 책상에서 일어나 라운지를 가로지르는 중이었다. 데이브는 휠체어의 브레이크를 발로 눌러 놓은 다음 라운지에서 나갔다.

우드브리지가 말했다. 「리처드, 내가 자네더러 와달라고 한 건 만나 줬으면 하는 사람이 있기 때문이라네.」

스튜어는 그레이를 향해 씩 웃고는 테이블 위로 몸을 기울여 담배를 비벼 껐다. 스튜어의 양복 웃옷이 아래로 늘어졌을 때 안주머니에 둥그렇게 만 신문이 들어 있는 것이 보였다. 그레이는 우드브리지의 말에 의아해했다. 스튜어와는 예전에도 몇 번 만난 적이 있는 구면이라는 사실을 우드브리지도 알고 있을 텐데 말이다. 그제야 그레이는 스튜어 옆에 다른 사람이 서 있다는 사실을 깨달았다. 젊은 여자였다. 그레이를 바라보던 그녀는 불안한 듯 우드브리지를 흘낏 보며 소개해 주기를 기다렸다. 여자를 지금까지 못 본 것은 그녀가 신문 기자와 함께 앉아 있었고, 일어섰을 때는 기자의 몸에 가려진 탓이리라.

그녀는 앞으로 걸어 나왔다.

「리처드, 이분은 미스 쿨리라네. 미스 수잔 쿨리야.」

「안녕하세요.」 여자는 이렇게 말하고 미소 지었다.

「처음 뵙겠습니다.」

그녀는 그레이의 정면에 서 있는 탓에 키가 커보였지만, 실제로는 그렇지 않았다. 그레이는 여전히 혼자서만 앉아 있는 일에 익숙하지 않았고, 여자와 악수를 해야 할까 말까 생각하고 있었다.

「미스 쿨리는 신문에서 자네 사건에 관한 기사를 읽고 런던에서 여기까지 자네를 만나러 왔다네.」

「그렇습니까?」 그레이가 말했다.

「말하자면 우리는 자네를 위해 이런 자리를 마련했다고 할 수 있어, 리처드.」 스튜어가 말했다. 「우리가 자네에게 언제나 관심을 가지고 있다는 것 알지?」

「뭘 원하십니까?」 그레이는 여자에게 말했다.

「저…… 당신과 얘기를 나누고 싶어요.」

「뭐에 관해서요?」

그녀는 우드브리지를 흘끗 보았다.

「제가 여기 있는 편이 낫겠습니까?」 심리학자는 그레이의 머리 너머로 말했다.

「글쎄요……」 여자가 말했다. 「선생님에게 맡기겠어요.」

그레이는 자신이 이 회합에서 중요한 존재가 아니라는 사실을 깨달았다. 실제 대화는 이렇게 그의 머리 너머로 모두 이루어지고 있으니까 말이다. 런던의 중환자실에 누워서 다음 수술을 기다리고 있을 때 누군가가 그의 용태에 관해 의논하는 어렴풋한 소리를 들었을 때의 고통이 생각났다.

「30분 후에 돌아오겠습니다.」 우드브리지가 말하고 있었다. 「그전에 저를 보길 원하시면 저 전화의 수화기를 들면 됩니다.」

「고맙습니다.」 수잔 큘리가 말했다.

우드브리지가 방에서 나가자 토니 스튜어는 휠체어의 브레이크를 풀고 자신과 수잔이 앉아 있던 테이블 쪽으로 휠체어를 밀고 갔다. 젊은 여자는 휠체어 바로 옆의 의자를 골라 앉았지만 스튜어는 다시 창가에 가서 앉았다.

「얘기를 하고 싶어도 할 얘기가 전혀 없는데요.」 그레이가 말했다.

「단지 당신을 보고 싶었을 뿐이에요.」 그녀가 말했다.

「여기 이렇게 보고 있지 않습니까. 도망칠 수조차 없는 상태인 나를.」

「리처드, 내가 정말로 기억나지 않아요?」

「기억하고 있어야 합니까?」

「흠, 그래요. 그러면 좋을 거라고 생각하고 있었어요.」

24

「우리는 친구 사인가요?」

「아마 그렇게 얘기해도 되겠죠. 비록 짧은 기간이긴 했지만 말이에요.」

「미안합니다. 과거 일은 거의 생각이 나지 않아서…… 그랬던 것이 언제 일이죠?」

「그리 오래되지는 않았어요.」

여자가 말했다. 그에게 말을 걸 때 여자는 이따금 그를 볼 뿐이었다. 자기 무릎을 내려다보거나, 테이블이나 그 너머에 앉아 있는 신문 기자를 볼 때가 더 많았다. 스튜어는 창밖을 바라보고 있었다. 듣고는 있지만 얘기에 끼어들 생각은 없는 듯했다. 스튜어는 그레이가 자신을 바라보고 있다는 것을 깨닫고는 안주머니에서 신문을 꺼내 축구란을 펼쳤다.

「커피를 드시겠습니까?」 그레이가 물었다.

「알잖아요, 내가……」 여기서 그녀는 말을 멈췄다. 「아니요, 저는 홍차밖에 안 마셔요.」

「그럼 홍차를 가져오라고 하죠.」

그레이는 휠체어를 움직여 그녀 곁을 떠나 전화가 있는 곳까지 갔다. 혼자서도 할 수 있다는 사실을 보여 주기라도 하듯. 음료를 주문한 다음 그는 다시 테이블로 돌아왔다. 스튜어는 다시 신문을 집어 들었다. 그레이가 없는 사이에 두 사람이 말을 나눴다는 사실은 명백했다.

두 사람을 보면서 그레이는 말했다.

「솔직히 말해 버리는 편이 나을지도 모르겠군요. 시간 낭비일 겁니다. 하고 싶어도 할 얘기가 없으니까요.」

「자네를 이 요양소에 두기 위해 우리 신문사가 얼마나 지불하고 있는지 아나?」 스튜어가 말했다.

「이쪽에서 그래 달라고 부탁한 것도 아니잖나.」

「우리 독자들은 자네 걱정을 하고 있다네, 리처드. 자네는 영웅이야.」

「난 영웅 따위와는 무관해. 단지 그런 일이 일어났을 뿐이야.」

「거의 죽을 뻔했잖나.」

「죽을 뻔하면 영웅이 되는 건가?」

「이봐, 난 자네와 논쟁을 하려고 여기 온 것이 아니라네.」 스튜어가 말했다.

홍차가 도착했다. 주전자와 자기 잔, 조그만 설탕통, 비스킷 등이 은 쟁반에 담겨 있었다. 스튜어드가 이것들을 테이블 위에 늘어놓자 스튜어는 다시 신문을 읽기 시작했다. 그레이는 이 기회를 이용해서 수잔 쿨리를 찬찬히 바라보았다. 데이브는 예쁘다고 했지만 이것은 정확한 묘사라고는 할 수 없었다. 그레이가 받은 인상은 그녀에게 별다른 특징이 없다는 사실이었다. 나이는 20대 중반에서 후반이었다. 이목구비는 평범했지만, 좋은 뜻으로 평범했다. 아마 중립적이라고 하는 편이 더 적절할지도 모르겠다. 단정한 느낌을 주는 얼굴에, 담갈색 눈동자, 여윈 어깨 위로 일자로 늘어뜨린 밝은 갈색 머리. 긴장을 풀고 앉아 있다. 가느다란 손목과 손을 의자 팔걸이에 올려놓고, 등을 곧게 편 편안한 자세로. 그녀는 그를 똑바로 바라보려 하지 않았고, 테이블 위의 홍차 세트만 응시하고 있었다. 마치 그의 시선뿐만 아니라 그의 평가로부터 몸을 사리려는 듯이. 그러나 그레이는 그녀에 대해 아무런 평가도 내리지 않았고, 단지 그녀가 이 자리에 이렇게 와 있고, 스튜어와 함께 도착했으므로 직접적이든 간접적이든 신문사와 어떤 관계를 맺고 있을 것이라는 생각만 했을 뿐이었다.

과거에 이 여자를 어떻게 알고 지냈던 것일까? 〈어떤〉 종류의 친구였던 걸까? 직장 동료? 연인? 하지만 아무리 기억

26

이 없다고 해도 설마 그런 일을 잊어버릴 수 있을까?

한순간, 이 여자는 그레이 자신에게서 기사거리가 될 만한 반응을 끌어내기 위해 스튜어가 데려온 일종의 미끼가 아닐까 하는 생각이 떠올랐다. 〈수수께끼 여인의 헌신적인 사랑〉 따위의 제목을 붙이면 신문 성격에 딱 맞을 것이고, 같은 신문에 실리는 대다수의 기사들만큼 신빙성 없는 내용이 그 뒤를 따를 것이다.

심리학자와 간호사가 떠나자 그레이는 여자에게 말했다.

「흠, 도대체 서로 무슨 얘기를 나눠야 하는 겁니까?」

그녀는 아무 말도 하지 않았고, 단지 손을 앞으로 내밀어 찻잔과 받침 접시를 자기 쪽으로 끌어당겼을 뿐이었다. 여전히 그의 눈을 피하고 있었다. 머리카락이 앞으로 흘러내리며 얼굴을 가리는 바람에 그레이는 그녀의 표정을 읽을 수 없었다.

「내가 기억하는 한, 과거에 나는 단 한 번도 당신을 본 적이 없습니다. 나한테서 얘기를 듣고 싶으면 좀 더 정보를 줘야 할 겁니다.」

여자는 받침 접시를 들고 있었다. 투명한 피부 아래로 정맥이 비쳐 보였다. 그녀는 고개를 살짝 젓고 있는 것처럼 보였다.

「그게 아니라면, 혹시 저 친구가 여기로 데려온 겁니까?」 그레이는 화난 목소리로 말했다. 그러고는 스튜어를 쳐다보았지만, 반응이 없었다. 「미스 쿨리, 뭘 원하시는 건지는 모르겠지만…….」

그러고 나서 그레이는 여자를 향해 고개를 돌렸고, 처음으로 그녀의 얼굴 전체를 보았다. 약간 길고 갸름하며 핏기가 없는 창백한 얼굴. 눈에는 눈물이 가득 괴어 있고, 양쪽 입가는 금방이라도 울음을 터뜨릴 것처럼 경련하고 있다. 여자가 재빨리 의자를 뒤로 밀자 테이블 위의 찻잔이 받침 접시와 함께 뒤집어졌다. 그녀는 휠체어와 부딪치며 그레이 옆을 억지로 빠져나갔다. 그레이는 허리에 날카로운 통증을 느끼고, 여자가 훅 하고 숨을 들이켜는 소리를 들었다. 여자는 방을 가로질러 바깥쪽 복도로 뛰쳐나갔다.

그녀의 뒷모습을 바라보려면 굳은 목을 억지로 돌려야 했기 때문에 그레이는 그러지 않았다. 방 안은 춥고 조용했다.

「이런 못된 친구가 있나.」 스튜어는 신문을 옆으로 내던졌다. 「우드브리지를 부르겠어.」

「잠깐 기다려…… 그게 무슨 뜻이지?」

「자네가 그 여자한테 무슨 짓을 하고 있는지 깨닫지 못했어?」

「아니, 그 여잔 누구야?」

「자네 여자 친구야, 그레이. 자기 얼굴을 보면 조금이라도 기억을 되찾을 수 있지 않을까 하는 생각에 이 먼 데까지 자네를 만나러 왔던 거야.」

「내겐 여자 친구가 없어.」

그러나 그레이는 몇 주 동안의 기억이 사라졌다는 사실을 또다시 통감하고, 무력감을 맛보았다. 고통의 기억을 피하고 싶은 일념으로, 자동차 폭탄이 폭발하기 전 몇 주 동안의 기억으로부터 뒷걸음치게 되는 것이다. 그의 마음속에는 깊고 깊은 공백이 존재했고, 그는 어떻게 하면 이곳으로 들어가야 하는지 알 수가 없었다.

「그 여자가 내가 아는 사람이라면, 자네하고 함께 여기로 와서 도대체 뭘 할 작정이었던 거지?」

「이봐, 그건 실험이라고 했잖아.」

「우드브리지와 짜고 그런 거야?」

「아냐…… 내 말을 듣게, 리처드. 우리에게 먼저 접근해 온 건 수잔이야. 신문에서 자네 얘기를 읽고 나타난 거지. 옛날 자네와 깊은 사이였고, 이제는 이미 끝난 관계이기는 하지만 자기를 보면 옛 기억이 되살아날지도 모른다고 하더군.」

「그럼 서로 짜고 미끼를 던진 것이 맞군.」

「자네가 기억을 되찾을 경우 내가 그걸 기사로 쓸 거라는 점은 부인 안 해. 하지만 이번에 내가 한 일이라고는 차를 운전해서 그 여자를 여기로 데려온 것뿐이야.」

그레이는 고개를 가로젓고는 화난 표정으로 창밖의 바다를 바라보았다. 자신이 뇌진탕으로 인한 역행성 기억 상실증에 걸렸다는 사실을 알게 된 이래, 그는 그 사실을 어떻게든 받아들이려고 노력해 왔다. 처음에는 마음속의 텅 빈 느낌을 탐사해 보면 그것을 뚫고 들어갈 방법을 찾을 수 있을 것이라고 생각했다. 그러나 이런 일은 그를 지독하게 우울하고 내성적(內省的)으로 만들 뿐이었다. 지금 그레이가 시도하고 있는 것은 가급적 그 일에 관해 생각하지 않고, 자신이 잃어버린 몇 주 동안의 기억이 다시는 돌아오지 않을 것이라고 생각하는 일이었다.

「그럼 우드브리지는 어떤 일을 맡았지?」

「그 친구가 짠 일이 아냐. 단지 그러라는 허락을 해줬을 뿐이야. 아이디어는 수잔이 내놓았어.」

「나쁜 아이디어였어.」

「그건 수잔 탓이 아냐. 자네 자신을 바라보게. 전혀 개의치 않고 있잖나! 우드브리지가 유일하게 우려했던 건 **자네**가 정신적인 충격을 받을 가능성이었어. 하지만 자넨 마치 아무 일도 일어나지 않았다는 표정으로 거기 그렇게 앉아 있고, 여자는 울면서 나가 버렸어.」

「낸들 어쩌겠나.」

「여자를 비난하지 말라는 얘기야.」 스튜어는 일어서서 신문을 안 호주머니에 쑤셔 넣었다.

「이제 어쩔 건가?」그레이가 물었다.

「이런 일을 더 이상 계속해 보았자 의미가 없군. 한 달쯤 뒤에 다시 만나러 오겠네. 그때라면 자네 태도도 지금보다는 조금 더 나아질지 모르니까.」

「그 여자 — 수잔은?」

「오후에 다시 올게요.」

여자는 어느새 방으로 돌아와 있었다. 휠체어 옆에 서서 그레이의 왼쪽 어깨 뒤로 튀어나온 손잡이에 한 손을 얹고 있었던 것이다. 여자 목소리를 듣고 그레이는 깜짝 놀라 경직된 목을 움찔했다. 이것은 그녀가 아까 방에서 뛰쳐나갔을 때 미처 하지 못했던 바로 그 동작이었다. 그의 시야 주변부의 바로 바깥쪽에서, 그런 식으로 얼마나 오래 서 있었던 것일까? 스튜어는 그녀가 돌아왔다는 내색을 전혀 하지 않았던 것이다.

스튜어는 여자에게 말했다. 「차에서 기다리고 있겠습니다.」

스튜어는 두 사람 옆을 스쳐 지나갔고, 그레이는 또다시 모든 사람이 앉아 있는 자기보다 키가 크다는 불쾌한 느낌을 맛보았다.

「이렇게 되어서 미안해요.」여자가 말했다.

「아닙니다…… 사과해야 할 사람은 접니다. 제가 너무 무례했습니다.」

「이제 돌아갈래요. 생각할 시간이 필요하니까. 나중에 다시 오겠어요.」

그레이는 말했다. 「점심을 먹은 다음 저는 물리 치료를 받을 예정입니다. 혹시 내일 오실 수 있나요?」

「가능할 것 같아요. 토니는 오늘 오후 런던으로 돌아가야 하지만, 나는 여기 머물러 있을 수 있으니까.」

「어디 묵고 있나요?」

「어젯밤에는 킹스브리지의 게스트하우스에 묵었어요. 아

마 하루나 이틀 더 그곳에 머무를 거예요. 가서 알아보죠.」

처음 보았을 때와 마찬가지로 여자는 그와 말을 나눌 때도 그의 얼굴을 보려고 하지 않았다. 섬세한 머리카락 사이로 마치 훔쳐보듯 그를 흘끗흘끗 보는 것이 고작이었다. 눈물은 말라 있었지만 안색은 아까보다 더 창백했다. 그레이는 그녀에 대해 뭔가 느끼고, 기억해 보려고 했지만, 역시 낯선 사람이라는 느낌밖에 받지 못했다.

그레이는 이런 식의 냉정한 대화보다 조금 더 따뜻한 반응을 보이고 싶었다.

「아직도 저와 얘기를 나누고 싶습니까?」

「예, 물론 그래요.」

「토니 말로는 우리가…… 그러니까 나와 당신이…… 과거에…….」

「한동안 사귀었어요. 오래가지는 못했지만, 그때는 매우 심각했죠. 당신이 그걸 기억해 주기를 바랐어요.」

「그러지 못해서 유감입니다, 정말로.」

「그 얘기는 일단 접기로 해요. 내일 아침에 올게요. 다시는 그렇게 울고 그러지 않을 거예요.」

그레이는 자신의 행동을 설명하고 싶다는 충동을 느꼈다. 「당신이 토니 스튜어와 함께 있었기 때문에 오해했던 겁니다. 신문사에서 보낸 사람이 아닌가 의심하고 있었습니다.」

「당신이 어디 있는지 알아내려면 이 방법밖에 없었어요. 이런 상황인지 전혀 몰랐어요.」 그녀는 백을 집어 들었다. 긴 줄이 달린 커다란 캔버스제 가방이었다. 「내일 다시 올게요.」 그녀는 길고 날씬한 손을 그의 손 위에 살짝 얹었다. 「정말로 내가 다시 왔으면 좋겠어요?」

「물론입니다. 점심시간이 되기 한참 전에 와주십시오.」

「처음부터 솔직하게 물어봤어야 했는데…… 몸의 통증이

심한가요? 휠체어를 타고 있을 줄은 몰랐어요.」

「지금은 많이 나아졌습니다. 모든 것이 아주 천천히 진행되고 있는 상황이랄까요.」

「리처드……?」 그녀는 여전히 그의 손등 위에 자기 손을 얹은 채로 말했다. 「정말로…… 그러니까, 정말 아무것도 생각나지 않나요?」

그레이는 손바닥을 뒤집어 그녀의 손을 만지고 싶었지만, 그런다면 부적절한 친밀함을 보이는 꼴이었다. 여자의 커다란 눈과 투명한 피부를 보고 있자니, 옛날 그녀에게 왜 그렇게 빠져 들었는지 상상할 수 있었다. 과거에 그의 연인이었던 이 조용조용한 말투의 여인은 어떤 인물이었을까? 그에 관해서 어떤 일들을 알고 있는 것일까? 그는 그녀에 대해 얼마나 잘 알고 있었을까? 그토록 깊이 서로를 사랑했다면, 왜 헤어졌을까? 그녀는 혼수상태 너머에서, 파열된 내장과 타버린 피부의 고통 너머에서, 인생의 결락된 부분 속에서 온 인물이었다. 어제까지만 해도 그는 그런 여자가 존재한다는 사실조차 모르고 있었다.

그레이는 여자의 질문에 솔직하게 대답하고 싶었지만, 무엇인가가 그것을 방해했다.

「기억해 보겠습니다. 마치 당신을 알고 있는 듯한 기분이 드는군요.」

여자의 손가락에 조금 힘이 들어갔다.

「알았어요. 내일 다시 봐요.」

여자는 일어섰고, 그가 앉은 휠체어 옆을 지나 시야에서 사라졌다. 융단을 밟는 부드러운 발소리는 바깥 복도로 나가자 더 뚜렷하게 들렸다. 여전히 아픔을 느끼지 않고 목을 돌리는 것은 불가능했다.

3

리처드 그레이의 부모는 모두 죽고 없었다. 남자나 여자 형제도 없었다. 유일한 친척이라 할 수 있는 고모는 결혼해서 오스트레일리아에서 살고 있었다. 학교를 졸업한 후 그레이는 브렌트 공과대학으로 진학해서 사진을 공부했다. 대학을 다니며 그는 BBC의 인재 양성 코스를 이수했고, 졸업장을 받은 뒤에는 일링에 있는 BBC 텔레비전 스튜디오에 견습 촬영 기사 자격으로 취직했다. 몇 달 뒤에는 촬영 기사 조수로 승진해서 스튜디오나 야외에서 여러 스태프들과 함께 일했다. 그리고 나중에는 정식 촬영 기사가 되었다.

스물네 살 때 그레이는 BBC를 나와 북런던에 자리 잡은 독립 통신사의 촬영 기사 직을 얻었다. 이 통신사는 전 세계에 뉴스를 배급했지만, 주요 고객은 미국의 어느 전국 방송 네트워크였다. 그가 맡은 뉴스 대부분은 영국과 유럽을 다루고 있었지만, 그는 미국, 극동, 오스트레일리아, 아프리카 등지에도 몇 번 출장을 갔다. 1970년대에는 북아일랜드로 몇 번 파견되어 그곳에서 일어난 소요를 취재했다.

리처드 그레이는 용감한 카메라맨이라는 명성을 얻었다. 취재 기자들은 위험한 사태 한복판에 있는 일이 잦았고, 폭동 한복판이나 포화 아래에서 계속 TV 카메라를 돌리는 데에는 어떤 특별한 종류의 헌신적인 태도가 필요했다. 리처드 그레이는 몇 번이나 생명의 위험을 무릅쓰고 보도에 임했었다.

그는 BAFTA[1]상의 다큐멘터리 및 뉴스 촬영 부문 후보로 두 번 지명되었고, 1978년에는 자신의 음향 기사와 함께 벨파스트 시가전을 촬영 보도한 공로로 프리 이탈리아[2] 특별상을 받았다. 그 수상 이유는 다음과 같았다. 〈지극히 위험한 상황에도 불구하고 독창적이고 충격적인 영상을 촬영한 공로를 인정함.〉 그레이는 동료들 사이에서도 인기가 있었고, 위험한 일에 종사한다는 명성에도 불구하고 그와 함께 일하고 싶어 하지 않는 사람을 만난 적이 없었다. 직업적 지위가 점점 올라가면서, 그는 자신과 다른 사람을 무모하게 위험에 빠뜨린다기보다는, 기술과 경험을 이용할 줄 알고, 위험을 무릅쓸 가치가 있을 때를 본능적으로 아는 인물이라는 평을 얻었다.

그레이는 아버지가 남겨 준 돈으로 구입한 플랫에서 혼자 살았다. 친구들 대다수는 함께 일하는 동료였고, 직업상 빈번하게 여행을 하는 통에 여자 친구를 만들 틈이 없었다. 한 만남에서 다음 만남으로 부유(浮遊)하면서 확고한 유대를 맺지 않는 편이 그로서도 마음 쓸 일이 없어서 좋았다. 일하지 않을 때는 영화를 자주 보러 갔고, 이따금 연극 구경을 할 때도 있었다. 일주일에 한 번쯤은 저녁에 퍼브에서 친구들과 어울렸다. 휴가는 보통 혼자 보냈고, 야영이나 산책 등을 즐겨 했다. 한번은 미국으로 출장을 갔다가 일이 끝난 다음 차를 빌려 캘리포니아까지 몰고 간 적도 있었다.

---

1 The British Academy of Film and Television Arts. 영국 영화 및 텔레비전 협회.
2 Prix Italia. 이탈리아 대상. 영화 및 텔레비전 프로그램에 주어지는 국제 보도상.

부모의 죽음을 제외하면 그의 인생 전체를 뒤흔든 사건은 단 하나밖에 없었다. 자동차 폭탄 사건이 일어나기 약 6개월 전에 일어났던 일이다.

리처드 그레이의 재능이 최대한 발휘되는 것은 필름을 써서 촬영할 때였다. 아리플렉스 카메라의 무게와 균형, 모터의 조용한 진동을 그는 좋아했다. 그에게 리플렉스 방식의 파인더는 제3의 눈이나 마찬가지였다. 파인더를 통해 보지 않으면 사물을 제대로 볼 수가 없다고 주장할 정도였다. 필름에는 고유의 질감이 있었고, 영상의 질이나 미묘한 효과에서 다른 매체와는 어딘가 다른 데가 있었다. 카메라 내부의 게이트를 미끄러지듯 풀려 나온 필름이 초당 25프레임의 속도로 멈췄다가 전진하는 일을 반복한다는 것. 이 사실에 대한 지식은 그의 작업에 형언하기 힘든 특별한 감각을 부여했다. 텔레비전에서 본 영상이 릴카메라로 찍은 필름인지 아니면 비디오카메라를 써서 전자적으로 기록된 것인지 구별할 수 없다는 얘기를 누가 하면 그는 내심 짜증을 내곤 했다. 그레이에게 이 두 매체 사이의 차이는 확연했다. 비디오로 찍은 〈필름〉에는 어딘가 공허한 데가 있었다. 너무 밝고 명확한 탓에 오히려 부자연스럽고 가짜처럼 보였던 것이다.

그러나 뉴스 매체로서의 필름은 너무 느리고 다루기 힘들었다. 촬영 후에는 일단 필름 캔을 모두 현상소로 운반해야 하고, 그다음에는 편집실로 보내야 했다. 음향은 동조시키든가 아니면 더빙해야 했다. 필름을 송신하려면 언제나 기술적인 문제가 발생했다. 특히 지방의 보도국을 이용하거나, 위성을 통해 다른 방송국으로 배급할 때가 문제였다. 해외나 전쟁터에서 일할 때는 한층 더 문제가 복잡해졌다. 뉴스를 보내는 유일한 방법은 현상하지도 않은 필름을 가장 가까운 공항으로 직접 보내서 런던이나 뉴욕, 혹은 암스테르담행 비행기에 싣는 것일 때조차 있었다.

전 세계의 뉴스 네트워크는 비디오카메라로 이행하고 있었다. 휴대가 가능한 위성용 접시 안테나를 쓰면 직접 찍은 영상을 실시간으로 보도국으로 보낼 수 있었다. 그곳에서 전자적으로 편집해서 지체 없이 방영할 수 있는 것이다.

보도 카메라맨들은 하나둘씩 비디오를 쓰기 시작했고, 그레이에게도 싫든 좋든 그래야 하는 때가 왔다. 그는 재교육 코스를 수료했고, 그 후로는 줄곧 비디오카메라를 써야 했다. 본인도 확실한 이유를 알 수 없었지만, 그레이는 예전 솜씨를 그대로 비디오카메라에 적용시키기가 힘들다는 것을 깨달았다. 필름과 조용히 돌아가는 모터 소리를 매개하지 않고서는 피사체를 제대로 〈볼〉 수가 없었던 것이다. 그는 이 문제를 자각했고, 자신의 접근법을 근본적으로 재평가함으로써 극복해 보려고 했다. 눈을 새로운 매체에 적응시켜서 다시 〈볼〉 수 있도록 노력했다. 동료들은 그레이의 이런 노력에 동정적이었다. 그들 대다수는 그레이와 달리 이미 성공적으로 변화에 적응하고 있었던 것이다. 그레이는 테크놀로지는 단순한 도구에 지나지 않고, 자신의 능력은 타고난 것이지 매체에 의해 만들어진 것이 아니라고 계속 되뇌었다. 그럼에도 불구하고 그레이는 자신의 타고난 촬영 센스가 사라졌다는 사실을 알고 있었다.

다른 직장에 취직할 수도 있었다. BBC와 독립 방송 네트워크인 ITN 또한 전자 편집 방식으로 이행하는 중이었다. ITN에서 같이 일하자는 제안이 들어왔지만 그레이는 궁극적으로는 같은 문제가 발생하리라는 사실을 알고 있었다. 다른 제안은 기업 다큐멘터리를 전담하는 회사에서 들어왔지만, 보도 촬영으로 잔뼈가 굵은 그레이는 그곳은 처음부터 염두에 두고 있지도 않았다.

해결책은 그가 일하던 통신사가 느닷없이 미국의 방송국으로부터 계약 해지 통고를 받았을 때 자연스레 나왔다. 직원들에게 명예퇴직 권고가 들어왔고, 리처드 그레이는 자진해서 퇴직을 신청했다. 특별히 무슨 생각이 있어서 그런 것은 아니었다. 단지 퇴직금을 받아서 자신의 직업에 관해 재고할 시간적 여유를 가져 볼 작정이었다. 퇴직하자마자 그는 미국으로 가서 한 달간 휴가를 보냈고, 다시 런던의 플랫으로 돌아와 계획을 짜기 시작했다.

돈 걱정은 할 필요가 없었다. 지금 살고 있는 플랫은 아버지의 유산으로 구입한 것이었고, 퇴직금으로 적어도 1년은 먹고살 수 있었다. 또 이따금 프리랜스 일감이 들어오곤 했기 때문에 놀기만 한 것도 아니었다.

그러나 그다음이 결락되어 있었다.

그다음의 기억들은 단속적(斷續的)이었다. 그는 런던의 차링 크로스 병원 중환자실에서 산소 흡입기로 목숨을 부지하고 있었고, 일련의 대수술을 받았고, 통증이 끊이지 않는 탓에 줄곧 진정제를 투여받고 있었다. 이런 일들이 있은 후 구급차에 실려 고통스러운 여행을 경험했고, 그 후 줄곧 데번주의 남쪽 해안에 위치한 미들콤 병원에 입원해서 회복에 전념하고 있다.

이 결락된 기간의 어떤 시점에서 그가 런던의 거리를 걷고 있을 때, 경찰서 밖에 주차되어 있던 자동차 안의 폭탄이 폭발했던 것이다. 폭탄은 마침 그가 지나갈 때 폭발했다. 그는 여러 군데 화상과 열상을 입었고, 등뼈를 다쳤고, 골반과 팔다리가 골절되었고, 내장이 파열되는 중상을 입었다. 거의 죽기 직전까지 갔던 것이다.

이것은 수잔 쿨리가 그를 만나러 온 날 그의 기억 속에 남아 있던 것들이고, 그녀는 그 어디에도 들어맞지 않았다.

4

그레이의 기억 상실증에 관해서는 의학적 견해가 대립하고 있었고, 이 사실은 그레이 본인이 서로 상충하는 개인적 견해를 가진 탓에 한층 더 복잡해지고 있었다.

병원에서 그를 담당한 사람은 두 명이었다. 임상심리학자인 제임스 우드브리지와 정신과 고문인 허디스 박사였다.

그레이는 독선적이고 접근하기 힘든 우드브리지를 싫어했지만, 우드브리지의 직업적 의견만은 받아들이기 쉬웠다. 우드브리지는 그레이가 중상을 입고 뇌진탕을 일으킨 탓에 정신적인 트라우마를 받았다는 점은 인정하고 있었지만, 그레이의 역행성 기억 상실증에는 심리학적인 이유가 있을 수 있다고 믿고 있었다. 바꿔 말하자면, 그레이가 폭발 사고와는 관련이 없는 인생의 어떤 사건들에 관한 기억을 억압하고 있다는 얘기였다. 우드브리지는 이 기억을 심리 요법을 통해 온화한 방식으로 이끌어 낼 수 있으며, 다른 수단을 써서 기억을 억지로 끄집어내는 식으로 위험을 무릅쓸 가치는 없다고 판단하고 있었다. 따라서 그레이는 서서히 회복하는 편이 낫고, 정상 생활로 돌아가서 과거와도 타협할 수 있게 될 무렵이면 기억은 단계적으로 돌아올 것이라고 그는 믿고 있었다.

한편 그레이가 호감을 느끼고 있는 허디스 박사는, 그레이가 저항을 느끼는 방향으로 그를 밀어붙이고 있었다. 정통적인 분석 심리 요법을 가지고서는 회복이 너무 늦을 것이라는 것이 허디스의 의견이었다. 특히 기질적인 이유로 기억을 상실했다면 말이다.

개인적인 감정과는 무관하게 그레이는 허디스보다 우드브리지의 치료 쪽에 더 좋은 반응을 보여 왔다.

수잔 쿨리가 도착하기 전까지만 해도 그레이는 잃어버린 몇 주 동안 실제로 무슨 일이 일어났는지에 대해서 크게 개의치 않고 있었다. 그보다 더 큰 걱정거리는 무엇인가가 결여되고, 인생에 구멍이 뻥 뚫린 듯한 느낌에서 비롯되었다. 어둡고 조용한 이 시기는 영원히 그의 손이 닿지 않는 곳에 있는 것처럼 느껴졌다. 이런 생각을 하면 그의 마음은 본능적으로 움츠러들었다. 몸의 어느 한 부분이 아플 때와 마찬가지로 그는 그 부분을 쓰지 않으려고 했던 것이다.

그러나 수잔 쿨리가 이 공백 속에서 나타났다. 알아볼 수도 없고, 기억에도 없는 인물이. 당시에 수잔은 그레이를 알고 있었고, 그레이도 수잔을 알고 있었다. 그리고 이제 그녀는 그의 마음속에 기억하고 싶다는 욕구를 불러일으켰다.

5

다음 날 아침 목욕을 하고 옷을 입은 리처드 그레이가 자기 방에서 수잔을 기다리고 있을 때 우드브리지가 나타났다.

「미스 쿨리가 오기 전에 자네와 조용히 나누고 싶은 얘기가 있네.」우드브리지가 말했다. 「아주 인상이 좋은 여자더군. 안 그런가?」

「예.」

그레이는 갑자기 신경이 곤두서는 것을 느꼈다.

「혹시 조금이라도 미스 쿨리에 관한 기억이 있는지 알고 싶군.」

「전혀 없습니다.」

「혹시 자네와 알고 지냈을 당시에 무슨 일이 일어났는지를 얘기하지는 않던가?」

「안 했습니다.」

「리처드, 내가 지금 지적하고 싶은 건 자네가 미스 쿨리와 크게 싸웠고, 나중에 그 일에 대처하기 위해 기억 자체를 묻어 버렸을 가능성이 있다는 점이야. 그건 극히 정상적인 반응이라네.」

「무슨 얘긴지 알겠습니다. 하지만 그게 지금 와서 왜 문제가 되어야 하는지 모르겠군요.」

「왜냐하면 역행성 기억 상실증은 불행한 기억을 불식해 버리려는 잠재의식적 욕망에 의해 일어날 수 있기 때문이야. 그 점은 염두에 둬야 할 걸세.」

「그런다고 무슨 차이가 있습니까?」

「미스 쿨리를 만나면 그녀의 기억을 차폐하려는 잠재의식적 욕구가 더 강해질지도 몰라.」

「어제는 그러지 않았습니다. 오히려 그 여자에 관해 더 알고 싶다는 욕구가 강해졌습니다. 제가 혼자 힘으로 기억해 낼 수 없는 것들을 기억하는 데 도움이 되어 줄 수도 있다는 생각이 들더군요.」

「그렇군. 하지만 미스 쿨리가 혼자 힘으로 자네에게 해결책을 제시해 주지는 못할 거라는 사실만은 명심해 둬야 하네.」

「설령 그런다고 해서 특별히 해가 될 것도 없지 않습니까?」

「그건 두고 봐야 알겠지. 혹시 나중에 나와 얘기하고 싶어지거든 오게. 오늘은 하루 종일 요양소에 있을 거야.」

우드브리지가 떠난 뒤에도 그레이의 곤두선 신경은 끈질기게 가라앉기를 거부했다. 그의 개인적인 삶과 이 병원에서 지내는 환자로서의 삶 사이에는 미묘하지만 확고한 차이가 있는 듯한 느낌을 받았다. 이따금 치료를 행하는 사람들은 그의 기억 상실을 직업적인 도전으로 받아들이고 있는 것이 아닌가 하는 생각이 들었다. 그의 진짜 삶과는 무관한 별도의 문제로 말이다. 만약 수잔이 정말로 그의 여자 친구였다면 각자의 서로에 대한 지식은 은밀하고 극히 사적인 것이리라. 우드브리지가 한 질문은 이 부분을 침해하고 있었다.

우드브리지가 떠난 지 몇 분 뒤에 그레이는 최근 읽고 있는 책을 가지고 방에서 나갔다. 휠체어를 움직여 테라스 끄트머리로 갔다. 다른 환자들이 있는 곳에서 어느 정도 떨어져 있을 뿐만 아니라 정원 대부분과 방문객용 주차장으로 이어지는 차도를 내려다볼 수 있는 곳이었다.

　날씨는 시원했고 하늘은 잿빛이었다. 낮게 깔린 먹구름이 북서쪽에서 다가오고 있는 것이 보였다. 테라스에서는 보통 나무들 사이로 바다를 언뜻언뜻 볼 수 있었지만, 오늘은 둔중한 안개가 모든 것을 뿌옇게 뒤덮고 있었다.

　책을 읽기 시작했지만 바람이 너무 세어 몇 분 뒤에 그는 병원 스튜어드를 불러 담요를 가져다 달라고 했다. 한 시간이 지나자 다른 환자들은 모두 건물 안으로 들어갔다.

　이따금 차가 나타나 구불구불한 언덕을 지나 가파른 아스팔트 포장 도로를 올라왔다. 그중 두 대는 새 환자를 실은 구급차였다. 병원과 거래하는 업자들이 모는 밴과 승용차도 몇 대 있었다. 새로운 차가 나타날 때마다 그레이는 기대에 부풀었고, 그녀가 나타나기를 고대했다.

　이런 상태에서 독서에 집중하는 것은 불가능했다. 오전 시간은 천천히 흘러갔다. 그는 몸이 춥고 불편해지는 것을 자각했고, 정오에 가까워질수록 조금씩 분개하기 시작했다. 다시 오겠다고 약속한 사람은 그녀이고, 이번 방문이 그에게 어떤 의미를 가지고 있는지도 잘 알고 있을 것이다. 그래서 그레이는 그녀를 위한 변명을 만들어 내기 시작했다. 차를 빌리려고 했는데 시간이 걸렸다. 차가 고장 났다. 사고를 당했다. 그러나 그럴 경우에는 당연히 연락이 오지 않았을까?

　몸이 부자유스러운 환자 특유의 자기중심적인 사고 탓에, 그레이는 줄곧 이런 생각에만 매달려 있었다.

　1시가 가까워지고 있었다. 곧 점심시간이니, 직원이 그를 식당으로 데려갈 것이다. 설령 지금부터 몇 분 안에 그녀가 도착한다 하더라도, 극히 짧은 시간 동안만 함께 있을 수 있을 것이라는 사실을 그레이는 알고 있었다. 2시면 물리 치료를 받으러 가야 하기 때문이다.

1시 5분 전에 자동차 한 대가 병원으로 통하는 도로로 진입했다. 그레이는 차의 은빛 지붕과 하늘을 반사하는 앞 유리를 보고 수잔이 타고 있음을 운명적으로 직감했다. 그는 기다렸다.

그녀는 간호사인 브레컨 수녀와 함께 테라스로 나와 그를 향해 걸어왔다.

「지금은 점심을 드실 시간이에요, 미스터 그레이. 휠체어를 밀어 드릴까요?」

그레이는 수잔을 보며 말했다. 「몇 분 후에 가겠습니다.」

「오래 있을 수가 없네요.」 수잔은 그레이가 아니라 간호사를 보며 말했다.

「그럼 함께 점심을 드실 거라고 말해 둘까요?」

「아니요, 감사합니다.」

「식사를 거르시면 안 됩니다, 미스터 그레이.」 간호사는 이렇게 말하고 두 사람을 차례로 바라본 후 테라스를 떠났다.

「리처드, 늦게 와서 미안해요.」

「어디 갔다가 온 겁니까?」

「출발이 늦었어요.」

「차 때문인가요?」

「예? 아, 아녜요. 차는 어젯밤에 빌렸어요.」

「오전 내내 기다리고 있었습니다.」

「알아요. 정말로 미안해요.」

수잔은 테라스의 낮은 콘크리트 난간 위에 앉았다. 엷은 황갈색 레인코트 자락이 좌우로 갈라지며 다리가 무릎 아래까지 드러났다. 마른 다리였고, 스타킹 위에 발목까지 오는 양말을 신고 있었다. 그레이는 그녀가 꽃무늬 스커트를 입고 있다는 사실을 깨달았다.

그녀가 말했다. 「오늘 아침 스튜디오에 전화를 걸어야 했는데, 자꾸 처리해야 할 문제가 생겨서.」

「스튜디오라면?」

「거기서 일해요. 기억나지 않나요…… 아, 그렇군요. 미안해요. 난 그래픽 디자이너이고, 그 스튜디오를 위해 일주일에 사흘 일해요. 현재 정기적인 일감이 있는 유일한 곳이죠.」

그녀는 앞으로 몸을 기울이고 그레이의 손을 잡았다. 그레니는 테라스 바닥을 응시하며, 자신이 그녀에게 적대적인 감정을 가지게 된 것은 이것으로 벌써 두 번째라는 사실을 암울한 마음으로 자각했다.

「미안합니다.」 그레이는 말했다.

「그리고 리처드, 난 오늘 런던으로 돌아가야 해요.」 그가 고개를 들자 수잔은 재빨리 이렇게 덧붙였다. 「알아요…… 하지만 다음 주에 다시 올게요.」

「그전에 올 수는 없습니까?」

「그럴 수가 없어요. 시간을 내기가 정말 힘들어서. 난 일해서 돈을 벌어야 하고, 만약 스튜디오의 일을 한 번이라도 거절한다면 누군가 다른 사람이 날 대신할 거예요. 일감을 얻는 건 전혀 쉽지가 않아서……」

「알았습니다, 알았다니까요.」 실망감을 억누르려고 노력하면서, 그레이는 마음속의 생각을 정리해 보았다.

「어제부터 줄곧 생각하고 있던 얘기를 해보겠습니다. 우선 나는 당신을 바라보고 싶습니다.」

그레이는 이미 그녀가 자신을 똑바로 바라보는 일이 거의 없다는 사실을 깨닫고 있었다. 언제나 고개를 돌리고 얼굴의 4분의 1만 보이고 있거나, 아니면 고개를 숙이고 있었던 것이다. 그러면 머리카락이 얼굴 주위를 가리는 탓에 이목구비를 알아보기 힘들었다. 처음에는 수줍음이나 소극적인 성격에서 비롯된 매력적인 습관이라고 생각했지만, 그레이는 이제 그녀의 얼굴을 제대로 보고 싶었다.

「다른 사람이 나를 바라보는 걸 좋아하지 않아요.」

「나는 당신에 대한 기억을 찾아내고 싶습니다.」

그녀는 고개를 가볍게 흔들어 머리카락을 뒤로 넘긴 다음 그를 똑바로 바라보았다. 그레이는 그녀를 응시하며 과거에 자신이 그랬을지도 모르는 것처럼 그녀를 기억하거나, 보려고 해보았다. 그녀는 잠시 그의 눈을 바라보다가 또다시 눈을 아래로 내리깔았다.

「나를 그렇게 쳐다보지 말아요.」 그녀가 말했다.

「알았습니다.」 그들은 여전히 손을 잡고 있었다. 「하지만 보시다시피 당신을 기억할 수 있다면 다른 모든 것들도 기억할 수 있을 거라는 것이 내 생각입니다.」

「나도 그래서 여기 이렇게 온 거예요.」

「압니다…… 하지만 제게는 정말 어려운 일입니다. 병원 스태프는 언제나 내가 무슨 일을 해야 하는지를 지시하고, 신문은 나한테서 기사거리를 얻어 내려고 하고, 나는 이 휠체어에서 꼼짝도 못합니다. 내가 원하는 건 단지 정상적인 생활을 되찾는 것인데도 말입니다. 수잔, 사실을 말하자면 나는 당신이 전혀 생각나지 않습니다.」

「하지만…….」

「내가 말을 다 할 때까지 기다려 주십시오. 난 당신을 기억하고 있지 않습니다. 하지만 마치 당신을 알고 있다는 듯한 느낌이 드는군요. 솔직히 말해서 내가 정말로 당신을 알기 때문에 그런 건지, 아니면 내가 그렇게 생각하고 싶기 때문인지는 알 수 없지만…… 그게 뭐든 간에 내가 이곳에 온 이래 처음으로 느끼는 진짜 감정이라는 점에는 변함이 없습니다.」

수잔이 말없이 고개를 끄덕이자, 또다시 머리카락이 얼굴을 가렸다.

「나는 가급적 당신을 자주 만나야 합니다.」

「그럴 여유가 없어요. 차를 빌리는 것만으로도 있는 돈을 거의 다 써버렸고, 런던으로 돌아가는 기차비도 내야 해요.」

「내가 모두 내겠습니다…… 돈은 있습니다. 아니면 신문사에서 내줄지도 모르겠군요. 뭔가 방법이 있을 겁니다.」

「결코 쉽지 않은 일이에요.」

「지금 누군가 다른 사람과 사귀고 있습니까?」

그녀는 텅 빈 테라스를 응시하고 있었다. 그레이는 그녀가 자기 쪽을 보아 주면 좋겠다고 생각했다.

「아니요, 아무도 없어요.」 그녀의 손이 침착함을 잃고 움직였다. 손가락으로 스커트 천을 문지르며, 마치 천을 조금 뜯어내려는 듯한 동작이었다. 「한 명이 있기는 했지만…… 이제는 안 만나요.」

「더 이른 시기에 여기 오지 않은 것은 그 때문입니까?」

「부분적으로는 그래요. 그 사람은 내가 얼마나 당신을 보고 싶어 하는지 알고 있었지만, 이젠 모두 지난 일이에요.」

그레이는 가슴속에서 흥분이 솟구치며 근육이 긴장하는 것을 깨달았다. 까마득한 옛날 완전히 잊어버렸던 감정이었다.

「수잔, 우리 사이에 무슨 일이 일어났는지 얘기해 줘. 마지막으로 보았을 때 말이야. 우린 왜 헤어졌지?」

「그럼 정말로 기억하지 못하는군요?」

「응.」

그녀는 고개를 가로저었다. 「그걸 잊을 수 있다니 믿기 힘들군요.」

「얘기해 주겠어?」

「흐음, 이제는 상관없는 일이에요. 이제 이렇게 당신을 보았으니 안 일어난 거나 마찬가지예요.」

「하지만 난 그걸 기억하고 싶어!」

「특별한 이유 때문이 아니에요. 아마 처음부터 쉽지 않은 관계였을지도 모르겠군요.」

「대판 싸우기라도 했어? 그때 무슨 말을 했는데?」

「아니, 싸우지는 않았어요. 한동안 서로 서먹서먹한 관계가 지속됐고, 또 서로를 예전처럼 대할 수 없다는 걸 두 사람 모두 알고 있었어요. 설명하자면 좀 복잡해요. 아까 얘기가 나온…… 그 사람이 관련되어 있었고, 당신은 그 때문에 마음이 상해 있었어요. 당신은 더 이상 나와 만나고 싶어 하지 않았지만, 해결을 보지 못한 채로 질질 끌었다고나 할까. 그리고 얼마 있다가 나는 당신이 폭탄 사고로 다쳤다는 얘기를 들은 거예요.」

「좀 더 자세히 얘기해 주겠어?」 그레이는 말했다.

「구름을 기억해요?」

「구름? 어떤 종류의 구름? 지금 무슨 얘기를 하는 거지?」

「그냥…… 구름 말이에요.」

팔에 반으로 접은 냅킨을 걸친 스튜어드 한 사람이 테라스로 나왔다.

「이제 메인 코스가 시작될 참입니다. 미스터 그레이. 점심 식사를 하시지 않겠습니까? 손님도 드실 건가요?」

「오늘은 건너뛰겠네.」 그레이가 이렇게 말하고 수잔을 돌아보자 그녀는 이미 자리에서 일어나 있었다. 「뭘 하려는 거지? 설마 지금 떠날 생각은 아니지?」

「이제 가야 해요. 킹스브리지로 가서 차를 되돌려 주고, 거기서 한참 버스를 타고 토트네스 역으로 가서 기차를 잡아야 해요. 이미 많이 늦었어요.」

「방금 하던 얘기는 뭐지? 구름이 어쨌다는 거야?」

「혹시 그건 기억하고 있을지도 모른다는 생각이 들어서요.」

「난 아무것도 기억하고 있지 않아. 뭔가 다른 얘기를 해줘.」

「나이얼을 기억해요?」

「아니.」

「일광욕을 하고 있는 사람들은? 그건 기억나요?」

그레이는 고개를 가로저었다. 「그것들이 뭔가를 의미해야 하는 거야?」

「당신이 무슨 말을 듣고 싶어 하는지 도무지 알 수가 없어요! 자, 다음 기회에는 정식으로 얘기를 나눌 수 있을 거예요. 이젠 정말로 가야 하고, 당신은 점심을 먹어야 해요.」

그녀는 떠나려 했다. 이미 그에게서 몸을 돌린 상태였다.

「언제 올 거야? 다음 주?」

「가급적 빨리 올게요.」 그녀는 이렇게 말하고 휠체어 옆에 잠깐 웅크리고 앉아 그의 손을 살짝 쥐었다. 「난 **정말로** 당신을 보고 싶어요, 리처드. 가능하다면 함께 있고 싶을 정도로. 그걸 믿을 수 있죠?」

그녀는 얼굴을 내밀고 그의 뺨에 가볍게 입을 맞췄다. 그는 손을 들어 그녀의 머리카락을 만졌다. 고개를 돌리자 그녀의 입술이 느껴졌다. 날씨 탓에 그녀의 살갗은 차가웠다. 그녀는 몇 초쯤 입을 맞추었다가, 몸을 뒤로 뺐다.

「가지 말아 줘.」 그는 나직하게 말했다. 「지금 이렇게 나를 두고 가지 말아 줘.」

「정말로 가야 해요.」 그녀는 일어서서 그의 곁을 떠나갔다. 그러더니 멈춰 섰다. 「거의 잊을 뻔했어! 선물이 있었는데.」

그녀는 그가 있는 곳으로 돌아와서 캔버스백 깊숙이 손을 찔러 넣었다. 그녀는 흰 종이봉지를 하나 꺼냈다. 반으로 접어 투명 테이프로 봉한 봉지였다.

「지금 열어 봐도 될까?」 그가 물었다.

「예, 별것 아니긴 하지만.」

그는 엄지손가락으로 봉지를 뜯고 알맹이를 꺼냈다. 크기가 조금씩 다른 각양각색의 그림엽서 스무 장이었다. 모두 아주 오래된 엽서들이었고, 그림 대부분은 흑백이거나 세피아 빛이 도는 것들이었다. 어떤 것은 영국 해안의 휴양지 사진이었고, 어떤 것들은 영국의 시골 풍경이었다. 독일의 온천이나 프랑스의 성당, 알프스의 풍경처럼 유럽 대륙의 사진도 있었다.

「오늘 아침 킹스브리지의 골동품상에서 보았어요.」

「고마워…… 정말 멋진 엽서들이군.」

「그중 몇 장은 이미 당신의 컬렉션에 포함되어 있을지도 몰라요.」

「내 컬렉션이라고?」

그러자 그녀는 웃었다. 짧고, 기묘하게 큰 소리로.

「그것조차 기억 못한단 말이에요?」

「내가 오래된 그림엽서를 모으는 취미를 가지고 있단 얘기야?」 그레이는 그녀를 보며 씩 웃었다. 「도대체 얼마나 많은 걸 당신에게서 일일이 배워야 하는 걸까?」

「실은 하나 얘기해 두고 싶은 것이 있어요. 당신은 나를 결코 수잔이라고 부르지 않았어요. 언제나 수였죠.」

그녀는 다시 그레이에게 입을 맞추고는 빠른 걸음으로 테라스를 가로질러 건물 안으로 사라졌다. 그는 그 자리에서 움직이지 않고 기다렸고, 잠시 후 차 문이 쾅 닫히는 소리와 엔진의 시동을 거는 소리를 들었다. 곧 차도를 천천히 나아가는 자동차의 유리와 천장이 눈에 들어왔다.

6

허디스 박사는 그 주에 미들콤 병원을 방문해, 토요일 오후 대부분을 그레이와 함께 보냈다. 허디스는 공감적 접근법을 채용했다. 말하는 것보다 그레이의 말에 귀를 기울이는 시간이 더 길었고, 느닷없이 질문을 한다거나 사람을 놀라게 만드는 질문으로 유도 신문을 하지도 않았다. 허디스는 그레이를 치료 대상자라기보다는 오히려 어떤 문제의 관계자로 취급했고, 그들 사이의 치료 세션은 분석이라기보다는 대화에 더 가까웠다. 실제로는 아마 그렇지 않을 것이라는 사실을 그레이는 알고 있었지만 말이다.

그레이는 그날 자진해서 대화를 나누고 싶은 기분이었다. 마침내 뭔가 이야깃거리로 삼을 만한 일이 생겼고, 예전에는 없던 자기 자신에 대한 관심이 생겨났기 때문이다.

그렇다고 해서 수와의 두 번에 걸친 짧은 만남이 무엇인가를 해결해 준 것은 아니었다. 그의 기억 상실증은 예전과 다름없이 중증이었고, 허디스는 이 사실을 재빨리 확인했다. 그녀가 그레이에게 가져다준 중요한 정보는 이 잃어버린 기간 동안 그가 실제로 존재했다는 보증이었다. 지금까지는 자기 자신을 완전히 믿을 수가 없었다. 기억에서 결락된 부분이 그레이 자신을 배제하고 있는 듯한 느낌을 금할 수 없었던 것이다. 그러나 수는 그레이라는 존재를 실제로 목격한 증인이었다. 그는 기억하지 못해도, 그녀는 기억하고 있었던 것이다.

물론 수가 떠난 이래 그레이는 오로지 그녀 생각밖에 하지 않았다. 마음과 생활 전체가 그녀로 가득 차 있었다. 수와 함께 시간을 보내고, 그녀 손의 감촉을 느끼고, 입을 맞추고 싶었다. 특히 수의 모습을 보고 싶었다. 똑바로 바라보고 싶었다. 그러나 그가 직면한 크나큰 문제의 미니어처판이라고 할 만한 문제가 그를 괴롭혔다. 실제로 수의 모습이 어땠는지를 기억하기 힘들었던 것이다. 별로 중요하지 않은 세부는 기억할 수 있었다. 가지고 있던 캔버스백, 스타킹에 감싸인 발목, 꽃무늬 스커트, 코트, 자꾸 흘러내려 얼굴을 가리는 머리카락 따위였다. 한번은 마치 비밀을 공개하듯 고개를 들어 그를 똑바로 쳐다보았다는 것을 알고 있었지만, 나중이 되자 그녀의 얼굴을 뇌리에 떠올릴 수가 없었다. 평범하고, 이렇다 할 특징이 없는 이목구비라는 사실은 기억나지만, 이것들 또한 마치 가면처럼 그녀의 모습을 감추고 있었던 것이다.

「수는 제 기억을 되찾기 위한 가장 좋은 기회라고 생각합니다.」 그레이는 말했다. 「저에 관해 잘 아는 것은 명백하고, 제가 잃어버린 몇 주 동안 저와 함께 지냈습니다. 만약 수가 제 기억을 흔들어 일깨워 줄 이야기를 하나만 해준다면, 그것만으로 충분할 것 같다는 생각이 듭니다.」

「자네 말이 맞을지도 모르겠군.」 허디스가 말했다. 두 사람은 그가 주말에 사용하는 사무실에 있었다. 커다란 가죽 의자와 책장이 있는 편안한 장소였다. 「하지만 주의해야 할 일이 하나 있네. 기억을 되찾는 일에 과도하게 신경을 쓰면 안돼. 기억 착오(記憶錯誤), 히스테리성 기억 착오로 불리는 증상으로 이어질 수도 있으니까 말이야.」

「제가 히스테리 증세를 보이고 있다고는 생각하지 않습니다만.」

「물론 통상적인 맥락에서는 그렇겠지. 하지만 기억을 잃은 사람은 때로는 지푸라기라도 잡고 싶은 심정이 되기 마련이라네. 잃어버린 기억에 관한 힌트, 그것도 정확한지 아닌지도 모르는 힌트 하나를 가지고 연쇄적인 기억을 통째로 발명해 버리는 경우가 있어.」

「수가 있으면 그런 일은 없을 겁니다. 제가 틀리면 지적해 줄 테니까요.」

「그렇겠지. 하지만 경험하지도 않은 일을 경험했다고 상상하기 시작하면, 자기 힘만으로는 그 차이를 판단할 수 없다네. 미스터 우드브리지는 이번 일을 어떻게 생각하고 있나?」

「제가 수와 얘기하는 일에 반대하고 있는 것 같습니다.」

「그렇군.」

수가 떠난 이래 그레이는 그녀가 언급했던 사항에 관련된 기억을 끄집어내는 일에 몰두하고 있었다. 수에 대한 새로운 흥미에 촉발받은 그에게 그녀가 언급한 몇 마디 일들은 엄청난 중요성을 획득했고, 그는 이것들을 모든 각도에서 음미해 보았다. 그레이는 허디스 박사에게 이런 일들을 털어놓았다. 박사처럼 비판하지 않고 자기 이야기에 귀를 기울여 주고, 계속 얘기해 보라고 재촉해 주는 인물이 있다는 사실이 고마웠다.

사실을 말하자면 수는 그들이 공유했던 과거에 관해 놀랄 정도로 조금밖에 이야기하지 않았다. 그런 단편적인 정보에 집착하며 다른 것들과의 관련성을 찾아보려는 것은 기억을 상실한 사람 특유의 증세라는 것이 허디스의 의견이었다.

그레이는 자기 힘으로 한 가지 사소한 수수께끼를 풀었다. 그림엽서에 관련된 기억이었다. 처음에는 잃어버린 몇 주의 일부에 우연히 부딪혔다고 생각했다. 지금은 사라진 기억에 말이다. 그러나 그림엽서의 기억이 떠오르면서 그는 이것이 오래된 과거의 일부라는 사실을 알게 되었다.

그는 잉글랜드 북부의 브래드퍼드 시에서 촬영을 하고 있었다. 오후가 되자 시내로 나가 뒷골목을 돌아다니다가 고물이나 잡동사니를 파는 가게와 마주쳤다. 골동품 촬영 기재의 작은 컬렉션을 가지고 있던 그는 언제나 새로운 것이 없나 둘러보는 버릇이 있었다. 그 가게에는 그런 것이 전혀 없었지만, 카운터 위에는 그림엽서로 가득 찬 낡아 빠진 구두 상자가 있었다. 조금 흥미를 느껴 잠시 그것들을 훑어보았다. 가게를 지키던 여주인이 그림엽서 뒤를 보면 가격이 씌어 있다고 말해, 그레이는 충동적으로 몽땅 사면 얼마냐고 물었다. 잠시 후 그들은 10파운드로 낙착을 보았다.

며칠 뒤에 집에 돌아온 그레이는 이제는 자신의 소유물이 된 몇백 장의 그림엽서를 한 장씩 훑어보았다. 그중 일부는 과거에 수집가가 구입한 것이라는 사실을 알 수 있었다. 한 번도 쓰지 않은 새 엽서였기 때문이다. 그러나 대다수는 뒤에 글이 적혀 있었다. 만년필이나 지워지지 않은 연필로 흘려 쓴 글들 중에서 해독할 수 있는 것을 모두 읽어 보았다. 대부분 휴가를 가서 친지에게 보낸 흔해 빠진 전갈이었다. 너무나도 멋진 시간을 보내고 있고, 날씨가 좋아지고 있고, 어제 시시 숙모님을 방문했고, 경치가 좋고, 일주일 내내 비가 왔지만 견딜 만하고, 테디는 이곳 음식이 마음에 안 드는 것 같고, 날씨가 너무 좋고, 정원이 너무나도 평화롭고, 해가 뜨면 모기가 들끓고, 모두 헤엄을 치러 갔고, 이런 날씨에, 그런 날씨에, 저런 날씨……

많은 엽서가 제1차 세계 대전이나 그전에 보내진 것이었고, 반 페니짜리 우표는 물가가 얼마나 변했는지를 보여 주는 말 없는 증거였다. 적어도 엽서의 3분의 1은 해외에서 보내진 것이었다. 유럽을 일주하고, 케이블카를 타고, 카지노를 방문하고, 더위를 참을 수가 없다. 지금은 완전히 사라져 버린 유한계급에 소속된 사람들이 보낸 편지들. 단체 여행이 시작되기 전의 여행자들이다.

엽서에 인쇄된 실제 사진들은 한층 더 흥미를 끌었다. 그레이는 그것들을 오랫동안 잊힌 채로 남아 있던 과거 여행의 스틸 사진으로, 어떤 의미에서는 더 이상 존재하지 않는 거리나 풍경의 일단(一端)으로 간주했다. 그가 알거나 방문한 적이 있는 장소도 있었다. 에드워드 시대의 신사 숙녀들이 해안에 면한 산책로를 거닐고 있는 사진. 이곳은 지금 고층 호텔과 오락실과 주차장으로 점령되어 있다. 시골 계곡에는 지금은 넓은 자동차 전용 도로가 지나가고 있다. 프랑스와 이탈리아의 사원은 지금은 기념품을 파는 노점투성이이고, 장이 서던 평화로운 소도시는 이제 체인점에 점령당하고 교통 체증에 시달리고 있다. 이것들 또한 사라진 과거의 기억이었다. 이질적이지만 인식 가능하고, 모든 실질적 맥락에서 결코 손이 닿지 않는.

그레이는 그림엽서를 나라별로 나눠서 다시 상자에 집어넣었다. 그 후 그레이는 친구들이 엽서를 보내올 때마다 수집품에 덧붙이곤 했다. 언젠가는 그것들도 어떤 과거를 나타내는 기억의 일부가 될지도 모른다고 생각하면서.

수가 그림엽서에 관한 기억을 되살려 준 데 대해 그는 놀랐지만, 엽서 자체는 기억 상실 기간의 것이 아니었다. 그가 브래드퍼드로 간 것은 아직 통신사에 근무하고 있었을 때의 일이었다. 적어도 그녀를 만나기 1년 전의 일이었다.

그러나 수가 그림엽서에 관해 알고 있다는 것은 실제로 그것들을 보았거나 아니면 그와 그런 이야기를 했다는 사실을 의미했다.

수가 한 나머지 이야기들은 그보다 더 모호했다. 그들이 짧은 시기이기는 하지만 연인 사이였다는 점은 명백했다. 그 후에 헤어졌다. 누군가 새로운 인물이 그녀의 삶에 등장했고, 그녀는 나이얼이라는 이름을 입에 올렸다. 그레이는 그녀를 수잔이 아니라 수라고 불렀다. 그리고 기묘한 세부적인 사항이 두 가지 더 있었다. 일광욕하는 사람들과 구름.

두 사람의 관계가 깨진 것은 무엇 때문이었을까? 병원에서 두 번 만났을 때 그는 그녀에 대해 적대감을 보였다. 혹시 잠재의식의 영향일까? 만약 제3자가 그들 사이에 끼어든 것이라면, 모든 것은 질투로 인해 엉망진창이 되어 버린 것일까?

그리고 일광욕하는 사람들이나 구름이 의미하는 것은 무엇일까? 이 두 단어는 태양이 뜨겁게 내리쬐는 해변의 이미지를 불러일으켰다. 햇볕 아래 사람들이 줄줄이 누워 있고, 구름이 몰려오더니 해를 가린다. 따지고 보면 흔한 광경이었다. 그런데 왜 굳이 이런 것을 고른 것일까?

그러나 전체적으로 보았을 때 그녀가 한 말은 그레이의 기억을 전혀 자극하지 못했다. 추적이 가능했던 그림엽서에 관한 언급에서 불가해한 구름에 이르기까지, 아무런 도움도 되지 못했다.

허디스 박사는 그레이의 말에 주의 깊게 귀를 기울이며 몇 번 메모를 했다. 그러나 나중에는 노트를 덮어 무릎 위에 올려놓고 있었다.

「한번 시도해 보고 싶은 일이 있네. 혹시 자네 최면 치료를 받은 적이 있나?」

「아니요. 효과가 있습니까?」

「흠, 있을지도 몰라. 때로는 잃어버린 기억을 찾는 데 도움이 되기도 하지만, 최면은 불완전하고 절대로 확실한 방법이 아니라는 점을 명심하게. 하지만 자네 경우에는 어느 정도 효과가 있을지도 몰라.」

「왜 좀 더 일찍 제안하지 않았습니까?」

허디스는 미소 지으며 대답했다.「이제는 의욕을 느끼고 있군, 리처드. 다음 수요일에 올 예정이네. 그때 해보기로 하지.」

저녁이 되자 그레이는 병원 지하에 있는 수영장에서 한 시간을 보냈다. 아주 천천히 헤엄을 치고, 위를 보고 누운 자세로 수 생각을 했다.

7

화요일 아침에 수에게서 전화가 왔다. 그레이는 복도의 공중전화에서 그녀의 전화를 받았다. 그레이의 방에도 전화가 있었지만, 아무래도 누가 다른 전화번호를 가르쳐 준 듯했다. 그녀가 입을 열자마자 그레이는 그녀가 약속을 지키지 못하리라는 사실을 직감했다.

「기분은 어때, 리처드?」 그녀가 말했다.

「아주 좋아. 고마워.」

그러자 짧은 침묵이 흘렀다. 그러고는 수의 말이 이어졌다. 「공중전화라서 오래 얘기할 수가 없어.」

「그럼 끊어. 방으로 가서 내가 전화할게.」

「아니…… 기다리는 사람이 있어서. 실은 할 얘기가 있어. 이번 주에는 거기 못 가게 됐어. 다음 주에 가도 괜찮지?」

「아니, 안 괜찮아.」 그레이는 가슴이 철렁하는 듯한 실망감을 억누르려고 노력하며 말했다. 「올 거라고 약속했잖아.」

「못 가게 됐어.」

「문제가 뭔데?」

「기차비가 너무 비싸기도 하고, 또…….」

「내가 내겠다고 했잖아.」

「알아. 하지만 갈 시간이 없어. 마감인 데다 매일 출근해야 하거든.」

환자 두 명이 말없이 느릿느릿한 걸음으로 복도를 지나갔다. 그레이는 다른 사람이 들을까 봐 수화기를 귀에 바싹 가져다 댔다. 두 사람은 라운지로 통하는 문으로 들어갔다. 텔레비전에서 흘러나오는 음악 소리가 잠깐 들려왔다.

라운지 문이 닫히자 그레이는 말했다. 「이게 나한테 얼마나 중요한 일인지 몰라?」 그러나 그가 이 말을 하는 도중에 삑 하는 소리가 들렸다. 동전이 떨어지는 소리가 들리더니 다시 연결되었다.

「지금 뭐라고 했는지 못 들었어.」 수가 말했다.

「당신을 만나는 일이 내게는 아주 중요하다고 했어.」

「나도 알아. 미안해.」

「다음 주에는 틀림없이 올 수 있겠어?」

「노력해 볼게.」

「노력해 보겠다고? 당신도 오고 싶다고 했잖아.」

「응, 정말로 그러고 싶어.」

또 침묵이 흘렀다.

이윽고 그레이가 말했다. 「어디서 전화를 걸고 있어? 다른 사람하고 있는 거야?」

「집이야…… 복도에 있는 공중전화에서 걸고 있어.」

「지금 누군가 다른 사람하고 있어?」

「아니야, 리처드. 난 그냥 혼자서 내 방에서 일하고 있을 뿐이야. 작품을 완성해야 하거든.」

그레이는 그녀가 어디 사는지도 모른다는 사실을 깨달았다. 눈가로 땀 한 방울이 흘러내렸다.

「이봐, 1분 있으면 전화는 끊어질 거야. 동전 더 없어?」

「없어. 끊어야 할 거야.」

「제발 그러지 마. 돈을 좀 더 가져와서 내게 전화를 걸어

주든가, 아니면 당신 번호를 가르쳐 줘. 이쪽에서 걸게.」시
간은 계속 흘러가고 있었다.

「이번 일을 벌충할 수 있도록 가급적 주말에 갈게.」

「정말이야? 그건……」

그러나 삐삑거리는 소리가 그의 말을 중단시켰다. 그레이
는 좌절의 신음 소리를 흘렸다. 이번에는 동전 떨어지는 소
리가 들리지 않았지만, 회선이 다시 연결되었다. 공중전화에
서 마지막에 덤으로 주는 몇 초의 유예였다.

「부탁이야…… 지금 전화해 줘. 여기서 기다리고 있을게.」

「알……」 전화가 끊어졌다.

그레이는 수화기를 내려놓았다. 실망과 분노로 가슴속이
부글부글 끓었다. 건물 전체가 쥐 죽은 듯 조용하다. 마치 쩌
렁쩌렁 울린 그의 목소리를 모든 사람이 숨 죽인 채 듣고 있
었던 것처럼. 그러나 그것은 착각이었다. 여전히 라운지 문
너머로 희미한 텔레비전 소리가 들려왔고, 어딘가 아래쪽에
서는 중앙 집중 방식의 보일러가 평소 때처럼 희미하게 웅웅
거리며 돌아가고 있었다. 복도 끄트머리에서는 사람 목소리
도 들려왔다.

그는 휠체어에 앉은 채로 감정을 가라앉히려고 노력했다.
전화기는 머리 바로 위에 있었다. 자신이 부조리한 행동을
하고 있다는 사실은 알고 있었다. 마치 그녀가 모든 행동과
생각을 자신에게 보고해야 하는 서약을 깼다는 식이었다.

10분쯤 지났을 때 또다시 전화벨이 울렸다. 그레이는 낚아
채듯이 수화기를 들고 귀에 가져다 댔다. 또 그 빌어먹을 삐
삑 소리가 들렸다.

수가 말했다.「동전을 하나밖에 빌리지 못했어. 2분쯤 얘
기할 수 있을 거야.」

「알았어. 그럼 주말에……」

「부탁이니 말을 하게 해줘, 리처드. 내가 당신을 낙담시켰다는 건 알지만, 당신이 거기 있다는 걸 알았을 때 나는 앞뒤 생각 없이 무조건 당신을 만나러 갔어. 일단 하던 일을 마쳐야 하지만, 주말에 꼭 갈게…… 약속할 수 있어. 하지만 돈을 좀 보내 줬으면 해.」

「난 당신 주소를 몰라!」

「종이 가지고 있어? 아니면 머리에 새겨 둘 수 있어?」 그녀는 빠른 말투로 북런던의 주소를 말했다. 「제대로 받아 적었어?」

「내일 수표를 보낼게.」

「그리고 하나 더 얘기할 것이 있어. 시간이 없으니까 중간에서 끼어들지는 말아 줘. 당신이 나를 기억하지 못해서 뒤숭숭했지만…… 당신을 본 이후로 난 계속 당신 생각만 하고 있었어. 아직도 사랑하고 있는 것 같아.」

「아직도?」

「예전부터 줄곧 그래 왔어, 리처드. 처음부터. 곧 기억할수 있을 거야, 틀림없이.」

그는 미소를 지었다. 자기 귀가 의심될 지경이었다.

「계속 여기 이렇게 입원해 있지는 않을 거야.」 그는 말했다. 「1~2주일 후엔 퇴원할 수 있어. 몸이 훨씬 좋아졌거든.」

「휠체어에 앉아 있는 걸 보니 정말 끔찍했어. 옛날엔 그렇게 행동적이었는데.」

「오늘은 한참 걸을 수 있었어……. 방 안을 다섯 번이나 왕복했거든. 매일 조금씩 횟수를 늘리고 있어. 주말이라고 했지. 꼭 와줄 거지?」

「물론 갈 거야! 당신이 보고 싶어 미치겠어.」

그녀가 야기한 음울한 기분은 어느새 씻은 듯 사라졌다. 「정말 미안했어…… 여기서 난 정말 고립되어 있어. 다음번에는 다를 거야.」

「나도 알아.」 또다시 삑삑거리는 소리가 시작되었지만, 이
번에는 신경이 쓰이지 않았다. 회선이 다시 통하자 수가 말
했다. 「금요일에 갈게.」

「알았어. 그럼 잘 있어.」

「잘 있어, 리처드.」 전화가 끊겼다.

그는 수화기를 내려놓고 휠체어를 움직여 복도를 되돌아
갔다. 혼신의 힘을 다해 바퀴를 밀었다. 복도 끝에서 그는 홱
방향을 돌려 엘리베이터 안으로 들어갔다.

일단 방으로 돌아온 다음 그는 경찰이 보내온 개인 서류가
든 마분지 상자를 꺼내서 수표책을 찾아보았다. 이런 카드와
서류 따위를 보는 것만으로도 과거의 그를 흘낏 보는 듯한
느낌이었다. 운전 면허증, 두 장의 신용 카드, (이제는 기한
이 지난) 수표 보증 카드, 영국 영화 학교 회원증, BBC 클럽
카드, A.C.T.T.[3]의 조합원 카드, 자동차 보험증, 은행 고지
서, 내셔널트러스트 회원증…….

수표책을 찾아내어 100파운드 수표를 썼다. 병원 편지지
에 메모를 한 다음 수표와 함께 편지봉투에 집어넣었다. 수
가 가르쳐 준 주소를 봉투에 쓰고, 내일 아침 잊지 않고 부칠
수도 있도록 봉투를 세워 두었다.

잠시 휠체어에 등을 기대고 앉아, 통화가 끝날 무렵 그녀
가 했던 친밀하고 애정이 담긴 말들을 좋은 기분으로 반추해
보았다. 눈을 감고 그녀의 얼굴을 머리에 떠올렸다.

잠시 후 그는 테이블 위에 널린 서류들을 다시 점검하기
시작했다. 이곳 데번 주에 도착했을 때부터 가지고 있었지만
거들떠보지도 않았던 것들이었다. 이것들보다 더 무의미한

---

3 Association of Cinematograph, Television & Allied
Technicians. 영화 촬영, 텔레비전 및 관련 기사 조합.

것은 상상하기 힘들었기 때문이다. 그레이가 처리해야 하는 일은 — 얼마 되지도 않았지만 — 신문사가 고용한 변호사가 모두 맡고 있었다. 사실, 수를 위해 서명한 수표는 폭탄 사건이 있고 나서 처음으로 쓴 수표였다.

갑자기 흥미를 느낀 그레이는 수표책을 열고 그가 지금까지 발행한 수표의 부본(副本)을 훑어보았다. 25장의 수표 중 반 정도가 사용되었고, 부본에 쓰인 날짜는 모두 폭탄 사건 직전의 것들이었다. 혹시 실마리를 찾을 수 있을까 하고 하나씩 확인해 보았지만 곧 아무 소용도 없다는 것을 깨달았다. 대다수는 현금을 인출하기 위해 쓴 것이었다. 그것들 말고도 브리티시 텔레컴으로 보낸 것 하나, 런던 전력국으로 보낸 것 하나, 그리고 G.F.&T. 유한회사 앞으로 보낸 12파운드 53펜스의 수표가 하나 있었다. 마지막 것은 어떤 회사인지 알 수가 없었지만, 그다지 중요해 보이지는 않았다.

주소록도 상자 안에 들어 있었다. 플라스틱 커버가 달린 작은 공책이었다. 평소에 남의 주소를 잘 기록하지 않는 버릇이 있기 때문에 대부분 공란이라는 사실을 알고 있었지만, 그래도 K항목을 찾아보았다. 수의 이름은 나와 있지 않았다. 놀랄 것도 없었지만 조금 낙담한 것이 사실이었다. 나와 있었다면 일종의 증거로, 사라진 과거에 대한 연결 고리가 될 수 있었을 텐데.

그는 주소록 전체를 샅샅이 훑어보았다. 대다수의 주소는 기억에 있는 사람들 것이었다. 동료들, 옛 여자 친구들, 오스트레일리아에 사는 고모. 몇몇 이름 옆에는 단지 전화번호밖에 씌어 있지 않았다. 주소록에 포함된 모든 것들은 그가 기억하고 있는 낯익은 과거의 일부였다. 새로운 것은 전혀 나오지 않았다.

주소록을 상자에 넣으려는 순간 맨 뒤 페이지를 보면 어떨까 하는 생각이 떠올랐다. 이따금 그곳에 메모를 하곤 했다는 생각이 났던 것이다. 그리고 그곳에서 그는 자신이 찾고 있던 것을 찾아냈다. 뭔가를 계산하며 써놓은 숫자들과 치과 예약 시간과 두어 개의 낙서 사이에서 〈수〉라는 단어를 발견했던 것이다. 그 옆에는 런던의 전화번호가 씌어 있었다.

한순간 그레이는 수화기를 들고 당장 그녀에게 전화를 걸고 싶다는 유혹에 사로잡혔다. 자신의 과거 속에서 그녀를 발견했다는 사실을 축하하기 위해서 말이다. 그러나 꾹 참았다. 아까 나눴던 대화만으로도 충분했다. 주말이 되면 그녀를 만날 수 있을 것이니, 쓸데없는 짓을 해서 그녀가 또 마음을 바꾸는 계기를 제공하고 싶지는 않았다.

그는 주소록을 호주머니에 집어넣었다. 그녀가 여전히 이 번호를 쓰고 있는지 묻는 일은 쉬웠다. 그런다면 그가 필요로 하는 종류의 증명을 얻을 수 있고, 자기 자신과의 연결 고리를 확인할 수 있을 것이다.

8

다음 날 아침 그레이는 허디스 박사의 사무실을 방문했다. 여전히 어제 저녁과 마찬가지로 낙관적인 기분이었고, 처음으로 진통제를 먹지 않고 잠을 푹 잤다. 그를 기다리고 있던 허디스 박사는 방 안에 있던 젊은 여자를 소개했다.

「리처드, 내 밑에 있는 대학원 연구생 미스 알렉산드라 가워스라네. 이 친구는 리처드 그레이야.」

「처음 뵙겠습니다.」

그들은 정중한 태도로 악수를 나누었다. 그레이는 여자가 아주 젊어 보인다는 사실을 깨달았다. 빨간 치마에 검은 울 스웨터 차림이었고, 검은 머리를 길게 기르고 안경을 끼고 있었다.

「리처드, 자네가 허락해 준다면 최면 치료를 받을 때 미스 가워스도 함께 있었으면 하네. 혹시 그러고 싶지 않나?」

「아니요, 괜찮습니다.」

「오늘은 단지 예비적인 세션에 불과해. 우선 자네를 가벼운 최면 상태로 유도하고 자네가 거기에 어떻게 반응하는지 알아볼 생각이야. 일이 순조롭게 진행되면, 조금 더 깊은 최면을 걸게 될 거야.」

「선생님 판단에 맡기겠습니다.」 그레이는 말했다. 그날 아침 그는 최면에 걸리면 어떤 기분일지 궁금해하고 있었지만, 별다른 불안을 느끼지는 않았다.

허디스 박사와 젊은 여자는 휠체어에서 일어나는 그를 부축했고, 허디스는 그가 가죽 의자에 편하게 앉도록 해주었다.

「뭐 질문할 것이 있나, 리처드?」

「그 최면 상태에 관해 알고 싶습니다…… 저는 의식을 잃게 되는 겁니까?」

「아니야, 계속 깨어 있을 거야. 무슨 일이 일어났는지도 모두 기억하고. 최면은 단지 긴장을 푸는 한 가지 방법에 불과하다네.」

「그럼 괜찮겠군요.」

「내가 원하는 건 자네가 가능한 한 협력해 주는 일이야. 말을 해도 좋고, 손을 움직이거나 눈을 움직여도 좋네. 그렇다고 해서 최면이 깨지는 않으니까 말이야. 중요한 건 최면을 건다고 해서 모든 것을 한꺼번에 알아낼 수는 없다는 점이야. 그렇다고 해서 실망할 필요는 전혀 없네.」

「저도 그건 이해합니다.」

「좋아.」 그레이 곁에 서 있던 허디스는 위로 손을 뻗어 각도 조정이 가능한 조명 스탠드를 잡아당겨 불빛이 그레이 머리 위로 떨어지도록 했다. 「이게 보이나?」

「예.」

허디스는 전등을 조금 뒤로 잡아당겼다. 「그럼 이러면 어떤가?」

「그럭저럭 보입니다.」

「전등이 자네의 시야 가장자리에 오도록 계속 위를 바라보고 있게. 몸에서 최대한 힘을 빼고, 규칙적으로, 편하게 숨을 쉬게. 내가 하는 말에 귀를 기울이고, 눈이 피곤해지면 감아도 상관없네.」 그레이는 가죽 의자 옆에 있던 알렉산드라 가위스가 벽 쪽에 놓인 곧은 등받이가 달린 의자로 가서 앉았다는 사실을 자각하고 있었다. 「전등을 계속 시야에 넣은 채로 내 말에 귀를 기울이게. 그러면서 수를 거꾸로 세기 시작하는 거야. 머릿속에서, 300부터 세기 시작하게. 지금 세. 내가 하는 말에 귀를 기울이면서, 계속 머릿속에서 천천히 299 세는 거야. 숨을 내쉬면서 아주 298 천천히, 살짝 말일세. 아무 생각도 하지 말고 297 단지 전등을 올려다보면서 296 천천히 수를 세게. 내 말이 295 들리지. 몸의 긴장이 완전히 풀리고 294 편안해졌어. 아주 편하고, 293 다리가 무거워지고 있네. 팔이 아주 무거워졌고 292, 두 눈도 아주 291 무거워지고 있어. 원한다면 눈을 감아도 좋지만, 천천히 수를 290 세면서 내 말에 귀를 기울여. 몸이 아주 편해졌고 289 눈이 감겼지만 자네는 아직도 천천히 수를 288 세면서 과거로 흘러가고 있네. 과거로 천천히 흘러가면서 287 자네는 졸리고, 뒤로 갈수록 몸이 더 편안해지고, 졸리고, 내 목소리를 듣고 있지만 계속 졸리고, 점점 깊게, 깊게 잠들게 되지만, 여전히 내 목소리를 듣고 있네……」

그레이는 긴장이 풀린 것을 느꼈다. 쾌적하고 졸렸지만 여전히 주위 환경을 모두 인식하고 있었다. 눈을 감은 채로 허디스 박사의 목소리에 귀를 기울이고 있었지만, 그 외의 것들도 지각할 수 있었다. 두 사람이 이야기를 나누며 바깥 복도를 지나갔고, 방 어딘가에서 알렉산드라 가위스가 찰칵 하고 볼펜 스위치를 누르는 소리와 종이를 부스럭거리는 소리가 들렸다. 옆방에서 전화벨이 울렸고, 누군가가 응답했다. 허디스가 암시한 대로 몸의 긴장은 풀렸지만, 마음만은 완전히 깬 상태였다.

「……과거를 향해 흘러가면서, 졸리고, 내 말에 귀를 기울이고, 몸이 편안해지고, 점점 졸려 오네. 좋아, 리처드. 아주 좋아. 자, 계속 그렇게 심호흡을 하고 있게. 하지만 이제 오른손에 집중하게. 자네 오른손을 머리에 떠올리고, 어떤 느낌이 오는지 생각하고, 정신을 집중하는 거야. 아마 자네 오른손은 뭔가 아주 부드러운 것, 아주 가벼운 것 위에 얹혀 있을지도 몰라. 아주 가벼운 그것이 자네 손을 받치고 있고, 그건 아래쪽에서 자네 손을 아주 살짝 들어 올리면서, 자네 손을 들어 올리고, 자네 손을 들어 올리고…….」

허디스가 이런 말들을 했을 때 그레이는 놀랍게도 자신의 손이 무릎 위에서 올라가는 것을 느꼈다. 손은 조금씩 위로 올라갔고, 마지막에는 천장을 향해 거의 수직으로 뻗은 위치에서 멈췄다.

「좋아, 아주 잘했네. 자 이제는 공기 속에서 그걸 느껴 보게. 손을 살짝 지탱해 주고 있는 주위의 공기를 느끼는 거야. 공기는 손을 들어 올리고 있고, 공기가 그걸 들어 올리고, 들어 올리고, 이제는 공기가 들어 올린 탓에 손을 내릴 수가 없어…….」

내려 봐야 한다는 생각이 들어, 그레이는 팔의 근육에 힘을 주고 손을 내리려고 해보았지만…… 뭔가 부드럽게 그의 손을 지탱하고 있는 듯한 감각은 확고했고, 손은 그대로 원래 위치에 고정되어 있었다.

「……들어 올리고 있지만, 내가 다섯까지 세자마자 손을 내려야 하네. 내가 하나에서 다섯까지 세면 손은 그 즉시 아래로 내려오지만, 다섯을 센 뒤에만 내려올 거야, 리처드. 하나…… 둘…… 자네 손은 여전히 공기에 감싸여 움직이지 않아…… 셋…… 넷…… 자, 이제 공기가 자네 손을 놓아주는 것을 느낄 수 있어…… 다섯…… 손이 자유로워졌네.」

마치 자기 자신의 의지를 가진 것처럼 손은 천천히 그의 무릎 위로 내려왔다.

「……잘했네, 리처드. 아주 좋았어. 자, 이제 계속 천천히 숨을 쉬게. 몸 전체에서 힘이 빠지고 편한 상태이지만, 내가 눈을 뜨라고 하면 눈을 뜨게. 하지만 내가 그러라고 할 때까지 그러면 안 돼. 눈을 뜨고 나서는 방을 둘러볼 수 있고, 내가 눈을 뜨고 방을 둘러보라고 하면 자네는 방을 둘러봐야 하지만 내가 둘러보라고 할 때까지는 그러면 안 돼. 자네는 미스 가워스를 찾아야 해, 미스 가워스를 찾아야 하지만, 자네는 그녀를 볼 수가 없을 거야. 내가 다섯을 셀 때까지 눈을 뜨면 안 돼. 내가 하나에서 다섯까지 센 다음 눈을 뜨게……」

허디스는 단조로운 목소리로 말을 계속했고, 이 목소리에 귀를 기울이고 있던 그레이는 나직한 상대방의 목소리에서 저항할 수 없는 강한 구속력을 느꼈다.

「……내가 다섯을 셌을 때 눈을 뜨게…… 하나…… 둘…… 셋…… 넷……조금 있으면 눈을 뜨게 돼…… 다섯……」

그레이는 눈을 떴고, 조금 떨어진 곳에서 그를 바라보며 친숙한 표정으로 보일락 말락 하는 미소를 띠고 있는 허디스 박사를 보았다.

「자넨 미스 가워스를 볼 수 없네, 리처드. 하지만 미스 가워스를 찾아보게. 방 안을 둘러보는 거야. 하지만 미스 가워스를 볼 수는 없네. 이제 찾아보게……」

그레이는 의자가 여러 개 놓인 벽 쪽을 향해 고개를 돌렸다. 그곳에 그녀가 있다는 사실을 알고 있었기 때문이다. 아까 그녀가 의자에 앉는 소리를 들었고, 또 방금 펜으로 노트에 뭐라고 끼적이는 소리가 들렸지만, 그쪽을 바라보자 그녀는 없었다. 어딘가 방 안 다른 곳으로 갔나 하고 재빨리 방 안을 둘러보았지만 방 안 어디에도 그녀의 모습은 없었다. 그는 다시 의자들 쪽을 보았다. 그녀가 그곳에 〈있다〉는 사실을 알고 있었지만 볼 수가 없었다. 창문으로 들어온 약한 햇살이 벽 쪽을 비췄지만, 그녀의 그림자조차 볼 수 없었다. 그레이는 그녀의 붉은 스커트와 검은 스웨터를 머리에 떠올려 보았지만, 아무 소용도 없었다.

「원한다면 말을 해도 좋네, 리처드.」

「미스 가워스는 어디 있습니까? 방에서 나간 겁니까?」

「아니, 여전히 이 방 안에 있다네. 자, 등을 기대고 편히 앉게. 눈을 감고, 숨을 고르고 팔다리에서 힘을 빼는 거야. 점점 졸음이 오네. 좋아, 아주 좋아. 다시 흘러가는 느낌을 받고, 천천히 과거를 향해 돌아가기 시작하네. 이제 자네는 아주 졸려, 아주 졸리고, 점점 더 깊게, 깊게 옛날을 향해 흘러가고 있어. 좋아. 깊게, 더 깊게. 이제 열까지 세겠네. 하나에서 열까지 세면, 점점 더 깊게, 깊게 흘러가고, 내가 수를 하나씩 셀 때마다 점점 더 깊게 흘러가고, 점점 더 졸리게 될 거야. 하나…… 아주 깊게…… 둘…… 자네는 더 깊게 흘러가고 있네…… 셋…….」

그러자 공백이 찾아왔다.

그러고 나서 이런 소리가 들려왔다. 「……일곱…… 아주 상쾌하고, 기쁘고, 침착한 기분이야…… 여덟…… 자네는 점점 잠에서 깨기 시작하고, 완전히 눈을 뜨고, 맑은 정신이 되고, 아주 침착한 기분이 될 거야…… 아홉…… 이제 자네의 잠은 아주 가볍고, 훨씬 가볍고, 눈꺼풀에 쏟아지는 햇살을 느낄 수 있고, 잠시 후 자네는 눈을 뜨고 완전히 잠에서 깨네. 그리고 자넨 침착하고 기쁜 기분을 느낄 거야…… 열…… 이제 눈을 떠도 좋네, 리처드.」

그레이는 몇 초 더 기다렸다. 편안한 의자에 앉아 무릎 위에 손을 올려놓은 자세로, 세션이 끝난 것을 아쉬워하고 있었다. 마법의 주문을 깨뜨리는 것이 아쉬웠다. 최면 상태로 있으면서 그는 경직된 몸으로부터 줄곧 자유로울 수 있었고,

통증이 오지 않을까 걱정할 필요도 없었던 것이다. 그러나 눈꺼풀이 파르르 떨렸고, 그레이는 곧 눈을 완전히 떴다.

〈무슨 일이 일어났군.〉 이것은 두 사람을 보았을 때 처음으로 그의 뇌리에 떠오른 생각이었다. 두 사람 모두 의자 옆에 서서 그를 내려다보고 있었다.

「기분이 어떤가, 리처드?」

「좋습니다.」 그러나 몸의 통증이 다시 돌아오고 있었다. 허리와 등과 어깨에 이제는 익숙해진 뻣뻣한 느낌이 스며들기 시작했던 것이다. 「뭔가 문제라도 있습니까?」

「아니, 물론 아무 문제도 없었네. 커피 한잔하겠나?」 그레이가 그러고 싶다고 하자 알렉산드라 가워스는 노트를 내려놓고 방에서 나갔다. 허디스의 태도는 어딘가 무뚝뚝하고 어색했다. 그는 다른 의자로 가서 앉았다.

「자, 질문을 좀 해보겠네. 방금 일어난 일들을 모두 기억하고 있나?」

「그런 것 같습니다.」

「그걸 내게 얘기해 주겠나? 가장 처음 기억나는 일이 무엇인가?」

「300에서부터 거꾸로 수를 세라고 말하셨고, 저는 그 말에 따랐습니다. 정신을 집중하는 것이 힘들었고, 얼마 후에는 그러는 걸 포기했습니다. 다음에 기억나는 것은 내 손이 공중으로 올라갔고, 박사님이 놓아주실 때까지 아래로 내릴 수 없었던 일입니다. 그런 다음 박사님은 미스 가워스를 사라지게 했습니다.」

허디스는 천천히 고개를 끄덕였다. 「그런 일들을 한 사람은 자네이고, 내가 아니라는 점만 지적하고 넘어가겠네.」

「그렇게 얘기하신다면 그렇겠지요.」

「그다음에 기억나는 건 무엇인가?」

「박사님은…… 그보다 더 멀리 가려고 하다가 마음을 바꾸셨습니다. 정확히 무슨 일이 일어났는지 확신이 없군요. 저는 최면에서 깨어나기 시작했습니다.」

「기억나는 건 그게 전부인가?」

「예.」

알렉산드라 가워스가 커피 세 잔을 올려놓은 작은 쟁반을 들고 방으로 돌아왔다. 그녀가 커피 잔을 건네는 동안 허디스는 방금 그레이가 한 말을 되풀이했다. 알렉산드라는 자기 의자에 앉으며 말했다. 「그렇다면 자발적인 것이군요.」

「나도 그렇게 생각해.」 허디스가 말했다.

그레이가 느끼고 있던 가벼운 행복감은 이런 냉랭한 분위기 탓에 금세 증발해 버렸다. 그는 말했다. 「무슨 말을 하고 계신 건지 얘기해 주실 수 없습니까?」

「최면을 걸어 보고 자네는 아주 좋은 피험자라는 사실을 알 수 있었네.」 허디스가 말했다. 「나는 전혀 힘들이지 않고 깊은 최면 상태를 이끌어 낼 수 있었어. 보통 피험자는 최면에서 깬 뒤에도 그런 일들을 기억하기 마련이지만, 안 그러는 경우도 있어. 자네가 바로 그런 경우라고 생각하네. 자네는 약 45분 동안 깊은 최면 상태에 빠져 있었어. 그걸 기억하고 있기를 바랐는데.」

「그건 자발적 기억 상실이라는 이름으로 알려진 거예요.」 알렉산드라 가워스가 이렇게 말하자, 허디스는 날카로운 표정으로 그녀를 흘끗 보았다.

「그건 전문 용어에 불과해, 리처드.」

「물론 그렇겠죠.」 그레이는 나직한 목소리로 말했다. 과거 몇 달 동안 그가 들어야 했던 말 대부분은 전문 용어들로 이루어져 있었다. 설명을 들을 수 있을 때도 있고, 못 들을 때도 있었다. 더 이상 그런 일에 신경이 쓰이지는 않았다. 곧 퇴원해서 보통 사람들이 하는 보통 이야기를 들을 수 있을 것이라고 생각했기 때문이다.

「중요한 건 기억 상실로 모호해진 과거의 시점까지 내가 자네를 퇴행시켰다는 사실이야. 자력으로 그걸 기억해 낼 수 있다면 좋겠지만, 안 그럴 경우 자네의 기억을 슬쩍 건드리면 도움이 될 수 있을지도 모르네.」

「그렇다면 저를 과거로 돌려보냈다는 말씀이십니까?」 그레이는 흥미를 느끼고 말했다.

「자네가 깊은 최면 상태에 빠져 있었을 때 나는 자네더러 작년에 일어났던 일들을 기억해 보라고 했어. 대체적으로 지난여름이 끝나갈 무렵이지. 자동차 폭탄 사건은 9월 초에 일어났으니까 말이야. 맞지?」

「예.」

「예상했던 것처럼 자네는 트라우마에 시달리고 있는 것처럼 들렸네. 목소리가 감정적으로 변하면서 알아듣기 힘든 부분이 많아졌어. 자네가 어디 있는지 말해 보라고 해도 자네는 얘기해 주지 않았어. 혹시 다른 사람과 함께 있느냐고 물으니까 여자와 있다고 하더군.」

「수잔 쿨리!」

「자네는 수라고 부르더군. 솔직히 말해서 리처드, 이런 일들만 가지고서는 아직 결론을 내릴 수가 없네. 앞으로도 몇 번 더 세션을 가져야 할 거야. 자네가 한 이야기 대부분을 알아들을 수가 없었네. 예를 들어 자네가 한 말 일부는 프랑스어였어.」

「프랑스어! 하지만 저는 프랑스어를 할 줄 모릅니다! 흠, 거의 모른다고 해야겠지요. 왜 최면 상태에서 제가 프랑스어를 했을까요?」

「이따금 일어나는 일이네.」

「흐음, 제가 뭐라고 하던가요?」

알렉산드라 가워스는 자기 노트를 펼쳐 놓고 있었다. 그녀가 말했다. 「어떤 시점에서 우리는 당신이 *encore du vin, s'il vous plaît*(와인을 더 부탁합니다)라고 말하는 것을 들었어요. 마치 레스토랑에 가 있는 것처럼 말이에요.」

그레이는 미소 지었다. 마지막으로 프랑스에 간 것은 3년 전의 일이었다. 프랑스 대통령 선거를 보도하기 위해 스태프들과 함께 파리로 갔던 것이다. 그들은 통역으로 방송국의 연구 조수를 데리고 갔고, 그레이 자신은 여행 중 거의 한마디도 프랑스어를 하지 않았다. 그 여행에서 가장 기억에 남았던 사건은 어느 날 밤 그 조수와 잔 일이었다.

「그건 설명하기 힘들군요.」 그레이는 말했다.

「그럴지도 모르겠군.」 허디스는 말했다. 「하지만 그런 일을 무조건 부인해서도 안 되네.」

「하지만 제가 어떤 추측을 해야 한단 말입니까? 작년 여름 제가 프랑스에 있었다는 말입니까?」

「무작정 추측하는 것은 바람직하지 않네. 하지만 자네가 꼭 봐야 할 것이 하나 있네.」 허디스는 그레이에게 노트에서 뜯어 낸 것이 역력해 보이는 종이 한 장을 건넸다. 「누구 글씨인지 알겠나?」

그레이는 종이를 흘끗 보고는 화들짝 놀라면서 다시 한 번 자세히 들여다보았다. 「제 글씨입니다!」

「그게 무슨 뜻인지 아나?」

「이걸 어디서 구하셨습니까? 이런 걸 쓴 기억은 없는데요.」 그는 재빨리 종이에 쓰인 글을 읽었다. 공항의 승객용 라운지처럼 보이는 장소를 묘사한 글이었다. 붐비는 인파, 확성기에서 흘러나오는 안내 방송, 항공사의 안내 데스크 따위에 관한. 「편지의 일부처럼 보이는군요…… 제가 언제 이

걸 썼습니까?」

「20분쯤 전에.」

「설마요. 그럴 리가 없습니다!」

「자네는 종이를 달라고 했고, 그 종이는 미스 가워스가 노트에서 뜯어 낸 거라네. 글을 쓸 때는 아무 말도 하지 않았고, 내가 펜을 빼앗으니까 그제야 쓰는 걸 멈추더군.」

그레이는 다시 종이에 쓰인 글을 읽어 보았지만, 내용의 어떤 부분도 그의 기억의 금선을 울리지는 않았다. 문체는 어딘가 낯이 익었지만, 이것은 이 글이 공항의 북적거리고, 따분하고, 초조함을 전달하고 있다는 의미에서 그렇다는 뜻이었다. 그레이는 직업상 여러 번 비행기를 탔지만, 어떤 이유에선가 실제로 비행기에 탑승하기 전의 마지막 한 시간은 언제나 작은 고역이었다. 비행기 타는 것을 두려워하고 있었다면 과장이 되겠지만, 비행기를 탈 경우 그는 언제나 신경을 곤두세우며 긴장했고, 한시라도 빨리 비행이 끝나기를 기다리는 경향이 있었다. 따라서 이것은 그가 글로 쓰거나 묘사할 수도 있는 사항이었다. 그러나 그날 아침의 정신 상태에는 전혀 걸맞지 않은 엉뚱한 화제라고 할 수 있을 것이다.

「이건 도대체 뭘까요?」 그는 허디스에게 말했다.

「생각해 봐도 모르겠나?」

「모르겠습니다.」

「자네가 말했듯이 편지의 일부일 수도 있어. 최면에 의해 해방된 무의식적 기억의 일부라고 할 수도 있겠지. 책의 일부를 발췌했거나, 아니면 과거에 읽은 적이 있는 글일 가능성조차 있네.」

「만약 무의식적인 기억의 일부라면 어떻게 됩니까? 이것이 해답이 될 수 있는 겁니까?」

「모든 가능성 중에서 가장 주의해야 하는 건 바로 그 부분이라네.」 허디스는 벽에 걸린 시계를 흘낏 보면서 말했다.

「하지만 그것이야말로 제가 찾으려고 하는 것 아닙니까!」

「맞아, 하지만 신중해야 하네. 앞으로도 갈 길은 멀어. 다음 주에 다시 만날 수 있을까?」

그레이는 불만이 꿈틀거리는 것을 느꼈다. 「가급적 빨리 퇴원할 생각입니다만…….」

「하지만 다음 주에 퇴원하는 것은 아니지 않나?」

「흠, 그거야 그렇지만…… 빠르면 빠를수록 좋습니다.」

「알았네.」 허디스가 자리를 뜰 작정이라는 것은 명백했다. 알락산드라 가워스 역시 의자에서 일어난 상태였다.

여전히 팔걸이의자에 앉은 채로 그레이가 말했다. 「하지만 저는 이걸 어떻게 봐야 합니까? 조금이라도 진전이 있었습니까?」

「다음 세션에서는 깊은 최면 상태에서 일어나는 일을 기억하라는 암시를 심어 두겠네. 그러면 제대로 해석할 수 있는 가능성도 더 커질 거야.」

「이것은 어떻게 할까요?」 그레이는 글이 쓰인 종이에 관해 물었다. 「제가 가지고 있어야 합니까?」

「원한다면 그러게나. 아니, 다시 생각해 보니 내 임상 메모와 함께 보관해 놓는 편이 좋겠군. 시간을 들여 연구를 해보고, 다음 주에 역행 최면을 걸 때 참고할 수 있을지도 모르니까 말이야.」

허디스는 그레이의 손에서 종이를 집어 들었다. 그레이는 관심이 가기는 했지만 딱히 중요한 내용이라고는 생각하지 않았다.

알렉산드라가 방에서 나가기 전에 그에게 다가왔다.

「오늘 참관을 허락해 주셔서 고맙습니다.」 그녀는 이렇게 말하며 손을 내밀었다. 두 사람은 처음에 그랬던 것처럼 정중하게 악수를 나누었다.

「내가 당신을 보려고 했을 때, 여기 이 방에 있었단 말입니까?」

「저는 의자에서 단 한 발짝도 움직이지 않았어요.」

「그럼 왜 저는 당신을 보지 못한 겁니까?」

「한 번은 제 눈을 똑바로 쳐다보시더군요. 그건 피암시성을 측정하기 위해 흔히 쓰는 테스트예요. 유도된 음성 환각 *induced negative hallucination*이라고 불리는 것이죠. 그레이 씨는 제가 저기 있는 것을 알고 있었고, 저를 보려면 어떻게 해야 하는지도 알고 있었지만, 마음이 저를 인식하지 못했던 거예요. 무대에서 공연을 하는 최면술사들도 비슷한 효과를 만들어 내지만, 그 사람들은 주로 피험자들에게 옷을 벗은 상태의 사람들을 보이려고 해요.」 그녀는 진지한 얼굴로 이렇게 말하며 옆구리에 노트를 꼈다. 그러고는 안경을 코 위로 밀어 올렸다.

「그렇군요. 흐음, 어쨌든 간에 당신을 열심히 찾게 되어서 영광입니다.」

「기억을 되찾으셨으면 좋겠군요. 어떤 결과가 나올지 저도 큰 흥미를 느끼고 있어요.」

「저도 마찬가지입니다.」 그레이가 말했다. 두 사람 모두 미소를 지었다.

9

그날 저녁 방에 혼자 있던 리처드 그레이는 휠체어에서 몸을 일으킨 다음 지팡이를 짚고 방 안을 왔다 갔다 하기 시작했다. 조금 시간이 흐른 뒤에는 수영을 못하는 사람이 뱃전에서 물로 뛰어드는 듯한 기분으로 방에서 나가 복도 끝까지 갔다가 되돌아왔다. 매우 힘이 들었다. 잠깐 쉬었다가 다시 같은 일을 반복했다. 힘이 달릴 때마다 잠시 걸음을 멈추고 쉬었기 때문에 이번에는 훨씬 더 오랜 시간이 걸렸다. 급기야는 둔부를 망치로 두들겨 맞고, 멍이 잔뜩 든 듯한 느낌을 받았다. 침대에 가서 누웠지만 아픔 탓에 잘 수가 없었다. 그는 이 긴 회복 기간을 가능한 한 빨리 끝내려고 결심했다. 그의 마음과 몸은 함께 회복될 것이라는 느낌을 받고 있었다. 일단 제대로 걸을 수 있어야 기억도 돌아올 것이고, 기억이 돌아와야 제대로 걸을 수 있는 것이다. 예전에는 시간이 지나면 해결될 것이라는 수동적인 만족감에 잠겨 있었지만, 이제 그의 삶은 변해 있었다.

다음 날 그는 제임스 우드브리지와 면담했지만 최면 시에 일어난 일에 관해서는 아무 언급도 하지 않았다. 더 이상의 해석도, 전문 용어도 듣고 싶지 않았기 때문이다. 이제는 사라진 과거를 어떤 식으로든 기억해 내야 하고, 그 사실은 어떤 의미에서는 전체적인 회복을 상징하고 있다는 확신이 있었다. 그 기억은 그레이 자신의 미래를 향한 길을 열어 줄 것이다. 뚜렷하게 이유를 댈 수는 없었지만 자동차 폭탄 사건으로 이어지는 몇 주 동안은 매우 중요하고, 의미를 가진 시기였다. 아마 수와 연애를 한 것에 지나지 않을지도 모르지만, 그런 경우에도 그것을 기억해 내는 것은 중요했다. 그 조용한 인생의 공백은 여전히 미래에 대한 약속이었다.

목요일은 천천히 지나갔다. 혹은 그렇다고 느껴졌다. 그러나 곧 금요일이 되었다. 그는 방 안을 정돈하고, 병원 세탁실에서 깨끗한 옷을 가져와 갈아입고, 운동을 조금 한 다음, 다시 한 번 기억을 되살려 내는 일에 정신을 집중했다. 병원 스태프는 그가 수를 기다리고 있다는 사실을 알고 있었고, 그레이는 이들의 장난 섞인 농담을 웃는 낯으로 받아넘겼다. 그 어떤 것도 그의 좋은 기분을 깨뜨릴 수는 없었다. 모든 것이 그녀의 존재로 인해 고양되었고, 새로운 형태와 의미를 부여받고 있었다. 낮 시간이 천천히 흘러가고 저녁이 되자 그의 희망에는 걱정이 섞이기 시작했다. 늦은 시각에, 그가 생각했던 것보다 훨씬 더 늦은 시각에, 그녀는 공중전화에서 그에게 전화를 걸어왔다. 방금 토트네스 역에 도착했고, 택시를 타려고 한다는 전갈이었다. 반시간 뒤에 그녀는 그레이와 함께 있었다.

제3부

1

출발 표시판을 보고 내가 탈 비행기 편의 출발이 지연되었다는 것을 알았지만, 이미 여권 수속을 마치고 안으로 들어와 있었기 때문에 승객용 라운지에서 벗어날 방도가 없었다. 라운지는 활주로를 조망할 수 있도록 일면에 판유리 창문이 길게 나 있는 거대한 구획이었지만, 내부는 시끄럽고 후텁지근한 탓에 숨이 막혔다. 게다가 사람들로 붐비고 있었다. 이들 중 다수는 베니도름이나 파루, 아테네, 팔마 등지로 단체 여행을 떠나는 관광객들이었다. 갓난애들이 울고, 아이들은 노느라고 사방을 뛰어다니고, 스피커에서는 발착을 알리는 안내 방송이 주기적으로 흘러나왔다.

기차와 배편으로 프랑스로 가지 않은 것을 이미 후회하고 있었지만, 지금 같은 성수기에 도버 해협 횡단선을 한 번 타 본 적이 있기 때문에 나는 그것이 얼마나 쉽지 않은지를 잘 알고 있었다. 항공 여행은 워낙 빠른 탓에 비록 오늘처럼 짧은 여정일 경우에도 언제나 유혹적이었다. 그러나 그날 아침 집을 떠난 이래 나는 지체에 이은 지체를 잇달아 경험하고 있었다. 지하철을 두 번이나 갈아타고 런던을 횡단한 다음, 문까지 승객이 꽉 들어찬 만원 열차를 타고 개트윅 공항으로 와보니, 비행기가 늦는다고 했다.

몇 번을 탔는지 기억이 나지 않을 정도로 자주 비행기를 타고 다녔음에도 불구하고, 출발 전에는 언제나 불안을 느끼기 때문에, 나는 안절부절 못하고 라운지 안을 돌아다니며 주의를 딴 데로 돌려 보려고 했다. 책과 잡지 진열대를 훑어보다가 페이퍼백을 한 권 샀다. 세일 중인 장난감과 기념품을 둘러보았다. 여러 항공사의 안내 데스크 앞을 천천히 지나갔다. 브리티시 칼레도니아 항공, 브리티시 에어투어스, 댄 에어, 이베리아 항공. 앉아 쉴 만한 곳이 없었기 때문에 그냥 서 있든가 아니면 여기저기 돌아다니며 다른 승객들을 바라볼 수밖에 없었다. 나는 이와 비슷한 상황에서 언제나 하곤 하는 게임으로 시간을 때웠다. 나와 같은 비행기에 타는 사람들은 누구인지, 그 비행기를 탄 이유가 무엇인지, 목적지에 도착한 다음에는 어디로 갈 예정인지, 어떤 사람들인지 생각해 보는 것이었다. 예민한 직감 덕택인지 나는 같은 비행기에 탑승할 사람들이 누구인지 곧잘 맞추곤 했다. 예전에 오스트레일리아로 갔을 때, 인파로 붐비는 히스로 공항의 승객 라운지에서 나는 눈에 띄는 원색 옷을 입은 여자 하나를 지목했다. 그리고 나흘 후 멜버른의 스완스턴 가(街)에서 나는 바로 그 여자가 똑같은 옷을 입고 돌아다니는 것을 보았다.

오늘도 그와 똑같은 한가한 게임을 하고 있던 중에 나는 두 개의 엄청나게 큰 수하물을 든 중년 사내 하나와, 수수하고 가벼운 재킷과 청바지를 차려입은 젊은 여자와, 한 손에 경제 신문을 든 비즈니스맨으로 보이는 사내를 지목했다.

마침내 지체 원인이 해소되었는지 탑승하라는 방송이 세 편 연달아 흘러나왔다. 인파가 줄어들고 내가 지목한 사람들은 라운지에 남았다. 다음 탑승 안내는 내가 탈 여객기였고, 나는 사람들 뒤를 따라 탑승 게이트를 지나 신축식 통로로 들어갔다. 북적거리는 승객들 속에서 내 자리를 찾느라고 정신이 없었기 때문에 그 세 사람의 모습을 시야에서 놓쳤지만, 그리 중요한 일이 아니었기 때문에 신경 쓰지 않았다.

비행 시간은 극히 짧았다. 운항 고도로 올라가는가 싶더니 여객기는 이미 르 투케 공항에 접근하고 있었던 것이다. 개트윅 공항을 떠난 지 반시간 만에 우리는 승객 터미널에 도착했다. 승객 전원이 세관과 입국 심사대를 매끄럽게 통과했다. 나는 내가 탈 열차를 향해 갔다. 다른 승객들은 대부분 파리행 열차가 출발하는 곳으로 갔다. 나는 긴 열차 여행에 대비해서 먹을 것을 미리 샀다. 신선한 빵과 치즈, 조리된 고기 약간, 과일, 그리고 코카콜라 큰 병 하나.

처음에 탄 열차는 완행이어서, 앞길에 있는 모든 조그만 역에서 일일이 정차했다. 내가 열차를 갈아탈 릴 역에 도착한 것은 오후도 한참 지나서였다. 여기서 바젤로 가는 급행 열차에 탔지만, 놀랍게도 이 열차는 처음에 탔던 완행보다 한층 더 느리게 움직였고, 한층 더 빈번하게 정차했다. 네 번째로 정차하자 열차와 역 구내에는 거대한 침묵이 흘렀다. 10분에서 15분이 흘렀다.

나는 공항에서 산 페이퍼백을 읽고 있었고, 누군가가 바깥 통로를 걸어와서 내가 있는 칸막이방 앞에 멈춰 서는 소리에는 약간의 주의밖에 기울이고 있지 않았다. 문이 열리는 소리를 듣고 나는 고개를 들었다. 문간에 서 있던 사람은 중키에 보통 몸집을 한 젊은 여자였다.

그녀는 말했다. 「영국인이시죠?」

「예.」 나는 그녀가 표지를 볼 수 있도록 페이퍼백을 들어 올려 보였다.

「저도 그렇게 생각했어요. 릴행 열차에 탄 것도 봤고.」

「좌석을 찾고 계신가요?」 내가 이렇게 말한 것은 혼자 있기가 이미 따분해진 참이었기 때문이다.

「아니요. 자리는 이미 런던에서 예약해 뒀어요. 짐은 다른 칸막이에 있고. 문제는 제가 프랑스어를 잘 못한다는 거예요. 같은 칸에 있는 가족이 자꾸 말을 걸어와서. 무례한 행동을 하고 싶지는 않았지만…….」

「그래서 점점 스트레스를 받았던 거군요?」

열차가 휘청하더니 다시 멈춰 섰다. 차체 아래쪽 어딘가에서 발전기가 윙윙거리며 돌아가기 시작했다. 창밖 플랫폼에서는 프랑스 국유 철도의 제복을 입은 사내 두 명이 천천히 지나갔다.

「잠시 여기 함께 있어도 괜찮을까요?」 여자가 말했다.

「물론입니다. 저도 동행이 있는 쪽이 좋습니다.」

그녀는 미닫이문을 닫고 내 반대편 좌석에 앉았다. 소지품을 잔뜩 넣어 부풀어 오른 커다란 캔버스백을 들고 있었다. 그녀는 이것을 옆자리에 놓았다.

「전에도 뵌 적이 있습니다!」 나는 말했다. 「같은 비행기에서…… 그러니까, 개트윅 공항에서 오신 거 아닙니까?」

「예…… 저도 당신을 봤어요.」

「오늘 아침이군요!」 나는 놀란 나머지 웃음을 터뜨렸다. 여자가 출국 라운지에서 내가 지목했던 세 사람의 승객 중 한 사람이라는 사실을 갑자기 깨달았기 때문이다.

「어디로 가시는 길인가요?」 여자가 물었다.

「오늘 밤까지 낭시에 도착했으면 좋겠습니다.」

「우연의 일치겠지만…… 저도 마찬가지예요.」

「하루나 이틀 이상 머물지는 않을 겁니다. 그쪽은 어떻습니까? 친구들을 만나러 가는 길인가요?」

「아니요. 그냥 혼자 여행 중이에요. 남쪽으로 가서 사람들을 좀 만나려고 했지만, 그 사람들은 아직 제가 프랑스에 온지도 몰라요.」

갈색의 곧은 머리카락에 창백한 얼굴과 갸름한 손을 가진 여자였다. 20대 후반쯤 되어 보였다. 함께 가면 아주 좋을 것이라는 생각을 한 것은 나 자신의 무료함에서 벗어날 수 있다는 기대 때문이기도 했지만, 가장 큰 이유는 그녀가 쉽게 이야기를 나눌 수 있는, 호감이 가는 상대였기 때문이다. 그녀도 내게 흥미를 느낀 듯 이것저것 물어보며 말을 많이 하도록 만들었다.

「혹시 이 열차에 식당 칸이 있는지 알아요?」 그녀는 말했다. 「아침부터 아무것도 먹지를 못해서.」

「먹을 거라면 여기 잔뜩 가져왔습니다. 괜찮으시다면 함께 드시죠.」

나는 백을 열고 아까 요기를 하고 나중에 먹으려고 남겨둔 음식들을 그녀에게 건넸다. 나는 사과를 한 알 먹었고, 나머지는 그녀 차지가 되었다.

열차는 우리가 잡담을 하는 사이에 출발했고, 어느새 평탄하고 별 볼일 없는 시골을 지나가고 있었다. 창문을 통해 햇살이 쏟아져 들어왔지만 열 수 없는 창문이었기 때문에 칸막이방 안은 더웠다. 처음 문을 열고 들어왔을 때는 공항에서 본 웃옷을 입고 있었지만, 그녀는 그것을 벗어 머리 위의 선반에 올려놓았다. 그녀가 내게서 몸을 돌렸을 때 나는 그녀의 몸을 감상하지 않을 수 없었다. 날씬하고, 어깨가 조금 여위기는 했지만 매력적인 몸매였다. 블라우스 너머로 흰 브래지어 끈이 비쳐 보였다. 머리에 두서없는 에로틱한 공상이 떠올랐다. 오늘 밤 그녀는 어디 묵을 예정일까. 이 열차 여행이 끝나고 나서도 혹시 동행이 필요하지는 않을까. 여행 첫날에 이런 여자를 만나다니 믿기 힘들 정도로 운이 좋았다. 나는 혼자서 휴가를 보낼 계획을 세우고 이곳으로 왔지만, 꼭 무슨 원칙이 있어서 그랬던 것은 아니었다.

그녀가 음식을 마저 먹는 동안 우리는 이야기를 나눴고, 조금 후에야 통성명을 했다. 그녀의 이름은 수였다. 런던에 살고 있다고 했다. 내가 사는 플랫과 아주 가까운 것은 아니지만 넓게 보면 같은 지역이었다. 하이게이트에는 우리 두 사람이 자주 가던 퍼브가 있었다. 그녀는 자신이 프리랜스로 일하는 일러스트레이터라고 했고, 런던에서 미술 학교를 다녔지만 태어난 고향은 체셔 주라고 했다. 물론 나도 나 자신에 관해 이야기했다. 내가 취재한 사건들이나 내가 가본 장소들에 관해서, 내가 일을 그만둔 이유와 앞으로 무슨 일을 계획하고 있는가에 대해. 우리는 서로에게 큰 흥미를 느끼고 있었다. 적어도 나는 이토록 짧은 시간에 이렇게 자유롭게 개인적인 이야기를 나눌 수 있는 상대를 일찍이 만난 적이 없었다. 그녀는 내 이야기에 열심히 귀를 기울였다. 그녀는 우리가 앉은 좌석들 사이의 공간으로 몸을 내밀고, 한쪽으로 고개를 살짝 기울인 자세를 취했기 때문에 마치 내가 앉은 좌석 옆을 바라보는 듯한 인상을 받았다. 나는 몇 번 의식적으로 화제를 바꾸려고 노력했고, 그녀의 삶에 관한 이야기를 들어 보려고 했다. 그녀는 직접적인 질문에는 대답했지만 그 밖의 경우에는 자기 이야기를 하고 싶지 않은 기색이었다.

나는 줄곧 궁금증을 느끼고 있었다. 왜 혼자 여행하는 것일까? 내 눈에는 매력적으로 보였기 때문에, 남자 친구가 없다고 상상하기는 어려웠다. 아마 지금 만나러 간다는 남쪽의 친구들 중 한 사람일지도 모른다.

이것은 화제에 오르지 않았다. 나는 마음속으로 아네트라는 친구 생각을 하고 있었다. 내가 이번 여행을 하게 된 이유 중 하나는 아네트가 자기 오빠를 만나러 캐나다로 갔고, 그 탓에 런던에 있던 나는 할 일이 없어진 탓이었다. 그러나 아네트와는 뚜렷한 연인 관계는 아니었고, 그냥 친한 친구 사이에 더 가까웠다. 만나면 이따금 같이 잘 때도 있었지만, 안 그럴 때도 있었다. 몇 주 동안이나 집을 비우는 경우가 많은 나는 적당히 난잡한 삶을 영위하고 있었다. 마음 내키는 대로 잘 알지도 못하는 여자들과 자고, 확고한 유대를 맺는 일은 없었다.

수와 나는 서로 그런 종류의 일들을 화제에 올리는 것을 피했다. 따지고 보면 우리는 모르는 사이였고, 열차에서 우연히 만나 잡담으로 시간을 때우고 있는 것에 불과했다. 따라서 꼭 서로 말을 붙일 필요는 없었다. 그럼에도 불구하고 우리는 서로를 편하게 느끼기 시작했고, 사소하지만 개인적인 일이나 의견, 농담 따위를 교환했다. 그녀와 몸을 맞대고 싶다는 생각이 머리에서 떠나지 않았다. 나는 그녀가 내 옆자리로 와서 앉으면 좋을 텐데, 하고 생각했다. 아니면 내가 그녀 옆으로 가서 앉을 용기가 있었으면 좋겠다고 말이다. 나는 그녀에 대해 조금 수줍어하고 있었지만 그와 동시에 흥분을 느끼고 있었다. 얘기를 나눈 시간이 길어지면서 나는 우리가 친지를 화제에 올리는 것을 회피하고 있다는 사실을 자각했다.

열차가 마침내 롱귀용에 가까워지자 나는 말했다. 「여기서 다른 열차로 갈아타야 할 겁니다.」

「맙소사, 짐을 잊고 있었어요! 다른 칸막이에 두고 왔어요.」 그녀는 갑자기 일어났다. 「플랫폼에서 날 기다려 줄래요? 낭시로 가려면 어느 열차를 타야 하는지 확실히 몰라서.」

「저도 마찬가지입니다.」 그녀는 바깥 통로로 나가는 문을 열었다. 「웃옷을 잊지 말아요.」 나는 옷을 그녀에게 건네며 말했다. 「그럼 밖에서 봅시다.」

열차는 그녀가 칸막이방에서 나가자마자 브레이크를 걸었다. 나는 선반에서 내 슈트케이스를 꺼내 통로로 나갔다. 역시 같은 역에서 갈아타는 사람들이 밖으로 나와 있는 탓에 통로는 붐볐다. 열차가 멈추자 한꺼번에 사람들이 몰렸지만 나는 플랫폼에 내려가서 가방을 내려놓고 수를 찾으러 갔다. 열차 문이 쾅 닫히고, 사람들은 다른 곳으로 갔다. 주위가 조용해졌다.

그때 갑자기 문이 홱 열리더니 머리에 스카프를 두른 통통한 중년 여인이 플랫폼으로 내려와서 들고 있던 슈트케이스를 바닥에 내려놓았다. 문 안으로 손을 뻗쳐 두 번째 백을 꺼냈다. 그 뒤를 따라 곤혹스러운 표정을 한 수가 내려왔다. 짧고 일방적인 대화가 있은 후 중년 여인은 수의 양쪽 뺨에 쪽쪽 입을 맞췄다. 여인은 열차로 돌아가서 문을 닫았다. 나는 수가 짐을 드는 것을 도와주려고 다가갔다. 그녀는 미소 짓고 있었다.

한 시간 후에 우리는 낭시로 가는 완행열차에 몸을 실었다. 좌석에 나란히 앉았다. 긴 여행에서 오는 피로와 권태로움이 일종의 지친 듯한 친숙함을 우리 사이에 부여해 주었다. 나는 그녀의 팔이 맞닿은 내 팔을 가볍게 누르는 것을 느꼈지만, 처음 느꼈던 고양감은 열차를 갈아탔을 때 가라앉았다.

열차가 도착했을 때는 저녁이 되어 있었다. 우리는 여행 안내소로 가서 역에서 그리 멀지 않은 곳에 있는 비싸지 않은 호텔은 어디인지를 알아보았고, 짐을 들고 길로 나아가기 시작했다. 찾던 호텔이 나오자 수는 현관문 앞에서 갑자기 멈춰 서더니 짐을 내려놓았다.

「리처드, 할 얘기가 있어요. 실은 아까 미리 말해 뒀어야 하는데…….」

「그게 뭡니까?」 나는 이렇게 말했지만, 그녀가 무슨 말을 하려는지 이미 알고 있었다.

「오늘 밤 우리 사이에 무슨 오해가 생기는 걸 원하지 않아요.」

「아무 억측도 하고 있지 않습니다만⋯⋯.」 나는 말했다.

「알아요. 하지만 우린 얼마 전에 만난 사이인데도 여기 이렇게 와 있고, 또 아주 즐겁기는 했지만⋯⋯.」

수는 고개를 돌려 나를 외면했고, 길 반대편을 바라보았다. 이곳의 교통은 상당히 번잡했고, 따뜻한 저녁 시간에 나와서 걷고 있는 사람들도 많았다.

「어딘가 다른 호텔로 가서 혼자 머물고 싶습니까?」 나는 물었다.

「물론 그런 뜻은 아니에요. 하지만 각방을 써야 해요. 지금까지는 화제에 올리지 않았지만, 생라파엘로 가면 저는 누군가를 만나야 해요. 친구를.」

「전혀 문제없습니다.」 나는 이렇게 말하며 결국 그녀가 먼저 그런 얘기를 꺼내게 한 것을 후회했다. 입을 다물고 있으면 있을수록 서로 억측을 하게 되는 것은 피할 수 없었다.

호텔에서는 각자 방을 얻을 수 있었다. 엘리베이터 앞에서 우리는 헤어질 준비를 했다.

수가 말했다. 「우선 샤워를 한 다음 잠깐 누워 있을 거예요. 그쪽은 어쩔 건가요? 밥 먹으러 나갈 생각?」

「당장은 아닙니다. 저도 피곤하거든요.」

「그럼 저녁을 함께 먹을래요?」

「원하신다면 그러죠.」

「그러고 싶어 한다는 걸 알면서. 한 시간 뒤에 가서 노크할게요.」

2

낭시의 중심부에는 18세기 궁전들로 에워싸인 넓고 화려한 스타니슬라스 광장이 있다. 우리는 남쪽에서 이 평화롭고 광대한 공간으로 들어갔다. 시 중심부의 시끌벅적함도 이 장소까지는 미치지 못하는 듯한 느낌이었다. 광대한 광장에서 산책을 하거나 서 있는 사람은 몇 되지 않았다. 쏟아지는 뜨거운 햇살이 사암으로 된 포석 위에 명암이 뚜렷한 그림자를 떨어뜨리고 있었다. 과거 로렌 대공의 궁전이었다가 지금은 시 청사로 쓰이고 있는 건물 앞에 버스 한 대가 서 있었고, 그곳에서 조금 더 뒤로 간 곳에는 네 대의 검은 세단이 가지런히 주차되어 있었다. 광장에 있는 자동차는 이것이 전부였다. 천으로 된 캡을 쓰고 자전거를 탄 사내가 천천히 페달을 밟으며 광장을 가로지르며 광장 한복판에 위치한 대공의 동상 앞을 지나갔다.

광장 한쪽 구석에는 넵튠의 분수가 있었다. 님프와 나이어드와 천사들로 장식된 호화찬란한 로코코 양식의 구조물이었고, 물은 부채꼴 무늬의 층진 표면을 흘러 아래쪽 웅덩이로 떨어졌다. 장 라무르가 제조한 연철제 아치 길이 분수를 에워싸고 있었다. 우리는 자갈 포장이 된 길을 지나 개선문을 올려다보았고, 그 문을 통과해서 카리에르 광장으로 들어갔다. 이 광장 양쪽에는 고색창연한 집들의 아름다운 테라스가 늘어서 있었다. 고목(古木)들로 이루어진 두 줄의 가로수 길이 광장 한복판을 관통하고 있었고, 그 사이에는 좁은 공원이 있었다. 우리는 공원을 지나갔다. 단둘이서. 왼쪽에 보이는 지붕들 너머로 성당의 첨탑이 보였다.

덜컹거리는 자동차 한 대가 배기가스를 뒤로 길게 뿜으며 지나갔다. 공원 반대편에 위치한 구 정부 청사 앞의 지붕을 얹은 주랑(柱廊) 앞을 한 쌍의 커플이 천천히 거닐고 있었다. 우리는 우리가 온 길을 돌아다보았다. 개선문 너머로 스타니슬라스 광장의 모습이 흘끗 보였다. 쏟아지는 밝은 햇살은 건물의 윤곽을 돋보이게 했고, 위풍당당한 경관에 정적(靜的)이고 모노크롬 영상 같은 인상을 부여하고 있었다. 매연을 뿜던 자동차가 광장 안으로 사라지자, 이제는 어디를 보아도 우리를 제외하면 움직이는 것은 아무것도 없었다.

우리는 카리에르 광장에서 나와 그늘진 좁은 길을 지나 중앙 상점가 쪽으로 갔다. 주위가 다시 시끄러워지면서 인파가 눈에 들어왔다. 레오폴드 거리 양쪽에는 노천카페가 많았다. 우리는 그중 하나에 들어가 생맥주를 주문했다. 전날 저녁 우리는 길 반대편에 있는 레스토랑에서 저녁을 먹었고, 식사가 끝난 다음에는 자정이 될 때까지 그곳에서 줄곧 와인을 마셨다. 우리는 서로의 지기, 과거에 알고 지냈던 사람들에 관해서 주로 피상적인 이야기를 나누었다. 아네트와 나 사이의 관계에 관해서 이야기한 것은 생라파엘에서 기다리고 있다는 수의 남자 친구에 대한 막연한 반발에서 비롯된 행동이었지만 말이다.

시내 관광을 마친 지금 그녀는 어제에 비해 조금 더 자신의 현재에 관해 이야기할 기분인 듯했다.

「런던에 사는 걸 좋아하지 않아요. 먹고살기에도 빠듯한 형편이니까. 집을 떠난 이래 돈이 충분했던 적은 한 번도 없어요. 언제나 쪼들리고, 힘들게 살아가고 있죠. 진짜 예술가가 되고 싶었지만, 그럴 실마리를 찾지 못했어요. 지금 하고 있는 일은 모두 상업적인 거예요.」

「혼자 사십니까?」 나는 물었다.

「그래요. 그러니까…… 어떤 집의 방을 하나 빌려 살고 있죠. 혼지에서 흔히 볼 수 있는 커다란 빅토리아 양식의 집이에요. 오래전에 플랫과 1인용 방들로 개조된 곳이죠. 제 방은 1층에 있어요. 상당히 넓긴 하지만, 햇빛을 받으면서 일할 수 없는 게 단점이죠. 창문을 언덕이 가리고 있어서.」

「그 친구라는 사람도 예술가인가요?」

「친구?」

「어제 얘기했던 그 사람 말입니다. 생라파엘에 있다는.」

「아니요. 그이는 일종의 작가예요.」

「일종의 작가라는 건 어떤 종류의 작가를 말하는 건가요?」

그녀는 미소 지었다. 「그이가 하는 얘기예요. 시간이 날 때마다 글을 쓰지만 나한테는 절대로 보여 주려고 하지 않고, 지금까지 뭔가를 출판한 적도 없는 것 같지만. 질문조차 받아들이려 하지 않아요.」

그녀는 고개를 설레설레 저으며 웨이터가 술과 함께 가져온 작은 접시 위에 담긴 소금에 절인 브레첼을 응시했다. 「나와 함께 살고 싶어 하지만, 난 응하지 않았어요. 그러면 전혀 일을 할 수 없을 테니까.」

「그럼 그 친구는 어디 삽니까?」

「여기저기로 옮겨 다녀요. 직접 얼굴을 내밀 때까지는 어디인지 확실하게 알 방도가 없어요. 방세를 내는 것도 아니고, 단지 다른 사람들에게 얹혀사는 거죠.」

「그럼 왜……? 흠, 그 친구 이름이 뭡니까?」

「나이얼이에요.」 그녀는 철자를 말해 주었다. 「나이얼은 다른 사람들한테 기대고 사는 한량이에요. 그이가 프랑스에 있는 건 단지 그 때문이죠. 함께 있던 사람들은 휴가를 떠나야 했기 때문에, 집에 그이를 혼자 남겨 두든지 아니면 함께 데려가야 했어요. 그래서 나이얼은 리비에라에서 공짜 휴가를 즐기고 있어요. 내가 거기로 가는 건 그이를 만나기 위해서예요. 내가 필요하다는군요.」

「별로 마음이 내키는 것 같지 않습니다만.」

「내키지 않아요.」 그녀는 솔직한 눈으로 나를 보았다. 「사실을 얘기하자면 그럴 만한 금전적인 여유도 없어요. 나이얼이 프랑스에서 전화를 걸어올 무렵에는 24시간 나이얼과 함께 있지 않은 생활을 즐기기 시작하고 있었죠.」 그녀는 남은 맥주를 모두 들이켰다. 「이런 말을 하면 안 되겠지만, 난 나이얼이라면 진절머리가 나요. 너무 오랫동안 사귀었고, 이제는 나를 그냥 내버려 뒀으면 좋겠어요.」

「흠, 그렇게 싫으면 차버리면 되지 않습니까?」

「그렇게 간단한 일이 아니에요. 나이얼은 끈질긴 성격이고, 나와는 너무 오래 사귀었기 때문에 어떻게 하면 자기 마음대로 할 수 있는지 잘 알고 있는 거예요. 난 셀 수 없을 정도로 자주 그이를 내쫓았지만, 그럴 때마다 어떤 식으로든 다시 내 인생으로 파고 들어오는 거예요. 그래서 아예 단념했어요.」

「도대체 어떻게 그런 관계를 유지할 수 있습니까?」

「한 잔 더 하죠. 주문할게요.」 그녀는 지나가던 웨이터에게 손짓을 해 보였다.

「아직 이쪽 질문에 대답하지 않았습니다만.」

「대답하고 싶지 않아요. 캐나다에 있다는 당신 여자 친구하고는 어떻게 지내고 있어요? 언제부터 알고 지내던 사이죠?」

「화제를 바꾸지 마십시오.」 나는 말했다.

「아니요, 바꾸지 않았어요. 얼마나 오래 사귀었죠? 6년? 내가 나이얼을 알고 지낸 지 6년이 되었어요. 누군가와 그렇게 오랜 기간을 함께 지내면, 상대방은 당신을 **알게** 돼요. 당신을 조종하려면 어떻게 해야 하는지, 어떻게 하면 마음의 상처를 줄 수 있는지, 무엇을 이용하면 되는지를 잘 알게 되는 거예요. 나이얼은 특히 그런 일들에 능숙해요. 내가 나이얼에게서 벗어날 수 없는 건, 내가 그럴 때마다 그이는 꼭 뭔가 협박거리를 찾아내기 때문이에요.」

「하지만 왜……?」 나는 말을 멈추고 그런 관계를 상상해 보려고 노력했다. 나 자신을 비슷한 상황에 대입해 보려고 했지만, 완전히 내 경험 밖의 일이었다.

「왜라니요?」

「왜 그런 식으로 계속되도록 놓아두는지 모르겠다는 뜻이었습니다.」

웨이터는 두 잔의 맥주를 가져다 놓고는 빈 잔을 집어 들었다. 수가 대금을 치르자 웨이터는 허리에 찬 작은 가죽 파우치에 지폐를 집어넣고 테이블 위에 거스름돈을 올려놓았다.

「나도 이해 못하겠어요. 그이 말고는 다른 애인이 없었기 때문에 아마 그런 관계를 계속하는 편이 쉬웠는지도 모르겠군요. 따져 보면 모두 내 잘못이에요.」

나는 잠시 아무 말도 하지 않았고, 등받이에 등을 대고 지나가는 사람들을 구경하는 시늉을 했다. 그녀는, 그녀가 말하는 것처럼 수동적인 인간으로 보이지는 않았다. 그녀가 하는 이야기를 들으니 파멸적인 관계 같았다. 나는 이렇게 말하고 싶었다. 〈나는 달라. 나는 달라붙지 않아. 당신은 지금 다른 누군가를 찾은 거야. 그러니까 그 나이얼이라는 녀석을 차버리고, 나와 함께 있어 줘. 그런 녀석한테는 신경 쓰지 말고.〉

이윽고 나는 입을 열었다.「그 친구가 왜 당신을 보고 싶어 하는지 압니까?」

「특별한 이유는 없어요. 아마 무료해져서, 누군가 자기 말에 귀를 기울여 줄 사람을 찾고 있는 건지도 모르죠.」

「어떻게 그런 일을 감수할 수 있는지 모르겠군요. 돈도 다 떨어졌다면서, 단지 그 친구의 얘기를 들으려고 프랑스를 횡단하다니.」

「단지 얘기만 들어 주는 게 아니에요. 하여튼 당신은 그이를 모르잖아요.」

「아주 불합리하게 들리는군요.」

「나도 알아요.」

3

우리는 낭시에서 하루 더 묵었고, 다른 열차를 타고 디종 시로 갔다. 날씨는 악화되면서 열차가 시의 광대한 교외를 천천히 통과하고 있을 때 폭우가 내리기 시작했다. 이곳에서 일박할지에 관해 그녀와 얘기했지만, 더 이상 급히 남쪽으로 가려는 기분은 사라졌기 때문에 나는 어제 저녁에 짠 계획에 따라 움직이는 데 동의했다.

디종은 인파로 붐비는 바쁜 도시였다. 재계의 회의가 열리고 있었기 때문에 처음 갔던 호텔 두 곳은 만원이었다. 세 번째로 간 상트랄 호텔에는 빈방이 더블 룸밖에 없었다.

「함께 써도 괜찮아요.」 의논하기 위해 프런트 데스크에서 벗어나자 수가 말했다. 「침대 두 개가 있는 방을 달라고 해요.」

「그래도 괜찮겠습니까?」

「어차피 방 두 개를 얻는 것보다는 싸기도 하고.」

「다른 곳에 가서 물어볼 수도 있습니다.」

그녀는 조용히 말했다. 「같은 방이라도 난 괜찮아요.」

우리 방은 최상층의 긴 복도 끝에 있었다. 크기는 작았지만 발코니가 딸린 커다란 창문이 있었고, 이것을 통해 아래쪽 광장의 나무 너머로 펼쳐진 멋진 경치를 볼 수 있었다. 침대 두 개가 나란히 놓이고, 그 사이에 전화가 놓인 작은 탁자가 있었다. 포터가 방에서 나가자마자 수는 캔버스백을 내려놓고 나를 향해 다가왔다. 그녀는 나를 꼭 껴안았고, 나는 그녀의 몸에 팔을 둘렀다. 그녀 웃옷 등 부분과 머리카락은 비로 젖어 있었다.

「함께 있을 시간이 얼마 안 돼요.」 그녀가 말했다. 「그러니까 더 이상 기다리지 말아요.」

우리는 입을 맞추었다. 그녀는 열정적이었다. 서로를 껴안은 것도, 입을 맞춘 것도 그때가 처음이었다. 그녀의 감촉이 어떨지, 그녀의 살갗과 입술에서 어떤 맛이 날지 나는 모르고 있었다. 단지 말을 나누고, 바라보기만 하던 그녀를 이렇게 품에 꽉 껴안자 전혀 느낌이 달랐다. 곧 우리는 서로의 옷을 열심히 벗기기 시작했고, 가까운 침대에 쓰러지듯 누웠다.

허기와 갈증 때문에 어쩔 수 없이 호텔을 나온 것은 어두워진 뒤의 일이었다. 우리는 서로에 대해 육체적으로 집착하고 있었고, 걸으면서도 끊임없이 서로의 몸을 만지지 않으면 직성이 풀리지 않았다. 나는 그녀와 밀착한 채로 빗물에 젖은 거리를 걸었다. 머릿속에는 단지 그녀 생각, 그녀가 나에게 어떤 존재인지에 관한 생각밖에 없었다. 과거에 섹스를 했을 때는 단지 육체적인 호기심을 충족시키는 것만으로 끝나는 경우가 너무나도 많았다. 그러나 수의 경우는 내 마음 깊숙한 곳에 있던 감정을 해방시켰고, 이것은 더 강한 친밀감, 서로를 향한 더 강한 욕구로 이어졌다.

우리는 〈르 그랑 쟁〉이라는 이름의 레스토랑을 찾아냈지만, 처음에는 문을 닫은 줄 알고 그냥 지나갈 뻔했다. 안으로 들어가자 손님은 우리뿐이었다. 검은 조끼와 검은 바지에, 발목까지 내려오는 딱딱한 흰색 앞치마를 입은 웨이터 다섯 명이 음식이 나오는 문 앞에서 참을성 있는 태도로 도열해 있었다. 우리가 안내를 받고 창가 테이블에 앉자 웨이터들은 즉각 손님 접대에 나섰다. 주의 깊게, 그러나 은근하게. 각자가 검은 흑발을 번들거리는 머리 기름으로 머리에 찰싹 붙이고 있었고, 모두 마치 연필로 그린 듯한 가느다란 콧수염을 기르고 있었다. 수와 나는 시선을 교환하며 킥킥 웃고 싶은 것을 참았다. 우리는 별것 아닌 일에도 곧잘 웃음을 터뜨리게 된다는 사실을 알았다.

밖에서는 폭풍이 몰아치기 시작했다. 분홍빛을 띤 눈부신 번개가 멀리서 소리 없이 번득였다. 비는 억수로 내렸지만, 도로를 지나가는 차는 거의 없었다. 길모퉁이에는 빗물로 번들거리는 낡은 시트로엥 한 대가 세워져 있었다. 라디에이터 그릴에 달린 뒤집어진 두 개의 V자 마크가 레스토랑의 붉은 등불을 반사하고 있었다.

예전에 파리에 갔을 때의 경험을 교훈 삼아 나는 〈오늘의 특별 요리〉를 주문하자고 제안했다. 코믹 오페라의 등장인물 같은 웨이터들은 *saucisson en croûte*(소시지 파이)를 가져왔고, 그다음에는 *côtes de porc*(돼지 갈비)를 가지고 왔다. 이것은 은밀한 생각과 비밀스러운 몸짓을 곁들인, 기억에 남을 만한 멋진 식사였다.

식사가 끝난 뒤에 브랜디를 홀짝이면서 우리는 테이블 위에서 손을 마주잡았다. 웨이터들은 다른 곳을 바라보며 딴전을 피웠다.

「생트로페로 가면 어떨까?」 나는 말했다. 「거기 가본 적 있어?」

「요맘때면 관광객들로 붐비지 않아?」

「아마 그렇겠지. 그렇다고 해서 꼭 가지 말라는 법도 없잖아.」

「돈이 많이 들 거야. 난 현금이 거의 없어.」

「돈 안 쓰고 지낼 수도 있어.」

「계속 이런 레스토랑을 다닐 여유는 없어.」

「이건 우리 만남을 기념하기 위한 건데, 뭐 어때.」

「알았어. 하지만 메뉴에 있는 가격을 봤어?」

비가 쏟아지는 탓에 우리는 음식 가격을 확인하지도 않고 들어왔지만, *carte*라고 쓰인 메뉴판에는 뚜렷하게 가격이 나와 있었다. 음식 값은 평가절상되기 이전의 구(舊) 프랑 가격으로 쓰인 듯했다. 머릿속에서 적당히 환산해 보니 말도 안될 정도로 싸거나, 아니면 황당무계할 정도로 비싸다는 결론이 나왔다. 요리와 서비스의 질은 후자 쪽을 가리키고 있었다.

「돈이 떨어지는 일은 없을 거야.」 나는 말했다.

「무슨 뜻인지 알지만, 난 당신한테 기댈 생각 없어.」

「그럼 어떻게 되는 거지? 당신이 빈털터리가 될 때까지만 여행을 한다면 얼마나 할 수 있지?」

그녀는 말했다. 「그 점에 관해서 의논해 봐야 해, 리처드. 나는 나이얼을 만나러 가야 해. 그이를 저버릴 수는 없어.」

「그럼 나는 어떻게 되는 거지? 그렇다면 나를 저버리는 것이 된다고 생각하지 않아?」 그녀는 고개를 가로저었고, 고개를 돌려 내 얼굴을 외면했다. 「만약 돈 문제라면 내일이라도 영국으로 돌아가자.」

「단지 돈 때문에 그러는 게 아냐. 난 나이얼을 만나러 가겠다고 약속했어. 나를 기다리고 있을 거야.」

나는 그녀의 손을 놓고 도저히 어쩔 수 없다는 얼굴로 그녀를 바라보았다. 「당신이 안 갔으면 좋겠어.」

「나도 그랬으면 좋겠어.」 그녀는 나직하게 말했다. 「나이얼이 얼마나 귀찮은 작자인지는 나도 잘 알아. 하지만 약속을 어기고 안 갈 수는 없어.」

「함께 가자. 함께 가서 만나는 거야.」

「아니, 그건 안 돼. 가능한 일이 아냐. 우선 내가 견딜 수 없을 거야.」

「알았어. 일단 생라파엘까지 함께 가서, 당신이 볼일을 보는 동안 나는 기다리고 있을게. 그런 다음 곧장 영국으로 돌아가는 거야.」

「일주일에서 2주일쯤 머물러야 할 거야.」

「뭔가 당신이 할 수 있는 일은 아예 없다는 얘기야?」

「없을 것 같아.」

「흠, 그럼 최소한 여기서라도 내가 돈을 내게 해줘.」 내가 웨이터들을 향해 손가락으로 딱 소리를 내 보이자마자 반으로 접어 쟁반 위에 올려놓은 청구서가 내 앞에 놓였다. 서비스료를 포함해서 합계 3천6백 프랑이었다. 구 프랑 계산법을 쓰고 있는 듯했다. 내가 조금 주저하며 36프랑을 접시에 올려놓자 아무런 이의도 없이 받아들였다. 「메르시, 무슈.」 우리가 레스토랑을 나서자 웨이터들은 다시 일렬로 도열하더니 미소 지으며 인사를 했다. *Bonne nuit, à bientôt*(안녕히 가십시오).

우리는 서둘러 거리로 나아갔다. 폭풍우가 당면 문제에 더 이상 연연하는 일을 효과적으로 차단한 꼴이었다. 나는 그 무엇보다도 나 자신에 대해 화를 내고 있었다. 어제만 해도 한 여자에게 집착하지 않는다는 사실을 자랑스럽게 생각하고 있었는데, 오늘은 손바닥을 뒤집듯 그와 정반대의 생각을 하고 있는 것이다. 해결책이 무엇인지는 명백했다. 일단 포기하는 편이 나았다. 수가 남자 친구를 만나러 가도록 두고, 언젠가 런던에서 우연히 만날 날을 기약하는 것이다. 그러나 그녀는 이미 내게 지극히 특별한 존재가 되어 있었다. 나는 그녀가 좋았고, 그녀와 함께 있으면 행복했다. 그리고 우리의 육체적인 사랑은 이런 일들 모두를 확신하게 해주었고,

그 이상의 것을 보장하고 있었다.

호텔방으로 올라온 우리는 타월로 머리의 물기를 닦아 내고 흠뻑 젖은 겉옷을 벗었다. 방 안이 따뜻했기 때문에 우리는 창문을 활짝 열었다. 멀리서 천둥이 우르릉거리는 소리가 들렸고, 창밖 아래에서는 차들이 쌩쌩 달려갔다. 나는 잠시 발코니에 서서 또 비를 맞으며 무엇을 할까 생각했다. 내일 아침까지 결론을 연기하고 싶었다.

방 안에서 수가 말했다. 「와서 좀 도와주겠어?」

나는 안으로 들어갔다. 그녀는 침대 하나에서 커버를 벗겨 내고 있었다.

「뭘 하고 있는 거야?」 나는 말했다.

「침대를 하나로 붙이려고. 저 탁자를 움직여야 돼.」

그녀는 브래지어와 팬티 차림으로 서 있었다. 머리카락은 헝클어지고 여전히 축축한 상태였다. 그녀의 몸은 날씬했으며 섬세한 곡선을 그리고 있었고, 얇은 속옷은 몸을 가리는 데는 거의 도움이 되지 않았다. 나는 그녀를 도와 침대와 테이블을 움직인 다음, 다시 침대를 정돈하기 시작했다. 시트를 합쳐서 커다란 더블 베드를 만들었지만, 그 작업이 반쯤 끝났을 무렵부터 우리는 다시 입을 맞추고 서로를 애무하고 있었다. 그날 밤에 결국 침대를 완전히 정돈하지는 못했지만, 적어도 시트는 계속 눌려 있었다고 해야 할 것이다.

아침에도 나는 결정을 내리지 못했다. 그런다면 그녀를 잃게 될 것임을 알았기 때문이다. 문제에 관해 얘기하면 오히려 문제가 악화될 뿐이었다. 호텔 앞에 놓인 테이블에서 아침을 먹은 다음 우리는 시내 탐방에 나섰다. 남쪽으로 여행을 계속하는 일에 관해서는 아무 말도 하지 않았다.

디종 중심부에는 리베라시옹 광장이 있었고, 자갈 포장이 된 광장 가장자리에 반원 모양으로 늘어선 17세기 주택들을 부르고뉴 공작의 궁전이 마주보고 있었다. 광장은 낮시에서 본 것보다 더 작고 인간적인 규모였지만, 우리는 이곳에서도 인파와 자동차들을 거의 볼 수 없다는 사실을 깨달았다. 날씨는 다시 좋아졌고, 하늘에서는 뜨겁고 강한 햇살이 내리쬐고 있었다. 광장 여기저기에는 커다란 물웅덩이가 생겨 있었다. 궁전의 일부는 박물관으로 개조되어 있었고, 우리는 그 안을 거닐며 전시품들뿐 아니라 궁전의 장려한 홀과 방들을 구경하며 감탄했다. 우리는 역대 부르고뉴 공작들의 시신을 안치한 섬뜩한 느낌을 주는 영묘(靈廟) 앞에서 잠시 머물며, 고딕식 아치문 아래에 그로테스크할 정도로 사실적인 포즈로 앉아 있는 석상들을 바라보았다.

「사람들은 모두 어디로 간 걸까?」 수가 말했다. 나직한 어조였지만 그녀의 목소리는 침묵 속에서 껄끄럽게 울려 퍼졌다.

「이 시기의 프랑스는 관광객들로 붐빌 거라고 생각했는데 말이야.」 나는 말했다.

그녀는 내 팔을 잡고 몸을 밀착시켰다. 「난 이곳이 맘에 안 들어. 다른 데로 가.」

우리는 거의 오전 내내 쇼핑객들로 북적거리는 번화가를 배회했다. 한두 번 카페에 잠깐 들러 쉬다가, 강으로 와서 강둑 아래의 나무 아래에 앉았다. 일시적이나마 자동차들의 끝없는 소음과 인파에서 도망칠 수 있다는 사실에 우리는 안도했다.

나무들 위를 손으로 가리키며 수가 말했다. 「해가 가려지고 있어.」

하늘에서는 검고 짙은 구름 하나가 태양 가까이로 천천히 흘러가고 있었다. 비구름처럼 보이지는 않았지만, 해를 반시간이나 가리고 있을 정도로 컸다. 나는 눈을 가늘게 뜨고 그 구름을 올려다보며 나이얼 생각을 했다.

「호텔로 돌아가자.」수가 말했다.

「응.」

우리는 시내 중심부로 되돌아갔다. 호텔방으로 들어간 우리는 메이드가 침대를 정돈해 놓은 것을 발견했다. 두 침대는 우리가 갖다 붙인 그 위치에 그대로 남아 있었다. 침대 커버를 들춰 보니 더블 베드로 쓸 수 있도록 제대로 시트가 끼워져 있었다.

4

 남쪽으로 더 내려간 우리는 리옹에서 기차를 갈아타고 그르노블에 도착했다. 산속에 있는 크고 현대적인 도시였다. 우리는 적당한 호텔을 찾아냈고, 이번에는 더블 베드가 있는 방을 얻었다. 아직 오후 중간쯤이었기 때문에 도시를 구경하려고 밖으로 나갔다.

 우리는 열성적인 여행객이 되었고, 방문하는 도시의 관광 명소를 빠짐없이 구경하고 다녔다. 그러면 우리에게는 외부적인 목적이, 함께 있을 수 있는 핑계가 주어졌기 때문이다. 서로에 대한 집착으로부터 한숨 돌리는 효과도 있었다.

 「산 위로 올라가 볼까?」 나는 말했다. 우리는 스테판제 부두에 있는 케이블카 터미널에 와 있었다. 정면에 있는 폭넓은 광장에서는 도시에서 높은 암산까지 이어지는 케이블을 볼 수 있었다.

 「저건 안전하지 않아.」 수는 내 팔을 꽉 잡으며 말했다.

 「아냐, 전혀 위험하지 않아.」 나는 산꼭대기에서 아래를 내려다보고 싶었다. 「이렇게 계속 거리를 돌아다니고 싶어?」

 구 시가지 쪽은 아직 구경하지 못했다. 그르노블 시 대부분은 콘크리트제의 고층 건물로 뒤덮여 있었다. 거리에는 쓰레기가 널려 있고 풍동(風洞) 효과에 의한 강풍으로 걸어 다니기가 힘들었다. 관광 안내 팸플릿은 대학 견학을 권하고 있었지만, 그러기 위해서는 동쪽 끝까지 가야 했다.

나는 수를 설득해서 케이블카를 타는 데 성공했지만, 그녀는 불안한 척하며 내 팔에 매달렸다. 곧 우리는 시내를 떠나 빠르게 위로 올라갔다. 잠시 동안 나는 계곡 사이에 펼쳐진 광대한 시내를 내려다보다가, 그녀와 함께 반대편 창문으로 가서 발아래에서 올라오는 산의 사면을 바라보았다. 케이블카는 초현대적이었다. 유리창으로 이루어지다시피 한 네 대의 구형(球型) 곤돌라는 대열을 이루고 상공을 나아갔다.

케이블카가 산꼭대기에서 속도를 늦추자 우리는 서둘러 밖으로 나갔다. 시끄러운 엔진실을 지나 산등성이의 차가운 바람 속으로 나가자 수는 내 웃옷 아래로 손을 집어넣고 내 허리를 꼭 껴안았다. 내가 좋아하고, 또 앞으로도 계속 좋아하고 싶은 여자와 함께 있는 것은 내게는 독특한 경험이었다. 나는 피상적인 성적 정복에만 탐닉하던 과거와 인연을 끊기로 결심했다.

「뭘 좀 마실까.」 나는 말했다. 절벽 끝자락에 레스토랑 겸 카페가 하나 있었고, 부설 전망대에서 계곡을 내려다볼 수 있도록 되어 있었다. 안으로 들어간 우리는 강풍을 피할 수 있다는 사실에 안도하며 웨이터가 가지고 온 코냑 두 잔을 홀짝였다. 나중에 수가 여자 화장실로 간 사이에 나는 카페 안의 기념품 스탠드로 가서 그림엽서를 몇 장 샀다. 친구들한테 보낼까 하는 생각을 했지만, 사실을 말하자면 수를 만난 이후 나는 그녀를 제외한 거의 모든 것에 흥미를 잃고 있었다.

그녀는 스탠드 앞에 서 있던 내게 다가왔다.

「이제 몸이 좀 따뜻해졌으니 경치를 구경할까?」

우리는 꼭 껴안은 채로 강풍이 부는 밖으로 나갔고, 전망대 가장자리로 갔다. 동전을 넣는 방식의 망원경 세 대가 전망대 바닥보다 높은 대좌(臺座) 뒤에서 아래의 계곡을 향해 고개를 숙이고 있었다. 우리는 두 망원경 사이에 서서 콘크리트 난간에 기댄 채로 아래를 내려다보았다. 지평선에는 남쪽에서 도시를 에워싸고 있는 산줄기가 보였다. 우리 정면에서 왼쪽에는 정상에 눈을 뒤집어쓴 프랑스령 알프스의 산봉우리들이 파란 하늘을 배경으로 뚜렷하게 솟아 있었다.

수가 말했다. 「저기 저것이 대학 아냐?」 그녀는 작은 탑과 첨탑이 딸린 아름다운 옛 건물들이 강을 따라 밀집해 있는 곳을 가리켰다. 「생각했던 것보다 더 시내에 가깝네.」

대좌 위에는 망원경으로 볼 수 있는 관광 명소를 나열한 지도가 박혀 있었다. 우리는 지도를 보며 어디가 어디인지를 알아보았다.

「생각했던 것보다 작군.」 나는 말했다. 「열차를 타고 왔을 때는 도시가 계곡 전체에 펼쳐져 있는 것처럼 보였는데 말이야.」

「그 관공서 건물들은 다 어디 있는 걸까? 여기서는 안 보이는데.」

「호텔 옆이야.」 나는 지도를 보았지만 호텔은 나와 있지 않았다. 「케이블카가 시작되는 장소 옆에 관공서들이 밀집해 있었어.」 나는 아래로 내려가는 케이블을 눈으로 훑어보았지만 터미널은 산중턱에 가려서 보이지 않았다. 「빛에 의한 착각인지도 모르겠군.」

「아마 그렇게 보이도록 설계되어 있는지도 몰라. 오래된 건물과 어울리도록 말이야.」

지도에는 북동쪽에서 몽블랑을 볼 수 있다고 나와 있었기 때문에 우리는 그쪽을 향해 몸을 돌렸다. 그러나 구름이 짙게 끼어 있어 산의 경치를 뚜렷하게 볼 수가 없었다. 레스토랑 너머에는 오래된 요새의 폐허가 있어 우리는 그쪽으로 걸어갔다. 그러나 입장료를 내야 한다는 것을 알고 마음을 바꿨다.

「브랜디 한 잔 더 할까?」 나는 말했다. 「아니면 호텔로 돌아갈래?」

「양쪽 모두.」

반시간 후 우리는 다시 한 번 도시를 바라보기 위해 전망대로 돌아갔다. 거리에는 조명이 들어오기 시작하고 있었다. 따뜻한 오렌지색과 노란 광점이 건물 위에서 반짝였다. 우리는 잠시 야경을 바라보고 있다가 케이블카를 타고 산에서 내려왔다. 언덕 하나를 넘자 도시의 전경이 또다시 눈에 들어왔다. 안개가 끼어 있었지만 신시가지 쪽은 뚜렷하게 보였다. 유리로 뒤덮인 고층 건물 내부에서 푸르스름한 형광등 불빛이 반짝였다. 산꼭대기에서 이런 광경을 보지 못했다니 믿을 수가 없었다. 나는 위에서 산 그림엽서들을 꺼내 보았다. 그중 하나는 우리가 지금 보고 있는 경치를 찍은 사진이었고, 우뚝 솟아 있는 현대적 건물들이 잘 나와 있었다.

「빨리 가고 싶어.」 수가 말했다.

「배가 고파서?」

「그것도 있어.」

5

우리는 니스에 도착했다. 바야흐로 관광 열기가 최고조에 달한 시점이었다. 우리 예산에 맞는 유일한 호텔은 시 북부에 있었다. 미로 같은 좁다란 골목길로 에워싸이고 해변에서도 한참 떨어진 곳이었다. 니스에 도착하자 불안감이 나를 무겁게 짓누르기 시작했다. 앞으로 함께할 수 있는 시간은 길어야 하루나 이틀이었다. 생라파엘은 해안을 따라 몇 킬로미터만 가면 되는 곳에 위치해 있는 것이다.

나이얼 이야기는 우리 사이에서 금기가 되었다. 언제나 존재했지만 결코 화제에 오르는 법이 없는 인물. 그를 둘러싼 침묵조차 우리에게는 무거운 짐이었다. 상대방이 어떤 대답을 할지 정확하게 알고 있었지만, 두 사람 모두 그것을 듣고 싶어 하지 않았던 것이다. 수에게 최선을 다함으로써 우리가 잃게 될 것이 무엇인지를 그녀에게 전하는 것이 내 나름대로의 대처 방식이었다. 그녀도 같은 마음인 듯했다. 우리 두 사람 모두 집중력을 가지고 있었고, 서로를 향해 그것을 최대한 발휘하고 있었으니까 말이다.

나는 수와 사랑에 빠졌다. 이 감정은 디종에서 시작되었고, 그녀와 함께 있는 시간이 길어지면 길어질수록 더 강해지고, 커졌다. 수는 모든 면에서 나를 기쁘게 해주었고, 나는 그런 그녀에게 집착하고 있었다. 그러나 나는 이런 생각을 입 밖에 내는 것을 피하고 있었다. 자신이 없었기 때문이 아니라, 그녀에게 부담이 되는 것을 원하지 않았기 때문이다.

나는 여전히 어떻게 해야 할지 몰랐다. 니스에서 보낸 첫 번째 밤에 수는 내 곁에서 잠들었다. 나는 불을 켠 채로 침대 위에 앉아 책 읽는 시늉을 했지만, 사실은 그녀와 나이얼에 관해 곰곰이 생각하고 있었다.

어떤 일을 하더라도 잘될 수가 없었다. 나와 나이얼 중 하나를 고르라는 최종 통고를 해도 실패할 것이다. 나이얼에 관해서 수는 결코 물러서지 않으려는 완고한 부분을 가지고 있었고, 그런 그녀의 마음을 바꿀 수 없다는 사실도 알고 있었다. 나 자신을 상처 입고 패배한 인간으로 보이려는 생각도 없었다. 이것은 실제로 내가 지금 느끼고 있는 감정이기는 했지만, 그것을 책략으로 이용한다는 것은 처음부터 논외였다. 이치를 따지는 것 또한 무의미했다. 자기 입으로 그런 관계의 부조리함을 인정하지 않았던가.

수는 내가 내놓은 다른 제안들도 모두 거부했다. 나이얼을 만나는 동안 내가 뒤에서 어슬렁거린다든가, 일찌감치 영국으로 돌아간다는 제안을.

몇 시간이나 곰곰이 생각에 잠겨 있었지만, 그녀가 자발적으로 마음을 바꿀지도 모른다는 덧없는 희망을 제외하면 아무런 수확도 얻지 못했다.

우리는 다음 날 대부분을 호텔방에서 보냈다. 두세 시간 간격으로 산책이나 식사, 혹은 술을 마시기 위해 외출할 때를 제외하면 밖으로 나오지 않았다. 니스는 거의 구경하지 못했지만, 나는 다른 일에 정신이 팔린 통에 눈에 보이는 것들을 모두 혐오했다. 나는 나를 짓누르고 있는 상실감과 도시를 동일시했고, 모든 것을 도시 탓으로 돌렸다. 여봐란듯 늘어선 부(富)의 상징들이 도무지 마음에 들지 않았다. 항구의 요트들, 알파로메오와 벤츠와 페라리, 성형 미녀들과 배가 나온 실업가들. 그와는 정반대의 것들도 똑같이 싫었다. 닳아 해진 나이키 조깅화에 가위로 잘라 낸 청바지, 빛바랜 낡은 옷을 입고, 여봐란듯 녹슨 미니쿠퍼를 몰고 다니는 젊은 영국 여자들. 젖가슴을 드러내고 일광욕을 하는 여자들이 보기 싫었고, 야자나무와 알로에와 자갈 깔린 해변과 눈부시게 푸른 바다 모두가 싫었다. 카지노와 호텔, 언덕 위의 고급 별장들, 초고층 아파트 단지, 모터사이클을 탄 볕에 그을린 젊은이들, 윈드서퍼들과 파라스키어들, 고속정, 수상 자전거와 해변의 오두막 모두가 괘씸했다. 즐기고 있는 사람들 모두가 미웠다.

나의 유일한 즐거움은 나의 비참함의 원천에서 나왔다. 수가 그 원천이었다. 나이얼을 마음 뒤쪽으로 밀어 놓거나, 몇 시간 앞의 일을 아예 생각하지 않거나, 별 볼일 없는 희망에 집착하고 있는 한, 일시적으로는 아무 문제도 없었다.

물론 수는 알고 있었다.

그녀도 내심 고민하고 있었다. 한 번은 침대 위에서 울고 있다는 사실을 깨달은 적이 있다. 사랑의 행위는 절박한 것으로 바뀌었고, 어디로 가든 우리는 계속 서로를 만지거나 껴안고 있었다. 바나 레스토랑에 앉아 손을 마주잡고 다른 사람들, 다른 장소를 바라보는 일도 잦았다.

우리는 니스에서 하루 더 묵기로 마음먹었다. 그런다면 한층 더 비참해질 것이라는 사실을 알고 있었지만 말이다. 아침이 되면 생라파엘로 가서, 헤어지자는 암묵의 양해가 있었다. 오늘 밤이 함께 지낼 수 있는 마지막 밤이었다.

우리는 마치 아무것도 변하지 않을 것처럼 사랑을 나눴다. 그런 다음에는 잠을 이루지 못하고 상체를 일으켜 침대 위에 함께 앉았다. 창문과 덧문은 밤을 향해 활짝 열려 있었다. 곤충이 불빛 주위를 윙윙거리며 날아다녔다. 잠시 후 그녀 쪽에서 먼저 침묵을 깼다.

「내일은 어디로 갈 생각이야, 리처드?」

「아직 정하지 않았어. 그냥 귀국할지도 모르겠군.」

「하지만 나하고 만나기 전에는 뭘 하고 있었어? 계획이 있었을 거 아냐.」

「그냥 여행 중이었어, 이제는 무의미해졌지만. 당신이 없으니⋯⋯.」

「생트로페로 가면 어때?」

「나 혼자서? 난 당신과 함께 가고 싶어.」

「그런 말은 하지 마.」

「내가 확신하고 있는 유일한 일이야.」

그녀는 침묵했고, 우리가 앉아 있는 구겨진 시트를 응시했다. 너무나도 하얀 몸이었다. 갑자기 나는 몇 주 뒤에 런던에서 볕에 그을린 그녀를 만나는 광경을 머리에 떠올리고 질투를 느꼈다.

「수, 정말로 끝까지 그럴 생각이야?」

「그래야 해. 그 얘긴 이미 끝났잖아.」

「그럼 이걸로 끝이 아니라는 얘기군. 그렇지?」

「그건 당신 마음에 달렸다고 생각해.」

「어떻게 그런 말을 할 수 있지? 난 끝나길 바라지 않아! 이젠 당신도 알고 있잖아.」

「하지만 리처드, 일부러 문제 삼고 있는 건 당신이잖아. 마치 우리가 다시는 만날 수 없는 것처럼 행동하고 있어. 왜 끝나야 하는 거지?」

「좋아, 그럼 런던에서 보자. 내 주소는 알고 있지?」

수는 몸의 위치를 바꾸며 우리가 깔고 앉은 구겨진 시트를 잡아당겼고, 자기 엉덩이 밑에서 끄집어낸 부분을 노출된 다리 위에 덮고 무릎을 꿇은 자세로 앉았다. 양손으로 무릎 위의 시트를 구기며 입을 열었다.

「나는 나이얼을 만나야 해. 약속을 어길 생각은 없어. 하지만 당신에게 상처를 주고 싶지도 않아…… 가능하다면 다시는 나이얼을 안 만날 거야.」

「그게 무슨 소리야?」

「내일 만날 거야. 당신은 휴가 여행을 계속해 줘. 어디로 갈지 미리 얘기해 주면 가능한 한 빨리 당신과 합류할게.」

「진심으로 하는 소리야?」 나는 말했다.

「물론 진심이야!」

「그 친구한테는 뭐라고 할 거야? 내 얘기를 할 건가?」

「그럴 수 있으면.」

「그럼 난 그냥 여기서 기다리고 있어도 되잖아?」

「그건…… 단지 말만 하고 끝낼 수는 없어서 그래. 한동안 함께 있어 줘야 하거든.」

「얼마나 오래?」

「잘 모르겠어. 사나흘이 걸릴 수도 있고…… 일주일이 될 수도 있어.」

「일주일!」 나는 화난 얼굴로 그녀에게서 몸을 돌렸다. 「헤어지겠다고 말하는 데 도대체 얼마나 오래 시간을 들일 작정이지?」

그녀는 고개를 떨구었다. 「내 방식으로 하게 해줘. 당신은 나와 나이얼의 문제가 무엇인지 모르잖아. 그쪽에서 단계적으로 깨닫게 하는 방법밖에 없어. 우선 내가 누군가 다른 사람, 그러니까 나이얼보다 더 중요한 사람과 사귄다는 얘기를 해줘야 해. 그것만 해도 얼마나 어려운 일인지 상상이 안 가? 나이얼이 그 사실에 익숙해진 후에야 남은 얘기를 털어놓을 수 있을 거야.」

나는 침대 위에서 미리 사둔 와인을 내 잔과 그녀의 잔에 따랐다. 그녀가 하자는 식으로밖에 할 수 없다는 사실을 알고 있었다. 나는 와인 잔을 건넸지만 그녀는 입을 대지 않고 옆에 내려놓았다.

「나이얼을 만난 다음에 같이 잘 거야?」

「6년 동안 줄곧 그렇게 해왔어.」

「내 질문은 그런 뜻이 아냐.」

「그건 당신이 알 바가 아니잖아.」

이런 대답을 듣는 것은 괴로웠지만, 그녀의 말은 사실이었다. 나는 수의 벌거벗은 몸을 바라보고 다른 사내가 이런 상태의 그녀와 함께 있는 광경을 상상했고, 깊은 혐오감을 느꼈다. 그녀는 내게 정말로 소중한 존재가 되어 있었다. 고개를 숙이고 있는 탓에 아래로 흐른 머리카락이 그녀의 얼굴을 감추고 있었다. 나는 침대로 돌아가서 그녀의 팔에 손을 얹었다. 그녀는 내 손을 마주잡았다.

「알았어, 수. 당신 하라는 대로 할게. 내일 생라파엘에 당신을 남겨 두고 해안을 따라 남쪽으로 가겠어. 일주일 안에 당신이 나를 따라잡지 못하면 나는 여행을 계속하든가 아니면 영국으로 돌아갈 거야.」

「일주일은 안 걸릴 거야. 사흘, 혹은 그보다 덜 걸릴지도 몰라.」

「가급적 빨리 끝내 줘.」 와인 잔에 입을 댔다는 사실을 깨닫기도 전에 나는 와인을 모두 들이켜고 말았다. 나는 잔을 내려놓았다. 「그건 그렇고, 돈은 어떻게 할 거야?」

「돈이 뭐?」

「가진 돈이 거의 떨어졌다고 했잖아. 나이얼을 만난 다음에는 어떻게 여행을 계속할 작정인데?」

「어딘가에서 빌리면 돼.」

「나이얼한테서 빌리겠다는 얘기군.」

「아마 그럴 거야. 돈은 많은 사람이니까.」

「그치한테서는 빌려도 되지만, 나한테서는 빌리지 않겠다는 얘기군. 그런다면 빌미를 또 하나 주게 된다는 걸 모르겠어?」 그녀는 고개를 가로저었다. 「예전에 그 친구도 빈털터리라고 내게 말하지 않았어?」

「정해진 직장이 없다고 했지, 돈이 없다고는 하지 않았어.」

「어디서 돈을 얻는데? 훔치기라도 하는 건가?」

「몰라. 부탁이니 이런 얘기는 이제 그만. 나이얼에게 돈은 아무 의미도 없어. 난 필요한 돈을 구할 수 있을 거야.」

이 말은 그녀와 나이얼의 관계가 어떤 성질의 것인지를 보여 주는 실마리였다. 다른 누군가 때문에 당신을 버릴 것이라고 그에게 얘기할 작정이면서, 버림 받은 당사자인 그가 자신에게 돈을 빌려 줄 것이라고 낙관하고 있는 것이다. 내가 나이얼에게서 받은 인상 ── 모두 그녀의 말을 통해 들은 것이지만 ── 은 불쾌함 그 자체였다. 남을 못살게 구는 기생충, 남을 조종하는 데 익숙하며, 아마 도둑일지도 모르는 인물. 그때는 그의 이름조차 혐오하고 있었다.

나는 다시 침대에서 일어났다. 수는 내가 바지와 티셔츠 입는 것을 말없이 지켜보고 있었다. 나는 문을 쾅 닫고 방에서 나갔다. 복도를 지나 층계를 통해 2층 아래의 현관으로 내려갔다.

호텔 밖으로 나가자 따뜻한 밤공기가 나를 맞이했다. 나는 길모퉁이에 있는 카페로 걸어갔다. 카페는 문이 닫혀 있었다. 길모퉁이를 돌아 다음 길로 나아갔다. 이곳은 니스에서도 방치되고 가로등도 별로 없는 구획이었다. 빼곡히 들어찬 집들은 회반죽이 벗겨지고 여기저기가 부서져 있었다. 불이

켜진 창문은 몇 안 됐으며, 다음 교차로 앞에서 차들이 왕래하고 있는 것이 보였다. 나는 그곳까지 간 다음 문득 멈춰 섰다. 내 태도가 공정하지 않다는 사실을 깨달았던 것이다. 나는 수에게 내 생각을 강요하고 있었고, 나이얼 못지않게 나 자신의 방식으로 그녀를 조종하려고 했다. 수가 남자로 하여금 그런 행동을 하게 하는 여자이며, 아마 앞으로도 비슷한 일이 계속 일어날 가능성이 있다는 생각은 하고 싶지 않았다. 일주일 전에 나는 그녀가 존재한다는 사실조차 모르고 있었다. 그런데 지금은 그녀에게 완전히 빠져 있었다. 지금까지 알고 지냈던 그 어떤 여자보다도 함께 있고 싶다는 강렬한 욕구를 느꼈다.

몇 분이 흐르자 돌발적인 분노는 곧 수그러들었다. 나는 나 자신을 탓했다. 수의 인생 속으로 걸어 들어가서, 그녀가 모든 것을 바꾸기를 기대하는 것은 무리였다. 나의 요구는 그녀에게 선택을 강요하고 있었다. 두 남자 사이에서 양자택일을 하라는 식으로 말이다. 수는 나보다 나이얼에 관해 더 잘 알고 있었고, 나이얼에 관해서 나는 아무것도 몰랐다.

나는 몸을 돌려 서둘러 호텔로 돌아갔다. 그녀를 잃게 되리라는 확신에 사로잡혀 있다. 계단을 두 단씩 한꺼번에 올라가서 방으로 들어갔다. 그녀가 이미 모습을 감췄을 것이라고 반쯤 체념하고 있었다. 그러나 수는 시트를 두르고 침대에 엎드려 있었다. 내가 들어왔을 때도 그녀는 움직이지 않았다.

「자?」 나는 나직한 목소리로 물었다.

그녀는 고개를 돌려 나를 보았다. 얼굴이 눈물로 젖고 눈이 붉게 충혈되어 있었다.

「어디 갔다 온 거야?」 그녀가 물었다.

나는 옷을 벗고 침대로 올라가 그녀 곁에 누웠다. 우리는 서로의 몸에 팔을 둘렀고, 입을 맞추며 살짝 껴안았다. 그녀는 또다시 울음을 터뜨렸고, 내 품속에서 오열했다. 나는 그녀의 머리카락을 쓰다듬었고, 눈꺼풀을 만졌다. 그리고 그제야, 너무나도 늦었지만, 진심에서 우러나오는 말을, 줄곧 하고 싶었던 말을 했다.

뚜렷하지 않은 목소리로 그녀가 한 대답은 이랬다. 「응, 나도. 당신은 알고 있다고 생각했어.」

6

아침이 되자 두 사람 사이에는 또 다른 침묵이 생겨났지만, 나는 만족하고 있었다. 우리는 일종의 예정을 세웠다. 그녀는 나의 여행 계획을 알고 있었고, 언제, 어디서 만날 수 있는지 알고 있었다.

우리는 니스 시내 중심부에서 버스를 타고 서쪽으로 갔다. 수는 내 손을 꼭 잡고 내게 몸을 밀착시키고 있었다. 버스는 우선 앙티브와 주앙레팽에 멈춰 섰다가 칸으로 갔다. 버스가 멈출 때마다 내리고 새로 타는 사람이 많았다. 칸을 지나자 내가 지금까지 프랑스에서 본 것 중 가장 아름다운 경치가 창밖에 펼쳐졌다. 나무가 울창한 언덕, 깊은 계곡, 그리고 물론 그 사이로 계속 언뜻언뜻 보이는 지중해의 조망. 길가에는 사이프러스와 올리브나무가 자라 있었고, 사람 손이 닿지 않은 지면이란 지면에는 들꽃이 흐드러지게 피어 있었다. 버스의 열려 있는 천장 패널을 통해 짙은 초목의 향기가 흘러들어왔다. 도로를 달리고 있기 때문에 가솔린이나 디젤유 냄새가 간간이 섞이기도 했지만 말이다. 해안에 인접한 토지에 띄엄띄엄 지어진 아파트들은 언덕 위에 우뚝 서 있거나 나무들 사이에 숨어 있었다. 그런 건물 중에는 이따금 경관을 훼손하는 것도 있었지만, 그렇게 얘기하자면 우리가 달리고 있

는 도로도 어떤 의미에서는 주위 환경에 어울리지 않는 인공
물이라고 할 수 있었다.

생라파엘까지 4킬로미터 남았다는 표지가 눈에 들어오자
마자 우리는 서로의 몸을 꼭 껴안고 입을 맞추기 시작했다.
나는 이별을 늦추고 싶은 동시에 빨리 끝내 버렸으면 좋겠다
는 상반된 감정을 느꼈지만, 서로 더 이상 말이 없었다.

한 가지를 제외하고는 말이다. 버스가 생라파엘 시내 중심
부에 위치한, 작은 항구로 이어지는 광장에 멈춰 서자 수는
내 귓가에 입을 갖다 대고 조용히 말했다.

「좋은 소식이 하나 있어.」

「그게 뭔데?」

「오늘 아침 생리가 시작됐어.」

그녀는 내 손을 한 번 쥐고는 가볍게 입을 맞춘 후 다른 승
객들과 함께 중앙 통로로 갔다. 나는 좌석에 앉은 채로 버스
화물칸에서 짐이 나오기를 기다리고 있는 그녀의 모습을 바
라보았다. 그녀는 한두 번 고개를 들고 나를 흘낏 보며 섬약
한 미소를 지어 보였다. 작은 광장은 휴일에 놀러 나온 인파
로 북적였다. 나는 그들을 바라보며 혹시 어딘가에 나이얼이
있지 않을까 하는 생각을 했다. 모두가 젊고, 볕에 그을리고,
매력적이었다. 수는 내 좌석 옆 창문 앞에 서서 나를 올려다
보았다. 나는 버스가 빨리 떠났으면 좋겠다고 생각했다.

마침내 버스가 출발했다. 수는 여전히 그 자리에 선 채로
미소 지으며, 나를 향해 손을 흔들었다. 버스는 간선 도로로
들어가기 위해 옆길로 들어갔다. 시야에서 그녀의 모습이 사
라졌다.

혼자 되자마자 나는 우울한 기분에 빠져 들었다. 최악의
가능성들만 잇달아 머리에 떠올랐다. 다시는 그녀를 볼 수
없을지도 모른다. 그녀는 나이얼의 술수에 빠져 나와 대립할

지도 모른다. 사랑하는 감정이 희박해질 수도 있고, 두 사내 사이에서 고민하다가 결국은 자신이 더 잘 알고 있는 사내를 택할 가능성도 있다.

그 무엇보다도 그녀가 보고 싶었다. 일찍이 나는 이토록 깊은 고독을 경험한 적이 없었다.

7

생트로페에서 머물 곳을 찾자마자 나는 마을 주위를 돌아
다녔고, 이곳이 마음에 든다는 사실을 발견했다. 아이러니컬
하게도 내가 이곳에서 하고 싶어 했던 일들은 니스에서 그토
록 하기 싫어했던 일들이었다. 이곳에도 니스와 똑같은 종류
의 사람들이 있었고, 부(富)의 과시도 여전했으며, 똑같은 화
려함과 쾌락주의가 존재했다. 그러나 니스와는 달리 생트로
페는 규모가 작았고, 건물들도 매력적이었다. 그리고 관광
시즌이 끝나면 이 장소가 본래의 모습을 되찾을 것이라고 상
상하는 것도 가능했다. 게다가 방문객들도 훨씬 더 국제적이
었다. 마을 밖에서 야영을 하거나 노숙을 하는 사람도 많았
고, 매일 새로운 사람들이 도착했다.

나는 사흘 동안 렌터카를 빌리기 위해 현지의 허츠 사무소
로 갔다. 사흘 후에는 이곳을 떠날 생각이었다. 나는 운이 좋
았다. 수요가 많은 탓에 남은 차는 한 대밖에 없었던 것이다.
나는 보증금을 물고 서류에 필요 사항을 기입했다. 나를 맞
이한 여직원은 블라우스에 명찰을 달고 있었다. 다니엘이라
는 이름이었다.

나는 내항(內港)이 직접 내려다보이는 위치에 있는 세네키
에라는 이름의 큰 노천카페에서 매일 저녁 6시에 기다리고

있기로 수와 약속했다. 첫날 저녁에도 이 카페 앞을 지나가 보았지만 물론 그녀의 모습은 찾아볼 수 없었다.

다음 날은 수 생각을 그렇게 자주 하지 않았다. 전날 너무 신경을 써 피곤했기 때문이다. 그래서 나는 그보다는 긴장을 덜 요하는 일, 이를테면 해변에 누워 일광욕을 하거나, 이따금 바다로 걸어 들어가 헤엄을 치는 일에 전념했다. 저녁에 세네키에로 가보았지만 수는 나타나지 않았다.

다음 날도 해변에 갔지만, 예전보다 햇살에 주의했다. 몸에 자외선 차단용 크림을 두루 바르고, 돈을 주고 빌린 비치 파라솔 아래 앉아서, 주위 사람들을 바라보고, 어쩔 수 없이 수 생각을 하며 하루를 보냈다. 그녀는 나의 내부에 절박한 육체적 욕구를 불러일으켰지만, 지금 이곳에 없었다.

나는 벌거벗은 여자들에게 둘러싸여 있었다. 어디를 보아도 태양을 향해 드러낸 젖가슴투성이였다. 어제는 이런 것들에 대해 아무 생각도 하지 않았지만, 지금은 수가 보고 싶었고, 자꾸 그녀가 나이얼과 함께 있는 광경이 머리에 떠올랐다. 나는 앞만 겨우 가린 비키니 팬티를 입고 볕에 그을린 젖가슴을 드러낸 묘령의 프랑스 여자, 독일 여자, 영국 여자, 스위스 여자 들의 모습을 뇌리에서 지울 수가 없었다. 그들 중 단 한 사람도 수를 대신해 줄 수는 없지만, 한 사람 한 사람을 볼 때마다 내가 무엇을 잃었는지 자각해야 했던 것이다. 아이러니컬한 것은 보통 무방비의 한 형태로 간주되는 이런 반라의 모습이 새로운 종류의 사회적 장애물이 되고 있다는 점이었다. 몸매밖에 모르는 상대에게 말을 거는 것은 불가능했다.

그날 저녁에도 또다시 세네키에서 그녀가 나타나기를 기대하며 기다렸다. 그 어느 때보다 더 그녀를 희구(希求)했지만, 결국 혼자서 자리를 떠야 했다.

생트로페에서 하루 낮과 하루 밤을 더 보냈다. 아침이 되자 다른 방법으로 시간을 죽이기로 결심했다. 해변은 너무 뒤숭숭했기 때문에 마을 안에서 아침을 보내기로 했다. 나는 부티크와 기념품 상점, 가죽 제품점, 수공예품 가게 따위를 구경하면서 천천히 돌아다녔다. 항구를 돌아다니며 부러운 눈으로 요트와 요트 승무원, 부자 소유주들을 바라보았다. 점심을 먹은 다음에는 마을에서 벗어나 해안을 산책했다. 바위를 넘어 콘크리트 안벽(岸壁)으로 나아갔다.

안벽이 끝나자 나는 모래 위로 뛰어내려 계속 걸었다. 이곳은 덜 붐볐지만, 나무 그늘이 많아 일광욕하기에 최적의 장소라고는 할 수 없었다. 나는 *Plage Privée*(사유 해변)라고 쓰인 팻말을 지나쳤다. 그러자 풍경이 돌변했다.

그곳은 내가 생트로페에서 본 가장 인구 밀도가 낮은 해변이었고, 가장 점잖은 곳이기도 했다. 반라의 해수욕객들은 눈에 띄지 않았다. 일광욕을 하는 사람들은 많았고, 헤엄을 치는 사람도 간간이 보였지만, 내가 보는 한 가슴을 드러낸 여자는 없었고, 끈 팬티를 입은 남자도 없었다. 다른 곳에서는 전혀 볼 수 없었던 어린애들도 놀고 있었다. 해변에는 노천 레스토랑도, 바도 없었고 파라솔이나 매트, 잡지 노점, 사진사도 눈에 띄지 않았다.

천천히 해변을 가로지르며, 나는 청바지를 컷오프한 반바지와 서던 컴퍼트 광고 T셔츠, 샌들 차림이라는 전혀 이곳에 어울리지 않는 복장을 하고 있다는 사실을 강하게 의식했다. 그러나 내게 눈길을 주는 사람은 아무도 없었다. 무리 지어 있는 사람들을 몇 번 지나쳤다. 대부분은 중년이었고, 해변에 음식과 보온병, 물을 데우기 위한 조그만 프리머스 버너 따위를 가져다 놓고 피크닉을 즐기고 있었다. 사내들 대다수는 팔을 걷어올린 셔츠에 잿빛 플란넬 바지나 헐렁한 카키색 반바지 차림이었다. 사내들은 입에 파이프를 물고 줄무늬가 있는 덱 체어에 앉아 있었고, 그중 몇 사람은 영국 신문을 읽고 있었다. 여자들 대다수는 가벼운 여름 드레스 차림이었다. 일광욕을 하는 여자들은 눕는 대신 앉아 있었고, 얌전한 원피스 수영복을 입고 있었다.

나는 물가로 걸어가 얕은 곳에서 철벅거리며 술래잡기를 하고 있는 아이들 근처에서 멈춰 섰다. 그 너머의 수면에서 고무제 수영 모자를 뒤집어쓴 사람들의 머리가 물결 사이에서 올라갔다 내려갔다 하는 것이 보였다. 한 사내가 물속에서 몸을 일으키더니 바닷물을 헤치고 해변으로 돌아왔다. 나를 지나치면서 그는 물안경을 벗고 머리를 세게 흔들어 하얀 모래 위에 물방울을 튀겼다. 그는 나를 향해 씩 웃어 보이고는 해변을 따라 걸어갔다. 해상에는 유람 여객선이 정박해 있었다.

전방에서 파라스키어 하나가 선외 모터가 달린 스피드보트에 연결된 케이블로 견인되며 하늘로 올라갔다. 나는 계속 걸어갔고, 사유 해변을 나와 짚으로 지붕을 이은 차양(遮陽) 오두막들이 일렬로 늘어선 다른 해변에 들어섰다. 그늘이나 강렬한 햇살이 정통으로 내리쬐는 곳에서는 이제 눈에 익은 토플리스 일광욕객들 한 무리가 줄줄이 누워 있었다. 이번에는 해변에 있는 노천 바로 가서 엄청나게 비싼 차가운 오렌지주스 한 잔을 주문했다. 마을에서 상당히 떨어진 곳에 와 있다는 생각이 들어, 도로를 따라 되돌아갔다.

아직 이른 오후였기 때문에 나는 처음에 일광욕을 했던 해변으로 돌아갔다. 다시 자리에 누워 즐겁게, 사심 없는 눈으로 여자들을 구경했다. 한 시간쯤 이렇게 보냈다.

그때 다른 관광객들과는 왠지 달라 보이는 여자가 해변을 따라 걸어오는 것이 눈에 들어왔다. 여자는 옷을 입고 있었고, 해변에서 그녀를 쳐다본 남자는 나 혼자가 아니었다. 몸에 딱 들어맞는 디자이너 청바지에 안이 들여다보일 정도로 얇은 흰 블라우스 차림이었고, 챙이 넓은 밀짚모자를 쓴 모습은 침착하고 조용한 자신감에 차 있었다. 더 가까이 다가오자 나는 그녀가 누구인지 알아보았다. 허츠 사무실에서 일하는 다니엘이다. 그녀는 내게서 몇 미터 떨어진 곳까지 오더니 모자를 벗고 고개를 흔들어 머리를 풀어 내렸다. 내가 보고 있는 사이에 그녀는 청바지와 블라우스를 벗어 던지고 침착하게 바다 속으로 들어갔다. 바다에서 나온 다음에는 젖은 몸 위에 그대로 블라우스를 입었지만 청바지는 입지 않았다. 그녀는 모래 위에 누워 몸을 말리기 시작했다.

나는 그리로 가서 그녀에게 말을 걸었다. 잠시 후 우리는 그날 저녁을 함께하기로 약속했다.

나는 6시에 세네키에로 가서 수를 찾아보았다. 만약 그녀가 나타났다면 나는 주저 없이 다니엘과의 데이트를 포기했겠지만, 다니엘은 나를 안심시키는 효과가 있었다. 그날 저녁은 고독하게 지낼 필요가 없고, 설령 수가 나타나지 않는다고 해도 상처 난 내 자존심을 치유받을 수 있는 것이다. 다니엘에게 데이트를 신청한 일과, 그 이면의 이유에 관해서 나는 양심의 가책을 느꼈고, 그 잘못을 수에게 돌렸다. 그녀가 나이얼과 함께 있는 광경을 상상했다. 일종의 작가이고, 내 라이벌이며, 위협적인 태도로 그녀를 조종하는 일에 익숙한 그 사내와 말이다. 지금 수가 갑자기 나타나 준다면 모든 문제가 쉽게 해결될 텐데.

나는 약속 시간이 지난 뒤에도 오랫동안 기다렸고, 그제야 그녀가 나타나지 않을 것이라고 체념했다.

나는 오전에 구경했던 부티크 중 한 곳으로 갔다. 여러 종류의 그림엽서를 팔고 있는 곳이었다. 여전히 수에 대해 부조리한 분노를 느끼며 나는 그중 하나를 골라 샀다. 엽서의 그림은 제2차 세계 대전 이전, 상업화되기 전의 생트로페를 그린 풍경화의 복제품이었다. 어부들이 항구의 안벽 위에서 그물을 수리하고 있고, 눈에 띄는 배라고는 소형 어선들뿐이었다. 어부들 뒤쪽, 지금 관광객들이 끊임없이 돌아다니고 패셔너블한 세네키에가 위치한 바로 그 장소에는 목제 창고가 딸린 좁은 공터가 하나 있을 뿐이었다.

나는 그 엽서를 가지고 방으로 돌아왔다. 옷을 갈아입기 전에 일단 침대 위에 앉아서 엽서에 수의 런던 플랫 주소를 썼다. 〈당신도 여기 있었으면 좋았을 텐데.〉 나는 이런 신랄한 글을 쓰고, 내 이름 대신에 X라고 적어 넣었다.

몇 분 뒤에 다니엘을 만나러 가면서 나는 엽서를 우체통에 넣었다.

다니엘은 라 그로토 프레슈라는 이름의 레스토랑으로 나를 안내했다. 그녀의 말에 의하면 현지인들을 위해 1년 내내 열려 있는 유일한 음식점이라고 했다. 식사를 마친 후 우리는 그녀가 다른 세 여자와 함께 공동으로 빌려 살고 있는 아파트로 갔다. 그녀의 침실은 거실에 면해 있었고, 두 명의 여자는 거실에서 텔레비전을 보고 있었다. 그녀와 사랑을 나누는 동안에도 벽 너머로 텔레비전 소리가 줄곧 들려왔고, 이따금 여자들 목소리도 들렸다. 일이 끝나자 수 생각밖에 나지 않았고, 내가 한 이 모든 일을 후회하게 되었다. 다니엘은 내가 침울해졌다는 사실을 알아차렸지만, 굳이 이유를 물으려고 하지는 않았다. 그녀는 실내복을 입고 브랜디를 넣은 커피를 만들어 주었다. 곧 나는 호텔을 향해 걸어갔다.

아침에 르노를 받으러 갔을 때 또다시 다니엘과 만났다. 허츠사의 제복을 입은 그녀는 친절했고, 명랑했고, 아무런 고민도 하고 있지 않았다. 차를 몰고 떠나기 전에 우리는 서로의 양쪽 볼에 입을 맞췄다.

8

혼잡한 해안 도로를 피하고 싶어 생트로페에서 내륙을 향해 차를 몰았다. 르노는 처음에는 운전하기가 쉽지 않았다. 기어 레버가 뻣뻣한 데다 오른쪽에 위치해 있어서 집중하기가 힘들었다. 프랑스에서는 우측 통행이라는 점을 줄곧 염두에 두어야 했다. 특히 지금처럼 구불구불한 산길에서 운전할 때는 말이다. 르 뤽에서 고속도로를 타고 복수 차선의 넓은 길로 나아가자 운전하기가 한결 수월해졌다.

나는 수가 있는 곳에서 점점 더 멀어지고 있다는 사실을 알고 있었다. 그러나 우리는 어디서 랑데부할지 미리 정해놓았고, 또 내 머릿속은 다시 그녀를 만나야 한다는 생각으로 가득 차 있었다.

고속도로를 따라 엑상프로방스까지 간 다음, 남쪽으로 방향을 바꿔 마르세유를 향했다. 점심 무렵 부둣가의 작은 펜션에 체크인하고, 오후는 시내를 배회하며 보냈다. 6시가 되기도 전에 나는 약속 장소인 생샤를역에 도착했고, 가장 눈에 띄는 장소로 가서 그녀를 기다렸다. 8시가 되자 저녁을 먹으러 갔다.

마르세유에서는 하루를 더 보낼 예정이었다. 나는 옛 항구로 가서 전차와 부둣가, 잔교 옆에 늘어선 돛대가 서너 개씩 달린 범선들을 구경했다. 항구 전체가 증기 크레인의 귀청이 찢어질 듯한 소음으로 가득 차 있었다. 오후가 되자 나는 광대한 항만 전체를 일주하는 유람선을 탔고, 생 장 요새의 음울한 건물 앞을 지났다. 유람선은 잔잔한 만으로 들어가서 샤토 디프 섬을 한 바퀴 돌았다. 저녁때가 가까워 오자 역 안을 거닐며 리비에라에서 열차가 도착할 때마다 열심히 승객들을 바라보았다. 혹시 수를 못 보고 놓치는 것이 아닐까 걱정이 되었기 때문이다.

9

마르세유에서 차를 타고 조금 가면 되는 곳에 있는 마르티그로 갔다. 마르티그는 좁지만 기복이 심한 지협(地峽)이고, 지중해와 거대한 담수호인 베르 호수 사이에 위치해 있었다. 도시 중심부는 옛날에는 마을이 있었던 부분이지만, 인근에 건설된 정유 공장 때문에 20세기 내내 도시 규모와 인구는 확장 일로에 있었다. 자동차로 중심부인 일 브레스콩으로 들어가는 것은 불가능했다. 좁지만 예쁜 운하들이 도로를 대신하고 있었기 때문이다. 나는 주차장에 르노를 주차하고는, 슈트케이스를 들고 들어가 머물 곳을 찾았다.

이곳은 수와 만나기로 약속한 마지막 장소였다. 만약 여기에도 나타나지 않는다면 내 갈 길을 갈 작정이었다.

마을은 고독을 즐길 수 있는 장소가 아니었다. 관광객투성이였다. 그들은 좁은 골목을 돌아다니거나 보트를 타고 운하를 구경하고 있었다. 내 눈에는 그들 모두가 커플이거나 아니면 일행과 함께 있는 것처럼 보였다. 나는 저녁이 오는 것을 두려워하기 시작했다. 틀림없이 수가 나를 실망시키리라고 생각했기 때문이다. 가장 견디기 힘들었던 것은 실낱같은 희망이 끈질기게 남아서 그녀를 잊으려는 나의 결심을 자꾸 무디게 만든다는 점이었다.

우리가 만나기로 약속한 장소는 브레스콩 잔교(棧橋)였다. 베르 호수로 이어지는 주(主) 운하가 시작되는 곳이다. 도착하자마자 나는 지리를 익히기 위해 잔교로 가보았고, 낮 시간 동안 몇 번이나 그곳을 들락거렸다. 도시 안에서도 조용한 축에 속하는 한적한 장소였다. 물가 바로 옆에 집들이 늘어서 있고, 무수히 많은 작은 보트와 모터보트들이 좁다란 배 끄는 길에 계류되어 있었다. 관광객은 거의 눈에 띄지 않았고, 레스토랑이나 가게, 술집조차 없었다. 이곳은 마을의 노인들이 모이는 장소였다. 내가 수를 기다리기 위해 저녁에 도착했을 때는 이미 페인트가 벗겨진 집 앞에 낡은 등나무 의자나 상자를 갖다 놓고 앉아 있었다. 여자들은 모두 검은 옷 차림이었고, 남자들은 데님으로 만든 낡은 옷을 입고 있었다. 그들은 잔교를 어슬렁거리는 나를 쳐다보았고, 내가 지나칠 때면 모두가 입을 다물었다. 운하 입구에서 호수의 검고 잔잔한 수면을 바라보고 있자 희미한 시궁창 냄새가 풍겼다.

따뜻한 저녁 하늘이 어두워지기 시작했고, 밤이 되었고, 조그만 집들 내부에 불이 하나둘씩 들어오기 시작했다. 그러나 나는 혼자였다.

나는 카마르그를 한 바퀴 돌아 생트마리들라메르 마을로
왔다. 성유물을 보관한 성당이 있는 곳이었다. 나는 수에게
이야기하지 않은 장소로 가고 싶었다. 설령 그녀가 나를 찾
으려고 해도 찾을 수 없는 장소로 말이다. 또 해변이 있는 곳
으로 가서 파도를 향해 조약돌을 던지고, 음울한 표정으로
해변을 거닐고 싶었다.

그러나 이것은 불가능했다. 조그만 마을은 인파로 붐볐고,
관광버스들이 거리와 주차장을 가로막고 있었다. 나는 주차
할 곳을 찾아낸 다음 잠시 주위를 돌아다녔다. 성유물은 기
적이 일어났다는 우물이었고, 석조 성당 안에 있었다. 벽이
란 벽은 우물의 영험한 치유력을 증언하는 신자들의 글이 적
힌 종이로 모두 메워져 있었다. 나는 감사에 가득 찬 애처로
운 메시지들 몇 개를 읽어 보고는 다시 밝은 햇살이 내리쬐
는 거리로 나왔다. 중심부의 거의 모든 건물은 어떤 식으로
든 성유물을 상품화한 가게였다. 성상(聖像), 초, 십자가 따
위의 기념품이 모든 곳에서 팔리고 있었다. 유일하게 문을
연 레스토랑은 거대한 현대적 카페테리아였다. 금속 쟁반에
올려놓은 음식을 플라스틱 테이블에서 먹는 방식이었다. 나
는 점심을 먹으려고 안으로 들어갔지만 인파와 성가신 파리

들 때문에 단념하고 다시 밖으로 나왔다.

　해변으로 걸어가다가 일찍이 내가 본 것 중에서 가장 큰 비행 곤충의 습격을 받았다. 노란색과 검은색의, 기괴할 정도로 부풀어 오른 벌이었다. 아마 말벌인 듯했다. 겨우 몸을 피하고는 비슷한 것들이 또 날아오지 않는지 주의 깊게 주위를 둘러보았다. 그러나 그곳에 오래 머물지는 않았다. 호숫가는 널찍하고 편평했다. 그러나 관광객들의 모습은 보이지 않았다. 물가로 가자 조그만 파도가 흰 모래사장을 향해 힘없이 몰려왔다. 그러자 나는 바위가 있고, 파도와 해풍이 몰아닥치는 대양의 해변으로 가고 싶어졌다. 자연의 드라마가 존재하는 곳으로.

　다음 날 나는 에그모르트라는 항구 도시로 갔다. 수와 함께 지도를 보다가 이름을 보고는 무슨 뜻인지 몰라 의아해했던 곳이었다. 조사해 보니 로마 시대의 이름인 *Aquae Mortuae*, 즉 〈죽은 물〉이라는 이름이 전와(轉訛)된 것이라는 사실을 알았다. 중세에 대대적으로 요새화된 이 성벽 도시는 몇 개의 얕은 호수에 에워싸여 있었다. 나는 성벽 밖에 차를 주차하고 무더운 열기를 헤치며 옛날에는 해자(垓字)였던 곳을 따라갔다. 곧 싫증을 내고 근처에 있던 낮은 언덕으로 올라가 왔던 방향을 둘러보았다. 마치 세피아색으로 변색한 오래된 흑백 사진을 보는 듯한 느낌을 받았다. 햇살이 균등하게 내리쬐며 색채의 경계를 흐릿하게 하고 있었다. 성벽 안에 있는 집들의 지붕이 보였고, 그리 멀지 않은 곳에 있는 도시 외각의 공장 부지에서는 높지만 연기가 나지 않는 굴뚝이 몇 개 눈에 들어왔다. 호수 수면은 하늘을 반사하고 있다.

　그때, 이것이야말로 내가 느끼는 프랑스의 모습이라는 생각이 뇌리를 스쳐 지나갔다. 생의 활력을 불어넣어 주는 수가 없으면, 프랑스는 단조롭고 조용하며 비현실적인 장소에 불과했다. 지나가는 내 곁을 스쳐 지나가고, 내가 멈춰 서서 응시하면 얼어붙는 식이다. 과거 며칠 동안을 돌이켜보니, 수가 모든 것을 지배하고 있었다. 나는 수와의 만남을, 그녀의 웃음을, 사랑을, 육체를 기억했다. 그러나 수 뒤에는 거의 들어오지 않았던 프랑스가 있었다. 수가 처음에는 자신의 존재로, 그다음에는 그 부재(不在)로 내 마음을 흩뜨려 놓아 프랑스를 간과했던 것이다. 낭시의 텅 빈 광장, 디종의 고색창연한 레스토랑, 그르노블의 산에서 바라본 풍경, 생트로페의 고상한 해수욕객들…… 이것들은 내 마음속에서 정지해 있었다. 딴생각을 하면서 그냥 스쳐 지나간 순간들. 그리고 지금, 에그모르트는 열기로 어른거리는 햇살 아래에서 얼어붙어 있었다. 마치 기억의 잔재처럼 종잡을 수 없고, 그것이 내포한 정적은 망각된 사고나 이미지를, 수와는 동떨어진 무엇인가를 반영하고 있는 듯한 느낌을 받았다. 다른 일에 정신이 팔린 나머지 흘깃 보았을 뿐인 프랑스는 줄곧 내 뒤를 따라다니고 있었다. 지금까지 모르고 지나쳤던 프랑스는 얼마나 되고, 앞으로 얼마나 남아 있는 것일까?

언덕 위에 서 있던 내 주위로 모기들이 날아들어 불쾌하게 윙윙거리기 시작했기 때문에 서둘러 차를 주차해 둔 곳으로 돌아갔다. 길을 성큼성큼 가로질러 거리 반대편으로 갔다. 아까 느꼈던 정적은 환상이었고, 이제는 밝은 색채가 하늘을 수놓고 있었다.

주차장 입구에 슈트케이스 두 개가 놓여 있는 것이 눈에 들어왔다. 슈트케이스를 그런 곳에 놓아두다니 참 이상하다고 생각하며 르노를 찾아 차 문을 열었다.

「리처드! **리처드!**」

수가 주차된 차들 사이를 이리저리 누비며 달려오고 있었다. 얼굴 주위에서 머리카락이 나부꼈다. 나는 비현실감이 스러져 가는 것을 느꼈다. 이제는 수가 너무나도 익숙해 보인다는 생각밖에 들지 않았다. 다시 수를 품에 안고 그 호리호리한 몸이 내 몸에 밀착하는 것을 느끼면서 나는 그런 그녀의 포근함을 사랑했고, 다시 품에 안을 수 있는 것이 얼마나 자연스럽게 느껴지는지를 자각했다.

12

무더위를 쫓기 위해 창문을 열고 남서쪽으로 차를 몰아 리비에라를 떠났다.

「어떻게 나를 찾았어?」

「운이 좋았을 뿐이야…… 단념하려던 참이었어.」

「하지만 거긴지는 어떻게 알고?」

「예전에 얘기한 적이 있어서, 거기 가 있을 거라고 생각했어. 어젯밤에 도착해서 하루 종일 이곳저곳 돌아다녔지.」

우리는 어딘가 머물 곳, 함께 있을 수 있는 곳을 찾았다. 수는 사흘 동안 버스를 타고 이동해 왔고, 귀국에 필요한 여비를 남기려고 얼마 안 남은 돈을 아끼고 있었던 것이다. 나 이얼한테서 돈을 좀 받았지만 그도 빈털터리에 가까웠다고 했다. 그녀의 예상이 빗나간 꼴이었다.

우리는 나르본에서 차를 멈추고 눈에 보인 첫 번째 호텔에 투숙했다. 수는 방에 들어가자마자 욕조로 뛰어 들어갔고, 나는 욕조 가장자리에 앉아 그녀를 내려다보았다. 그녀의 다리에 예전에는 본 적이 없는 멍이 나 있는 것이 눈에 띄었다.

「그렇게 빤히 보지 마.」

수는 몸을 물에 더 깊숙이 담그고 한쪽 무릎을 들어 올려 사타구니를 가렸지만 그 탓에 멍든 부분이 완전히 시야에 들어왔다.

「내가 보기를 원하는 줄 알았는데.」

「그렇게 바라보는 건 싫어.」

무엇인가가 변했다. 예전에는 언제나 그녀를 바라보고 있었던 것이다. 나는 조그만 욕실에서 나와 옷을 벗고 침대에 누웠다. 물을 철벅거리는 소리가 나더니 곧 마개를 뽑는 소리가 들렸다. 긴 침묵이 흘렀고, 화장지가 버스럭거리더니 코를 푸는 소리가 들렸다. 욕실 밖으로 나온 그녀는 팬티와 티셔츠를 입고 있었다.

나를 흘끗 내려다본 수는 방 안을 돌아다니다가 창문을 통해 아래쪽 안뜰을 내려다보고, 슈트케이스 위에 올려 둔 옷을 만지작거렸다. 이윽고 침대 끝으로 와서 앉았다. 내가 일어나 앉아 손을 뻗지 않으면 닿지 않는 곳이었다.

「그 멍은 어떻게 하다 생긴 거야?」

수는 다리를 비틀어 멍을 보았다. 「사고라고나 할까. 넘어져서 부딪친 자국이야. 하나 더 있어.」 상체를 비틀어 티셔츠를 위로 끌어올리고는 등에 있는 두 번째 멍을 보여 주었다. 「아프지는 않아.」

「나이얼이 그런 거 아냐?」

「꼭 그렇다고는…… 사고였어. 일부러 그런 게 아냐.」

우리 사이의 거리를 보고 나는 수가 아무것도 해결하지 않았음을 알았다. 그러나 그녀가 돌아온 것이 기뻤기 때문에 나는 아무 말도 하지 않았다. 잠시 후 우리는 옷을 입고 저녁을 먹기 위해 밖으로 나갔다. 주위 경관에는 거의 신경을 쓰지 않았다. 너무 많은 장소를 돌아다닌 탓에 여독이 쌓여 있었다. 게다가 나는 수한테 정신이 팔려 있었다. 나르본은 현실적이고 활기에 차 있었으며 단순한 정지화가 아니었지만, 수가 있는 탓에 거의 눈에 들어오지도 않았다.

저녁을 먹으며 수는 마침내 무슨 일이 일어났는지 숨기지 않고 설명했다.

나이얼의 친구들은 생라파엘 교외에 있는 농가를 개조한 집에 머물고 있었다. 수가 도착했을 때 나이얼은 그곳에 없었다. 친구들 얘기로는 잠깐 여행을 갔다고 했다. 수는 그곳에서 하루 반나절을 기다렸다. 기다릴까, 아니면 내버려 두고 떠나 버릴까 하는 고민에 시달리면서. 나이얼은 한 남자와 세 명의 젊은 여자들을 대동하고 돌아왔다. 어디로 갔었는지, 또 무엇을 하고 다녔는지 설명해 준 사람은 아무도 없었다. 그래서 수를 포함해 아홉 명이나 되는 인간이 집안에 득시글거리게 되었고, 수는 싫든 좋든 나이얼과 침대를 함께 써야 했다. 나이얼이 처음에는 신경이 곤두서고 난폭한 분위기여서 수는 그가 젊은 여자들 중 하나와 무슨 일이 있는 것이라고 짐작했다. 두 사람은 말다툼을 했다. 다음 날 나이얼은 차를 몰고 또다시 사라졌다. 수는 그곳을 떠나 나와 합류하기로 결심하고 짐을 모두 꾸렸지만, 출발 직전에 나이얼이 돌아와 그녀를 막으셨다. 수가 내 얘기를 하자 나이얼은 수를 때리기 시작했다. 다른 사람들이 끼어들어 억지로 말리자마자 나이얼의 기분에 변화가 왔다. 처음에는 수에게 애처롭게 달라붙으려고 했지만 — 그의 이런 태도에 어떻게 대처하면 되는지 수는 알고 있었다 — 곧 말을 바꿔 수가 마음을 정했다면 방해하지 않겠다고 말했다.

「그래서 일이 더 복잡해졌던 거야.」 수가 말했다. 「만약 처음 그랬던 것처럼 계속 못되게 굴었다면 그냥 내버려 두고 올 수 있었어. 하지만 그러는 대신 마치 더 이상 신경 안 쓴다는 것처럼 행동하더군.」

「어쨌든 당신은 여기 나와 함께 있어. 그걸로 충분하지 않아?」

「응, 하지만 난 나이얼을 믿지 않아. 예전에는 그런 식으로 행동한 적이 한 번도 없었어.」

「그게 무슨 뜻이지? 너를 뒤따라올지도 모른다는 얘기야?」

수는 긴장한 기색으로 식탁 위의 나이프를 만지작거렸다. 「다른 여자와 자고 있었기 때문에 이쪽에까지 신경 쓸 겨를이 없었을 가능성이 커.」

「이제 그 친구 생각은 안 할 수 없어?」

「알았어.」

우리는 식사를 마치고 도시를 산책했지만, 진짜 관심은 서로를 향해 있었기 때문에 곧 호텔로 돌아왔다. 방으로 올라가서 따뜻한 밤을 향해 문을 활짝 열고 커튼을 쳤다. 욕조에 몸을 담그고 멍한 눈으로 천장을 올려다보며 이제 무슨 일을 해야 하나 생각했다. 그 어느 것도 매력적이지 않았다. 그녀와 자는 일조차 말이다. 욕실 문이 열려 있어 방 안에서 돌아다니며 옷을 걸거나 옷장 문을 여닫는 소리가 들렸다. 그러던 중에 호텔방의 문을 잠그는 소리가 들렸다. 수는 욕실로 나를 보러 오지 않았다. 그러나 이 사실은 그 자체로서는 별다른 의미가 없었다. 우리는 일종의 무성적(無性的)인 친밀함에 도달해 있었다. 같은 방을 쓰고, 서로의 앞에서 옷을 벗고, 같은 침대에서 잤지만, 여전히 나이얼에 의해 격리되어 있는 상태.

목욕을 마치고 침실로 갔다. 수는 침대 위에 앉아서 잡지를 뒤적거리고 있었다. 나체였다. 내가 옆자리로 올라가자 그녀는 잡지를 옆에 내려놓았다.

「불을 끌까?」 내가 물었다.

「지난주에 니스에 있었을 때, 당신은 나한테 어떤 말을 한 적이 있어. 진심이야?」

「그게 무슨 말인지에 달렸지.」

「나를 사랑한다고 했잖아. 진심이었어?」

「그때는 진심이었어. 그때까지 알고 지낸 그 누구보다도 더 사랑했어. 사실, 난 당신을 만나기 전에 누군가를 사랑한 적이 없어.」

「나도 그렇게 생각했어. 지금은 어때?」

「지금은 그런 질문을 하기에 적절한 시점이 아냐. 난 소외받은 느낌이 들어.」

「그렇다면 지금이 가장 적절한 시점이야. 날 사랑해?」

「물론 사랑해. 그게 아니라면 왜 이런 일들이 이토록 중요해진 거라고 생각해?」

수는 침대 위에서 몸을 움직여 베개에 머리를 얹었다. 「내가 듣고 싶었던 건 바로 그 말이었어. 불은 끄지 마. 난 어두운 데서 사랑하는 게 정말 싫어.」

13

콜리우르는 지중해 남서쪽과 맞닿은 해안 끄트머리에 있
는 어촌이었다. 작은 만에 위치해 있었고, 옛 요새 하나와 옹
기종기 모여 있는 석조 가옥으로 이루어져 있었다. 어촌은
눈부신 햇살 아래에서는 녹갈색으로 보이는 암산으로 에워
싸여 있었다. 나는 이곳에 도착하자마자 마치 시간이 얼어붙
은 듯한 느낌에 사로잡혔다. 이 장소에서의 변하지 않는 삶
속으로 들어가 지나칠 수는 있지만, 결코 그 핵심에 도달할
수는 없다는 느낌이랄까. 이것은 에그모르트의 정체된 시간
을 연상케 했고, 수에게 마음을 빼앗긴 탓에 내가 사물을 제
대로 인지하지 못했다는 사실을 자각하게 만들었다.

그러나 나는 수와 함께 있었기 때문에, 그러니까, 정말로
그녀와 〈함께〉 있었기 때문에 이런 자각에도 대처할 수 있었
다. 수와 이 어촌은 나의 지각(知覺)의 각기 다른 측면이라는
사실을 알고 있었던 것이다. 만약 내가 허락한다면 이 두 측
면은 서로에게 간섭할 수도 있었지만, 나는 그녀를 만난 이
후 처음으로 긴장을 풀고 행복한 기분에 잠겨 있었다. 우리
는 서로에 관해 더 이상 얘기하지 않았다.

낮에는 사람을 거의 볼 수 없었다. 집들의 덧문은 열기를
피하기 위해 모두 닫혀 있었다. 우리는 자갈 포장이 된 좁다

란 골목길을 거닐다가 언덕으로 올라가 작은 고깃배를 구경했다. 저녁에 땅거미가 지기 시작할 무렵이면 현지 주민들은 의자와 와인을 가지고 집 밖으로 나와 앉았고, 그날 잡은 해산물이 얼음에 재워져 트럭에 실리는 광경을 바라보곤 했다. 여행 안내서에 쓰인 것과는 달리 콜리우르에는 호텔도, 임대 가옥도 없었다. 그래서 우리는 술집 위의 조그만 방에 머물렀다. 마을 사람들에게 우리는 레 장글레(영국인)였다. 나이든 여자들은 저녁에 산책하는 우리에게 어머니 같은 미소를 지어 보였고, 사내들은 우리를 빤히 바라보곤 했다. 그러나 대부분의 경우 아무도 간섭하지 않았다. 우리가 그곳에 있는 동안 외지 방문객은 우리밖에 없었다.

한 사람을 제외하고 말이다. 이틀째 되는 날, 우리는 마을 동쪽의 언덕을 오르던 중에 그를 보았다. 우리가 걷던 좁은 길이 집들의 지붕보다 높아지는 지점에서 구부러지면서 언덕을 가로지르면, 우리는 항구 주위의 집들을 내려다볼 수 있었다. 이 위치에서 바라보면, 아침 햇살 아래에서 서로 겹치며 불규칙한 기하학적 무늬를 이루고 있는 벽과 지붕은 실제보다 더 가팔라 보였다. 그리고 그곳에서는 화가 한 명이 이젤에 올려놓은 작은 캔버스를 마주보고 앉아 있었다.

자그마한 몸집에 둥근 머리를 가진 사내였다. 등을 구부리고 앉은 그는 나이를 알아보기가 힘들었다. 노인은 아니고, 마흔에서 쉰쯤 되어 보였다. 그 곁을 지나가며 우리는 목례를 했지만 그는 반응을 보이지 않았다. 수의 손이 내 손에서 빠져나가는 것을 느꼈다. 그녀는 날카롭게 화가 쪽을 보고는, 나를 보았다가, 다시 화가에게로 눈을 돌렸다. 내게 무엇인가 말하고 싶어 하는 것은 확실했지만, 무슨 얘기를 하고 싶은 것인지 도무지 알 수가 없었다. 계속 걸어가면서 그녀는 뒤를 바라보았다. 마치 캔버스의 그림을 훔쳐보려는 듯이.

목소리가 들리지 않는 곳까지 오자 그녀가 말했다. 「피카소처럼 보였어!」

「피카소는 죽었잖아. 안 그래?」

「물론 죽었어. 그러니까 피카소일 리가 없어. 하지만 똑같아 보였다니까.」

「뭘 그리고 있는지 봤어?」

「이건 불가능해. 이런 걸 본 건 처음이야! 사진에서 본 것과 빼닮았다니까.」

「그럼 친척일지도…… 혹은 피카소처럼 보이고 싶어 하는 사람일지도 모르겠군.」

「틀림없이 그럴 거야.」

우리는 계속 걸으며 자기가 존경하는 위인의 겉모습을 모방하고 싶어 하는 사람들에 관한 대화를 나눴지만, 수는 그 의견을 받아들이려고 하지 않았다. 그녀가 보기에 이번 경우는 훨씬 더 심원한 수수께끼를 내포하고 있었고, 대화는 결국 그 얘기로 귀착되곤 했다.

마침내 나는 말했다. 「돌아가서 한 번 더 보고 싶어?」

「응, 그럴래.」

되돌아가 봤자 화가는 이미 사라졌을 것이라고 생각했는데, 그는 여전히 길모퉁이의 걸상 위에 등을 구부리고 앉아 천천히 붓질을 하고 있었다.

「정말 믿기 힘들어.」 수가 속삭였다. 「틀림없이 친척일 거야…… 피카소한테 아들이 있었어?」

「모르겠어.」

우리는 화가가 앉아 있는 쪽의 길가를 걸어가고 있었기 때문에 이번에는 캔버스의 그림을 볼 수 있었다. 가까운 곳까지 가자 수가 큰 소리로 말했다. 「봉주르 무슈!」

화가는 붓을 들지 않은 손을 위로 들어 올렸지만 우리 쪽으로 고개를 돌리지는 않았다. 「*Hola!*」

우리는 화가 뒤를 지나갔다. 그림은 반 정도 완성되어 있었지만, 지붕 모서리의 윤곽은 이미 그려져 있었고, 전체적인 구도가 나타나고 있었다. 우리는 언덕을 내려가서 마을로 들어갔다. 호기심을 못 이긴 수는 당장 춤이라도 출 듯한 동작으로 움직였다.

「내가 가진 책에 저 그림이 있었어!」수가 말했다.

우리는 나흘 동안 콜리우르에서 머물렀고, 매일 한 번씩 언덕을 올라가 화가가 아직 있는지 확인했다. 그는 매일 이젤 앞에 앉아 천천히, 끈기 있게 그림을 그리고 있었다. 화가는 그만의 정체된 시간 속에 있었고, 진행 속도는 매우 느렸다. 마지막으로 보았을 때에도 우리가 처음 보았던 그림에 아주 조금 덧칠을 한 정도였다.

콜리우르를 떠나기 전에 술집을 운영하는 여자에게 그 화가가 누구인지 물어보았다.

「*Non. Il est espagnol*(몰라요, 스페인 사람인 건 알지만).」

「혹시 유명한 사람이 아닌가 해서요.」

「*Pah! Il est très pauvre. Un espagnol célèbre*(헛! 가난뱅이예요. 유명한 스페인 사람이라니 당치도 않아요)!」이렇게 말하고 그녀는 참지 못해 웃음을 터뜨렸다.

14

원래는 콜리우르에서 여행을 끝냈어야 했지만, 우리는 비행기로 잉글랜드로 돌아갈 계획을 세우고 이틀 걸려 피레네 산맥을 넘은 뒤에 스페인 국경에 가까운 비아리츠에 도착했다. 호텔 직원이 비행기 편을 예약해 줬지만 출발은 이틀 뒤였다. 다음 날 아침 나는 렌터카를 현지의 허츠 사무실로 몰고 가서 반환했다.

수는 호텔에서 나를 기다리고 있었다. 그녀를 보자마자 나는 무엇인가 이상하다는 것을 깨달았다. 과거 상태가 안 좋았던 시기에 보이곤 했던 도피적이고 종잡을 수 없는 표정을 하고 있었던 것이다. 가슴이 철렁했다. 그 즉시 나이얼과 관계된 일이라는 사실을 간파했기 때문이다.

하지만 어떻게? 나이얼은 몇백 마일이나 떨어진 곳에 있고, 우리가 어디 있는지 알 리가 없지 않은가.

내가 해변으로 산책을 나가자고 하자 수는 동의했지만, 우리는 손을 마주잡지 않고 떨어져서 걸었다. 해수욕장인 라 그랑드 플라주로 내려가는 오솔길에 도달했을 때 수는 발걸음을 멈췄다.

「오늘은 해변에 가고 싶은 기분이 아니야.」 그녀가 말했다. 「그냥 혼자 갔다 와.」

「그냥 당신하고 함께 있고 싶을 뿐이야. 뭘 하든 상관없어.」

「잠시 혼자서 쇼핑을 하고 싶어.」

「왜 그래, 수? 무슨 일이 있었군.」

수는 고개를 가로저었다. 「잠시 혼자 있고 싶을 뿐이야. 한두 시간이면 돼. 설명은 못하겠어.」

「정 그래야겠다면 어쩔 수 없지.」 나는 짜증 섞인 표정으로 해변을 가리켜 보였다. 「저기 가서 일광욕이나 하고 있을게. 당신이 나를 보고 싶어할 때까지 말이야.」

「오래 걸리지는 않을 거야.」

「하지만 뭘 하려고 하는 건지 이해가 안 되는군.」

수는 이미 자리를 뜨려 하고 있었다. 「잠시 혼자서 생각할 시간이 필요할 뿐이야.」 다시 돌아오더니 내 뺨에 살짝 입을 맞췄다. 「당신이 한 일 때문이 아니야, 정말로.」

「흐음, 난 한두 시간 뒤에는 호텔로 돌아가 있을 거야.」 내가 이렇게 말했을 때 그녀는 이미 걷기 시작했기 때문에 거의 듣지 못한 듯했다. 나는 발끈한 표정으로 그 자리를 떠났고, 절벽 사이의 길을 빠르게 내려갔다.

해변은 붐비지 않았다. 나는 적당한 자리를 찾아 타월을 펼쳐 놓고 청바지와 셔츠를 벗었다. 그 위에 앉아 음울한 상념에 잠겼다.

수는 또다시 나를 고민에 빠뜨렸지만, 혼자가 되자 또 다시 주위의 정경이 눈에 들어왔다. 해변은 정지해 있었다. 나는 허리를 펴고 주위를 둘러보고는 무엇인가가 내 주위에서 멈췄다는 사실을 자각했다.

지금까지 보아 온 지중해의 해수욕장과는 달랐다. 젖가슴을 드러내고 일광욕을 하는 여자들도 없었고, 리비에라 해안과 달리 태양의 열기는 바다에서 불어오는 바람 때문에 기분 좋게 완화되어 있었다. 바다 자체도 근육을 가진 듯한 느낌이었다. 길고 가지런한 흰 파도가 몰려오면서, 영국의 해변에 익숙한 내게는 기분 좋은 쏴 소리를 내며 다시 뒤로 물러났다. 움직임과 소리가 있기 때문에 정지해 있는 것은 아니지만, 여전히 오래 전에 가라앉고 정체된 환경 속에 꼼짝없이 갇혀 버린 듯한 기분이었다.

해변에 있는 다른 사람들을 보니 그중 다수가 탈의용 천막을 사용하고 있었다. 조그만 아랍식 유르트 같아 보이는 천막들은 3열 횡대로 나란히 세워져 있었다. 천막에서 나오는 사람들은 서둘러 물가로 가서 두 팔을 벌린 채로 몸을 웅크리는 듯한 기묘한 자세를 취하며 파도를 향해 뛰어들었다. 첫번째 파도가 닥쳐오면 그것을 향해 펄쩍 뛰어올랐다가, 그 차가움에 놀라 등을 돌리고 소리를 질렀다. 수영하는 사람 대부분은 남자였지만, 개중에 보이는 여자들은 모두 체형을 알아볼 수 없는 원피스식 수영복과 고무 수영모 차림이었다.

나는 여전히 불안한 기분으로 등을 대고 누웠고, 휴가객들의 외침 소리를 들으며 수의 행동에 관해 곰곰이 생각해 보았다. 나이얼은 어떻게 그녀와 접촉할 수 있었던 것일까? 그녀가 어디 있는지 어떻게 안 것일까?

혹시 수 쪽에서 먼저 접촉한 것일까?

나는 짜증이 났고, 상처받은 기분이었다. 수가 나이얼에 관해서 조금 더 솔직하게 얘기해 준다면 좋을 텐데. 솔직하게 진상을 털어놓는다면 문제를 해결할 수도 있을 텐데.

나는 침착함을 잃고 상체를 일으켜 앉았다. 머리 위의 하늘은 깊고 청명한 파란색이었다. 태양은 카지노 상공에서 쨍쨍 내리쬐고 있었다. 그쪽을 흘끗 올려다보며 눈을 가늘게 떴다.

구름이 보였다. 눈에 보이는 구름은 그것 하나뿐이었다. 희고 푹신푹신한 느낌을 주는 저 구름은 태양의 열기가 들과 숲에서 상승 온난 기류를 일으키는 여름날에 볼 수 있는 종

146

류였다. 그러나 이 구름만은 외톨이였다. 태양에 가까운 고공에 떠 있어 바닷바람에도 전혀 영향을 받지 않고 있었다. 만약 저 구름이 해를 가린다면, 내 주위의 해변 정경은 어떤 영향을 받게 될까? 이 평온한 정체감이 갑자기 깨지고, 사람들은 탈의용 천막으로 서둘러 들어가서 면 플란넬 드레스나 헐렁한 바지로 갈아입게 될 것이다.

저 구름은 나이얼을 생각나게 했다. 전에 한 번 디종의 강둑에서 그랬던 것처럼. 그때도 지금도 그의 존재가 내 마음을 무겁게 짓누르고 있었다.

나이얼은 내게 보이지 않았다. 그는 오로지 수를 통해서, 그녀의 설명과 행동을 통해 존재할 뿐이었다.

실제 나이얼은 어떤 인간인지 궁금했다. 수가 말하는 것처럼 불쾌한 인물일까. 여기서 기묘한 것은 나이얼과 나 사이에 공통점이 많다는 점이었다. 두 명 모두 같은 여자에게 매력을 느끼기 때문일 것이다. 나이얼은 나와 마찬가지로 수와 오랜 시간을 보냈고, 그녀를 이해하고 있다. 행복한 그녀의 사랑스러운 모습, 위협을 받고 있다고 느낄 때 보이는 모호함, 불합리할 정도의 충성심을 말이다. 그리고 그 무엇보다도 그녀의 몸에 관해 잘 알고 있을 것이다.

물론 나이얼도 오직 수를 통해서만 나를 알고 있다. 수는 나이얼에게 나를 어떻게 묘사했을까? 충동적이고, 질투심이 많고, 성마르고, 변덕이 심하고, 남의 말에 잘 넘어가는 위인? 내가 나 자신을 보고 있는 식으로 수가 나를 묘사해 주기를 바랐지만, 그런 것은 표현 과정에서 사라질 것이 뻔했다. 수는 누군가의 인격에 내포된 불쾌한 특질들만 골라 전달하는 특기를 가지고 있었고, 그런 방법을 통해 나와 나이얼 사이의 경쟁 심리를 유지시키고 있었다.

해변이 나를 거부하기 시작했다. 생명을 가진 디오라마 속으로 들어가 그 본연의 균형을 흐트러뜨리고 있는 침입자가 된 듯한 느낌이었다. 수의 모습은 여전히 보이지 않았기 때문에 나는 옷을 입고 절벽 길을 올라 호텔로 향했다. 절벽 꼭대기에서 뒤를 흘낏 돌아보았다. 해변은 아까보다 더 붐비는 듯했다. 줄줄이 서 있던 천막들은 사라졌고, 몰려오는 큰 파도 속에서 파도타기를 하는 웨트슈트 차림의 사내들이 보였다.

호텔방에 식사를 하러 간다는 메모를 남기고 카페를 찾아 관광객들로 붐비는 거리로 나아갔다. 어딘가에 수가 있지 않을까 기대하며 몇 곳을 일부러 지나쳤지만, 워낙 사람이 많아 모르고 지나칠 수도 있다는 사실을 알고 있었다.

나는 여행에 지쳐 있었다. 너무 많은 장소를 돌아다녔고, 너무 많은 침대에서 잠을 잤다. 집에 어떤 우편물이 와 있을지, 혹시 일거리를 제안하는 편지는 없을지 궁금해지기 시작했다. 어깨를 짓누르는 카메라의 무게가 어떤 느낌인지 거의 잊고 있었다.

노천카페를 하나 발견하고 코키유 생자크[2]와 유리 물병에 든 백포도주를 주문했다. 나를 그런 식으로 둔 채 가버리고, 호텔로 돌아오지도 않고 설명조차 하려고 하지 않은 수에 대해 화가 났다. 그러나 햇볕을 쬐며 노천카페에 앉아 있으니 기분이 좋았다. 식사가 끝난 뒤에 나는 와인을 더 주문했고, 오후 내내 이 카페에서 죽치고 앉아 있기로 마음먹었다. 와인을 마신 탓에 졸음이 몰려왔다. 나는 돌아가서 수와 함께 런던에서 지내는 것을 고대하고 있었다. 지금까지 이런저런 일들이 있었지만 우리는 여전히 서로에 관해 거의 모르는 것이나 마찬가지였다.

예기치 않게 나는 길 건너편에서 수가 걸어가는 것을 보았

2 *Coquilles Saint-Jacques*. 다진 마늘을 넣고 버터로 데친 가리비 요리.

다. 멍하게 그쪽을 바라보고 있던 중이었다. 그런데 수가 다른 남자와 함께 걷고 있다는 느낌이 들었다. 나는 황급히 허리를 펴고 더 잘 보기 위해 고개를 내밀었다. 잘못 본 듯했다. 수는 혼자였다. 하지만 마치 누군가 동행이 있을 때처럼 걷고 있었다. 그녀는 자꾸 옆으로 고개를 돌리며 천천히 걷고 있었고, 앞을 제대로 보고 있지 않았다. 마치 누군가와의 대화에 몰두해 있는 듯한 광경이었지만, 아무리 보아도 상대방의 모습은 보이지 않았다.

수는 교차로에서 멈춰 섰지만, 차가 끊기는 것을 기다렸다가 길을 건너려고 그런 것이 아니었다. 미간을 찌푸리더니, 화난 듯 고개를 가로젓는 것이 보였다. 잠시 후 그녀는 다시 걷기 시작했고, 길모퉁이를 돌아 내가 있는 곳에서 멀어져 갔다.

아직 포도주를 다 마시지 않았지만, 나는 자리에서 일어나 수의 뒤를 따랐다. 그녀의 행동에 큰 호기심이 일었다. 수의 모습을 잠깐 시야에서 놓쳤지만, 모퉁이를 돌자 다시 눈에 들어왔다. 아무래도 눈에 보이지 않는 동행과 말다툼을 벌이고 있는 것으로밖에 보이지 않았다. 이런 무방비한 상태에 있는 수를 보자 마음이 흔들렸다. 다시 멈춰 서려는 것처럼 보였기 때문에 나는 몸을 돌려 그 자리를 떴다. 교차로로 되돌아가서 큰길가를 따라 빠른 걸음으로 걸어가자 또 다른 골목이 나왔다. 서둘러 골목을 지나 다음 길과 교차하는 곳에서 다시 수가 걸어가던 방향으로 되돌아갔다. 내가 모퉁이를 돌자 수는 내 쪽을 향해 꼼짝도 않고 서 있었다. 혹시 수의 기분이 바뀌지는 않았는지 내심 기대하며 다가갔지만, 그녀는 퀭한 눈으로 나를 응시할 뿐이었다.

「여기 있었군.」 나는 말했다. 「아까부터 찾고 있었어.」

「응.」

「쇼핑은 끝났어? 아니면 더 돌아다니고 싶어?」

「아, 끝났어.」

그러나 수는 아무것도 들고 있지 않았다. 우리는 그녀가 가던 길로 계속 걸어갔다. 내가 곁에 있든 없든 그녀가 개의치 않는다는 점은 명백했다.

「이제 뭘 할까? 오늘이 휴가 마지막 날이잖아.」

「뭐래도 상관없어. 당신이 하고 싶은 일이라면 뭐든지 좋아.」

다시 짜증이 밀려왔다. 「알았어. 방해하지 않을게.」

「그게 무슨 소리야?」

「당신이 원하는 게 바로 그거잖아.」

우리는 걸음을 멈추고 서로를 마주보았다. 「난 그런 소리 안 했어.」

「굳이 말하지 않아도 알아.」

나는 몸을 돌렸다. 수의 수동적인 반응에 화가 났다. 그러자 그녀가 말하는 소리가 들렸다. 「리처드, 힘들게 이러지 마.」 그러나 나는 계속 걸어갔다. 길모퉁이에서 뒤를 돌아다보았다. 수는 여전히 그 자리에 서 있었고, 화해하려는 기색도 보이지 않았다. 나는 그녀 쪽에서 먼저 손을 내밀어야 한다고 느끼고 있었다. 나는 못 말리겠다는 듯한 시늉을 해 보인 후 자리를 떴다.

호텔로 돌아가서 방으로 올라갔다. 샤워를 하고 새 옷으로 갈아입은 다음 침대에 누워 책을 읽어 보려고 했다.

수는 저녁 늦게 돌아왔다. 10시가 넘은 시각이었다. 그녀가 방에 들어오자 짐짓 무시하려고 했지만, 방 안을 돌아다니며 백을 내려놓고, 샌들을 벗고, 머리를 빗는 그녀의 움직임에 신경이 곤두섰다. 나는 옷을 벗고 샤워 부스로 들어가는 그녀를 보았다. 나는 침대에 누운 채로 물을 튼 샤워기 아래에서 오랫동안 서 있는 그녀의 모습을 바라보았다. 마치 모든 것이 끝장난 듯한 심정이었다. 설령 수가 예의 급격한 감정 변화를 보이며 다시 사랑스럽고 애정에 넘치며 섹시한 예전의 모습으로 돌아온다고 해도, 나는 그녀를 거부할 것이다. 우리 사이에는 도저히 극복하지 못할 장벽 같은 것이 존재했다. 그것이 나이얼이든, 아니면 그가 상징하는 무엇이든 간에 말이다. 수의 느닷없는 침잠을, 완고함을, 불합리함을 더 이상 견뎌 낼 자신이 없었다.

마침내 샤워를 마치고 나온 그녀는 침대 발치에 서서 타월로 머리의 물기를 닦았다. 나는 솔직한 눈으로 그녀의 나체를 응시했고, 처음으로 별로 매력적이지 않다는 느낌을 받았다. 너무 마르고 각이 져 있었으며, 젖은 머리를 뒤로 넘긴 얼굴에는 무덤덤하고 모호한 표정이 떠올라 있었다. 내가 바라보고 있는 것을 깨달은 그녀는 몸을 앞으로 수그리고 뒤통수부터 머리의 물기를 닦았다. 튀어나온 등골이 보였다.

아직 머리가 젖은 채로 티셔츠를 입고, 시트를 젖히고 침대로 올라왔다. 그녀가 눕도록 옆으로 조금 비켜 줘야 했다. 수는 상체를 일으키고 베개로 등을 받친 뒤에 크게 뜬 눈으로 나를 쳐다보았다.

「옷을 벗고 이리로 와.」 그녀가 말했다.

「지금은 그럴 기분이 아니야.」

「화가 났구나.」

「물론 화가 났어.」

그녀는 숨을 들이켰다. 「진실을 얘기하면 나를 용서해 주겠어?」

「왜 오늘 아침 진실을 얘기하지 않았던 거지?」

「어떤 일을 할 필요가 있었고, 그때 얘기했으면 당신은 막으려고 했을 거야. 그리고 그럴 생각만 있으면 당신은 그럴 수 있었어. 나이얼 일이야. 지금 여기 비아리츠에 와 있어. 하루 종일 나이얼과 함께 있었어. 당신도 그건 알고 있었지, 안 그래?」 나는 고개를 끄덕였지만, 피할 수 없는 사실과 마주치고 충격을 받은 상태였다. 「오늘 아침 당신이 차를 호텔 뒤에 주차하고 있을 때 보았어. 나와 단둘이서 얘기하고 싶다고 하더군. 앞으로 다시는 보지 않을 거야. 이게 진실이야.」

「그치는 뭘 원했지?」

「괴로워하고 있었고, 내가 마음을 바꾸기를 원했어.」

「당신은 뭐라고 대답했어?」

「나는 이미 마음을 정했고, 이젠 당신과 함께라고 말했어.」

「그 말을 하는 데 하루 종일 걸렸던 거야?」

「응.」

여전히 나는 수에게 차가운 감정을 느끼고 있었다. 진실도 소용이 없었다. 수는 왜 자신의 결심을 실행에 옮기지 않는 것일까? 나는 말했다. 「내가 알고 싶은 건 그 작자가 어떻게 여기까지 우리를 따라왔는가 하는 거야.」

「나도 모르겠어.」

「콜리우르에 있을 때도 우리 뒤를 밟고 있었어? 거기에 있었던 거야?」

「그런 것 같지는 않아.」

「이런 일이 얼마나 큰 해가 되는지 이해 못하겠어? 당신은 나이얼 그 작자가 마음 내키는 대로 우리 사이에 끼어드는 것을 그대로 방치했고, 나한테는 한마디도 하지 않았어. 덕택에 내 마음은 당신에게서 멀어지고 있어. 그치가 괴로워하고 있다니 안됐지만, **당신**은 왜 이런 식으로 행동하는 거야? 그치가 또 괴로워하면 어떤 일이 일어나는 거지?」

「다시는 이런 일이 없을 거야.」

「못 믿겠어. 믿고 싶지만, 믿을 수가 없어.」

「난 진실을 털어놓았어!」

「알았어.」 나는 이 대화가 얼마나 무의미한지 깨닫고 입을
다물었다. 수는 핏기가 가신 얼굴을 하고 있었다. 살갗도, 입
술도, 눈동자조차 평소보다 더 창백해진 듯한 느낌이었다.
머리가 마르자 아까보다는 덜 말라 보였지만, 이제 그녀도
나만큼이나 화가 나 있었다. 서로를 껴안고, 사랑을 하고, 시
곗바늘을 뒤로 돌려 예전의 관계를 회복하기 위해 노력해야
한다는 생각이 자꾸 머리에 떠올랐지만, 지금 이 순간에 그
러는 것은 불가능했다.

우리는 밤늦게까지 잠을 이루지 못했다. 두 사람 모두 자신
만의 욕구에 침잠한 채로 서로에 대해 화를 내고 있었다. 그
만큼 중대한 일이었기 때문이다. 결국 나는 옷을 벗고 그녀와
함께 침대에 누웠지만, 사랑을 나누는 대신 뜬눈으로 누워 있
기만 했다. 어느 쪽도 먼저 손을 뻗으려고 하지 않았다.

그녀가 아직도 깨어 있다는 것을 알고 내가 말했다. 「길에
서 당신을 만났을 때 뭘 하고 있었어?」

「해결책을 찾아보려 하고 있었어. 왜 묻는 거지?」

「나이얼은 어디 있었어?」

「어딘가에서 나를 기다리고 있었어. 나는 산책을 하다가
당신과 마주쳤던 거야.」

「마치 누군가와 대화하고 있는 것처럼 보이던데.」

「그래서?」

우리는 따스한 어둠 속에 누워 있었다. 침대 시트는 이미
벗어 던진 지 오래였다. 눈을 뜨자 곁에 누워 있는 그녀의 몸
을 어렴풋하게나마 볼 수 있었다. 수는 침대에서 잘 때는 언
제나 꼼짝도 하지 않았다. 몸을 뒤척이지도 않기 때문에 어
둠 속에서는 정말로 자고 있는지 자고 있지 않은지 알기 힘
들었다.

나는 말했다. 「나이얼은 지금 어디 있지?」

「어딘가 이 부근에.」

「아직도 당신을 어떻게 찾아냈는지 알 수가 없어.」

「절대로 나이얼을 과소평가하면 안 돼, 리처드. 나이얼은 머리가 좋고, 특히 뭔가를 원할 때는 아주 집요해.」

「당신이 뭐라고 하든 간에 그 작자는 당신에 대해 지배력을 행사할 수 있는 것 같아. 그게 뭔지 알 수 있으면 좋겠어.」

돌아온 것은 긴 침묵뿐이었기 때문에 나는 마침내 그녀가 잠들었다고 생각했다. 그러나 잠시 후 그녀는 매우 나직한 목소리로 이렇게 말했다. 「나이얼은 매력*glamour*을 가지고 있어.」

　다음 날은 대부분 이동하면서 보냈다. 우리는 택시를 타고
공항으로 가서 비행기 두 편을 탔다. 보르도에서 환승할 때
는 한참을 기다렸다. 개트윅 공항에 도착한 다음에는 열차편
으로 빅토리아 역까지 갔고, 그곳에서 다시 택시를 타고 수
의 집으로 갔다. 나는 택시 운전사에게 집 밖에서 대기해 달
라고 말하고 안으로 들어갔다.

　복도의 탁자 위에 작은 우편물 더미가 있었다. 수는 그것
을 집어 들고 열쇠로 자기 방문을 열었다. 나는 슈트케이스
를 들고 방 안으로 들어가서 바닥에 내려놓았다. 그녀의 방
을 보고 조금 놀랐다. 원룸이라고 해서 비좁고 난잡한 실내
를 연상하고 있었지만, 그녀의 방은 널찍했으며 깔끔하게 정
리되어 있었고, 얼마 안 되는 가구도 취향이 좋았다. 한쪽 구
석에는 싱글 베드가 있었고, 그 옆에는 고가의 화집이 가득
찬 책장이 자리 잡고 있었다. 하나 있는 창문 아래의 책상 위
에는 제도판과 붓이 들어 있는 유리병 몇 개, 펜과 나이프, 종
이가 든 용기, 커다란 제도등이 놓여 있었다. 전축이 있었지
만 텔레비전은 없었다. 한쪽 벽가에는 세면대와 소형 가스레
인지, 그리고 고색창연한 대형 옷장이 있었다. 수가 방문을
닫았을 때 문 안쪽에 두 개의 육중한 볼트가 달려 있는 것을

보았다. 하나는 위에, 하나는 아래쪽에 위치하고 있었다.

「택시를 너무 기다리게 하면 안 될 것 같아.」 나는 말했다.

「알아.」

우리는 서로를 마주보고 있었지만 눈을 마주치지는 않았다. 나는 오랜 여행으로 녹초가 되어 있었다. 그녀가 다가왔다. 우리는 포옹을 했다. 예상했던 것보다 더 따스한 포옹이었다.

「앞으로도 계속 사귀는 거야?」 내가 물었다.

「그러고 싶어?」

「그러고 싶어 한다는 걸 당신도 알잖아. 우리 사이를 가로막는 문제는 나이얼뿐이야.」

「그렇다면 전혀 걱정할 필요 없어. 나이얼이 다시는 당신을 귀찮게 하는 일 없을 거라고 약속할게.」

「알았어. 지금 이 얘기를 하지는 말자.」

「나중에 저녁때 전화할게.」 그녀가 말했다.

만난 지 얼마 안 되어 주소와 전화번호를 교환했지만, 우리는 서로가 그것을 가지고 있는지 재차 확인했다. 수의 주소는 기억하기 쉽기 때문에 종이에 써놓지 않았지만, 그녀의 전화번호는 내 주소책 뒷면에 쓰여 있었다.

「내일 저녁에 식사 같이할까?」 내가 말했다.

「그건 나중에 정하기로 해. 지금은 우선 짐을 풀고 우편물을 봐야겠어.」

우리는 또다시 키스를 했다. 이번에는 확실하게 따뜻한 키스였다. 그 키스는 수에게서 어떤 맛이 나는지, 그녀의 살결이 어떤 느낌인지를 생각나게 했다. 나는 어제의 내 행동을 유감스럽게 생각하기 시작했지만, 수는 생글생글 웃으며 내게서 몸을 뗐다.

「나중에 전화할게.」 수가 말했다.

런던 시내의 러시아워가 막 시작되었기 때문에 내 플랫 앞에 도착한 택시에서 내린 것은 한참이 지나서였다. 안으로 들어가 내 슈트케이스를 내려놓고, 매트 위에 쌓여 있는 우편물을 바라보았다. 그러나 그대로 놓아둔 채 2층으로 올라갔다.

그토록 먼 곳까지 여행해서 그토록 많은 장소를 보고 온 경우 흔히 그렇듯 익숙하면서도 어딘가 낯선 집에 온 듯한 혼란스러운 인상을 받았다. 방 안에서 조금 축축한 냄새가 났기 때문에 창문 몇 개를 열고 온수식 난방기와 냉장고의 스위치를 넣었다. 나의 플랫에는 부엌과 화장실 말고도 네 개의 방이 있었다. 거실과 침실, 빈방 하나, 그리고 내가 서재로 쓰고 있는 방 하나였다. 이 서재에는 몇 년 동안 수집한 오래된 촬영 기재와 취재 필름의 카피본을 보관해 두었다. 16밀리 프로젝터와 스크린, 그리고 편집용 작업대도 있었다. 이것은 모두 언젠가는 독립 제작자가 되고 싶다는 나의 그리 절박하지 않은 야심을 보여 주는 물건들이었다. 이런 기재 대부분을 프로들이 쓰는 최신 장비로 대체해야 한다는 사실을 알고 있었지만 말이다. 또 독립하려면 그에 걸맞은 스튜디오도 필요했다.

프랑스의 여름 날씨에 비하면 방 안은 선선하게 느껴졌다. 밖에는 비가 내리고 있었다. 나는 맥 빠진 기분으로 집 안을 돌아다니며 벌써 수를 그리워하기 시작했다. 휴가 마무리치고는 별로 좋지 않은 상태였다. 나는 수의 기분 변화를 판단할 수 있을 정도로 그녀를 잘 알고 있지는 못했다. 아까는 분위기 좋게 헤어졌다. 전화를 걸어 볼까 잠시 망설였지만 수 쪽에서 전화하겠다고 약속했고, 또 당장 해야 할 일도 많기 때문에 그만두기로 했다. 슈트케이스에 잔뜩 들어 있는 때 묻은 옷들을 빨리 세탁해야 했고, 신선한 식료품도 사놓아야 했다. 그러나 나른해서 그럴 기운이 나지 않았다. 프랑스가 그리웠다.

나는 인스턴트커피를 블랙으로 타서 컵을 손에 들고 우편물을 훑어보기 시작했다. 쌓인 편지 더미는 뜯기 전이 더 흥미로워 보이는 법이다. 나에게 와 있는 것은 청구서 몇 통과 구독하고 있는 잡지, 휴가 가기 전에 보낸 맥 빠진 편지에 대한 맥 빠진 답장들 따위였다. 캐나다에 가 있는 아네트가 보낸 그림엽서도 한 장 있었다. 가장 반가웠던 것은 내가 기다리고 있던 두 장의 수표 — 이것은 두 달 전에 했던 촬영의 보수였다 — 와 당장 전화를 걸어 달라는 프로듀서가 남긴 편지였다. 일주일 전에 보낸 것이었다.

나의 평범한 생활이 내 주위에서 다시 모양을 갖추기 시작하고 있었다. 수는 정말 나를 어지럽게 만드는 탁월한 재능을 가지고 있었다! 수는 내게 정말로 중요하고, 친근한 존재가 되어 있었다. 그녀와 함께 있으면 다른 일들을 모두 잊게 되었다. 아마 런던에서는 달라 보일지도 모르고, 우리 두 사람의 관계 또한 일상생활의 맥락 속에서 조금 더 낮은 강도로 계속될 것 같았다. 한 가지 확실한 것은 우리가 사귀기 시작했을 때 같은 방식으로는 결코 장기적인 관계를 이어 나갈 수 없다는 점이었다.

편지를 보낸 프로듀서에게 전화를 걸었다. 부재중이었지만, 자동 응답기에는 집으로 연락하라는 메시지가 담겨 있었다. 그래서 그 번호에 걸었지만 역시 응답이 없었다. 나는 밖으로 나가 내 차를 보관해 둔 대여 차고로 갔다. 놀랍게도 한 방에 시동이 걸렸다. 차를 몰고 와서 집 밖에 세워 둔 다음, 세탁물과 쇼핑백을 집어 들고 집 근처의 빨래방으로 갔다. 세탁기에 옷을 쑤셔 넣은 뒤 식료품을 사러 갔다. 이런 일들을 모두 끝낸 후 집으로 돌아왔다.

요리라고는 하기 힘든 자가제 요리를 먹으며 조간신문을 읽었다. 내가 없는 사이에 세상에서 무슨 일이 일어났는지 궁금했다. 직업상 나는 뉴스 보도에 대해 좀 기묘한 태도를 견지하고 있었다. 현재 일어나고 있는 사건을 다룬 뉴스를 모조리 읽거나, 아예 무시해 버리는 버릇이 있는 것이다. 여행 중에는 무관심이라는 진공으로 몸을 감싸는 일에 만족하고 있었다. 신문을 읽고는 대부분 평소 때와 다르지 않다는 사실을 알았다. 노조와의 새로운 임금 교섭이 시작되었고, 런던에서 IRA가 폭탄 테러를 자행할지도 모른다는 우려가 있었고, 중동의 긴장이 고조되었으며, 총선거가 임박했다는 소문이 돌았고, 미국에서는 정치 스캔들이 터졌고, 동아프리카에서는 한발과 기아가 발생했다.

다시 프로듀서에게 전화를 걸자 이번에는 받았다. 그는 내 전화를 받고 기뻐하는 눈치였다. 미국의 방송국 하나가 중앙 아메리카에서의 미군 개입에 관한 다큐멘터리 영상물을 필요로 하고 있었지만, 정치적으로 민감한 사안이기 때문에 미국인 스태프를 쓸 수 없다고 했다. 그래서 일주일 내내 촬영 기사를 찾고 있었지만, 가겠다는 사람이 안 나왔던 것이다. 나는 그와 통화하면서 이 일에 관해 생각해 보고는 곧 그의 제안을 수락했다.

저녁이 다가오자 나는 점점 침착함을 잃어 갔다. 수의 전화를 기다리고 있었기 때문이다. 집 밖에 나가 한 시간 반쯤 있었으니 그 사이에 걸었을지도 모르지만, 그럴 경우에는 보통 나중에 다시 걸지 않는가? 이쪽에서 전화를 걸어도 되지만, 전화를 걸겠다고 약속한 사람은 그녀였고, 이런 일에는 일종의 감정적인 에티켓이 존재했다. 나는 아직도 어제 있었던 일의 영향에서 벗어나지 못하고 있었다.

피곤한 상태에서 전화를 기다려서인지 10시가 지나자 점점 짜증이 나기 시작했다. 뭔가 짚이는 데가 있었다. 또 나이얼이 개입한 것이 아닌가 하는, 이제는 익숙해져 버린 두려움이었다. 만약 그가 불가해한 방법을 동원해서 비아리츠까지 우리 뒤를 밟았다면, 집까지 따라왔다고 해도 하등 이상할 것이 없었다. 그러나 수의 집에 어떤 메시지가 갔을 가능성이 더 커보였다. 편지라든지 전보, 전화 따위의.

졸려서 눈을 뜨는 것이 불가능해질 때까지 깨어 있었다. 그러고는 그녀에게 짜증을 내며 침대로 갔다. 녹초가 되었지만 제대로 잠을 이룰 수 없는 불쾌한 상태에 빠져 들었다. 어두운 밤의 가장 음울했던 어떤 시점에서는 다시는 수와 상종하지 않겠다고 결심하기까지 했다. 설령 이 결심이 아침까지 지속되었다고 해도, 침대에서 기어 나오기 전에 받은 그녀의 전화로 깨졌을 것이다. 수화기를 들자 귀에 익은 공중전화의 삑 하는 소리가 들렸다.

「리처드? 나야, 수.」

「어젯밤에 전화할 줄 알았는데…… 기다렸어.」

「어제 집으로 돌아가고 한두 시간 뒤에 전화를 걸었는데 받지 않던데. 나중에 걸려고 했는데 나도 모르게 잠이 들어 버렸던 거야.」

「혹시 무슨 일이 일어났나 하는 생각도 했어.」

수는 잠시 아무 말도 하지 않았다. 그러다가 곧 입을 열었다. 「아니야, 단지 너무 피곤했을 뿐이야. 상태가 어때?」

「방금 전화 소리에 깼기 때문에 아직 잘 모르겠어. 당신은 어때?」

「스튜디오로 가봐야 해. 예상했던 것보다 재정 상태가 안 좋아서…… 청구서가 잔뜩 쌓여 있었어.」

「하루 종일 스튜디오에 가 있을 거야?」

「그럴 것 같아.」

「오늘 저녁에 만날까? 만나고 싶어.」

우리는 마치 비즈니스 모임의 일시를 정하는 것처럼 사무적으로 시간 약속을 했다. 수의 목소리는 냉정하고 어딘가 서먹서먹했고, 나는 나대로 투덜거리는 인상을 주지 않도록 노력했다. 여전히 그녀가 전화를 걸지 않은 이유에 대해 깊은 의구심을 느끼고 있었던 것이다.

「그건 그렇고, 당신이 보낸 엽서가 와 있었어.」

「엽서?」

「프랑스에서 나한테 그림엽서를 보냈잖아…… 적어도 나는 그렇게 생각했어. 보낸 사람 이름이 안 쓰여 있어.」

「아, 맞아.」

옛 생트로페 — 어부, 그물, 창고를 찍은. 그 얘기를 들으니 수가 나이얼과 함께 있을 때 혼자서 프랑스를 돌아다녔던 생각이 났다. 그 이래 어떤 일들이 일어났는지도. 나이얼과 관련해서 내가 품었던 의구심과 수의 회피적인 태도.

「그럼 나중에 만나.」 그녀가 말했다.

「알았어. 그럼 이만.」

통화는 동전이 떨어졌음을 알리는 삑 소리가 나기 전에 끝나 버렸다. 나는 가급적 수 생각을 하지 않으려고 노력하며 하루를 보냈지만, 그녀는 현재의 내 인생과 너무나도 밀접하게 맺어져 있었기 때문에 완전히 무시할 수가 없었다. 그녀는 여전히 나의 모든 행동과 생각에 영향을 끼치고 있었다. 그러나 나는 수에 대한 나의 사랑이 두 번의 짧은 시기에 기인하고 있음을 알고 있었다. 그녀가 나이얼을 만나러 가기 전의 며칠, 그리고 그 뒤의 며칠. 나는 여전히 그녀를 사랑하고 있었지만, 이 사랑은 과거에 바탕을 두고 있었다.

16

마음속을 가득 채운 나쁜 예감에 시달리면서 나는 약속대로 수를 만나기 위해 핀츨리 로드 지하철역으로 걸어갔다. 내가 도착했을 때 수는 이미 와 있었다. 그녀는 나를 보자마자 달려와서 내게 입을 맞추고 내 몸을 힘껏 껴안았다. 나쁜 예감이 스러졌다.

그녀가 말했다. 「이 근처 어딘가에 살지 않아?」

「웨스트 햄프스테드에 살고 있어.」

「가서 집구경해도 돼?」

「우선 한잔하기로 했잖아. 그런 다음 가려고 레스토랑에 예약도 넣었는데.」

「좋아, 하지만 거긴 나중에 가기로 해. 당신이 어디 사는지 보고 싶어.」

그녀는 내 손을 끌고 빠른 걸음으로 걸어갔다. 집 안에 들어가자마자 그녀는 다시 키스하기 시작했다. 일찍이 경험한 적이 없을 정도로 진한 애정이 담긴 키스였다. 나는 감정적으로 초연한 상태였다. 낮 동안에 단단하게 마음을 먹은 탓이었다. 그러나 수가 무엇을 원하는지에 대해서는 의심의 여지가 없었으므로, 곧 우리는 침대 위에 올라가 있었다. 사랑을 나눈 다음 수는 침실에서 나가 플랫 안을 돌아다니며 모든 것을 구경했고, 다시 내게로 왔다. 그녀는 침대 위에 책상다리를 하고 앉았다. 벌거벗은 채였다.

「지금부터 연설을 하려고 하는데, 들어 줘.」그녀가 말했다.

「난 연설이 싫어.」

「이번 건 달라. 하루 종일 준비했고, 들으면 당신도 좋아할 거야.」

「혹시 종이에 쓴 걸 읽으려는 건 아니겠지?」

「내 말을 가로막지 마. 첫째, 난 당신한테 얘기하지 않고 나이얼을 만나서 미안하다는 말을 하고 싶어. 다시는 그런 일 없을 거야. 당신에게 상처 준 걸 정말 유감스럽게 생각하고 있어. 둘째, 나이얼은 언제든 런던에 돌아올 수 있고, 그런 다음 나를 찾아내는 걸 막을 방법은 없어. 내가 사는 곳이 어딘지도 알고, 어디로 가서 일하는지도 알거든. 내가 말하고 싶은 건, 만약 나이얼을 내가 보더라도 내 잘못이 아니라는 거야. 혹시 그런 일이 있으면 즉각 귀띔할게. 셋째……」

나는 말했다. 「하지만 당신이 그치를 만난다면? 그런다면 다시 똑같은 일이 일어날 거 아냐.」

「아니, 그러지는 않을 거야. 부탁이니, 내 말을 가로막지 말아 줘. 셋째로 할 말은 내가 당신을 사랑한다는 얘기야. 내가 함께 있고 싶은 사람은 오직 당신뿐이야. 그러니까 나이얼이 우리 사이에 간섭하는 일이 다시 있어서는 절대로 안 돼.」

사랑을 나눈 후였기 때문에 나는 긴장이 풀린 상태였다. 그녀가 사랑스럽게 느껴졌고, 그녀가 발산하는 따스함을 느낄 수 있었지만, 이미 받은 상처를 돌이킬 수는 없었다. 오늘 아침만 해도 나는 우리 사이가 여러 사건 때문에 완전히 깨졌다고 생각하고 있었는데, 느닷없이 정반대의 일이 눈앞에서 벌어지고 있었다. 수는 내가 그토록 듣고 싶어 하던 말을 하고 있었던 것이다. 그녀가 모르고, 나 자신 지금에 와서야 조금씩 느끼기 시작한 사실은, 이런 반전 자체가 상처가 되고 있다는 점이었다. 변화에 적응할 때마다 과거의 일부를 상실하는 기분이었다.

「우리에게 필요한 건 함께 나이얼을 만나 보는 일이야.」 나는 말했다. 「혼자 있는 당신을 만났을 때 그치가 무슨 짓을 할지 모르잖아. 또 당신을 구타하지 않는다고 어떻게 보장할 수 있어?」

수는 고개를 가로저었다. 「당신은 결코 나이얼을 볼 수 없어, 리처드.」

「하지만 우리가 함께 있는 것을 보면 싫든 좋든 현실을 받아들일 수밖에 없을 거 아냐.」

「아냐, 당신은 그걸 이해 못해.」

「그럼 이해하게 해줘.」

「난 나이얼이 두려워.」

갑자기 내가 받은 촬영 의뢰와, 이틀 뒤에는 런던을 떠나야 한다는 사실이 뇌리에 떠올랐다. 나는 한순간 프로듀서의 제안을 받아들인 것을 후회했다. 나이얼의 귀환이 임박했다면, 내가 없을 때 수를 만날 가능성이 있는 것이다. 수에 대한 나이얼의 영향력을 알고 있었으므로, 최악의 상황을 상상하기란 어렵지 않았다. 그러나 그런 상상을 하는 것은 그녀의 성실함을 의심하는 일이고, 그녀 자신의 행동의 자유를 침해하는 일이었다. 수를 믿는 수밖에 없었다.

결국 우리는 옷을 입고 레스토랑으로 갔다. 그곳에서 나는 일 때문에 런던을 떠나 있어야 한다는 얘기를 수에게 털어놓았다. 내가 느끼고 있는 두려움에 관해서는 아무 언급도 하지 않았지만, 수는 즉각 그것을 감지했다.

그녀는 말했다. 「가장 괴로운 건 일이 끝나 돌아올 때까지 당신을 볼 수 없다는 사실이야. 아무 일도 안 일어날 거야.」

그녀는 이틀 동안 내 플랫에 머물렀다. 그런 다음 나는 출발했다.

17

13시간의 오랜 비행 탓에 눈이 붉게 충혈되고 피곤한 상태로 런던에 돌아온 것은 15일 뒤였다. 현지에서 촬영이 지연된 탓에 짜증스러운 기분이 여전히 남아 있었고, 무더위와 습기 생각만 해도 숨이 턱 막힐 지경이었다. 촬영은 힘들었고, 당국의 비협조와 관료주의 때문에 빈번히 방해를 받았다. 새로운 촬영 장소로 갈 때마다 현지 담당 공무원들의 허가를 받아야 했지만, 이들 모두가 우리를 의심하거나 적대적이었다. 그런 일도 마침내 끝났고, 보수도 받았다. 모든 것이 끝나서 나는 안도하고 있었다.

나는 집으로 왔다. 몸은 녹초가 되어 있었지만 신경이 곤두선 탓에 불쾌감에 시달리고 있었다. 런던은 춥고 축축하게 느껴졌지만, 중앙아메리카의 빈민촌과 슬럼을 신물이 나도록 보고 온 지금은 깔끔하고 부유하고 현대적으로 보였다. 집에서는 우편물만 확인한 다음 차고에서 꺼낸 차를 몰고 수에게 달려갔다.

같은 집에 사는 사람이 현관문을 열어 주었다. 나는 수의 방으로 직행해서 문을 두들겼다. 문은 당장 열리지 않았지만 안에서 사람이 움직이는 소리를 들을 수 있었다. 잠시 후 문이 열렸다. 수는 실내 가운 앞섶을 여미며 서 있었다. 우리는 한순간 서로를 응시했다.

이윽고 그녀가 말했다. 「들어오지 그래.」

이렇게 말하며 그녀는 어깨 너머를 흘낏 돌아보았다. 마치 그곳에 있는 누군가를 보는 듯한 몸짓이었다. 방 안으로 들어 갔을 때 나는 대결을 예감하며 긴장했다. 공포가 밀려왔다.

방에서는 조금 퀴퀴한 냄새가 났고, 어둑어둑했다. 커튼이 닫혀 있었지만 얇은 천을 통해 햇살이 스며 들어오고 있었 다. 수는 창가로 가서 커튼을 활짝 열었다. 경사진 뒤뜰에 면 한 그녀의 방은 반지하방에 가까웠다. 창밖으로는 작은 배수 공간을 에워싸고 있는 벽돌벽이 보였다. 1층 뜰에 무성하게 자라 있는 잡초와 풀이 창문에 그림자를 떨어뜨리고 있었다. 공기는 마치 누군가가 담배를 피우고 있던 것처럼 푸르스름 한 빛을 띠고 있었지만, 담배 냄새는 나지 않았다.

내가 왔을 때 수는 침대에 누워 있었던 듯했다. 침대 커버 가 젖혀져 있고, 그녀의 옷이 의자 위에 걸쳐져 있었기 때문 이다. 침대 옆의 탁자에는 작고 얕은 접시가 하나 놓여 있었 고, 그 안에 담배꽁초가 세 개 들어 있었다.

나는 미심쩍은 눈으로 주위를 둘러보며 나이얼을 찾았다.

수가 내 곁을 지나 문을 닫았다. 그러고는 몸에 두른 가운 을 여미며 등을 문에 기댔다. 수는 나를 보려고 하지 않았다. 아무렇게나 헝클어진 머리가 얼굴 대부분을 감추고 있었다. 그러나 그녀의 입술과 턱이 붉게 물든 것을 볼 수 있었다.

나는 말했다. 「나이얼은 어딨지?」

「여기서 안 보여?」

「보일 리가 없잖아. 지금 집 안에 있나?」 수는 고개를 가로 저었다. 「왜 아직도 침대에 누워 있는 거야?」

나는 손목시계를 흘낏 보았지만, 시곗바늘은 아직도 중앙 아메리카 시각에 맞춰져 있었다. 비행기가 런던에 도착한 것은 새벽 직후였기 때문에, 아마 정오쯤 되었을 것이다.

「오늘은 일하는 날이 아냐…… 그래서 늦잠을 자고 있었어.」 수는 방을 가로질러 침대 위에 앉았다. 「그런데 여기는 왜 왔어?」

「왜 왔느냐고? 당신은 어떻게 생각해? 난 방금 도착했고, 당신을 만나러 왔어!」

「먼저 전화를 줄 거라고 생각했어.」

「당신은 이런 일이 다시는 없을 거라고 내게 약속했어.」

수는 조용한 어조로 말했다. 「나이얼이 나를 찾아냈어. 저녁에 일하고 돌아오던 내 뒤를 밟았고, 나는 저항할 수가 없었어.」

「그게 언제 얘기야?」

「일주일쯤 됐어. 리처드, 난 이게 뭘 의미하는지 알아. 그러니까 필요 이상으로 사태를 악화시키지 말아 줘. 더 이상 당신들 사이에서 괴로워하면서 살아갈 수는 없어. 내가 당신과 함께 있는 한 나이얼은 나를 절대로 그냥 내버려 두지 않을 거야. 그러니까 당신이 나한테 어떤 약속을 하게 만들든 간에 제대로 일이 풀릴 리가 없어.」

「난 당신한테 약속하라고 강요한 적 없어.」

「그래. 하지만 이젠 모두 끝났어.」

「맞아, 이젠 완전히 끝났어!」

「이 정도에서 끝내.」

수의 목소리는 귀에 거의 들어오지 않았다. 그녀는 침대 위에서 웅크리고 있었다. 구부린 양팔을 무릎에 올려놓고 몸을 수그리고 있었기 때문에 내게 보이는 것이라고는 그녀의 머리와 어깨뿐이었다. 옆으로 조금 몸을 돌려 침대 옆의 탁자를 마주보았다. 그제야 나는 탁자 위에 있던 재떨이가 안 보인다는 사실을 깨달았다. 그녀가 치운 것이리라. 가책에 못 이겨 숨긴 것만 보아도 내가 도착하기 직전에 나이얼이 이곳에 있었다는 사실은 명백했다.

「이제 가겠어.」 나는 말했다. 「하지만 한마디만 할게. 난 나이얼이 당신에 대해 가지고 있는 영향력을 이해 못하겠어. 왜 그 작자가 이런 식으로 행동하도록 놓아두는 거지? 앞으로도 영원히 당신 인생을 조종하도록 놓아 둘 작정인 거야?」

수는 말했다. 「나이얼은 매력*glamour*이 있어, 리처드.」

「예전에도 똑같은 말을 한 적이 있어. 도대체 매력하고 이것하고 무슨 상관이 있는 거지?」

「보통 매력이 아니라, **글래머**야. 나이얼은 글래머를 가지고 있어.」

「바로 그 부분이 황당무계한 거야! 설마 진심으로 하는 말은 아니겠지?」

「그건 내 인생에서 가장 중요한 거야. 당신도 마찬가지이고.」

그러고는 나를 올려다보았다. 마르고 슬픈 모습으로, 매트리스 위에 구깃구깃하게 겹쳐진 시트 위에 앉아 있는 여자. 수는 울기 시작했다. 소리 없이, 절망하면서.

「난 가겠어. 앞으로 연락하지 마.」

수는 몸을 일으켰다. 마치 고통을 느끼는 것처럼 경직된 동작이었다.

「당신에게 글래머가 있다는 걸 몰라, 리처드?」 수가 말했다. 「난 당신의 글래머를 사랑하고 있는 거야.」

「더 이상 아무 말도 하지 마!」

「당신은 변할 수 없어. 글래머는 당신에게서 떠나가지 않으니까. 그래서 나이얼도 나를 놓아주지 않는 거야…… 글래머를 이해한다면, 내 말이 사실이라는 걸 당신도 알게 될 거야.」

그러자 방 안 어딘가에서, 내 배후에서, 남자가 웃는 소리가 들렸다. 나는 옷장의 길쭉한 문이 줄곧 열려 있었고, 그 뒤에는 사람 하나가 숨을 만한 공간이 있다는 사실을 깨달았다. 나이얼이었다. 줄곧 그곳에 숨어 있었던 것이다! 격분한 나머지 머리가 핑핑 돌 지경이 된 나는 방문을 향해 돌진했다. 잡아뜯듯 문을 열자 스테인리스제 볼트가 빛을 반사하며 번득였다. 밖으로 나가 등 뒤로 문을 쾅 닫았다. 운전을 하기에는 너무 화가 나 있었으므로 서둘러 보도를 나아갔다. 한시라도 빨리 그녀로부터 멀어지고 싶었다. 나는 집을 향해 걷고, 또 걸었다. 검은 분노에 사로잡혀, 내가 원하는 것은 오로지 그녀로부터 떨어지는 일뿐이었다. 아치웨이로 이어지는 긴 언덕길을 올라갔고, 육교를 지나 하이게이트로 간 다음 햄프스테드 히스를 향해 걷기 시작했다. 분노는 마약처럼 작용했고, 나의 머릿속을 끊임없이 소용돌이치는 살벌한 노여움으로 가득 채웠다. 내가 오랜 비행 탓에 지쳐 있으며, 시차 때문에 무엇인가를 이성적으로 대할 수 있는 마음가짐과는 거리가 먼 상태라는 것은 알고 있었다. 특히 지금 같은 경우는 말이다. 주위의 런던 시내가 환영(幻影)처럼 느껴지기 시작했다. 히스에서 흘깃 보이는 풍경 — 남쪽의 고층 건물들, 반대편 길가에 늘어선 오래된 테라스식 붉은 벽돌집들, 거리의 사람들, 그리고 끊임없이 들려오는 교통의 소음. 나는 빅토리아 왕조풍의 저택이 늘어선 옆길을 가로질렀다. 플라타너스와 벗나무와 돌능금나무들이 늦여름의 열기에 지쳐 축 늘어져 있었다. 길가 양쪽에는 한쪽 바퀴를 차도에 올려놓은 채로 주차된 차들이 늘어서 있다. 나는 인파를 헤치고 나아가면서도 그들의 얼굴을 제대로 보려고 하지도 않았다. 도로를 오가는 차들을 이리저리 피해 달리며 핀츨리 로드를 가로질렀다. 웨스트 햄프스테드까지는 내리막길이었다. 승용차와 트럭이 왕래하며, 버스를 기다리는 사람들이나 천천히 이 가게에서 저 가게를 둘러보는 쇼핑객들로 붐비는 긴 직선 도로였다. 나는 이들 모두를 밀치고 나아갔다. 머릿속에는 빨리 집으로 가서 눕고 싶다는 생각밖에 없었다. 나의 분노와 시차증이 사라질 때까지 푹 자는 것이다. 길모퉁이를 돌아 웨스트 엔드 레인으로 들어갔다. 거의 다 왔다. 줄곧 걸어온 덕택에 마음이 정리되었다. 이제 수도 싫고, 나이젤도 싫다. 헛된 희망이나 깨진 약속이나 회피나 거짓말과도 이제는 작별이다. 지금부터는 오로지 나 자신을 위해서만 살고, 사랑이 단순하다는 거짓말로 나 자신을 속이지는 않으리라. 나는 수를 증오했고, 그녀가 내게 한 모든 일들을 증오했으며, 내가 그녀에게 한 모든 말과 행동을 후회했다. 웨스트햄프스테드역을 지나 24시간 영업하는 슈퍼마켓과 경찰서 앞을 지나갔다. 이것들 모두가 낯익은 길잡이이고, 수를 만나기 전 런던에서 보낸 내 삶의 일부분이었다. 나는 계획을 세우기 시작했고, 돌아오는 비행기 안에서 프로듀서가 언급했던 일자리에 관해 생각했다. 보도 촬영이 아니라 BBC를 위한 다큐멘터리를 찍는 일이었다. 장기 프로젝트여서 빈번하게 여행하게 될 것이었다. 일단 오늘 일에서 회복한 다음 프로듀서에게 전화를 걸기로 하자. 한동안 해외에서 살며 외국 여자들과 잠자리를 같이하고, 내가 가장 잘하는 일에 종사하는 것이다. 무엇인가가 등 아래쪽을 강타하면서 나는 앞으로 튕겨 나갔다. 귀에는 아무 소리도 들리지 않았지만, 나는 상점의 진열창을 에워싼 벽돌과 부딪쳤다. 유리창이 내 주위에서 산산조각 났다. 나의 일부가 땅 위를 구르며 등을 뒤트는 동안, 엄청난 열기가 내 목과 다리를 시꺼멓게 태웠다. 가까스로 몸이 멈추자 유리가 깨지며 아래로 쏟아져 내리는 소리밖에 들리지 않았다. 날카로운 유리 파편이 내 몸을 찢고, 끝없는 고통의 비가 되어 쏟아져 내렸다. 아무것도 보고 있지 않은 내 눈 너머 어딘가에서, 광활하고 완전무결한 침묵이 펼쳐지며 나를 감쌌다.

제4부

1

병원 부지를 벗어나자 몇 마일에 걸쳐 데번의 높은 산울타리 사이를 구불구불 지나는 좁은 길이 이어졌다. 이 길을 정기적으로 이용하는 트랙터가 많아 비를 맞은 도로 표면은 진흙으로 미끌거렸다. 수는 신경을 곤두세우고 차를 운전했다. 길이 구부러질 때마다 브레이크를 세게 밟았고, 고개를 앞으로 내밀고 전방을 주시하며 조심스레 코너를 돌았다. 끊임없는 주의를 필요로 하는 운전은 그녀에게는 쉽지 않은 위험한 일이었지만, 길이 험해 한층 더 위험했다. 다행히도 반대편에서 오는 차들도 모두 천천히 움직이고 있었기 때문에 정말로 충돌할 위험은 거의 없었지만, 운전 중인 차는 크고 낯설었기 때문에 빨리 간선 도로로 진입하고 싶었다.

리처드는 뒷좌석에 앉아서 앞을 응시하며 거의 입을 열지 않았다. 가슴을 가로지르는 안전벨트가 몸을 너무 세게 조이지 않도록 한 손으로 잡고 있었지만, 코너에서 그녀가 브레이크를 밟을 때마다 관성으로 몸이 앞으로 휙 쏠리는 것은 어쩔 수 없었다. 수는 자기 운전 방식 때문에 리처드가 긴장하고 있으며, 차가 흔들릴 때마다 아마 고통을 느낄 것이라는 사실을 알고 있었다. 그러나 조심하려고 하면 할수록 신경은 더 곤두섰다.

토트네스를 지나 몇 마일 더 가자 마침내 A38선이 나왔다. 급커브도 없고, 단지 완만한 비탈이 이따금 있을 뿐인 근대적인 2차선 고속화 도로였다. 이곳으로 들어서자마자 수는 어느 정도 자신감을 되찾았다. 시속 60마일 정도 되는 쾌적한 주행 속도까지 가속했다. 보슬비가 내리고 있었고, 트럭이나 대형 차량을 추월할 때마다 앞 유리에 뿌연 진흙물이 튀겼다. 일단 엑서터를 지나자 도로는 M5 고속도로와 합류했고, 런던을 향하는 M4와 직접 이어졌다.

수의 제안을 듣고 리처드는 앞으로 몸을 기울여 라디오를 켰고, 여기저기로 주파수를 맞춰 보다가 마침내 두 사람 모두 괜찮다고 생각한 방송 채널을 찾아냈다.

「어딘가에서 멈추고 싶으면 미리 얘기해 줘.」 수가 말했다.

「지금은 괜찮아. 한 시간쯤 뒤에는 차에서 내려 팔다리를 펴야 할 것 같지만 말이야.」

「기분이 어때?」

「좋아.」

이제 계속 런던에 머물 수 있기 때문에 그녀도 기분이 좋았다. 지난 몇 주 동안 데번까지 여러 번 왕복하느라고 녹초가 되었던 것이다. 리처드는 거의 한 달 가까이 다른 사람의 도움을 받지 않은 채 걸어 다니고, 두 사람 모두 퇴원 수속이 늦어지는 것에 조바심을 내고 있었다. 모든 정신적 외상에 제대로 대처했는지 확신할 수 없다면서 퇴원을 늦춘 사람은 허디스 박사였다. 최면 치료를 몇 번 더 받았지만, 이것들은 처음 것과 마찬가지로 이렇다 할 결과를 내지 못했다. 리처드 본인은 전혀 개의치 않는 것처럼 보였고, 단지 빨리 치료를 끝내고 싶어서 안달을 하고 있었다.

수의 딜레마는 그녀가 허디스의 의견에 찬성하고 있다는 점이었다. 수는 자신만이 아는 이유로 인해 리처드가 아직 자신의 과거와 타협하지 못했다는 사실을 알고 있었고, 통상적인 요법으로는 더 이상 아무 효과도 얻지 못할 것이라는 점 또한 알고 있었다. 그녀 자신 마음을 정하지 못하고 주저하는 부분도 있었다. 이것은 그녀의 개인적인 욕구를 반영하고 있었다. 리처드는 글래머를 잃었고, 그녀의 글래머에 관해서는 전혀 모르고 있었다.

요양소를 나오고 싶다는 그들의 욕구를 한층 더 강화한 것은 미들콤에서 리처드와 만났을 때 직면한 실제적인 문제였다. 미들콤은 겉으로는 마치 호텔처럼 보이고, 호텔처럼 느껴지기는 했지만 물론 그 실체는 병원이었다. 편안한 환경, 고상한 취향의 가구, 시중을 들어 주는 스튜어드 서비스, 그리고 고급 요리는 프라이버시와 개인 행동의 자유를 기대하도록 만들었지만, 실제적으로 두 사람이 따로 만날 기회는 거의 없었다. 병원 부지를 돌아다니는 동안에는 두 사람만의 시간을 가질 수 있었지만 자주 그럴 수는 없었다. 같은 이유로 수는 미들콤 병원이 아닌 외부에서 묵어야 했다. 킹스브리지에서 이따금, 다트머스에서 한두 번 묵었고, 그 탓에 병원 방문 시 비용이 늘어났을 뿐만 아니라 함께 보내는 시간도 그만큼 줄어들었다.

이런 식으로 몇 번 방문을 거듭하던 중에 리처드의 방에서 둘이서만 있을 기회가 한 번 있었다. 그들은 주저하며 어떻게든 사랑을 나눠 보려고 했지만 결국 실패로 끝났다. 주위 환경을 너무 강하게 자각하고 있었고, 침대는 기능적인 병원 비품이었으며, 그의 몸 여기저기가 아프고 굳어 있었기 때문이다. 얇은 벽을 통해 옆방에 있는 두 환자가 대화를 나누는 소리까지 들렸고, 조용해야 한다는 강박 관념이 또 다른 억압으로 작용했다. 결국 두 사람은 몇 분 동안 벌거벗고 껴안고 있는 것으로 만족해야 했다. 그러나 이런 경험조차 수에게는 충격이었다. 그때까지만 해도 리처드가 입은 부상이 얼마나 광범위한 것인지 전혀 모르고 있었던 것이다. 화상과 수술 자국을 본 그녀는 놀란 입을 다물지 못했고, 이것은 그에 대한 새로운 감정의 시발점이 되었다. 그가 감수해야 했던 엄청난 고통의 강도가 그녀 마음속에 새로운 친절함을 발현시켰던 것이다.

그러나 미들콤을 뒤로한 지금, 리처드에 관한 개인적인 딜레마가 그녀를 압박하고 있었다. 그녀가 갈망하는 것은 모든 것을 새롭게 시작할 수 있는 두 번째 기회였고, 표면적으로 볼 때 그러지 못할 이유는 어디에도 없었다. 그녀는 여전히 리처드를 사랑했고, 필요로 하고 있었다. 과거에 그들 사이를 갈라놓은 것이 무엇인지 리처드가 기억하지 못하는 지금, 그녀가 할 수 있는 최상의 선택은 거기서부터 천천히 관계를 쌓아 가는 일이었다.

나이얼과는 마침내 헤어질 수 있었다. 사고가 리처드의 글래머를 파괴했다는 점은 명백했다. 나이얼과 완전히 결별하고, 자동차 폭탄 사건에 대해 들었을 때 그녀를 엄습한 감정적 동요는 마침내 그녀 자신의 글래머에서 완전히 탈피하는 계기를 제공해 주었다.

과거에 그녀가 갈망했던 모든 것들은 이제 그녀의 것이 되어 있었다.

그러나 리처드는 무슨 일이 있더라도 과거를 재발견하려고 마음먹은 듯했다. 그는 정확히 무슨 일이 일어났고, 두 사람이 어떻게 만났으며, 어떻게 사랑했고, 무엇이 그들 사이를 갈라놓았는지 알고 싶어 했다. 수는 그가 진상을 깨닫는 것이 그 무엇보다도 두려웠지만 어떻게 해야 할지 알 수 없었다.

그런 의미에서 글래머는 여전히 두 사람을 이어 주고 있었고, 여전히 두 사람을 위협하고 있었다.

「몸이 좀 뻐근하군.」리처드는 자리에서 뒤척이며, 안전벨
트 위치를 조정하면서 말했다.「좀 있다가 멈춰 주겠어?」

그들은 운전 중에 거의 말을 나누지 않고 라디오 3에서 흘
러나오는 클래식 음악에 귀를 기울이고 있었다. 그녀는 리처
드가 어떤 종류의 음악을 가장 좋아하는지 궁금했다. 클래식
만 좋아하는 것일까, 아니면 팝도 듣는 것일까. 너무 절박하
게 사랑에만 몰두한 나머지 서로에 관해 모르는 사소한 일들
은 수없이 많았다. 그녀의 인상에 가장 많이 남아 있는 것은
그의 정열, 가슴 뛰는 고백, 즉흥적이고 잘 바뀌는 감정이었
다. 병원에서는 주위 환경 탓에 억누를 수밖에 없었지만, 일
단 집에 돌아간 다음에는 다시 그의 그런 면을 볼 수 있게 되
는 것일까?

그들은 브리스톨에 가까이 와 있었다. 에이번 다리 바로
앞에서 그녀는 고속도로를 벗어나 휴게소로 들어갔다. 차를
세운 다음 그녀는 차 주위를 돌아 뒷좌석 문을 열었고, 리처
드가 밖으로 나오도록 해주었다. 리처드는 자기 힘으로 차에
서 나올 수 있었고, 또 꼭 그러겠다고 고집했다. 하지만, 그녀
는 가까운 곳에 있고 싶었다. 뒷좌석에서 리처드의 목발을
꺼낸 다음 차문을 잠갔다.

비는 멈췄지만 주차장 아스팔트는 젖어 있었고, 군데군데
물이 괴어 있었다. 세번 강 너머의 웨일스 쪽에서 서늘한 바
람이 불어왔다.

그녀는 홍차 두 잔과 약간의 비스킷을 사서 리처드가 기
다리고 있는 테이블로 가져갔다. 밝게 조명되고 알록달록하
게 장식된 간이식당은 다른 운전자들로 붐볐다. 그녀는 이
런 장소가 텅 비어 있는 것을 본 기억이 없었다. 식당 밖에
서는 쉭쉭거리고, 윙윙거리는 비디오 게임기의 전자음이 들

려왔다.

「다시 집에 가길 고대하고 있어?」 그녀가 말했다.

「물론 고대하고 있어. 하지만 정말 오래간만이군. 처음 샀을 때 플랫 안이 어땠는지 줄곧 생각하고 있었어. 현대식으로 재단장된 상태였고, 텅 비어 있었지. 가구가 들어찬 광경은 상상하기 힘들어.」

「지금 생각난다고 하지 않았어?」

「기억이 모두 뒤죽박죽이야. 이사한 날 생각이 나는군. 밴 안쪽에 융단을 실어 놓았기 때문에 가져다 놓은 가구를 다시 치워야 했어. 또 나중에 당신이 거기 있었을 때의 기억도 나지만, 같은 장소라는 느낌이 들지 않아. 당시 모습들을 동시에 머리에 떠올릴 수 있거든. 겹친 상태로 말이야. 무슨 말인지 알겠어?」

「잘 모르겠어.」 그녀는 말했다.

「다시 거기로 가보지 않았군, 그럼?」

「안 가봤어.」 실은 전화를 걸어 플랫에 아무 문제도 없는지 알아봐야 한다고 생각한 적이 한 번 있기는 했지만, 결국 그러지 않았던 것이다.

리처드를 만나기 위해 데번을 방문하기 시작한 이후 그녀는 두 가지 세속적인 고민에 시달리고 있었다. 시간과 돈 문제였다. 그는 이런 일들에 관해 거의 모르고 있었다. 초기에 그녀가 한 변명에 거의 귀를 기울이려 하지 않았기 때문이다. 그 후 그녀는 더 큰 목적을 위해, 리처드 앞에서는 스스로의 문제를 최소화하기 위해 노력했다. 리처드는 그가 아는 한 모든 비용을 지불했다. 그녀의 여행비, 데번에서의 숙박비, 렌터카 비용, 함께 있을 때의 식비 따위들 말이다. 그러나 이런 것들은 가장 중요한 문제와는 거의 관련이 없었다. 그녀는 여전히 집세와 광열비를 내야 했고, 런던 시내를 돌아다녀야 하고, 입을 옷도 사야 했던 것이다.

런던을 자주 비우는 통에 그녀의 일은 혼란에 빠진 상태였다. 스튜디오는 마감 날짜를 맞추지 못하는 그녀에게 일감을 주지 않으려고 했다. 그렇다고 직접 돌아다니며 다른 일감을 찾을 시간적 여유도 없었다.

몇 년 동안 혼자 힘으로 먹고살 수 있었다는 사실은 그녀에겐 매우 중요한 일이었다. 결코 쉬운 일은 아니었지만, 그럭저럭 살아올 수 있었던 것이다. 독립을 유지하고 정당한 방법으로 돈을 벌었다는 사실은, 그녀의 입장에서 보면 3, 4년 전 나이얼의 생활 방식을 거부하고 그에게서 떨어져 나와 성장하기 시작했다는 증명이었던 것이다.

그러나 쉬운 해결책은 바로 손이 닿는 곳에 있었기 때문에 끊임없는 유혹에 시달려야 했다. 나이얼은 그녀에게 가게 물건 훔치는 기술을 전수해 주었고, 그녀는 여전히 그것을 구사할 수 있었다. 나이얼에 비하면 그녀의 글래머는 훨씬 더 약했지만, 필요하다면 언제든지 쓸 수 있다는 사실을 알고 있었다. 지금까지는 그 유혹에 넘어가지 않았지만, 리처드는 그녀의 이런 고투(苦鬪)에 관해 전혀 모르고 있었다.

과거는 이미 과거가 되었다고 되뇌는 그녀의 말은 진심이었다. 치사한 범죄는 글래머의 부정적 기능 중 하나였고, 바로 이런 부정적 일들이 그녀의 삶을 엉망진창으로 만들었던 것이다.

그들은 간이식당에서 나와 다시 차에 탔다. 리처드는 다리를 절면서도 목발을 짚지 않고 그냥 들고 다녔다. 그녀는 리처드가 뒷좌석에 엉덩이를 대고 앉은 다음 다리를 하나씩 제자리로 가져가는 광경을 옆에서 조마조마한 마음으로 보고 있었다. 보통 사람처럼 움직이려고 하는 그의 노력이 안타까웠다. 뒷문을 닫아 준 다음 그녀는 잠시 그 자리에 잠깐 서서 차의 금속제 지붕 너머를 멍하니 바라보았고, 그들이 처음 맺어졌던 무렵 리처드가 달리는 광경을 보았을 때를 언뜻 생각했다.

곧 그들은 고속도로를 타고 런던을 향해 갔다.

2

리처드가 길을 가르쳐 주었는데도 수가 그의 플랫을 찾는데는 조금 시간이 걸렸다. 그녀는 런던 시내를 운전하는 일을 무척 꺼려했다. 일방통행로로 잘못 들어갔다가, 좁은 뒷길에서 반대편에서 오는 차들과 몇 번 부딪칠 뻔한 뒤에야겨우 플랫 앞길을 찾아냈고, 집 앞에서 그리 멀지 않은 곳에차를 세웠다.

리처드는 몸을 앞으로 내밀고 앞 유리를 통해 길가에 늘어선 집들을 바라보았다.

「별로 바뀐 것 같지가 않아.」 그는 말했다.

「바뀌었을 거라고 생각했어?」

「정말 오래간만에 왔거든. 그래서 어딘가 달라 보일 거라고 상상했는데.」

그들은 차에서 내려 집으로 들어갔다. 현관문을 여니 조그만 현관홀이 나왔고, 문이 두 개 더 보였다. 하나는 1층 플랫으로 가는 문이고, 다른 하나는 2층에 있는 그레이의 플랫으로 올라가는 층계로 이어졌다. 수는 열쇠고리를 꺼내 서투른동작으로 문을 열려는 그레이의 얼굴을 바라보고, 그가 내심어떤 감정을 느끼고 있을지 짐작해 보려고 했다. 그는 무표정한 — 아마 의식적으로 — 얼굴로 예일 자물쇠에 꽂은 열쇠를 돌린 뒤 문을 밀었다. 버스럭거리고, 무엇인가가 밀리는 듯한 소리가 나더니 문은 어딘가에 걸려 잠깐 멈췄다. 다시 밀자 이번에는 활짝 열렸다. 층계 밑 부분에 우편물과 신문 뭉치가 산더미처럼 쌓여 있었다. 대부분 신문이었다.

리처드는 말했다. 「당신이 먼저 들어가. 난 이걸 넘어갈 수 없어.」

그는 그녀를 위해 뒤로 물러났고, 그녀는 먼저 층계를 오르며 신문 더미를 벽 쪽으로 밀어 놓았다. 그러면서 가능한 한 많이 집어 들어 팔에 안았다.

리처드는 앞장을 섰고, 조심스럽게 천천히 층계를 올라갔다. 그 뒤를 따르며, 수는 다시 이곳에 오게 되다니 정말 기이한 일이라는 생각을 했다. 여기 오기는커녕 리처드와 다시는 만나지 않을 것이라고 생각한 적이 있었는데도 말이다. 이 장소에는 많은 추억이 서려 있었다.

층계 꼭대기에서 그는 갑자기 멈춰 섰다. 바로 뒤를 따르던 그녀는 한 단 아래로 내려가야 했다.

「왜 그래?」 그녀가 물었다.

「뭔가 이상해. 정확히 뭔지는 모르겠지만.」

층계 측면의 벽에는 반투명한 유리창이 하나 나 있었지만, 방문들이 모두 닫혀 있어 2층 층계참은 어둑어둑했다. 플랫 내부는 추웠다.

「내가 먼저 들어갈까?」

「아니, 괜찮아.」

리처드는 다시 움직이기 시작했고, 수는 그를 따라 층계참으로 올라갔다. 그는 문을 열어 안을 들여다보고는 다른 문으로 가서 같은 일을 되풀이했다. 층계를 올라가서 바로 오른쪽에 위치한 주방과 화장실 말고 세 개의 방이 더 있었다. 문은 모두 패널을 댄 고풍스러운 것들이었고, 다갈색으로 빛이 바랜 탓에 플랫 전체에 수의 어린 시절을 연상케 하는 음침한 인상을 부여하고 있었다. 수는 언젠가 시간이 나면 문을 모두 떼어 내서 페인트칠을 다시 할 작정이라고 한 리처드의 말을 머리에 떠올렸다.

그녀는 거실로 들어가서 팔에 한가득 들고 있던 신문과 우편물을 의자 위에 털썩 내려놓았다. 방 안의 공기에서는 타인의 집 특유의 형언할 수 없는 냄새가 났다. 오랫동안 방치되고 환기를 안 한 냄새도 났다. 그녀는 반쯤 쳐져 있던 커튼을 모두 잡아당긴 다음 창문 하나를 열었다. 거리의 소음이 흘러 들어왔다. 정면 창문의 창턱 위에 늘어선 화분 속의 식물은 애처롭게도 모두 죽어 있었다. 그중 하나는 그녀가 예전에 선물한 팔손이였지만, 잎새 대부분이 떨어지고 그나마 하나 남아 있는 것도 갈색으로 변하고 바삭바삭해져 있었다. 그녀는 그 잎새를 바라보며 손을 대서 떨어뜨리는 편이 나을까 하고 생각했다.

리처드는 층계참에서 안으로 들어와 가구와 책장과 먼지로 뒤덮인 텔레비전 세트를 둘러보았다.

「뭔가 틀려.」 그는 말했다. 「여기저기로 움직인 흔적이 있어.」 그는 손을 들어 머리카락을 이마로 그러 올렸다. 「말도 안 되는 소리처럼 들리겠지만, 사실이야.」

「예전과 똑같은데.」

「아니야, 들어오자마자 달라졌다는 걸 느꼈어.」

그는 상태가 좋은 쪽의 허리에 무게를 실어 재빨리 몸을 돌린 다음 다시 밖으로 나갔다. 수는 그가 얇은 카펫이 깔린 층계참으로 내려가면서 내는 불규칙한 발소리를 들었다.

두 사람이 만난 지 얼마 안 되었을 때 처음 여기 왔던 기억이 떠올랐다. 여름이었기 때문에 방 안은 햇살로 가득 차 있었고, 갓 페인트칠한 벽이 밝고 신선해 보였던 기억이 났다.

그때의 벽은 이제 우중충하고 차가워 보였다. 분위기를 밝게 바꾸려면 그림이나 벽걸이라도 걸어야 할 듯했다. 플랫 전체가 청소와 손질을 필요로 하고 있었다. 이것은 수의 가정적인 본능을 자극했지만, 자신이 아닌 다른 사람을 대신해서 집안일을 한다는 생각만 해도 몸이 움츠러들었다. 운전을 오래 한 탓에 피곤했고, 밖에 나가서 술이라도 한 잔 마시고 싶은 기분이었다.

수는 리처드가 옆방에서 돌아다니는 소리를 들었다. 그가 골동품 촬영 기구를 보관해 둔 방이었다. 그녀는 그와 얘기하기 위해 그 방으로 갔다.

「방 하나가 없어졌어, 수!」 그는 그녀를 보자마자 대뜸 이렇게 말했다. 「복도 끝, 화장실 옆에 있던 방 말이야. 안 쓰는 방이 하나 있었는데!」

「그런 방이 있었던 기억은 없는데.」 수는 말했다.

「우리 집에는 언제나 방이 네 개였어. 이것하고, 거실, 침실, 그리고 여분의 방 말이야. 내가 미쳐 버린 걸까?」 그는 복도 끝으로 가서 빈 벽을 가리켜 보였다.

「그건 건물 외벽에 면해 있는 건데.」 그녀는 말했다.

「당신도 예전에 여기 왔었잖아…… 기억 안 나?」

「기억나. 하지만 그때도 그냥 그런 벽이었어.」

그녀는 그에게 가서 팔을 살짝 잡았다. 「기억의 장난일 거야. 오늘 아침 고속도로에서 이 플랫을 두 방식으로 기억하고 있다고 했던 거 생각 안 나?」

「그랬어. 하지만 이제 난 이렇게 여기 와 있잖아.」

그는 쿵쿵거리며 밖으로 나가 절뚝거리며 층계참으로 되돌아갔다. 수는 무슨 말을 해야 할지 알 수가 없었다. 리처드는 모르는 일이지만 그녀는 어제 허디스 박사와 개인적으로 면담을 했던 것이다. 정신과 의사는 리처드의 잃어버린 기억이 본인의 주장과 달리 부분적으로밖에 복구되지 않았을지도 모른다고 누차 경고했다. 기억에는 여전히 결락된 부분이 있다는 것이 허디스의 믿음이었다. 잘못 생각해 낸 세부를 실제 기억으로 오인할 수도 있다는 말이었다.

「그럼 저는 어떻게 해야 할까요?」 수는 허디스에게 이렇게 물었다.

「그때는 알아서 판단하십시오. 기억 결락은 대부분 별로 중요하지 않은 사소한 일에 관련되어 있기 마련이니까요. 하지만 본인에게는 아주 당혹스러울 수가 있습니다.」

기억하고 있던 방이 사라져 버린 것처럼?

수는 침실로 되돌아갔다. 역시 퀴퀴한 냄새가 났다. 커튼을 열었지만 창문은 습기로 부풀었는지 아니면 페인트가 눌어붙었는지 꼼짝도 하지 않았다. 그 대신 작은 채광창을 열 수 있었다. 침대는 침실 문이 있는 벽 쪽에 놓여 있었다. 누군가가 침대 시트를 접고 커버를 덮어 놓은 듯했다. 그녀나 리처드가 평소에 하는 것보다 훨씬 더 말쑥하게 말이다. 누가 그런 것일까? 자동차 폭탄이 터진 다음 경찰이 이 플랫을 방문한 것은 알고 있었다. 느닷없이 제복을 입고 헬멧을 쓴 두 명의 경찰관이 조심스럽게 시트의 주름을 펴고 커버를 덮은 다음 담요를 끼워 넣는 광경이 머리에 떠올랐다. 수는 미소 지었다.

커버를 벗겨 보니 시트가 청결함과는 거리가 먼 상태라는 것을 알 수 있었다. 리처드가 다른 방을 돌아다니는 동안 그녀는 침구를 모두 벗겨 내고 힘겹게 매트리스를 뒤집었다. 역시 퀴퀴한 냄새가 났지만, 지금 그녀가 어쩔 수 있는 일이 아니었다. 화장실의 온수 탱크 위에 작은 건조용 선반이 있다는 사실을 생각해 내고 가보았더니 침대 시트와 베개 커버가 한 세트 들어 있었다. 완전히 말라 있었기 때문에 축축한 냄새도 나지 않았다. 그곳에 간 김에 침수식(沈水式) 전기 히터를 켜두었다. 이런 식으로 집 내부가 하나하나 되살아나는 것이라는 생각을 하면서. 그런 맥락에서 냉장고의 콘센트도 끼웠지만 아무 일도 일어나지 않았다. 컴프레서는 작동하지 않았고, 냉장실 안의 불도 들어오지 않았다. 그녀는 층계참으로 가서 퓨즈 상자를 찾아내고는 주 배전반의 스위치를 넣었다. 머리 위의 조명등에 불이 들어왔다.

주방으로 가자 냉장고가 웅웅거리는 소리가 들려왔다. 그러나 안을 들여다보니 흰 단열벽 여기저기에 검은 곰팡이가 피어 있었다. 병에 든 우유는 노란 액체와 고약한 냄새를 풍기는 갈색 찌끼로 분리되어 있었다. 내용물을 버리고 수돗물로 병을 씻었다. 리처드가 왔을 때 수는 주방 바닥에서 무릎을 꿇고 행주로 곰팡이를 닦아 내고 있었다.

「먹을 걸 좀 사두는 편이 낫지 않을까?」 그가 말했다. 「아니면 오늘 저녁에는 나가서 먹을까?」

「두 가지 모두 할 수 있겠지.」 그녀는 행주를 깨끗한 물로 헹군 다음 냉장고 바깥쪽을 다시 한 번 닦았다. 그러고는 일어섰다. 「내일 먹을 걸 좀 미리 사고, 오늘 밤에는 레스토랑에 가.」

「그럼 여기서 잘 거야?」

「아마 그럴 수 있을 거야.」 그녀는 가볍게 그와 입을 맞췄다. 「당신 짐을 플랫으로 옮겨야 해. 오늘 저녁에는 차를 되돌려줘야 하니까 말이야.」

「그럼 먼저 내 차를 가져오면 어떨까?」

「어디다 뒀는데?」

「마지막으로 탔을 때 당신 집 근처의 길가에 세워 뒀어. 누가 훔쳐가지 않았다면 아직도 거기 있을 거야. 배터리는 틀림없이 나가 버렸겠지만.」

「그걸 본 기억이 없는데.」 그녀는 미간을 찡그렸다. 「그 차 진홍색이었지 아마?」

「맞아. 지금쯤은 나뭇잎이나 먼지로 덮여 있겠지만.」

수는 더 이상 아무 말도 하지 않았지만, 리처드의 차는 그곳에 없다고 확신하고 있었다. 그녀의 삶에서 중요한 역할을 맡았던 차이기 때문에 가까운 곳에 있었다면 금세 알아차렸을 것이다. 평소 리처드는 그 차를 임대 차고에 놓아두었기 때문에 아마 그곳에 있을 것이다.

「운전할 수 있겠어?」 그녀가 말했다.

「해봐야 알겠지만, 할 수 있을 것 같아.」

그 후 한 시간은 집안일로 바빴다. 장을 보고 돌아온 그들은 음식을 제자리에 갖다 놓은 다음 리처드의 차를 찾기 위해 나섰다. 그녀는 헛수고라고 생각하고 있었지만 말이다. 저녁 교통 체증이 이미 시작되어 북런던을 차로 가로지르는 것은 그녀에게는 작은 악몽이나 마찬가지였다. 마침내 그들은 하이게이트의 교통 정체에서 벗어나 아치웨이를 지났고, 혼지에 도착했다. 수는 천천히 차를 몰고 가서 자기 집 앞에 세웠다.

「여기서 더 들어가야 해.」 리처드가 말했다. 「길 건너편이야.」

「안 보이는데.」 그러나 수는 길이 끝나는 곳까지 차를 몰았고, 그곳에서 서투르게 유턴을 했다.

오던 길로 되돌아가던 중 리처드가 말했다. 「여기 주차해 놓았다는 뚜렷한 기억이 있어. 저기 저 미니 쿠퍼가 주차해 있는 나무 아래에 말이야. 더 이상 운전을 할 수 없을 정도로 동요한 상태였기 때문에 걸어서 집으로 돌아갔던 거야.」

「나중에 다시 가지러 온 건 아니고?」

「아니. 차를 주차한 건 자동차 폭탄 사건이 있던 바로 그날

이었어.」

그들은 다시 수의 집으로 돌아갔다. 그녀는 집 건너편의 빈자리에 차를 세우고 엔진을 껐다. 리처드는 아무래도 자기 차가 없다는 사실에 혼란을 느끼고 있는 듯했다. 좌석 위에서 몸을 돌려 일렬로 주차해 있는 차들을 응시하고 있었기 때문이다.

「돌아가서 당신이 빌린 차고를 보면 어떨까.」 수가 말했다. 「경찰이 거기 가져다 놓았을 수도 있으니까 말이야. 증명서나 서류도 모두 가지고 갔었잖아?」

「응, 당신 말이 옳을지도 모르겠군.」

수는 운전석 문을 열었다. 「잠깐 집에 갔다가 무슨 메시지가 와 있는지 보고 올게. 같이 들어갈래?」

「아니, 그냥 여기 있을게.」

리처드의 목소리가 갑자기 긴장하는 것을 느끼고 수는 그를 흘끗 보았다. 그러나 그의 얼굴에서는 어떤 표정도 읽을 수가 없었다. 그는 눈에 보이는 주차된 차들 전부를 훑어보고 있었다. 수는 차에서 나와 열쇠를 찾으며 자기 집으로 갔다.

집 안에 들어가 보니 전화 옆의 공용 연락판에 그녀 앞으로 온 메시지가 두 개 쓰여 있었다. 하나는 스튜디오에서 온 것이었다. 그것을 보자마자 그녀는 당장 전화를 거는 편이 낫겠다고 직감했다. 그러나 손목시계를 보니 이미 퇴근 시간이 지나 있었다. 메시지에는 날짜가 적혀 있지 않았기 때문에, 나흘 이상 지난 것일 수도 있었다. 그녀의 방은 나왔을 때와 똑같은 상태였다. 요즘에는 거의 들어오지도 않았다. 옷장에서 갈아입을 옷과 속옷을 꺼내 큰 캔버스 백에 쑤셔 넣었다. 옷 이외의 필요한 것들은 리처드의 플랫에 있는 작은 여행 가방에 모두 들어 있었다.

잠시 수는 이제 눈에 익은 자신의 방을 둘러보며 3년 전 처음 이사 왔을 때 받았던 느낌을 떠올렸다. 나이얼과, 그가 그녀를 끌어들인 생활 방식을 정말로 거부하려는 최초의 시도였다. 그 무렵에는 이미 그렇게 하려고 마음을 굳게 먹고 있었지만, 실제로 이 계획을 실행에 옮긴 것은 리처드를 만나고 나서였다. 그때까지만 해도 수는 자신의 삶 주변을 나이얼이 얼쩡거리도록 내버려 두고 있었던 것이다. 이 방으로 이사 왔을 때 그녀는 인생에는 나이얼의 방식보다 더 나은 것들이 있다는 사실을 알고 있었다. 그녀는 부모님이 보내준 미술대학에서 받은 교육을 썩히고 있었다. 수는 성장하기 시작했고, 치사한 범죄와 무의미한 방랑으로 점철된 삶에 종지부를 찍고 더 나은 생활을 원했던 것이다. 합법적으로 빌리고, 정식 직업을 통해 번 돈으로 세를 치른 이 방은 새로운 전환점이 되었다. 그러나 시간이 흐를수록 이곳은 본래의 상징성을 잃고 단지 그녀가 사는 곳이 되었다.

수는 차로 돌아갔다. 그들은 웨스트 햄프스테드로 되돌아갔다. 교통량은 아까보다 줄어 있었고, 또 길을 찾는 데도 익숙해지고 있었지만, 리처드는 차고로 가는 길을 일일이 수에게 가르쳐 줘야 했다. 차고 문을 열자 안에 차가 들어 있었다. 타이어 두 개에 공기가 빠져 있었고 배터리는 완전히 죽어 있었지만, 그것들을 제외하면 몇 달 전에 그가 놓아두고 갔을 때의 상태 그대로였다.

3

그들은 캠던 하이 가(街)에 있는 중국 음식점에서 저녁을 먹고 다시 그의 플랫으로 돌아왔다. 렌터카의 배터리에 연결한 점프 케이블을 써서 리처드의 차 엔진 시동을 걸 수 있었다. 리처드는 자기 차를 운전해 보려고 했다. 가장 가까운 주유소까지 몰고 가서 타이어에 공기를 넣는 데까지는 성공했지만, 그 뒤로는 피로가 너무 심해서 더 이상 운전할 수가 없었다.

그 점을 제외하면 그는 긴장이 풀리고 기쁜 것처럼 보였다. 미들콤 병원을 떠나온 이래 처음으로 그는 말수가 많아졌다. 그는 다시 일을 하고 싶다고 했다. 언제나 여행하기를 좋아했으니 해외가 좋을지도 모른다. 플랫으로 돌아온 다음 그들은 텔레비전에서 뉴스를 보았다. 그는 흥미를 느낀 듯 텔레비전의 보도 스타일에 관해 논했고, 영국과 미국 방식 사이에 어떤 미묘한 차이가 있는지를 설명했다. 통신사에서 일했을 때 그는 미국 스타일을 습득해야 했다. 뉴스가 끝난 후 그는 다시 한 번 정식 직장을 찾아볼까 하는 얘기까지 하고 있었다.

그런 다음 그들은 침대로 갔다. 물론 그녀는 과거를 머리에 떠올릴 수밖에 없었다. 육체적인 사랑의 행위는 두 사람 모두에게 과거를 생각나게 하는 실마리였다. 마지막으로 이랬던 것은 언제였고, 이것이 얼마나 멋진 일이 될 수가 있고, 또 얼마나 중요한가에 관해서 말이다. 행위가 끝난 후 수는 리처드에게 몸을 밀착시키고 그의 가슴에 머리를 얹었다. 이 각도에서는 흉터가 하나도 보이지 않았다. 그런 상처들이 현재의 모든 일들에 영향을 끼치고 있는 지금은 과거의 환영이라고 할 수 있을 것이었다. 그들이 처음으로 사랑을 나눈 것은 이 침실의 이 침대 위에서였고, 아마 바로 이 시트 위에서 그랬을 가능성도 있었다.

두 사람 모두 잠들지 않았다. 잠시 후 수는 침대에서 나와 자기가 마실 홍차를 끓이고 리처드에게 줄 맥주 캔을 냉장고에서 꺼냈다. 전기 히터를 켰음에도 불구하고 방 안이 쌀쌀했기 때문에 리처드가 상체를 일으켜 베개에 기대는 동안 그녀는 스웨터를 입고 그를 마주보고 앉았다.

「결국 다시 꾸미지 않았네.」 그녀는 침대 옆의 스탠드에서 흘러나오는 약한 불빛에 비춰진 방 안을 둘러보며 말했다. 「다시 꾸밀 거라고 했으면서.」

「그랬어? 기억이 나지 않아.」

「새로 도배를 하거나 지금보다 나은 색으로 칠할 거라고 했어.」

「지금도 괜찮아 보이는데, 왜?」

그녀는 반쯤 앉고 반쯤 누운 자세로 맥주 캔을 들고 있는 그를 보며 미소 지었다. 목과 어깨에 이식받은 피부 조직의 격자무늬가 있었다.

「그것도 기억 안 나?」 그녀가 말했다.

「예전에 그런 얘기를 한 적이 있었어? 벽의 색깔이 어쩌고 하는 얘기를?」

「기억을 되찾았다고 했잖아.」

「되찾았어. 하지만 세세한 일까지 모두 기억하고 있지는 않아.」

「이건 세세한 일이 아냐.」

「하지만 중요한 게 아니잖아, 수!」

「얼마나 많은 세세한 일들을 잊었어?」 이 말은 허디스 박사의 경고를 머리에 떠올리기도 전에 입 밖에 나왔다. 과거를 그냥 내버려 두겠다는 그녀 자신의 결심도 염두에 없었다.

「내게 중요한 건 당신을 기억해 내는 일이야. 정말로 중요한 건 그거야.」

「과거는 이제 잊어야 해.」

「그럴 수가 없어. 그 당시 난 당신과 사랑에 빠졌기 때문에, 나는 내가 왜 그랬는지 기억하고 싶어.」

수는 과거의 관계에서 느꼈던 낯익고 빙퉁그러진 흥분을 또다시 느꼈다. 과거로 돌아가는 것이 얼마나 위험한지를 잘 알면서도, 그 치명적인 매력에 다시 끌리는 느낌.

그녀는 말했다.「나는 그냥 새 출발하고 싶어.」

「나도 그러고 싶어. 하지만 우리가 처음에 어떻게 만났고, 함께 어떤 일들을 했는지 기억하는 것은 내게 정말로 중대한 일이야.」

「그냥 내버려 둬야 해.」 리처드는 이미 맥주를 다 마셨고, 빈 깡통을 수가 가져온 쟁반 위에 놓았다.「한 캔 더 마실래?」 그녀가 물었다.

「내가 가서 가져오지.」

「아냐, 그냥 있어.」

수는 주방으로 가서 냉장고에서 맥주 캔을 두 개 더 꺼냈다. 잠시 리처드와 떨어져 있을 필요를 느꼈다. 왜냐하면 그녀는 자신의 내부에서 환희를, 다시 한 번 시도해 보고 싶다는 스릴에 찬 위험한 욕구를 느꼈기 때문이다. 그녀는 열린

문에 손을 댄 채로 냉장고 안을 멍하니 응시하며, 냉각된 공기가 아래로 흘러내리며 자신의 맨발을 휘감는 것을 느끼고 있었다. 두 사람을 이어 주는 글래머 없이 함께 지낼 수 있다고 생각한 것은 아마 그녀의 착각일지도 모른다. 과거에 서로가 매료되었던 것은 바로 그런 상태 때문이었던 것이다. 리처드는 글래머를 상실했다. 혹은 부상의 충격이 그것을 그의 몸에서 쫓아낸 것인지도 모른다. 만약 그것을 다시 기억한다면, 옛날 그대로의 리처드를 돌려받을 수 있는 것일까?

수는 냉장고 문을 닫고 침실로 돌아갔다. 리처드 옆에 놓인 탁자 위에 맥주 캔을 내려놓은 다음 침대 머리맡에 책상다리를 하고 앉아서 스웨터 앞자락을 무릎까지 잡아당겼다.

그녀는 말했다. 「나에 관해 기억하고 있는 것이 하나라도 있어?」

「그렇다고 생각했어. 하지만 그 얘기를 들으니 자신이 없어지는군.」

그녀는 그에게 바싹 다가가서 그의 손을 잡았다. 「기억이 정말로 돌아온 건 아니구나, 그렇지?」

「아니, 돌아왔어. 중요한 일들…… 대부분은 말이야. 당신과 내가 사랑에 빠졌다는 것도 기억나. 하지만 당신에겐 나이얼이라는 남자 친구가 있었고, 그치는 당신을 놓아주지 않으려고 했어. 결국 그치 때문에 우리는 헤어지게 된 거지. 내 말이 맞지, 안 그래?」

「결과적으로는 그렇게 됐지. 지금 당신 기억으로는 그럴지도 모르겠어.」

「난 당신과 프랑스에 있었던 것이 기억나.」

이 말에 그녀는 깜짝 놀랐다. 「하지만 난 프랑스에 간 적이 없어. 난 영국 밖으로 나가 본 적도 없다고. 여권도 없는데.」

「하지만 우리가 처음 만난 건…… 프랑스였어. 낚시로 가

195

는 열차였어.」

「리처드, 난 프랑스에는 한 번도 안 가봤다니까.」

그는 고개를 가로젓고 맥주를 더 마셨다.「오줌 누고 올게.」

그는 조심스럽게 침대에서 발을 내렸고, 절뚝거리며 밖으로 나갔다. 그녀는 그의 등을 바라보며 이해하려고 노력했다. 침실 문과 화장실 문 양쪽을 열어 놓은 탓에 이곳에서도 그가 화장실에서 일 보는 소리가 들렸다. 변기의 물을 내리는 소리 다음에는 물소리밖에 나지 않았다. 잠시 후 그는 방으로 돌아와서 베개에 기대고 앉았다.

「그게 정말이야? 프랑스에는 한 번도 가본 적이 없다는 말?」 그는 말했다.

「난 한 번도 당신에게 거짓말한 적이 없어, 리처드.」

「알았어. 그럼 우린 어디서 만났지?」

「이곳 런던에서. 하이게이트의 퍼브에서 처음 만났어.」

「그럴 리가 없어!」

리처드는 눈을 감고 고개를 옆으로 돌렸다. 수는 자신에게 이런 일에 대처할 능력이 얼마나 없는지를 깨닫고 갑자기 두려움을 느꼈다. 의사 말이 옳았다. 너무 빨리 퇴원한 탓에, 리처드의 기억은 영구적인 손상을 받은 것인지도 모른다. 그녀는 그의 흉터투성이 몸을 바라보았다. 동체와 팔은 예전보다 더 살이 쪘고 운동 부족 탓에 근력이 떨어져 있었다. 그의 기억에 반론을 제기한 것은 잘못이었을까? 그의 기억은 그녀의 기억만큼이나 그에게는 진실일까? 왜 우리가 프랑스에서 처음 만났다고 생각한 것일까? 이 얘기를 들었을 때 그녀는 충격을 받았지만, 그 이유를 이해하기는커녕 상상하는 것조차 힘들었다.

수가 아는 것은 오직 그녀 자신의 진실이었다. 그녀에게 가장 큰 영향을 끼치고, 궁극적으로는 그에게도 같은 영향을 끼친.

　그녀는 말했다.「리처드, 글래머가 생각나?」

　「또 그 얘기로군!」

　「그렇다면 당신에게도 뭔가 의미가 있다는 얘기네. 그게 뭔지 생각나?」

　「몰라. 알고 싶지도 않아!」

　「그럼 내가 보여 줄게.」

　그녀는 어떤 일을 하려고 결심했고, 뚜렷한 목적의식에 사로잡혀 재빨리 침대 밖으로 나갔다. 그녀는 그들이 공유했던 과거의 환희에 집착하고 있었고, 이 문제를 해결하기 전에는 모든 것을 연기하는 수밖에 없다는 사실을 알고 있었다. 결국 이것이야말로 그들이 직면한 조건이었던 것이다.

　「지금 뭘 하는 거야?」리처드가 말했다.

　「뭔가 색깔이 선명한 거 없어? 옷은 모두 어디 있지?」

　「옷장 서랍 안에 있어.」

　그러나 그가 대답하기도 전에 그녀는 이미 서랍을 뒤지기 시작했다. 그러자마자 선명한 로열블루색의 양모 스웨터가 눈에 띄었다. 그녀는 스웨터를 끄집어냈다. 한쪽 팔꿈치가 해지고 앞쪽에 흙 묻었던 흔적이 있는 것을 보니 집수리 따위를 하면서 입었던 옷 같았다. 이것을 손에 든 수는 기묘하고 위험한 감각을 느꼈다. 그녀라면 결코 이런 한색(寒色)을 골라 입지는 않을 것이기 때문이다. 이 행위에는 성적인 느낌이 있었다. 가슴이 너무 팬 옷이나, 너무 짧은 치마를 고를 때 받는 종류의. 그녀는 현기증을 느꼈다.

　「날 봐, 리처드. 내가 하는 일을 하나도 빠짐없이 보는 거야.」

　수는 입고 있던 베이지색 스웨터를 벗어 침대에 던졌다. 몇 초 동안 그녀는 벌거벗은 채로 서서 뒤집혀 있던 파란 스웨터의 소매를 다시 뒤집었다. 머리부터 뒤집어쓰고, 양팔을 버둥거려 소매에 끼웠다. 스웨터가 얼굴을 스치며 지나갔을 때 수는 그의 체취 ─ 서랍 안에 몇 달 동안이나 아무렇게나 방치되어 있던 탓에 약간 퀴퀴한 냄새가 섞인 ─ 를 맡았다. 목을 끼우고, 젖가슴 아래로 내렸다. 스웨터는 그녀의 몸에 너무 컸기 때문에 밑단이 허벅지까지 내려왔다.

「난 벗고 있는 당신이 더 좋은데.」리처드는 이렇게 말했지만, 힘없는 농담이었다. 그는 그녀가 지금 하려는 행위의 진실을 회피하고 있었다. 그는 무슨 일이 일어날지 알고 있었다. 〈알고〉 있는 것이다. 망각하기에는 너무나도 중요한 일이었다. 그는 그것을 마음속에 감춰 두고, 어떤 식으로든 기억에서 밀어냈지만, 수는 그가 기억해 내리라는 사실을 알고 있었다. 리처드도 이미 똑같은 환희를 느끼고 있었다. 지금 자신이 하고 있는 일의 위험성이 그녀의 내부를 관통하면서 고양감이 솟구쳤다.

「스웨터를 봐, 리처드.」수의 목소리는 흥분 탓에 낮아져 있었다. 「얼마나 차갑고, 강렬한지 보란 말이야. 보이지?」

그는 그녀를 응시하다가, 거의 눈에 띄지 않을 정도로 조금 고개를 끄덕였다.

「이 색깔을 계속 바라보는 거야, 눈을 떼지 말고.」

그녀는 정신을 집중했고, 구름을 머리에 떠올리며 글래머를 불러냈다. 예전에는 언제나 있던 것이었지만, 이제는 억지로 불러내야 했다. 그녀는 구름이 주위에 몰려드는 것을 느꼈다.

그녀는 시야에서 사라졌다.

수가 그의 시야에서 벗어나 침대 반대쪽으로 걸어가는 동안에도 리처드는 그녀가 있던 장소를 계속 바라보고 있었다.

언제나 이런 식이었다. 낯선 사람 앞에서 옷을 벗는 듯한 느낌. 공공장소에서 혼자 벌거숭이가 된 꿈을 꿀 때의 느낌.

성적 흥분이 솟구칠 때 오는 자책감 섞인 고양감. 무방비 상태가 되고 싶다는 달콤한 욕망. 타인에게 처음으로 글래머를 보인다는 행위는 처음으로 섹스를 경험했을 때 받는 느낌과 마찬가지였다. 새로운 자아를 돌연히 드러내는 일, 방벽(防壁)의 상실. 그러나 불가시성은 안전을 의미했고, 위장과 은신이었고, 힘인 동시에 저주였다. 예전에도 리처드를 상대로 이럴 기회가 있었지만, 그가 그 사실을 망각하고, 그의 마음이 변화한 지금, 이것은 두 번째의 첫 경험이라고 할 수 있었다. 머리를 핑핑 돌게 만드는 관능적인 자포자기의 감각이 또다시 찾아왔다.

그녀는 말했다. 「나이얼을 봤을 때가 생각나?」

그러자 리처드는 목을 홱 돌렸고, 충격에 얼어붙은 표정으로, 그녀가 서 있는 장소를 쳐다보았다. 그의 눈에는 보이지 않는 그녀가 서 있는 장소를.

제5부

1

내가 먼저 당신을 보았다고 생각했지만, 나이얼은 언제나 나보다 눈치가 빨랐어. 아무 말도 하지 않았지만, 내가 당신을 본 순간 벌써 눈치 챘던 것 같아.

나이얼은 말했어. 「나가서 다른 퍼브로 가자.」

「난 그냥 여기 있고 싶은데.」

토요일 저녁이었고 퍼브는 붐비고 있었어. 테이블은 손님들로 꽉 차 있었고, 그 사이에 서 있는 사람들은 카운터 주위에 몰려 있었지. 방은 천장이 낮았고, 자욱한 담배 연기는 당신의 구름과 뒤섞여 있었어. 실제보다 조금 더 빨리 보았더라면 당신의 존재를 눈치 채지 못했을 거야. 겉보기에는 멀쩡해 보여 역설적으로 내 눈에 띄지 않았겠지.

나는 테이블에 앉은 채로 같은 종류의 인간에게 매료될 때 느끼는 감정을 한껏 느끼며 당신을 바라보았어. 당신과 함께 있던 여자는 여자 친구처럼 보였지만, 오래 알고 지낸 사이인 것 같지는 않았어. 당신은 그녀를 기쁘게 하고, 웃게 만드는 식으로 주의를 기울이고 있었지만 결코 그녀 몸에 손을 대려고는 하지 않았어. 그녀는 당신이 좋은 듯 자주 미소 지었고, 당신이 뭐라고 말할 때마다 고개를 끄덕였어. 그 여자는 정상인이었고, 내가 이미 알고 있던 것을 모르고 있었어.

어떤 의미에서 나는 그때 이미 당신의 일부를 소유하고 있었어. 당신은 내 존재를 몰랐지만 말이야. 나는 마치 사냥감을 본 듯한 흥분을 느꼈고, 당신이 나를 보고 인식할 때까지 기다렸어.

그날 밤 나이얼과 나는 모두 불가시(不可視) 상태였고, 두 사람의 정상인과 함께 입구 바로 뒤에 있는 작은 테이블에 앉아 있었어. 두 사람은 우리가 거기 있는 것을 모르고 있었지. 당신을 보기 전에 나이얼과 나는 나이얼의 행동에 관해 논쟁을 벌이던 중이었어. 나이얼은 앞에 앉아 있는 남자의 담뱃갑에서 담배를 한 개비 훔쳐서 남자의 성냥으로 불을 붙였어. 그건 치사하고 어리석은 행동이었고, 나이얼이 습관적으로 보이곤 하는 사소한 트릭이었어. 또 나이얼은 술집에 있는 술을 모두 훔쳐 마시겠다고 고집을 부렸고, 카운터 뒤로 가서 직접 술을 따라 마셨어. 내가 술을 마실 경우에는 일시적으로 눈에 보이는 상태가 되어서 다른 손님들과 마찬가지로 차례가 오기를 기다렸다가 돈을 내리라는 걸 나이얼은 알고 있었어. 나이얼은 나의 이런 행동을 언제나 자신에 대한 저항으로 — 이 경우는 정확하게 — 받아들였어. 내 입장에서 글래머는 선택 가능한 것이라는 사실을 보여 주기 위한 것이라고 말이야.

당신을 보면서 나는 당신이 나를 보지는 않을까 궁금했어. 하지만 당신은 여자 친구한테 완전히 정신이 팔려 있었고, 설령 술집 안을 흘끗 보았다고 해도 무엇을 딱히 바라보기보다는 고개만 돌리는 정도였지. 난 당신이 굉장히 핸섬하다고 생각했어. 아주 매력적이라고.

나이얼이 말했어. 「저 녀석에겐 단지 초보적인 글래머밖에 없어, 수잔. 그러니까 시간 낭비하지 마.」

하지만 난 당신에게서 눈을 뗄 수가 없었어. 내가 흥미를 느낀 건 바로 그런 초보적인 면이었거든. 당신이 아무것도 모르고, 단지 부분적인 불가시성만 가지고 있을 가능성은 있어 보였어. 당신의 자신 있는 태도는 일찍이 그 어떤 불가시인에게서도 볼 수 없었던 것이야. 유일한 예외는 나이얼 정도였지.

나이얼은 술을 퍼마셨고, 내게도 술을 강권했어. 나이얼은 명정(酩酊) 상태를 즐겼고, 여느 사람들과 마찬가지로 술에 빠져 들었지. 나이얼이 만취했을 때는 내 눈에조차 잘 보이지 않을 때가 있었어. 구름이 짙어지면서 아무것도 통과할 수 없는 장벽이 되고, 나이얼의 모습을 가리는 거야.

나는 계속 당신을 응시하고 있었어. 당신은 적당량을 마시고 있었어. 밤에 여자 친구와 단둘이 있게 될 때를 대비해서 도를 넘는 일이 없도록 주의하고 있었던 거겠지. 그때 당신 여자 친구가 얼마나 부러웠는지! 술로 긴장이 풀리면서 당신의 구름도 짙어지고 있었어.

나는 나이얼에게 말했어. 「술을 더 가져올게.」

나이얼이 뭐라고 하기도 전에 나는 당신에게 다가가서 당신과 당신 여자 친구 사이를 고의적으로 가로막고 섰어. 바텐더가 오는 것을 기다리는 척하면서 말이야. 당신은 여자 친구를 보려고 옆으로 움직였어. 내가 그곳에 있다는 것을 잠재의식적으로는 알고 있지만 나라는 존재를 깨닫지는 못한 채로 말이야. 내 모습은 당신에게는 안 보였지만, 나는 당신에게 접근한 탓에 나의 구름이 당신의 구름과 섞이는 것을 느낄 수 있었어. 지극히 관능적인 심상이라고나 할까.

일단 만족한 나는 그 자리를 떠나 술이 있는 카운터 뒤로 갔어. 맥주를 따른 다음 술값을 돈 서랍 안에 넣고는 잔을 들고 우리 테이블로 돌아왔지.

「뭐 하고 있었던 거야, 수잔?」

「저치가 나를 볼 수 있는지 알고 싶었어.」

「너무 오래 걸렸어.」

「화장실 갔다 올게.」

몇 파인트나 되는 맥주를 들이켜고 흐리멍덩해진 나이얼 눈을 머리에 떠올리면서 다시 테이블에서 걸어 나왔어. 방을 가로지르면서 나는 다른 사람 눈에 내가 보이도록 했고, 여자 화장실로 갔지. 화장실에서 나온 다음 당신 옆으로 가 섰어. 가시 상태가 되자 당신의 구름은 거의 보이지 않았지만, 나는 거의 아까만큼이나 가까운 곳에 있었어. 마침내 당신은 나를 보았고, 조금 뒤로 물러나더군.

당신은 말했어. 「미안합니다…… 카운터로 가시려고요?」

「아니요, 괜찮아요. 저 기계에서 담배 사려고 하는데, 혹시 바꿔 줄 동전 있나요?」

「바텐더한테 얘기하면 바꿔 줄 겁니다.」

「알아요. 하지만 지금은 바쁜 것 같아서.」

당신은 호주머니에 손을 넣고 동전을 한 움큼 꺼냈지만 1파운드를 바꿔 주기에는 모자랐어. 나는 미소 짓고 그 자리를 떠났지. 당신이 내 모습을 제대로 본 것을 알았으니까. 여전히 가시 상태를 유지하면서 나는 나이얼 옆에 앉았어.

「그만두지 못하겠어, 수잔?」

「나 잘못한 거 없어.」

나는 반항적인 기분이었어. 카운터 너머로 당신을 보면서 당신이 내 쪽을 보아 주기를 기대하고 있었지. 흥분되고, 신경질적인 기분이었고, 마치 다시 10대 시절로 돌아간 것 같았어. 나이얼을 만나고 나서 처음으로 나는 나이얼이 두렵지 않았어. 나이얼은 내가 불가시인들 대다수를 싫어하고, 그들 중에서 정상인을 만날 가능성은 실질적으로 없다는 사실을 알고 있었기 때문에 당연히 자기밖에는 친구가 없다고 생각하고 있었어. 하지만 나는 그런 상황에서 더 나아지고 싶다는 욕구를 감추지 않았고, 당신을 보고 대담해졌어.

나는 내가 다시 불가시 상태로 되돌아가는 것을 느꼈어. 그 변화가 완료되자 나이얼이 말했어.「남은 술을 마저 마시고 나가자.」

「난 조금 더 있을래.」

「넌 시간을 낭비하고 있어. 저 녀석은 우리와 달라.」

나이얼은 이미 자기 술잔을 비우고, 나를 빨리 데리고 나가고 싶어 안달하고 있었어. 내가 매력을 느낀 남자들을 곧잘 만나곤 한다는 사실을 나이얼은 알고 있었지만, 모두 정상인이었기 때문에 위협을 느끼지 않았던 거야. 당신은 일찍이 내가 만난 그 어떤 불가시인들보다 구름에 덜 감싸여 있었어. 나이얼은 당신을 초보적이라고 했지만, 난 당신이 글래머에 관해〈아예〉모르고 있다는 사실을 알고 있었어. 당신은 현실 세계에 완전히 동화해 있는 것처럼 보였고, 바로 그런 사실이 나를 흥분하게 만들었던 거야.

당시에는 나도 부분적으로만 불가시 상태에 있었고, 정상 상태의 표면 바로 아래에 잠복하고 있었기 때문에 의식적으로 노력만 하면 가시의 상태까지 올라올 수가 있었어. 나이얼에게는 그런 선택의 여지가 없었어. 그는 깊은 레벨까지 눈에 보이지 않았고, 일반인들의 세상에서는 완전히 추방당한 것이나 마찬가지였기 때문에, 당신이 내게 무엇을 의미하는지 즉각 알아차렸음이 틀림없어. 내게 당신은 다음 단계였던 거야.

나는 정신을 집중해서 다시 가시 상태로 돌아가 고의적으로 나이얼에게 도전했어.

「가자, 수잔. 나가자고.」

「너 먼저 가. 난 여기 있을 거야.」

「널 두고 갈 생각은 없어.」

「그럼 마음대로 해.」

「날 가지고 놀려고 하지 마. 저 녀석을 상대로 네가 할 수 있는 일은 없어.」

「내가 다른 사람을 만나는 게 그렇게 무섭니?」

「나 없이는 그럴 수 없을걸. 다시 옛날 상태로 되돌아갈 테니까 말이야.」

나는 나이얼의 말이 사실이라는 것을 알고 있었지만 고집스럽게 그 말을 거부했어. 나이얼을 만난 이후에야 나는 구름의 모양을 만들고 다시 푸는 기술을 완벽하게 터득할 수 있었고, 또 반드시 그가 있을 경우에만 힘들이지 않고 그럴 수 있었지. 혼자 있을 때 가시성을 유지하려면 계속 스트레스를 받았고, 언제나 녹초가 되기 마련이었어. 내 구름이 나이얼의 그것과 연결되었기 때문에 그렇다는 사실을 나는 알고 있었어. 우리는 서로에게 의존하는 사이였어. 진작 헤어졌어야 하는데도 불구하고 오랫동안 서로에게 달라붙어 있었던 거야.

「그래도 해볼 거야. 맘에 안 든다면 넌 나가면 그만이잖아.」

「씨팔!」

나이얼은 느닷없이 일어나며 테이블 가장자리를 세게 내리쳤어. 그 위에 있던 맥주잔이 들썩이며 맥주가 사방에 튀었지. 내 반대편에 앉아 있던 두 사람은 내가 그랬다고 생각하고 놀란 표정으로 나를 보았어. 나는 작은 목소리로 미안하다고 속삭이고 마분지로 된 컵받침으로 테이블 위를 닦아냈어. 나이얼은 사람들을 헤치고 밖으로 나갔지. 나이얼이 난폭하게 팔꿈치로 주위를 밀치며 나아가자 사람들은 무의식적으로 뒤로 물러서며 자리를 내주었어. 딱히 반응을 보이는 사람은 없었어. 그 누구도 실제로는 그의 존재를 눈치 채지 못했던 거지.

나는 나이얼이 나간 뒤에도 계속 가시성을 유지하며 내가 그럴 수 있다는 사실을 증명해 보았어. 감정적으로 고양해 있는 터라 가시성을 유지하는 것은 상당히 쉬웠어. 이런 식으로 나이얼에게 맞선 적은 난생처음이었고, 그런 나의 결심에 내심 놀라워하고 있었지. 나중에 나이얼이 보복하리라는 것을 알고 있었지만, 그 순간에는 전혀 개의치 않았어. 그때는 당신 쪽이 더 중요했거든.

나는 이제 어떻게 행동해야 할지 신중하게 생각해 보았고, 술잔을 들고 테이블에서 일어나 당신 주위의 사람들 가까이로 갔어. 당신은 술집 안에 있는 다른 사람들에게 등을 돌리고 카운터에 양 팔꿈치를 기댄 자세로 고개를 돌려 여자 친구에게 뭐라고 말하고 있었어. 당신에게 손을 뻗으면 닿을 정도로 가까운 곳에서 거닐던 나는 또다시 사냥꾼이라도 된 듯한, 희생자를 향해 다가가고 있는 듯한 기분을 맛보았어. 내가 거기 있다는 것을 전혀 모르고 있었기 때문에 당신은 완전히 무방비인 것처럼 보였고, 거기서 비롯된 죄책감은 나를 한층 더 흥분하게 만들었어. 나는 당신의 희미하고 불완전한 구름이 당신 주위에서 명확한 형태를 취하지 않은 채로 부유하고 있는 것을 느꼈어. 그 구름에서 나온 촉수 일부가 나를 향해 흔들리는 것처럼 보였어.

나는 기다렸고, 곧 바텐더 하나가 문 닫을 시간이 가까워졌음을 알리는 종을 울렸어. 몇몇 사람이 마지막 술을 주문하기 위해 카운터로 다가왔지만 당신은 여자 친구와 얘기하는 데 정신이 팔려 있었어.

그러자 당신 여자 친구는 당신에게 뭐라고 말했고, 당신은 고개를 끄덕이더니 술잔 쪽으로 몸을 돌렸어. 그 여자는 카운터를 떠나 내 옆을 비집고 여자 화장실 쪽으로 갔어. 나는 앞으로 걸어 나가서 당신의 팔에 손을 갖다 댔어.

나는 이렇게 말했어. 「우리 구면이죠, 안 그래요?」

당신은 놀란 눈으로 나를 보더니, 곧 미소 지었어. 「여전히 동전이 필요한가요?」

「아니요, 괜찮아요. 단지 당신을 본 적이 있다는 생각이 들었을 뿐이에요.」

당신은 고개를 천천히 가로저었고, 난 당신 얼굴에서 처음 보는 여자를 만났을 때 남자들의 얼굴에 이따금 떠오르곤 하는 표정을 보았어. 호기심과, 상대방이 자신에게 흥미를 가져 줬으면 좋겠다는 욕구가 뒤섞인 표정이라고나 할까. 나는 당신이 많은 여자와 알고 지낸다고 추측했고, 또 언제나 다른 여자들을 만나기 좋아하고, 한 여자와 관계를 오래 지속하는 일도 없다고 생각했어. 그런 단순한 남성적 반응에, 운 좋게 우연히 알게 된 이성의 한 사람으로서 나를 보는 당신의 시선에 나는 일찍이 느껴 본 적이 없었던 강렬한 스릴을 느꼈어. 당신은 나를 가시인으로, 정상인으로 보아 줬던 거야.

「글쎄 만난 적이 없는 것 같은데요.」 당신은 말했어.

「여기 친구와 함께 오지 않았나요?」

「예.」

「혹시 혼자서 여기 올 때는 없나요?」

「그럴 수야 있죠.」

「전 다음 주에도 여기 있을 거예요, 수요일 저녁에.」

「알았습니다.」 당신은 이렇게 말하고 미소 지었어. 나는 나 자신의 뻔뻔스러움에 당혹해하면서 뒤로 물러났어. 당신을 더 잘 알고 싶다는 절박한 마음 때문에 나 자신 무슨 말을 했는지도 잘 모르는 상태였다고나 할까. 술집에서 전혀 모르는 여자로부터 유혹을 받은 당신이 그때 어떤 생각을 했는지는 상상도 안 돼. 나는 여전히 눈에 보이는 상태로 사람들 사이를 헤치고 술집 문으로 갔어. 방금 내가 입 밖에 낸 말이 창피해서 한시라도 빨리 그 자리에서 도망치고 싶었지만, 그와 동시에 내가 한 말이 충분했기를 바라는 열망으로 가득 차 있었어. 내 말을 들은 당신이 나를 다시 보고 싶어 했으면 좋겠다고. 단순한 호기심에서 그래도 좋으니까 다음 주에 다시 그 퍼브로 와주었으면 좋겠다고 말이야.

나는 밖으로 나가 길가에서 멈춰 섰어. 나이얼이 기다리고 있을 거라고 생각했지만 어디를 보아도 눈에 띄지 않았어. 나는 심호흡을 하며 침착함을 되찾았고, 자연스럽게 불가시 상태로 돌아가도록 내버려 두었어. 퍼브의 소음을 들을 수 있었어. 대화 소리, 음악, 유리잔을 치울 때 유리가 찰칵 부딪치는 소리. 여름인 탓에 바깥 공기는 후텁지근했지만, 런던이어서 보슬비가 내리고 있었어. 나는 당신을 만났다는 사실에 고민했고, 당신이 나를 보통 사람으로 대해 준 데 스릴을 느꼈고, 고양감을 느끼면서도 당신에게 접근했을 때의 내 직설적인 행동을 머리에 떠올리고 내심 움찔했어. 누군가 새로운 사람을 만나려 할 때 보통 사람들이 느끼는 감정이란 바로 그런 것인지 궁금증을 느꼈지.

퍼브 손님들도 귀가하기 시작했어. 친구들끼리 떠나는 사람도 있었고, 커플도 있었어. 나는 당신이 보이지 않는지 주의 깊게 관찰했어. 뒷문으로 나가서 미처 못 보는 일이 없으면 좋겠다고 생각하면서 말이야. 혹시 다시는 만나지 못할 가능성에 대비해서, 당신이 돌아가기 전에 마지막으로 한 번 더 보고 싶었어. 마침내 당신이 나타나더군. 여자 친구와 손을 잡고 나란히 걷고 있었어. 나는 당신들 뒤에 바싹 붙어서 귀를 기울였어. 당신이 혹시 그 여자 이름을 얘기하지 않을까, 혹은 당신 말에서 뭔가 당신에 관한 실마리를 찾을 수는 없을까 생각했던 거야.

당신은 여자 친구와 함께 옆길로 들어갔어. 차에 타는 것이 보이더군. 당신이 여자를 위해 조수석 문을 열어 주고, 여자가 자리에 앉자 살짝 문을 닫아 주는 것이 보였어. 그런 다음 차에 탔고, 시동을 걸기 전에 여자에게 키스했어.

당신 차가 출발한 다음 나는 번호판의 번호를 기억했어. 만약 당신과 다시 만나지 못하더라도 번호를 알면 나중에 찾을 수 있을 거라고 생각했거든.

2

나는 맨체스터 시의 남쪽 교외에서 태어났다. 체셔 주의 시골에 가까운 곳이었다. 부모님은 서부 해안 지대 출신의 스코틀랜드인이었지만, 글래스고에서 살다가 더 남쪽인 잉글랜드로 이주했다. 아버지는 집 근처의 큰 사무소에서 경리 직원으로 일했다. 어머니는 파트타임으로 웨이트리스 일을 하고 있었지만 나와 언니인 로즈메리가 아주 어렸을 때는 계속 집에 있으면서 우리를 키우셨다.

내가 기억하는 한 나의 어린 시절은 정상적이었고, 지금의 나 같은 존재가 될 징후는 전혀 없었다. 나는 두 자매 중에서는 언제나 건강한 축이었지만, 세 살 위인 언니는 자주 아팠다. 내 마음에 가장 뚜렷하게 각인된 어린 시절의 기억 중 하나는 얌전하게 있고, 언니가 깨지 않도록 집 안에서는 발끝으로 살금살금 걸으라는 소리를 들은 것이었다. 나는 반항적인 성격이 아니었기 때문에 침묵은 곧 습관이 되었다. 나는 언제나 부모님을 기쁘게 해드리는 모범적이고 착한 딸이었다. 혹은 그런 존재가 되려고 노력했다. 모든 어머니가 꿈꾸는 이상적인 딸의 이미지라고나 할까. 그러나 아프지 않을 때의 언니는 그와 정반대였다. 위험한 일을 즐기고, 집 안에서도 시끄럽게 소란을 피우곤 했다. 나는 몸을 움츠리고 살금살금 돌아다녔고, 그녀가 나를 못 보기를 희망했다. 지금 와서 생각해 보면 그런 행동은 아마 패턴의 일부였는지도 모르겠다. 그러나 당시에는 내 성격의 한 국면에 불과했다. 나는 정상적인 어린 시절을 보냈다. 학교에서 공부했고, 친구를 만들었고, 생일을 축하하고 파티에 참석했다. 높은 곳에서 떨어져 다리와 팔에 찰과상을 입고, 자전거 타는 법을 배우고, 조랑말을 사고 싶어 했고, 아이돌 스타들의 사진을 벽에 붙여 놓았다.

내게서 변화가 시작된 것은 사춘기 때부터였다. 변화는 점진적이었다. 학교의 다른 여자아이들과 내가 다르다는 것을 자각한 것이 정확히 언제였는지는 기억나지 않지만, 열다섯 살이 될 무렵에는 뚜렷한 패턴이 나타나고 있었다. 가족들은 내가 무슨 일을 하는지 몰랐고, 학교 선생들은 수업 중에 내가 발표를 해도 대부분 무시했다. 그들 모두가 나라는 존재를 알고 있기는 했지만, 나이가 들수록 주위 환경에 나의 존재를 각인시키기 위한 노력이 필요해졌다. 옛 친구들이 한명씩 떨어져 나갔다. 수업 태도도 좋았고 성적도 좋은 편이었지만 기말 성적표를 보면 평균적 능력에, 언제나 조용하고 꾸준하게 일한다는 사실이 열거되어 있을 뿐이었다. 내가 특별히 뛰어났던 과목은 미술이 유일했다. 이것은 부분적으로는 천부적인 재능 덕택이었지만, 미술 여선생이 방과 후에도 미술 공부를 하라고 특별히 격려해 주었기 때문이었다.

이렇게 얘기하면 나의 10대 생활이 조용하고 온순했던 것처럼 들릴지도 모르지만, 실상은 그 반대였다. 나는 장난을 치고도 잡히지 않는다는 사실을 깨달았던 것이다. 나는 반에서 가장 재능이 있는 악동이 되었고, 교사를 향해 야비한 소리를 내거나 교실 안에서 물건을 던지거나 다른 아이들에게 한심한 장난을 치곤 했다. 나는 십중팔구 걸리지 않았고, 나

의 이런 장난에 대해 다른 사람들이 보이는 반응을 즐기곤
했다. 학교에서 아무 가치도 없는 사소한 물건들을 훔치기
시작한 것도 단지 잡히지 않고 그럴 수 있다는 사실이 주는
순수한 흥분 때문이었다. 그러나 이 모든 행동에도 불구하고
나는 그럭저럭 인기가 있는 소녀였다. 딱히 누군가와 친해지
는 일은 없었지만, 모두가 나를 동료로 받아들였던 것이다.

점점 강해지는 불가시성은 내게 위험하게 작용했다. 열네
살 때 나는 차에 치였다. 운전자는 횡단보도를 건너는 나를
보지 못했다고 주장했다. 하루는 아직 불이 들어오지 않은
가스난로의 맨틀피스에 몸을 기대고 있다가 크게 화상을 입
을 뻔한 적도 있었다. 아버지가 난로로 오더니 내가 거기 있
는 것을 깨닫지 못하고 불을 붙였던 것이다. 아버지가 절대
로 그런 일을 할 리가 없다고 생각하던 나는 그때 느낀 믿을
수 없는 기분을 지금도 기억하고 있다. 불이 확 들어왔을 때
도 나는 그냥 그곳에 서 있었기 때문에 치마에 불이 붙었다.
아버지는 내가 소리를 지르며 연기 나는 옷을 손으로 때리며
난로 옆에서 뛰쳐나왔을 때에야 내가 그곳에 있다는 것을 깨
달았다.

이런 사건들, 그리고 그보다는 덜 심각했던 사건들 탓에
나는 나를 다치게 할 수 있는 물체나 사람들에 대해 병적인
공포를 느끼게 되었다. 지금도 나는 사람이 많은 거리를 걷
거나 도로를 횡단하기를 정말 싫어한다. 몇 년 전에 운전하
는 법을 배우기는 했지만, 내가 차를 운전하면 그 차 자체가
눈에 띄지 않는가 하는 불안감을 떨쳐 버릴 수가 없기 때문
에 운전하는 것을 좋아하지 않는다. 나는 결코 해수욕을 하
지 않는다. 만에 하나 사고를 당할 경우 아무도 나를 보거나
내 목소리를 듣지 못할지도 모르기 때문이다. 지하철을 탈
때면 신경질적이 된다. 인파로 붐비는 승차장에서 밀려 떨어

215

질 가능성이 있기 때문이다. 열두 살 이후에는 자전거를 탄 적도 없다. 어머니가 펄펄 끓는 홍차를 내 몸 위에 흘린 사건 이후 나는 언제나 뜨거운 액체를 가지고 있는 사람들을 피해 다닌다.

이토록 남의 눈에 안 띄는 일이 계속되면서 건강에도 영향이 나타나기 시작했다. 10대 내내 나는 병약했다. 끊임없는 두통에 시달렸고, 엉뚱한 시각에 곯아떨어졌고, 어떤 병이 유행하면 십중팔구 감염되었다. 가정의는 이 모든 것들은 내가 〈성장〉하고 있거나 아니면 선천적으로 병약하기 때문이라고 했지만, 나는 진짜 이유가 무의식적으로 남의 눈에 띄려는 나의 노력 때문이라는 것을 알고 있었다. 나는 남의 눈에 정말로 띄고 싶었고, 다른 사람들과 똑같은 대접을 받으며 정상적인 삶을 살고 싶었다. 이런 욕구는 억지로 남의 눈에 띄는 상황으로 나를 몰아넣는 형태로 나타났다. 학교를 졸업하기 전 몇 년 동안 나는 불가시 상태에 빠졌다가 다시 나오는 일을 줄곧 되풀이하며, 적든 많든 주위 사람들과 충돌했던 것임이 틀림없다.

이런 스트레스에서 벗어나는 유일한 방법은 고독이었다. 긴 방학 기간이나 주말을 이용해서 나는 혼자서 곧잘 시골로 가곤 했다. 집이 있는 교외는 도시의 일부였지만, 버스를 타고 윔슬로와 앨더리 에지 너머로 조금만 가면 여전히 농지와 숲으로 이루어진 개발되지 않은 풍경을 만날 수 있었다. 주요 간선 도로에서 떨어진 그곳으로 가서, 다른 사람 눈에 띄는 노력을 하지 않아도 되는 혼자만의 시간을 가짐으로써 나는 내부로부터 조용한 힘을 끌어낼 수 있었다.

내가 미시즈 퀘일을 만난 것은 열여섯 살 무렵 이런 짧은 여행을 하고 있을 때의 일이었다.

나를 먼저 보고 접근한 사람은 그녀였다. 나는 온화한 용모를 한 중년 여인이 작은 개와 함께 오솔길에서 나를 향해 걸어오고 있는 것을 보았을 뿐이다. 우리는 가끔 낯선 사람과 마주칠 때 흔히 그렇듯 서로를 향해 살짝 미소를 지어 보였고, 반대 방향을 향해 가기 시작했다. 나는 더 이상 신경을 쓰지 않았지만, 잠시 후 개가 내 앞을 지나치는 것을 보고 그녀가 뒤로 돌아 내 뒤를 따라오고 있다는 사실을 깨달았다.

우리는 말을 나눴다. 그리고 그녀가 내게 처음 한 말은 바로 이거였다. 「너, 혹시 네가 매력*glamour*을 가지고 있다는 걸 아니?」

이렇게 말하면서 그녀는 미소 지었던 데다가, 또 극히 정상적인 사람으로 보였기 때문에 나는 아무런 경계심도 느끼지 않았다. 그러나 그때 그녀의 정체를 알았더라면 두려움을 느끼고 서둘러 그 자리를 떴을지도 모르겠다. 그러나 그러는 대신 나는 그녀의 기이한 질문에 흥미를 느끼고 그녀와 함께 걸으며 시골에 관해 무의미한 잡담을 나눴다. 어떤 이유에선가 그때 그 질문에는 대답하지 않았고, 그녀도 같은 질문을 되풀이하지는 않았던 것으로 기억한다. 그녀는 나와 마찬가지로 들꽃이 우거진 시골의 평화로움을 사랑했고, 그것만으로도 충분했다. 이윽고 우리는 그녀의 집까지 왔다. 오솔길에서 상당히 깊숙이 들어간 곳에 있는 시골풍의 작은 집이었다. 그녀는 차를 마시고 가라며 나를 집 안으로 초대했다.

집 안은 쾌적했고 가구도 잘 갖추어져 있었다. 중앙 집중식 난방에 텔레비전, 전축, 전화, 기타 현대적인 세간이 눈에 띄었다. 그녀는 소파에 앉아 홍차를 따라 주었다. 개는 그녀 곁에 웅크리고 누워 잠들었다.

그러자 대화는 다시 처음 시작되었을 때로 돌아갔고, 그녀는 또다시 나의 〈글래머〉에 대해 물었다. 물론 나는 그녀가 하는 말이 도무지 무슨 뜻인지 몰랐고, 아직 어렸기 때문에 그 사실을 그대로 입 밖에 내어 말했다. 그녀는 내가 마법을 믿는지, 또 기묘한 꿈을 꾸거나 이따금 다른 사람들이 무슨 생각을 하고 있는지 알 수 있는지를 물었다. 열띤 어조였기 때문에 나는 두려움을 느꼈다. 그녀는 나를 보자마자 내가 글래머의 소유자이며 심령적인 힘을 가지고 있다는 사실을 알았다고 했다. 「너도 그걸 알고 있니? 혹시 너 같은 사람을 더 알고 있니?」

나는 집에 가고 싶다고 말하고 자리에서 일어났다. 그러자 그녀는 태도를 바꿔 두렵게 해서 미안하다고 사과했다. 내가 집을 나서자 그녀는 더 알고 싶거든 다시 오라고 말했다. 집 밖의 길로 나가자마자 그녀가 너무나 두려워 나는 마구 뛰기 시작했다. 그러나 다음 주에 나는 그녀의 집으로 다시 갔고, 2년 동안 그녀를 자주 방문했다.

이제는 미시즈 퀘일이 해준 얘기가 진상의 일부에 불과하다는 사실을 알고, 또 그것이 그녀 자신의 특별한 취미의 영향을 받았다는 사실을 알고 있다. 한번은 자신이 영능력자라고 내게 말한 적이 있지만, 정확히 무슨 뜻으로 그랬는지는 제대로 설명해 주지 않았다. 이따금 그녀는 마녀였을지도 모른다고 생각한 적이 있었지만, 두려움 탓에 직접 물어보지는 못했다. 그러나 나로 하여금 내 특수한 상태의 본질을 깨닫게 해주고, 타고난 불가시성의 효력과 한계에 대해 어느 정도 짐작할 수 있게 해준 것은 바로 그녀였다.

내 몸 주위를 둘러싸고 있는 글래머는 자연력(自然力)과 접촉하고 있는 사람들이 발산하는 일종의 영적인 오라라고 그녀는 말했다. 그리고 나는 이 〈구름〉을 본능적으로 강하게 하거나 약화시킬 수 있고, 아스트랄 계(界)에서 밖으로 투사되는 이 구름을 통해 내 글래머가 작용한다는 이야기였다. 그녀는 마담 블라바츠키 이야기를 해주었다. 영매이자 신지

학자(神智學者)였던 그녀는 구름을 이용한 돌연한 출현이나 소멸에 관한 기록을 많이 남겼고, 스스로를 눈에 안 보이게 할 수 있다고 주장했다고 한다. 중세 일본 닌자의 어떤 분파 얘기도 해주었다. 이들은 위장과 착각을 이용해서 적의 눈으로부터 사라질 수 있었다고 한다. 불가시성은 단순한 마법이라고 주장한 알레이스터 크롤리의 일화도 들었다. 크롤리는 심홍색 로브 차림에 황금 왕관을 쓴 채로 누구의 주목도 받지 않고 사람들로 붐비는 거리를 돌아다님으로써 이 사실을 직접 증명해 보였다고 한다. 소설가인 벌워 리턴은 자기 자신에게 이런 능력이 있다고 믿었고, 친구들 사이로 실컷 돌아다니다가 갑자기 모습을 드러내서 친구들을 놀라게 하려고 했던 적이 있다고 한다. 양치류의 포자를 모아서 몸에 지니고 있으면 불가시성을 획득할 수 있다는 민간전승이 있다는 이야기도 들었다.

그 당시에도 나는 그녀가 한 이야기에 반신반의하고 있었다. 내가 영능력자가 아니며, 마법을 쓸 수도 없다는 사실을 알고 있었기 때문이다. 그러나 미시즈 퀘일은 다른 가능성을 아예 인정하려고 하지 않았다. 나 자신 그보다 나은 설명을 내놓을 수 없었기 때문에 적어도 그녀 이야기의 일부는 진실로 받아들였다.

거울을 써서 내가 눈에 보이지 않는다는 사실을 보여 준 사람도 미시즈 퀘일이었다.

그때까지만 해도 나는 언제나 거울에서 내 모습을 볼 수 있었다. 다른 사람들과 마찬가지로 거울 속에서 나를 찾았고, 그 과정에서 나의 존재를 인지하고 〈보았기〉 때문이다. 그러나 어느 날 미시즈 퀘일은 나를 감쪽같이 속였다. 문 뒤의 예상할 수 없는 위치에 거울을 갖다 놓고 문으로 가는 내 뒤를 따라왔던 것이다. 그것이 무엇인지 깨닫기도 전에 나는 뒤에서 따라오는 그녀의 모습을 거울 속에서 보았다. 2, 3초 동안 그것이 무엇인지 의아해하는 동안 나는 거울에 비친 내 모습을 보지 못했다. 그러고 나서야 내 모습을 보았고, 마침 내 이해했다. 나는 투명인간이 된다거나 모습을 감추는 방식으로 눈에 안 보이는 것이 아니었다. 그러나 구름은 어떤 식으로든 내 모습을 흐릿하게 만들었고, 타인이 내 존재를 〈깨닫는〉 것을 힘들게 만들었던 것이다. 결과적으로는 투명인간이 된 것이나 마찬가지였고, 이 사실은 왜 대다수의 사람들이 마치 내가 그 자리에 없는 것처럼 행동하는지를 설명해 주고 있었다.

미시즈 퀘일은 나를 언제나 볼 수 있었다. 다른 사람들에게 내 모습이 보이지 않을 때조차, 내가 거울에서 한순간 나 자신의 모습을 보지 못했을 때조차. 그녀는 재미있고 의지력이 강한 여성이었고, 모든 의미에서 평범하고 정상적인 사람이었다. 한 가지 점을 제외하면 말이다. 그녀는 남편을 여의고 나서 혼자 살고 있었다. 흔해 빠진 가족사진과 현대 소비 사회의 물품과 이탈리아와 스페인 여행 때 사온 기념품 따위에 둘러싸인 채로 말이다. 그녀의 아들은 상선(商船)에서 근무하고 있었고, 딸 둘은 결혼해서 다른 지방에 살고 있었다. 현실적이고 실제적인 이 여성은 내게 많은 도움을 주었고, 내 머리를 낯선 개념으로 가득 채우고 내가 누구인지, 또 무엇을 할 수 있는지 묘사할 수 있는 어휘를 가르쳐 주었다. 우리는 기묘한, 평등하지 않은 형태의 친구가 되었지만, 그녀는 내가 런던으로 떠나기 몇 달 전에 갑자기 협심증 발작으로 세상을 떠났다.

나는 불규칙하게 그녀와 만났고, 때로는 몇 달 동안이나 만나지 않은 적도 있었다. 내가 그녀를 알고 지낸 시기는 졸업년에 가까웠고, 나는 거의 남의 이목을 끄는 일 없이 O레벨에서 A레벨까지의 교육 과정을 마쳤다. 성적은 중간이었고, 유일하게 성적이 좋았던 과목은 미술뿐이었다. 가시 상태를 유지하려고 계속 스트레스를 받았고, 마지막 해의 학교 생활은 기절할 듯한 현기증과 지독한 편두통으로 점철되어 있었다. 내가 완전히 긴장을 풀고 편안한 마음일 때는 미시즈 퀘일과 함께 있을 때뿐이었다. 그러나 그녀는 내가 A레벨 수능 시험을 치기 직전에 죽었고, 나는 고립감과 무력감에 사로잡혔다.

열여덟 살 생일 때 부모님은 내게 깜짝 선물을 주었다. 내가 태어났을 때 나를 위해 든 소규모 양로 보험이 만기에 달했던 것이다. 나는 런던에 있는 미술대학의 입학 허가를 받았지만, 내가 받을 수 있는 장학금은 단지 수업료를 낼 수 있을 정도밖에 안 되었고, 생활비를 대기에는 턱없이 부족했다. 그러나 이 보험금으로 생활비를 거의 충당할 수 있었고, 아버지는 모자라는 액수를 대줄 용의가 있다고 했다. 그래서 그해 여름이 끝났을 때 나는 처음으로 집을 떠나 런던으로 갔다.

3

3년. 대학은 어떤 학생에게도 변화의 시기이다. 그때까지 알고 지내던 학교 친구들과 가족을 떠나 처음 만나는 같은 세대의 집단과 섞여 살면서 성인으로서 살아가기 위한 기술이나 지식을 획득하고, 태어나서 처음으로 독립적인 개인으로 자라나기 시작하는 시기인 것이다. 이런 일들은 내게도 모두 일어났지만, 나만의 독특한 사정에도 변화가 있었다. 나는 나의 불가시성과 타협하고, 그것을 받아들였던 것이다. 이것이 나의 일부이고, 결코 사라지지 않으리라는 사실을 자각했기 때문이다.

나는 3년 동안 같은 대학의 여학생 두 명과 플랫 하나를 빌려 함께 살았다. 꼭 필요할 때는 가시 상태가 되었지만, 그들은 내가 어딘가 다른 곳에 가 있거나 혼자서 방에 틀어박혀 대부분의 시간을 보내고 있다고 믿어 의심치 않았다. 이것은 내가 감수해야 했던 첫 번째 변화였다. 그들을 통해 나는 눈에 보이지 않는 사람은 그냥 무시당할 뿐이고, 그곳에 있기는 하지만 어떤 이유에선가 〈기능〉하고 있지 않은 것으로 간주된다는 사실을 깨달았던 것이다. 내가 원할 경우 그들은 내가 있는 것을 알아차렸지만, 남은 시간 동안은 마치 그곳에 내가 없는 것처럼 행동했다.

대학 생활은 그보다 더 힘들었다. 수업에 출석할 뿐만 아니라 출석했다는 것을 몸소 보여 줘야 했고, 학위 과정을 이수하고, 과제물을 제출하고, 전체적으로 나의 존재를 어필해야 했기 때문이다. 열심히 공부하며 강사들에게 나의 존재를 각인하는 방법으로 처음 1년을 그럭저럭 극복했지만, 그 대가로 건강이 나빠졌다. 2년째부터는 이론상으로는 긴장에 의한 피로가 줄어들었다. 2학년 때부터는 독립 제작을 장려받았기 때문이다. 나는 규모가 크지만 일반적인 내용을 가르치는 상업미술 코스를 택했다. 이 경우는 다른 학생들과 함께 공부하며 자연스럽게 여러 사람들 사이에 녹아 들어갈 수 있었기 때문이다. 그럼에도 불구하고 남의 눈에 띄어야 한다는 데서 오는 긴장은 계속적이었기 때문에 녹초가 되는 것이 큰 문제였다. 나는 체중이 줄고 빈번한 두통에 시달렸다. 구토감을 느끼는 일도 다반사였다.

런던에 살면서 또 다른 변화를 겪었다. 집에서 나는 부모의 권위를 피하는 일에 익숙해져 있었다. 학교에 다니기 시작한 후로는 어리석은 장난과 무의미한 도둑질을 하기 시작했지만, 학교가 아닌 다른 장소에서는 차비를 안 내도 된다는 사실을 알게 되었다. 가게에서 물건을 살 경우에도 원하지 않는다면 대금을 내지 않아도 되었던 것이다. 적은 고정 수입만 가지고 런던에 살면서 돈을 치르지 않는 습관이 생겼다. 그리고 이것은 곧 나의 생활 방식이 되었다.

이런 타락의 한 원인은 대도시에서의 생활이었다. 런던에서는 정상인조차 인파에 묻힐 수 있는 것이다. 대도시의 생활에 적응하던 처음 몇 주 동안, 나는 상상하지도 못했을 정도로 마음이 편해진 것을 자각했다. 런던은 불가시인들을 위해 존재하는 도시나 마찬가지였다. 이 도시는 나의 익명성을 강화했고, 나의 원래 상태를 자연스러운 생존 수단으로 만들었다. 런던에서는 일부러 나서지 않는 한 아무도 정체성을 가지지 않았던 것이다.

태어나서 처음으로 지하철을 탔을 때 나는 표를 샀다. 어떤 식으로 이용해야 하는지 몰랐기 때문이다. 이것은 글자 그대로 내가 마지막으로 낸 요금이었다. 그 후 나는 군중에 대한 두려움을 억누르고 열차와 버스를 이용했고, 영화관과 극장에서 공짜 구경을 즐겼다. 그렇다고 다른 사람에게 해를 끼친 것은 아니다. 공공 교통 기관은 내가 쓰든 안 쓰든 운행될 터이고, 쇼는 나와 무관하게 진행될 것이다. 나는 돈을 낸 사람이 앉을 자리에는 결코 앉지 않았기 때문에 가책을 받을 필요가 없었다. 그러나 이때는 아직 이른 시기에 불과했다.

필요성과 기회가 결합하면서 나는 내가 그림자 세계라고 부르는 상태로 더 깊이 빠져들었다. 나와 함께 살던 여학생처럼 파트타임으로 일하지 않는 이상, 나는 훔치지 않고서는 먹고살 수가 없었다. 언제나 골골거리던 나에게 일자리를 갖는 것은 애당초 논외였지만 말이다.

그리고 불가시성은 내게 활력을 가져다주었다. 그림자 세계에서 남의 눈에 띄지 않고 거리와 여러 건물 안을 배회하면 힘이 솟아나는 느낌을 받았다. 이 상태를 활용해서 내가 필요한 것을 슬쩍 훔치면 해방감을 느꼈다. 이것이 불가시성의 기능이었다. 현실 세계의 바깥 경계선에서 탐지되지 않고, 남의 눈에 띄지 않고 마음대로 돌아다니는 일. 내가 나쁜 일을 하고 있고, 게다가 잡힐 염려가 없다는 사실을 자각하면서 그림자 속에서 물건을 훔치면 언제나 스릴을 느꼈다. 나는 이 일에 결코 싫증을 내지 않았고, 현실의 일부가 되려는 노력 탓에 소모된 나의 정신과 육체를 치유하기 위한 방편으로 그림자 속으로 도망쳤다.

불가시성은 낡고 익숙한 옷처럼 내 몸에 딱 들어맞았다.

보는 방법을 몰랐고, 또 나 자신의 재적응에 정신이 팔려 있던 탓에 내가 혼자가 아니라는 사실을 깨닫는 데는 몇 달이 걸렸다. 런던에는 나 말고도 불가시인들이 있었던 것이다.

처음으로 본 불가시인은 나와 같은 또래의 젊은 여자였다. 나는 지하철역에서 전철이 오기를 기다리고 있었다. 플랫폼을 흘끗 보았을 때 벤치에 앉아 만곡(彎曲)한 터널의 타일벽에 등을 기대고 있는 여자가 눈에 띄었다. 지치고, 더럽고, 뒤숭숭한 모습이었다. 그녀를 쳐다보았을 때 나는 합리적으로 설명할 수는 없지만 뭔가 낯익은 것을 느꼈다. 지하철역 구내에서는 많은 부랑자들이 — 주로 겨울에 — 나돌아다녔고, 그녀는 바로 그런 모습을 하고 있었다.

그녀는 몸을 움찔하더니 벤치 위에 고쳐 앉고는 주위를 둘러보았다. 그러고는 내 쪽을 보았고, 잠깐 놀란 표정으로 나를 응시했다. 이윽고 흥미를 잃은 듯 다른 곳을 보았다.

내가 처음 보인 반응은 공포였다. 그녀는 내 존재를 〈알아차렸던〉 것이다! 불가시 상태에서, 나 자신의 그림자 세계에 안주하고 있던 나를 말이다! 나는 황급히 환승용 통로로 뛰어들어갔고, 나의 구름이 그토록 쉽게 돌파당했다는 사실에 전율을 느꼈다. 에스컬레이터 입구 홀에 도달했다. 몇십 명이나 되는 사람들이 돌아다니고 있었다. 어떤 사람들은 에스컬레이터를 타고 거리로 올라가고, 어떤 사람들은 지하철을 타려고 아래로 내려오고 있었지만, 모두 무심히 내 앞을 지나치고 있었다. 마치 내가 그곳에 없다는 듯 말이다. 다시 익명성을 되찾은 데 나는 안도했고, 두려움은 곧 흥미로 바뀌었다. 그 여자는 누구일까? 어떻게 나를 볼 수 있었던 것일까?

해답을 찾아 다시 플랫폼으로 돌아갔지만, 지하철은 이미 통과한 후였고 그녀의 모습도 사라진 뒤였다.

두 번째로 만난 불가시인은 중년 사내였다. 그는 옥스퍼드가(街)에 있는 셀프리지 백화점 안에서 손에 플라스틱 백을 들고 조용히 돌아다니고 있었다. 나는 사내 주위를 오라가 에워싸고 있다는 사실을 감지했고, 전혀 남에게 신경 쓰지 않고 침착하게 물건을 훔치고 있는 사내의 행동에 주목했다. 사내의 상태는 나와 동일했다. 그렇다는 확신이 섰을 때 나는 사내 주위를 돌아 그 앞으로 갔고, 그를 향해 똑바로 걸어갔다.

그러나 사내가 보인 반응에 나는 소름이 돋았다. 그는 놀란 표정을 지었다. 내가 다른 불가시인이라서가 아니라, 나의 미소와 무방비한 표정을 성적인 유혹으로 해석했기 때문이었다. 그는 나를 위아래로 훑어보더니, 끔찍하게도 백을 들어 올려 옆구리에 끼고는 소름 끼치는 미소를 띠고 나를 향해 다가오기 시작했던 것이다. 지금도 사내의 이가 언뜻 보인 것을 기억하고 있다. 시꺼멓게 썩고, 여기저기가 빠져 있었다. 나는 뒷걸음쳤지만, 사내의 눈은 내 눈에 못 박혀 있었다. 사내가 뭐라고 했지만 백화점 안이 워낙 시끄러웠기 때문에 알아들을 수가 없었다. 그러나 듣지 않아도 사내가 뭐라고 했는지 추측하기는 쉬웠다. 체격이 엄청나게 커보였다. 나는 단지 나의 실수를 취소하고 사내로부터 도망치고 싶은 마음뿐이었다. 나는 몸을 돌려 달려가다가 다른 사내와 부딪쳤지만 그는 내 존재를 알아차리지 못했다. 눈에 보이지 않는 사내는 바로 뒤까지 와 있었고, 빈 팔을 뻗어 갈퀴 같은 손으로 나를 움켜잡으려고 했다. 공공장소에 있어도 전혀 안전하지 않다는 사실을 나는 알고 있었다. 나를 잡는다면 사내는 누구에게나 훤히 보이는 곳에서 어떤 일이든 마음대로 할 수 있었다. 일찍이 그토록 지독한 공포를 경험한 적은 없었다. 나는 사내가 뒤에 와 있다는 것을 느끼며, 쇼핑객들 사이를 누비며 무작정 앞으로 달려갔다. 비명을 지르고 싶었지만, 그 누구도 비명을 듣지 못할 것이다! 점심시간이라서 백화점 안에는 몇백 명이나 되는 사람이 붐비고 있었고 그 누구도 내 앞길을 비켜 주려고 하지 않았다. 그런 군중은 아무런 도움도 되지 않고 단지 장애물일 뿐이었다. 또다시 사내를 돌아다보았다. 끔찍할 정도로 민첩한 동작으로 달려오고 있었다. 격분한 표정이었다. 먹이를 빼앗긴 육식 동물의 얼굴이었다. 흘깃 본 그 모습에 너무나도 큰 충격을 받아 나는 자칫 쓰러질 뻔했다. 다리에서 힘이 빠지고, 공포로 거의 마비되다시피 한 상태였다. 나는 내가 불가시성 속으로 깊이 빠져 들어가고 있다는 사실을 알고 있었다. 본능적인 방어 행동이지만, 이 사내 상대로는 아무 쓸모도 없었다. 나는 인파를 헤치고 가장 가까운 출입문을 향해 갔다.

거리로 나온 다음 다시 뒤를 돌아보고는 사내가 추적을 포기했다는 것을 깨달았다. 사내는 백화점 현관 근처에서 벽에 몸을 기대고 숨을 헐떡이며 도망치는 나를 보고 있었다. 그러나 그때도 여전히 끔찍하게 위협적으로 보였다. 나는 거리로 계속 도망쳤고, 더 이상 움직일 수 없을 때까지 달렸다. 그 후로 그 사내를 본 적은 없었다.

이 두 번의 조우가 불가시인들의 더 큰 그림자 세계에 대해 내가 눈을 뜨게 된 계기였다. 셀프리지 백화점에서 이런 일을 겪은 이래 나는 런던에 사는 불가시인들의 존재를 점점 더 자주 알아차리게 되었다. 마치 한두 명의 불가시인을 본 것으로 인해 남은 사람들에 대해 눈을 뜨게 된 것처럼 말이다. 그러나 나는 그들과는 접촉을 피했다. 나는 불가시인들이 곧잘 모이는 장소가 어디인지를 알아냈다. 훔칠 음식이나 잘 곳이 있는 곳이거나 사람들이 많이 모이는 곳이었다. 슈퍼마켓에 가면 적어도 한 명의 불가시인을 볼 수 있었다. 백화점은 특히 잘 모이는 곳이었다. 불가시인들 일부는 대형 상점에 아예 살고 있었다. 그런가 하면 여기저기를 돌아다니며 호텔에서 잠을 자거나 타인의 집에 침입해서 안 쓰는 침대를 빌리거나 소파 위에서 몸을 뻗고 자는 사람들도 있었다. 시간이 흐른 뒤에 나는 이 지하 네트워크가 조직 비슷한 것을 가지고 있다는 사실을 알게 되었다. 잘 알려진 집회 장소가 여러 군데 존재했고, 불가시인들 일부가 아예 정기적으로 모이는 퍼브조차 있었다.

나는 불가피하게 이들에게 끌렸다. 셀프리지 백화점에서 나를 공격했던 사내는 전형적인 타입은 아니었지만 그렇다고 희귀한 것도 아니었다. 남성 불가시인들은 나이를 먹으면 단독으로 행동하기 시작했다. 사회 주변을 맴돌며 제멋대로 행동하는 것이었다. 불가시인들을 상대하는 경우를 제외하면 다른 사람과 정상적인 친교를 맺는 것은 불가능했기 때문에 비정상적인 행동에 나서게 되는 것이었다. 자신이 법 밖에 있다고 간주하는 고독한 추방자들은 어떤 형태든 간에 위험했다.

전형적인 불가시인은 젊거나 혹은 젊게 보였다. 그 또는 그녀는 — 남녀 비율은 대충 균등하게 양분되어 있었다 — 고립된 청소년기를 보냈고, 동류(同類)를 만나고 싶다는 욕구에 이끌려 런던이나 다른 대도시로 왔다.

전체적으로 볼 때 불가시인들은 편집증적인 집단이었다. 스스로를 사회로부터 거부당하고, 경멸과 두려움의 대상이 되고, 범죄를 저지를 수밖에 없는 상황으로 몰린 사람으로 간주하고 있었다. 정상인들을 매우 두려워했지만, 진실로 부러워했다. 그들 대다수는 다른 불가시인들을 두려워했지만, 서로 만났을 때는 각자가 쌓은 업적에 대해 자랑하곤 했다. 개중에는 이런 편집증을 극단까지 몰고 가서 일반인들에 대한 불가시인들의 타고난 우월성을 주장하려는 사람들조차 있었다. 자신들의 조건을 지고한 힘과 자유의 원천으로 간주하는 꼴이었다.

불가시인들은 두 가지 특성을 공유하고 있는 것 같았다. 우선 내가 만난 사람들 거의 모두가 우울증 환자였다. 그럴 수밖에 없는 이유가 있었다. 그들은 건강해야 한다는 강박 관념에 사로잡혀 있었다. 병에 걸려도 자연히 낫기를 기다리는 방법밖에 없기 때문이었다. 불가시인들 다수가 성병에 걸려 있었고, 모두 치아 상태가 안 좋았다. 평균 수명은 짧았다. 질병의 위험 때문이었고, 부분적으로는 불안정한 생활양식과 편식 때문이었다. 그들 다수가 알코올 중독자이거나 알코올 의존증 환자였다. 마약의 경우는 입수가 힘들기 때문에 일반적으로 말해 그리 큰 문제가 되지 않았다. 대다수의 불가시인들은 옷을 잘 입고 다녔다. 옷은 훔치기가 쉽기 때문이지만, 외견에 그리 신경 쓰는 사람은 거의 없었다. 그들의 관심은 자신의 건강에 집중되어 있었고, 대다수가 누구나 살수 있는 매약(賣藥)을 잔뜩 소지하고 돌아다녔다. 그나마 규칙적으로 훔칠 수 있는 약은 그것뿐이었기 때문이다.

두 번째의 공통된 요소는 구름이었다. 다른 불가시인들을 만나면서 옛날에는 신비주의에 불과하다고 생각했던 미시즈 퀘일의 설명을 나는 점점 이해하기 시작했다. 불가시인은 모두 고유한 오라, 일정한 밀도를 가지는 존재감을 두르고 있고, 다른 불가시인들은 그것을 볼 수가 있었다. 내가 처음으로 그들과 두 번 조우했을 때 본능적으로 인식한 것은 바로 이것이었고, 다른 방식을 통해서였지만 미시즈 퀘일이 감지한 것도 바로 이것이었다. 당시 나는 엑토플라즘이나 심령적 오라 운운하는 그녀의 얘기를 듣고 혼란에 빠졌지만, 지금은 그것이 그녀 나름대로의 묘사 방식이었다는 사실을 알고 있다.

흥미롭게도 불가시인들은 그와 동일한 어휘를 선택해서 자신들의 은어에 포함시키고 있었다. 그들 모두가 오라에 관해 알고 있었고, 그것을 〈구름〉이라고 불렀다. 일반인들은 〈살덩어리〉였다. 현실 세계는 〈딱딱한 세계〉였다. 그들은 스스로를 〈글램 *glam*〉이라고 불렀다. 스스로를 매력적 *glamorous*이라고 간주한다는 것은, 자기 방어적인, 허세 섞인 망상의 일부였다.

4

나는 그들의 일원이 아니었다. 나도, 그들도 그 사실을 알고 있었다. 그들의 관점에서 보면 그들의 세계를 마음대로 들락거릴 수 있는 나는 반(半) 글램에 불과했다. 그들은 결코 나를 신뢰하지도 않았고, 받아들이지도 않았다. 깨끗한 옷과 건강에 대한 자신감과 잘 손질되고 아프지 않은 이 때문에 언제나 정체가 들통 나는 것이다. 나는 딱딱한 세계에서 이름을 가지고 살아가고 있었고, 살 집이 있었고, 학교에 다니고 있었다. 크리스마스와 부활절에는 고향 집으로 갔고, 불가시인들의 관점에서 보자면 살덩어리들의 세계로 도피하곤 했던 것이다.

그럼에도 불구하고, 내 입장에서 글래머러스한 세계로 들어가는 것은 매우 중요했다. 10대 초 이래 처음으로 나 같은 사람들을 만날 수 있었던 것이다. 그들이 볼 때 내 불가시성이 완벽하지 않다는 점은 내게는 전혀 문제가 되지 않았다. 나는 가시인보다는 불가시인에 더 가까웠고, 그 사실은 내게 끊임없이 영향을 끼치고 있었다. 글램들은 나를 거부하려고 했지만, 이것은 그들 대다수에게 탈출구가 없었기 때문이다.

다른 매력도 있었다. 불가시성은 언제나 내 활력의 원천이 되어 주었고, 현실 세계로 돌아갈 때 어느 정도 힘이 되어 주었던 것이다. 진정한 불가시인들 — 내 눈에는 비참하고, 무섭고, 고립된 것으로 비친 — 을 만난 후에는 가시 상태를 유지하는 일이 예전보다 더 쉬워졌다. 처음에는 혐오감을 느꼈던 이들의 절망적이고 편집증적인 태도도, 시간이 흐를수록 내 힘의 원천이 되어 주었던 것이다.

그들의 구름과 접촉하면 현실 세계로 되돌아갈 수 있는 에너지를 얻을 수 있었고, 또 그들을 알고 지냄으로써 나는 글래머러스한 생활의 스릴을 맛볼 수 있었다. 당시 나는 매우 젊었고, 양쪽 세계에 매력을 느끼고 있었다.

대학의 졸업 학기를 맞이해서 새로운 결단을 내릴 필요가 있다는 것을 자각하고, 앞으로 어떻게 살아갈지에 관해 예전보다 한층 더 자신이 없어진 시기에, 나는 나이얼을 만났다.

5

나이얼은 내가 만난 그 어떤 불가시인들과도 달랐다. 그의 글래머는 극단적이었고, 그를 에워싸고 있는 구름은 현실 세계에 대한 두꺼운 장막으로 작용했기 때문에 불가시인들을 제외하고는 그 누구도 그의 존재를 눈치 챌 수 없었다. 나이얼은 그 어떤 불가시인들보다도 깊이 파묻혀 있었고, 현실과 더 괴리되어 있었다. 유령들의 집단 속에서 떠도는 희미한 망령이라고나 할까.

이런 차이는 성격에서도 드러났다. 정체성의 결여를 슬퍼하는 대다수의 불가시인들과는 달리 나이얼은 그것을 만끽하고 있었던 것이다.

나이얼은 내가 만난 불가시인들 중에서 유일하게 육체적인 매력을 느낀 인물이었다. 건강하고 핸섬하고 우아했다. 자기 육체에 아무 불만도 없었고, 병에 걸릴 가능성에 대해서도 나만큼이나 아무 걱정도 하고 있지 않았다. 그는 튀는 복장을 했고, 가장 현대적이고 가장 화려한 색깔의 옷을 골라 입었다. 골루아즈 담배를 피우고 돌아다니며, 거의 짐이 없었다. 평균적인 글램은 건강에 대한 걱정 때문에 담배를 피우지 않고, 어디를 가든 엄청난 양의 소지품을 지니고 다녔다. 나이얼은 재미있었고, 말하는 데도 거리낌이 없었고, 좋아하지 않

233

는 사람들에게는 무례했고, 온갖 아이디어와 야심에 가득 차 있었으며, 도덕관념이 전무했다. 나와 글램들의 일부가 기생충적인 우리의 삶에 대해 일말의 가책을 느끼고 있었던 것에 비해 나이얼은 불가시성을 자유로 간주했고, 통상적인 인간 능력의 연장선상에 있는 것으로 보고 있었다.

내가 매력적이라고 느끼고 뭔가 다르다고 느꼈던 것은 그가 무엇인가를 정말로 하고 있다는 점이었다. 나이얼은 작가가 되고 싶어 했다. 불가시인들 중에서 책을 훔치는 사람은 나이얼뿐이었다. 그는 언제나 도서관과 서점을 들락거렸고, 시집, 소설, 문학 평전, 여행기 따위를 빌리거나 훔쳤다. 그는 언제나 책을 읽고 있었고, 나와 함께 있을 때면 소리 내어 책을 읽어 줄 때도 있었다. 책은 나이얼의 인생에서 도덕심이 작용하는 유일한 부분이었다. 책을 모두 읽으면 그는 다른 사람이 볼 수 있는 곳에 그것을 놓아두곤 했다. 반환하는 경우조차 있었다. 출입이 빈번했던 패딩턴 도서관에서 책을 빌리면 꼼꼼하게 반환했고, 대여 기간이 지났을 경우에는 짐짓 가책을 받은 듯한 기색을 보이기까지 했다.

책을 읽지 않을 때면 글을 썼다. 그는 특유의 장식적이고 튀는 필기체로 천천히 글을 썼고, 수많은 공책을 빼곡하게 채워다. 결코 자기가 쓴 것을 내게 보여 주려고는 하지 않고, 또 읽어 준 적도 없었지만, 나는 이 사실에 큰 감명을 받았다.

이것이 내가 처음 만났을 때의 나이얼이었다. 나는 눈 깜짝할 사이에 그의 매력에 사로잡히고 말았다. 생일은 나보다 몇 달 더 빨랐지만 모든 의미에서 나보다 더 현명하고, 약동적이고, 경험이 풍부했으며, 내가 알고 있는 그 누구보다 더 자극적이었다. 미술대학을 졸업하고 졸업장을 받았을 무렵에는 장래 희망에 관해 아무런 의구심도 가지고 있지 않았다. 글래머는 가혹한 현실 세계로부터 도망칠 수 있는 성역이 되었고, 나는 그 속으로 도망쳤다.

나이얼과 함께 있을 때의 머리가 핑핑 돌듯한 흥분은 모든 의구심을 날려 보냈다. 우리가 하는 모든 행동은 그 무책임함으로 인해 한층 더 격렬해졌다. 나는 나이얼을 숭배하고 있었기 때문에 그를 닮음으로써 강한 인상을 남기고 싶어 했다. 우리는 서로에게서 최악의 부분을 이끌어 냈다. 그의 결여된 도덕관념이 더 좋은 삶을 즐기고 싶다는 나의 소망을 충족시킨 꼴이었다.

나는 글래머러스한 세계에 완전히 동화되었다. 우리는 어디에도 정주(定住)하지 않았고, 날마다 다른 잠자리를 전전했다. 누군가의 집 안에 있는 빈 방에서 자거나, 백화점으로 가거나, 호텔에서 자는 식이었다. 우리는 필요할 때마다 신선한 음식만을 골라 잘 먹었다. 요리가 먹고 싶어지면 호텔이나 레스토랑의 주방으로 갔다. 우리는 필요한 만큼 새 옷을 손에 넣었다. 우리는 결코 춥지도 않았고, 배가 고프지도 않았고, 노숙을 할 필요도 없었다.

은행에 침입하거나 우체국에서 훔치는 방법을 가르쳐 준 것도 나이얼이었지만, 우리는 돈을 결코 필요로 하지 않았다. 은행 강도는 언제나 도전할 만한 가치가 있었고, 순수하게 재미를 위한 일이었다. 사람들의 눈 바로 앞에서 은행의 사무 구획으로 들어가 현금 수납기 안에서 지폐를 한 움큼 꺼낸 다음 은행원의 얼굴 앞에서 펄럭펄럭 세어 보아도 그들은 전혀 몰랐다. 이따금 단지 그럴 수 있다는 것을 보여 주기 위해 동전 몇 닢이나 지폐 한두 장을 훔칠 때도 있었다. 강도질을 하면서도 우리는 결코 침묵하지 않았다. 돈을 훔치면서 대화를 나누거나, 아무도 우리를 보지 못하고, 우리 목소리를 듣지 못한다는 사실이 기뻐서 큰 소리로 웃거나 노래를 부르는 일도 다반사였다.

당시의 일을 돌이켜보면 가책을 느낀다. 나는 외부의 영향에 쉽게 감화되었고, 나이얼은 내 마음속의 불만족스러움을, 미처 성숙하지 못한 충동적인 부분을 자극했던 것이다.

시간이 흐르자 나이얼에게 압도당하는 일도 줄어들었다. 결국은 나이얼도 별로 독창적인 인물이 아니라는 사실을 깨달았던 것이다. 현실 세계에서도 화려한 빛깔의 옷을 즐겨입고, 괴상한 머리 모양을 하고 다니며, 독한 프랑스 담배를 애용하는 사람은 많다. 나이얼은 다른 불가시인들에 비교했을 때만 튀는 인물이었고, 나는 그런 일을 더 이상 중요하게 느끼지 않았던 것이다. 책을 좋아하고 작가가 되고 싶어 하는 것은 여전히 칭찬할 만했지만, 나는 줄곧 이 부분에 접근하는 것을 허락받지 못했다. 그의 성격이 주는 매력은 여전했지만, 점점 그것에 더 익숙해지면서 내가 처음 인상적이라고 생각했던 것들 대부분이 피상적인 것에 불과했다는 사실을 깨달았던 것이다.

그럼에도 불구하고 그와 함께 불가시인으로 지냈던 무모한 생활은 3년 가깝게 지속되었다. 그 당시의 일들은 모두 내 머릿속에서 뒤섞이고, 현재의 내가 젊은 시절의 일탈 행위로 간주하고 싶어 하는 두루뭉술한 기억으로 변해 있다. 그러나 당시 우리가 느꼈던 현기증에 가까운 고양감 — 우리가 정말로 똑똑하고, 우월하다는 착각에서 비롯된 — 을 반추하면, 여전히 당시 우리가 저질렀던 일이 머리에 떠오르곤 한다. 우리 입장에서는 이상적인 삶이었다. 우리가 원하는 것은 글자 그대로 우리 손 안에 있었고, 그 누구에 대해서도 책임을 질 필요가 없었기 때문이다.

내적인 변화도 일어나고 있었다. 줄곧 나이얼 곁에 있는 탓에 나는 그의 구름에서 힘을 얻었다. 가시성의 세계로 돌아가는 일이 점점 더 쉬워졌고, 바로 이것이 우리 관계를 침식하기 시작했던 것이다.

나이얼은 내가 가시 상태로 있는 것을 싫어했다. 그러면 나는 그보다 더 유리한 위치에 섰기 때문이다. 내가 가시 상태인 것을 보면 — 그는 언제나 내가 변화했다는 사실을 알아차렸다 — 그는 내가 우리 모두를 위험에 빠뜨리고 있다고 비난했다. 발견 가능성이 높아지기 때문에 말이다. 사실을 말하자면 그는 자신이 처한 상황에 크게 분개하고 있었고, 튀는 행동은 단지 겉치레에 불과했던 것이다. 그는 나를 질투했다. 현실 세계로 되돌아갈 수 있는 내 능력은 나이얼로부터 자유로워지는 수단이었다.

혹은 나이얼이 그렇게 보고 있었다고 할 수도 있을 것이다. 여기서 아이러니컬했던 일은 내가 그럴 수 있는 힘이 바로 나이얼에게서 온다는 사실이었다. 내가 언제나 갈망해 마지않는, 그리고 나이얼이 그토록 두려워하고 있는 정상적인 상태를 획득하기 위해 나는 그의 곁에 있을 필요가 있었지만, 그러면 그럴수록 나는 그에게 의존하게 되었던 것이다.

다른 요소들도 수면으로 떠오르고 있었다. 나이를 먹어 가면서 나는 우리가 훔치는 돈과 물건에 대해 일말의 가책을 느끼게 되었다. 결정적인 사건은 어떤 슈퍼마켓에서 일어났다. 그곳에서 나이얼과 함께 나왔을 때 금전 출납기의 서랍 안에 현금이 잔뜩 들어 있는 것을 본 나는 충동적으로 5파운드짜리 지폐 한 뭉치를 낚아챘던 것이다. 돈 따위는 필요하지 않았기 때문에, 어리석고 무의미한 도둑질이었다. 며칠 후 나는 담당 직원이 나 때문에 해고당한 것을 알았다. 나 자신의 행위에 의해 나 이외의 다른 사람들이 상처를 입는다는 사실을 깨달은 것은 그때가 처음이었다. 이것은 가슴이 서늘해지는 인식이었고, 모든 것을 바꿔 놓았다.

그러나 나는 그보다 더 미묘한 차원에서도 정상적인 생활 방식을 갈구하고 있었다. 나는 진짜 일자리가 제공해 주는 존엄성을 원했고, 자기 힘으로 먹고산다는 자각을 가지고 싶었다. 내가 번 돈으로 먹을 것과 옷을 사고, 영화를 보고, 버스와 열차 요금을 내면서 살고 싶었던 것이다. 특히 나는 한 장소에 정주하고 싶었다. 내 집이라고 할 수 있는 장소를 찾고 싶었던 것이다.

이런 일들은 내가 상당 기간 가시 상태로 있을 준비가 되어 있거나 그럴 수 있을 경우에만 가능했다. 물론 나이얼과 방랑 생활을 하고 있었을 무렵에는 논외였지만.

곧 이런 마음가짐은 구체적인 형태를 갖추기 시작했다. 나는 고향으로 돌아가서 부모님과 언니를 만나 보고, 내가 기억하는 곳들을 돌아다니고 싶었다. 나이얼을 만난 이후로 한 번도 귀향하지 않았으니 집에 안 가본 지도 정말 오래되었던 것이다. 유일한 접촉이라고는 이따금 부모님에게 편지를 쓰는 것이 고작이었지만, 나이얼은 이 일까지도 함께 불가시 상태로 있자는 협정을 깨는 행동으로 간주했다. 과거 열두 달 동안 집에 편지를 쓴 것은 단 한 번뿐이었다.

마침내 나는 어른이 되려 하고 있었고, 이것은 나이얼로부터 떨어지는 것을 의미했다. 나는 나이얼이 내게 주는 것들 이상의 무엇인가를 원하고 있었다. 남은 인생을 그림자 속에서 지낼 수는 없었다.

나이얼은 나의 이런 변화를 감지했고, 내가 그로부터 떨어져 나오려고 한다는 사실을 알고 있었다.

우리 두 사람은 나의 부모님에 관해서 타협을 보았고, 어느 주말 함께 그들을 만나러 갔다. 그런 행동을 함으로써 도대체 무엇을 이룩하려고 했는지는 나 자신 상상도 되지 않는다. 엄청난 실패로 끝나리라는 느낌은 이미 예감이 아닌 확신으로 변해 있었는데도 말이다.

고향 집에 도착한 순간부터 모든 것이 엉망이 되기 시작했다. 일반인들이 불가시인의 존재에 대해 어떻게 반응하는지를 가까이서 본 것은 그때가 처음이었고, 당사자가 나의 부모 — 이미 부분적으로 소원해진 — 라는 사실은 그러잖아도 복잡한 내 머릿속을 한층 더 뒤숭숭하게 만들었다. 나는 집에 머무는 내내 가시 상태로 있었다. 나이얼이 함께 있었기 때문에 거의 힘들이지 않고 그럴 수 있었지만, 나이얼은 물론 안 보이는 상태였다. 나는 동시에 세 가지의 문제에 대처해야 했다. 부모님 앞에서는 긴장을 풀고 자연스럽게 행동하고, 진실을 드러내지 않고 런던에서의 내 생활에 관해 어느 정도 얘기해 주고 싶었다. 내가 나이얼과 함께 있는 광경을 그들은 보지 못한다는 사실을 줄곧 자각하고 있었다. 나이얼은 더 이상 내 주목을 받지 못하게 되자 못된 행동을 하기 시작했다.

대부분 평소 하던 그대로였다. 다른 사람들이 자신이 와 있다는 사실을 모른다는 사실을 아무렇지도 않게 이용했던 것이다. 내가 어떻게 사는지, 친구들은 누구인지, 어떤 일을 하고 있는지 알고 싶어 하는 부모님에게 몇 번 보냈던 문안 편지에서 써먹었던 무미건조한 거짓말로 대답하고 있던 내 곁에서, 나이얼은 이들이 정말로 들어야 한다고 그가 생각한 대답을 (들리지는 않았지만) 큰 소리로 늘어놓았던 것이다. 우리가 저녁에 텔레비전을 보기 위해 거실에 앉았을 때, 부모님이 보는 프로그램에 싫증을 느낀 나이얼은 내 관심을 끌기 위해 내 몸을 만지기 시작했다. 새로 형부가 된 사람을 만나기 위해 부모님과 함께 언니 집으로 차를 타고 갈 때, 뒷좌석에 나와 함께 앉아 있던 나이얼은 휘파람을 크게 불며 부모님이 하는 말을 가로막았다. 나는 격노했지만 어떻게 할 방법이 없었다. 주말 내내 나는 나이얼의 존재를 잊는 일을 결코 허락받지 못했다. 나이얼은 언제나 그곳에 있었다. 남의 술과 담배를 훔치고, 아버지가 말을 할 때마다 크게 하품을 했다. 집 안에서 계속 빈둥거리며, 용변을 본 다음에도 변기의 물을 내리지 않고, 우리 중 누군가가 어디로 가자거나 누구를 만나자고 할 때마다 반대했다. 요컨대, 내 삶의 진정한 중심이 자신이라는 사실을 내게 숙지시키기 위해 할 수 있는 모든 일을 실행에 옮겼던 것이다.

부모님은 나이얼이 그곳에 있다는 사실을 어떻게 그토록 모르고 있었던 것일까? 나는 극히 섬뜩하고 심란한 느낌을 받았다. 나이얼의 악랄한 행동은 둘째치고라도, 그의 존재를 깨닫지 못하는 것은 불가능해 보였기 때문이다. 그러나 부모님은 나를 환영했고, 나이얼에게는 그러지 않았다. 나한테만 얘기하고, 나만 바라보았던 것이다. 식사 시간에도 나이얼의 식기는 준비되지 않았다. 내게는 옛날 내가 살던 방의 싱글 베드가 주어졌다. 아버지 차의 좁은 공간 안에 나이얼이 함께 있었을 때조차 그들은 그의 존재를 감지하지 못했다. 이런 상황 — 실제로 일어나고 있다고 내가 인식하고 있는 사실과 그것에 대한 부모님의 반응 사이의 엄청난 모순 — 에 적응하느라고 다른 일에는 전혀 신경을 쓸 수가 없었다. 옛날 그들이 나 자신의 불가시성에 대해 어떤 식으로 반응했는지는 알고 있었지만, 그 당시에조차 어느 정도 모호한 부분이 존재했다. 그러나 이번 경우는 전혀 달랐다. 나이얼은 명명백백하게 그들 앞에 있었지만, 어떤 이유에선가 부모님은 그를 보지 못했던 것이다. 그럼에도 불구하고 어떤 깊숙한 레벨에서 그들이 나이얼의 존재를 감지하고 있다는 사실을 나는 확신했다. 나이얼의 눈에 보이지 않는 존재는 일종의 진공을 만들어 냈다. 그 주말 전체를 특징지은 침묵의 연쇄를.

내 입장에서 이것은 런던에서의 내 생활이 내 성장 배경에 대한 반항에서 비롯되었다는 사실을 뚜렷하게 보여 주고 있었다. 아버지는 둔감하고 융통성이 없었고, 어머니는 내가 하등 관심을 가지고 있지 않은 사소한 일들에 신경질적으로 집착하는 인물이었다. 여전히 그들을 사랑하고는 있었지만, 그들은 내가 성장하고 있다는 사실을 깨닫지 못했고, 몇 년 전에 그들이 알던 어린 딸이 아니라는 점을 이해하지 못했다. 물론 이것은 나이얼의 영향이었지만, 오로지 나만 들을 수 있었던 그의 신랄한 야유는 나 자신의 생각을 끊임없이 반영하고 있었다고 해야 할 것이다.

집에 있는 시간이 길어질수록 내 고립감은 더 심화되었다. 오해로 인해 부모님으로부터 단절되고, 나이얼의 행동으로 인해 그에게서 멀어져 갔다. 원래는 세 밤을 자고 갈 예정이었지만, 토요일에 나이얼과 대판 싸움 — 두 명 모두 침실에서 불가시 상태가 되어, 보호막 역할을 하는 구름에 각자 감싸인 상태로 고함을 질렀다 — 을 벌인 뒤에는 더 이상 스트레스를 견딜 수가 없었다. 다음 날 아침 부모님은 나를 차에 태워 역으로 데려다 주었고, 그곳에서 작별 인사를 했다. 아버지는 노여움을 억누르느라 창백하고 딱딱하게 굳은 얼굴을 하고 있었고, 어머니는 눈물을 흘렸다. 나이얼은 환희에 가득 차서, 런던에서의 불가시 생활로 나를 끌고 돌아갔다. 적어도 그는 그렇게 생각하고 있었다.

그러나 모든 것이 예전과 똑같을 수는 없었다. 런던에 도착하고 나서 곧 나는 나이얼과 헤어졌다. 나 자신을 눈에 보이게 하고, 현실 세계와 동화했던 것이다. 마침내 나는 나이얼로부터 도망치려 하고 있었고, 그가 결코 나를 찾지 못하도록 노력했다.

6

그는 나를 찾아냈다. 나는 글래머의 세계에서 너무 오래 살았고, 어떻게 해야 훔치지 않고도 먹고살 수 있는지를 알지 못했다. 나이얼은 우리가 배회하던 장소들에 관해 나보다 더 잘 알고 있었다. 두 달 후 그런 곳에서 기다리고 있던 그와 마주쳤다.

그러나 충분한 시간을 가진 덕택에 무엇인가가 변해 있었다. 두 달 동안 홀로 살면서 나는 방을 빌렸다. 지금 살고 있는 바로 그 방이다. 그것은 내 것이었고, 내가 직접 번 돈으로 얻은 것은 아니었지만 내가 내 것이라고 간주하는 것들로 가득 차 있었다. 문과 자물쇠가 달려 있는 그 방은 내가 〈존재〉할 수 있는 곳이었다. 내게 그 방은 내 인생의 그 어떤 것보다 더 중요한 의미를 가지고 있었고, 어떤 일이 있어도 이 장소를 내놓을 수는 없었다. 여전히 좀도둑질로 생계를 유지하고 있었지만, 나는 결의로 가득 차 있었다. 나는 시간을 들여 내가 그린 그림들로 화첩을 만들었다. 옛 강사들 중 한 명에게 연락을 해두었고, 일감을 얻기 위해 편집자 한 명을 이미 만났다. 힘들기는 하지만 프리랜서의 삶이야말로 내가 가질 수 있는 유일하게 현실적인 희망이었다.

그러나 나이얼은 예전처럼 살아갈 수 있을 것이라고 지레

짐작하고 나의 삶 속으로 되돌아왔다. 그는 그 방이 내게 어떤 의미를 가지고 있는지 누구보다도 잘 이해하고 있었지만, 나는 그를 집 안에 들이는 실수를 저질렀다. 자랑스러운 태도로 내 방을 보여 주면 내가 변했다는 사실을 그가 받아들일 것이라고 생각했던 것이다. 나의 새로운 생활에 나이얼을 포함시킬 용의가 있다는 사실을 넌지시 비추고 싶은 마음도 있었다.

이것이 오산이었음을 깨닫는 데는 그리 오래 걸리지 않았다. 실제로는 나이얼이 마음 내킬 때마다 나를 어디서 찾으면 되는지를 가르쳐 준 것에 불과했다. 최악의 경험이었다. 나이얼은 밤이든 낮이든 가리지 않고 나타났던 것이다. 함께 있고 싶거나, 위로를 받고 싶거나, 섹스를 하고 싶을 때 말이다. 나의 자립은 나이얼을 변화시켰고, 나는 그의 새로운 면을 보게 되었다. 질투심을 발휘하고, 불평불만을 늘어놓고, 위협적으로 행동하기 시작했던 것이다.

그러나 나는 견뎌 냈다. 내 방과 그것이 상징하는 것이야말로 더 나은 인생을 영위하기 위한 유일한 희망이라는 사실을 알고 있었기에.

빈약한 인맥을 통해 나는 조금씩 작품을 팔기 시작했다. 잡지 기사의 삽화, 광고 레이아웃, 경영 자문 회사를 위한 도안 구성 따위였다. 받는 돈은 얼마 되지 않았지만, 한 번 의뢰를 받고 일하면 이것은 점진적으로 다른 일로 이어졌고, 업계에서도 내가 어떤 일을 할 수 있는지 알려지게 되었다. 나중에는 이쪽에서 굳이 일감을 찾지 않아도 그쪽에서 알아서 의뢰가 들어왔다. 편집자가 다른 편집자에게 나를 소개해 주는 식이었다. 나는 작은 독립 스튜디오와 접촉해서 프리랜스 일감을 받기 시작했다. 은행 계좌를 개설하고, 내 이름이 인쇄된 편지지를 주문했고, 제대로 된 책상을 하나 샀다. 이런 사소한 것들을 통해 나는 가시 세계에서 내 존재를 확립하고 있음을 실감했다. 돈을 벌기 시작하자마자 나는 절대로 필요한 것을 제외하고는 더 이상 훔치지 않았고, 일을 하고 받은 수표가 어느 정도 정기적으로 도착하기 시작하고 나서는 도둑질을 완전히 그만두었다. 이것은 두 번 다시 예전 생활로 돌아가지 않겠다는 신념의 표시였다. 힘든 시기도 있었지만 나는 결코 좌절하지 않았다. 수표를 현금화하거나, 슈퍼마켓에서 돈을 내기 위해 다른 사람들과 함께 줄을 서거나, 옷 가게에서 옷을 입어 보고 대가를 지불하기 위해 수표책을 꺼내 드는 행위에서 나는 진정한 기쁨을 느꼈다. 마지막 의사 표시로서 나는 운전 교습을 받았고, 두 번째 시험에서 면허를 따는 데 성공했다.

억지로 가시 상태를 유지해야 할 때 받는 스트레스 또한 줄어들었다. 집에서 일함으로써 나는 원하는 만큼 오랫동안 글래머 내부에서 편하게 지낼 수 있었고, 외출할 때만 가시 상태로 돌아가면 되었기 때문이다. 나는 일찍이 경험한 적이 없었을 정도로 정서적으로 안정되었다.

나이얼조차 이런 변화가 영속적인 것이라는 사실을 받아들이기 시작했다. 좋았던 시절은 이미 옛일이 되어 버렸다는 사실을 깨닫고 그 사실에 적응했지만, 나이얼은 언제나 나를 이용할 수 있는 발판을 가지고 있었다. 나는 그의 불가시성이 얼마나 심원한지, 그가 정상인이 된다는 일이 얼마나 불가능한 일인지를 이해하는 유일한 사람이었던 것이다. 그는 그 사실에 대해 내가 느끼고 있는 동정심을 빌미삼아 나를 협박했다. 내가 인연을 끊으려고 하면 그는 자신을 버리지 말아 달라고 애원했다. 나이얼은 안정된 생활을 달성한 내가 그에 대해 얼마나 우위에 서 있는지를 지적했고, 자신이 줄곧 견뎌야 했던 비참함과 상실감을 암시했다. 나는 언제나 이런 얘기에 저항하지 못하고 굴복했다. 나이얼을 비극적 인물로 간주하고, 그가 나를 조종하고 있다는 사실을 알면서도 그대로 놓아두었던 것이다.

나이얼은 자신의 불가시성을 방패 삼아 내가 그를 떠나 성장하는 것을 막으려 했다. 같은 스튜디오에서 일하면서 조금 친해진 젊은 일러스트레이터와 저녁에 만날 약속을 했을 때 나이얼이 보인 비난 섞인 질투심은 너무나도 격렬해 나는 데이트를 취소하기 직전까지 갔다. 그러나 나는 진짜 남자 친구를 한 번도 가져 본 적이 없었기 때문에 물러설 생각이 없었다. 그날 저녁 나는 순진무구한 마음으로 데이트를 즐기기 위해 외출했지만, 나이얼 탓에 완전히 잡쳐 버렸다. 나이얼은 내 뒤를 밟았고, 계속 따라다니며 방해했던 것이다. 그날 밤 방에 돌아와서 나이얼과 대판 싸움을 벌였고, 로맨스는 결국 싹을 채 틔우지도 못하고 끝나 버렸다. 나는 두 번 다시 같은 일을 시도하지 않았다.

이것은 나이얼이 가진 최악의 측면이었지만, 언제나 이런 것만은 아니었다. 내가 그에 대해 성적인 지조를 지키고, 자기가 원할 때 만나 주고, 현실 세계에 대해 과도한 관심을 보이지 않는 한은 내가 원하는 대로 살며 일하도록 내버려 두었던 것이다.

나이얼이 언제나 내 주위에 있었던 것은 아니다. 때로는 어디로 가는지 아무 얘기도 하지 않고 1, 2주일 동안 모습을 감출 때도 있었다. 새로 살 곳을 찾았다는 얘기를 들었지만, 그곳이 어디인지 또 어떤 식으로 살고 있는지에 관해서는 전혀 알아낼 수 없었다. 나이얼은 자신에게 친구들이 — 결코 이름을 말하려 하지는 않았지만 — 있고, 그들은 언제든 마음 내키는 대로 들락거릴 수 있는 부동산을 소유하고 있다고 주장했다. 본격적으로 집필 활동을 시작했고, 여러 출판사에 작품을 보내고 있다는 얘기도 했고, 다른 여자들과 만나고 있다는 얘기를 넌지시 하기도 했다. 아마 나의 질투심을 유발할 목적이었을지도 모르지만, 그의 말이 사실이라면 가장 좋아할 사람은 나였다. 도덕관념이 전무한 나이얼의 세계관에서 성적인 정조(貞操)는 나이얼 이외의 사람에게만 해당되는 일방적인 것이었다. 그래서 나는 나이얼이 마음 내킬 때마다 다른 여자와 잘 것이라고 줄곧 생각하고 있었다.

그럼에도 불구하고 그는 내가 일을 하고, 현실 세계의 주변부에서 살아가면서 자긍심을 육성하도록 내버려 두었다. 타고난 불가시성이라는 저주로 인해 왜곡된 나의 인생에서는 그나마 가장 희망적인 일이었다.

그리고 그날 밤, 하이게이트의 퍼브에서 나는 리처드를 만났다.

7

리처드와 처음 말을 나눴을 때 느낀 흥분이 가라앉자마자 나이얼이 어떤 식으로 복수해 올지 걱정되었다.

리처드의 글래머는 너무나 희박해 본인은 아마 자각하지도 못했을 것이다. 그것은 마치 성적인 오라와도 같았다. 무의식적이기 때문에 한층 더 강렬하다고나 할까. 나는 리처드의 구름과 접촉했고, 자극이 너무 강한 나머지 현기증을 느꼈다. 리처드의 구름은 뚜렷한 모양이 없었고, 쓰이고 있지도 않았다. 그에게 불가시성은 선택적인 것에 지나지 않았다. 나와는 정반대였던 것이다.

나와 나이얼이 알고 있던 것은 리처드가 나를 현실 세계로 이끌어 줄 수 있다는 점이었다. 나는 리처드의 구름으로부터 힘을 이끌어 냄으로써 쉽고 영속적인 가시 상태에 도달할 수 있고, 정상인처럼 살아갈 수 있는 것이다.

나이얼 입장에서 리처드는 완전한 가시인보다도 훨씬 더 위협적인 존재였다. 리처드는 나를 그로부터 완전히 앗아 갈 수 있으니까 말이다.

나는 나이얼의 성격을 알고 있다고 생각했기 때문에 그가 어떤 일을 저지를지 몰라 전전긍긍하고 있었다. 위협적인 태도로 나를 협박하고, 평소 때처럼 눈물을 흘리면서 도저히 어쩔 수 없는 자신의 불가시성에 대한 자기 연민으로 가득 찬, 작위적인 변명을 늘어놓을 것이라고 내심 예상하고 있었던 것이다. 나는 폭력적인 상황이 올 것에 대비해서 마음의 준비를 했다. 그러나 퍼브에서는 나를 그대로 놓아주었고, 내가 자유롭게 리처드에게 접근할 수 있도록 했던 것이다.

리처드가 여자 친구와 차를 타고 떠난 뒤에 나는 부슬비를 맞으며 혼자로 걸어갔다. 그를 만났다는 사실에 환희를 느끼면서도 나이얼이 어떤 행동에 나설지 몰라 두려워하고 있었다. 최악의 상황에 대비해야 했다.

그러나 나이얼은 나를 기다리고 있지 않았다. 길가에 있지도 않았고, 현관 주위를 배회하고 있지도 않았다. 내 방으로 들어가면서 나는 나이얼이 복제한 열쇠를 써서 이미 방에 들어와 있을 것이라고 지레짐작하고 있었다. 그러나 그는 방 안에도 없었고, 무엇을 건드린 흔적도 없었다.

나는 그날 밤 거의 잠을 이루지 못했다. 나이얼이 언젠가는 나타나리라고 확신하고 있었기 때문이다. 일요일도 종일 그를 기다리며 조금 일을 해보려고 했다. 나이얼은 그때도 접촉해 오지 않았고, 월요일에도, 화요일에도 나타나지 않았다. 나는 부탁받은 일을 그럭저럭 끝낸 뒤 그것을 가지고 웨스트엔드로 갔다. 여전히 나이얼이 곧 나타날 것이라고 생각하면서.

빨리 끝내고 싶었다. 으름장을 놓으며 나를 위협하는 나이얼이 견딜 수 없이 싫었지만, 적어도 그런 데에는 익숙했고 또 어느 선까지는 대처하는 것이 가능했다. 본능적이었는지 계획적이었는지는 모르겠지만, 나이얼은 자신의 감정을 내게 알리는 완벽한 방법을 찾아낸 듯했다. 나를 혼자 내버려 두고, 그가 무슨 일을 저지를지 몰라 전전긍긍하게 하는 방법으로, 나의 관심을 완전히 사로잡는 데 성공했던 것이다.

그리고 이런 생각을 하던 중에 나는 공황 상태에 빠졌다. 나이얼이 나 자신에게서 자신의 모습을 감출 수 있다면?

그때까지 단 한 번도 마음에 떠오른 적이 없는 생각이었다. 나는 나이얼의 구름이 가장 짙을 때조차 그를 볼 수 있었지만, 어떻게 그렇다고 확언할 수 있단 말인가? 혹시 과거에도 나에게서 자신의 모습을 감춘 적이 있었던 것은 아닐까? 나는 현실 세계에 반쯤 발을 담근 상태였다. 나이얼이 내가 보는 능력의 역치(閾値) 아래로까지 파고들 수 있다면? 그는 나에 관해 섬뜩할 정도로 잘 알고 있었고, 거의 초자연적이라고 느껴질 정도의 통찰력을 자주 보여 주곤 했다. 내가 혼자 있다고 생각할 때 나를 감시하고 있었던 것일까? 나이얼은 머리가 좋은 데다 수단을 가리지 않는 인물이었다. 자신의 권리라고 간주하는 것을 지키기 위해 나이얼은 어디까지 갈까?

나이얼이 실제로는 퍼브에서 나가지 않았다고 한다면? 내가 리처드에게 말을 걸었을 때도 그는 그 자리에 있었을지 모르고, 내가 리처드 뒤를 밟았을 때도 내 뒤를 밟았고, 비를 맞으며 집으로 돌아갈 때도 따라왔는지 모른다.

지금도 내 옆에 있을지 모르는 것이다! 내 방 안에서, 이런 생각을 하는 바로 이 순간에도!

나는 소름이 끼치는 것을 자각하며 제도판 앞에 앉아서 고개를 숙이고 눈을 감았다. 그때 나는 유령에 대한 원초적인 공포, 눈에 보이지 않는 것, 숨어 있는 감시자에 대한 두려움이 무엇인지를 태어나서 처음으로 실감했다. 나이얼의 숨소리가 들리지 않는지, 조금이라도 옷이 바스락거리는 소리가 들리지는 않는지 알아보려고 귀를 기울였다. 방 안은 조용했다. 나는 눈에 보이거나 보이지 않는 것 양쪽을 두려워하며 고개를 돌려 방 안을 둘러보았다. 나 자신의 구름을 일찍이

249

그랬던 적이 없었을 정도로 짙게 만들었다. 진실을 알고 싶었다.

아무것도 눈에 띄지 않았다.

수요일 오후 늦게 전화벨이 울렸다. 나에게 연락해 올 사람은 없다고 생각했기 때문에 누군가 다른 사람이 받을 때까지 그냥 놓아두었다. 그러나 한참 뒤에도 계속 울렸기 때문에 나는 복도로 나가서 전화를 받았다.

나이얼이었다. 개인 집에 있는 전화로 걸고 있었다. 안도감이 한꺼번에 솟구쳤다. 그제야 나이얼이 불가시 상태로 이 집 어딘가에 있지 않다는 사실을 확신할 수 있었기 때문이다.

「한동안 여행을 할 거야.」나이얼이 말했다.「궁금해 할 것 같아서.」

「어디 가는데?」

「내 친구들이 프랑스 남부에 집을 가지고 있어. 1~2주일쯤 거기 가 있으려고.」

「알았어. 좋은 생각인 것 같아.」

「나하고 함께 가고 싶지 않아?」

「내가 일하는 거 알잖아.」

「그 작자를 만날 작정이로군, 안 그래?」

「그럴지도 몰라.」

「언제? 오늘 저녁?」

「아직 아무 약속도 안 했어.」

나이얼은 침묵했다. 나는 벽에 걸린 게시판을 바라보며 기다렸다. 이 집을 빌려 사는 다른 사람들 앞으로 남겨진 오래된 전갈이 잔뜩 쓰여 있었다. 그들의 인생은 내 눈에는 언제나 실로 정상적인 것으로 비쳤다. 눈에 보이지 않는 문제로 골치를 썩일 필요가 전혀 없는. 앤, 세브가 전화 걸어 달래. 딕, 누나가 전화했어. 토요일 밤 27호실에서 파티 있음. 모두

250

와줘.

나는 말했다. 「얼마나 오래 가 있겠다고?」

「아직 안 정했어. 2주일쯤 있을지도 모르고, 더 오래 머물지도 몰라. 돌아오면 전화할게.」

「언제쯤이 될 것 같아?」

「방금 모른다고 했잖아, 수잔. 어차피 상관없잖아? 넌 바쁠 테니까.」

「난 일하느라고 바쁠 거야.」

「네가 뭘 할 작정인지 난 알아.」

이 대화는 기만이었다. 나를 놓아두고 가다니, 전혀 나이 얼답지 않은 행동이었다. 특히 내가 다른 사람과 만난다는 것을 알고 있는 지금 같은 상황에서는 말이다. 그는 뭔가 꿍꿍이속이 있었고, 우리 두 사람 모두 그 사실을 알고 있었다.

「정확히 어디에 가 있을 건데?」 나는 물었다.

「도착해서 전화할게. 아니면 엽서를 보내든가. 정확한 주소를 몰라. 생라파엘 근처의 어느 집이라는 것 말고는.」

「하지만 네가 함께 머물 거라는 그 사람들이 누구야? 내가 아는 사람이 있어?」

「그게 무슨 상관이지? 내가 없으면 넌 즐거울 거 아냐.」

「나이얼, 넌 지레짐작하고 있어. 난 단지 그 사람과 말을 나누고 싶을 뿐이야. 뭐 하는 사람인지도 모른다고.」

「하나 가르쳐 주지. 그치 이름은 리처드 그레이야.」

「아니, 어떻게 그 사람 이름을 알고 있는 거야?」 나는 갑자기 가슴이 쿵쿵 뛰는 것을 자각했다.

「그런 걸 알아보는 게 내 취미니까.」

「그것 말고 또 아는 게 있어?」

「그게 전부야. 전화 끊는다. 한 시간 뒤에 떠날 거야.」

「만약 내 일에 간섭하면 다시는 너를 안 만날 거야, 나이얼.」

「그런 걱정은 안 해도 돼. 난 한동안 사라져 있을 테니까.」

「나이얼! 전화 끊지 마!」

「프랑스에 가서 엽서 보낼게.」

나이얼은 전화를 끊었다. 나는 치밀어 오르는 분노와 두려움으로 어쩔 줄 모르며 복도에 우뚝 서 있었다. 어떻게 리처드 이름을 알아낸 것일까? 무슨 일을 저지를 작정인 것일까? 지금 무엇을 하고 있을까? 어딘가로 떠난다는 나이얼의 말이 거짓이라는 사실을 나는 알고 있었다. 왜냐하면 그의 목소리에는 귀에 익은 위협하는 듯한 느낌이 깃들어 있었기 때문이다. 그런 기분일 때 나이얼은 어떤 짓이라도 할 수 있었다. 나를 조종하고 싶을 때 내게서 도망친 적은 한 번도 없었던 것이다.

방으로 돌아온 나는 침대 가장자리에 앉아 냉정을 되찾으려고 노력했다. 리처드와 약속한 시간까지는 두 시간밖에 남아 있지 않았지만, 나이얼은 내 마음속에서 리처드 생각을 쫓아내는 일에 성공했다. 나는 이런 그의 교활함에 치를 떨었다. 나이얼은 내가 어떤 식으로든 그에게 맞서리라는 것을 알고 있었지만, 이런 식으로 짐짓 태도를 누그러뜨리는 시늉을 하는 것은 새로운 전술이었다. 그 결과 나는 리처드가 아니라 나이얼 생각을 하고 있었던 것이다.

더 이상 일하는 것은 불가능했으므로 나는 샤워를 하고 옷을 갈아입은 뒤 조금 시간을 들여 방 안을 정리했다. 음식을 먹지는 않았다. 나이얼 때문에 식욕이 완전히 사라져 버린 탓이었다.

너무 이른 시각에 하이게이트를 향해 출발하기는 했지만 나는 속이 부글부글 끓는 듯한 느낌을 없애기 위해 빠른 걸음으로 걸었다. 하이 스트리트에 도착한 후에는 상점 진열창을 건성으로 들여다보며 부근을 어슬렁거렸다. 힘을 절약하기 위해 불가시 상태였다. 나는 리처드에게 집중하려고 했다. 그가 어떤 모습을 하고 있을지 마음에 떠올리고, 처음 그를 보았을 때 느꼈던 흥분을 기억해 보려고 했다. 내심 이번일이 나이얼과의 종말을 의미한다는 사실을 직감하고 있었다. 리처드에 관해 아는 것은 아무것도 없었지만, 내가 직면한 위험과 새로운 경험은 과거에 비하면 훨씬 나았다.

8시가 되자 나는 가시 상태가 되어 우리가 처음 만났던 술집으로 들어갔다. 리처드의 모습은 보이지 않았다. 나는 비터[1] 반 파인트를 주문한 다음 혼자서 테이블에 앉았다. 주중인 데다가 아직 이른 시간이었기 때문에 손님은 반도 차 있지 않았다. 나는 자연스럽게 불가시 상태로 빠져 들어갔다.

리처드는 몇 분 뒤에 도착했다. 그는 바 안으로 들어와서 잠깐 주위를 둘러보다가 카운터로 갔다. 가장 인상적이었던 것은 그가 얼마나 정상적으로 보이는가 하는 일이었다. 내가 기억하던 그대로였다. 나는 가시 상태로 들어간 후 그가 나를 알아볼 때까지 기다렸다.

나이얼 생각은 내 마음속에서 사라졌다.

리처드는 미소 지으며 다가와서 테이블 옆에 섰다.

「한 잔 더 가져다 드릴까요?」 그는 말했다.

「아, 지금은 괜찮아요.」

그는 내가 앉아 있는 테이블 건너편에 앉았다. 「언제 올지 궁금해하고 있었습니다.」

「그때 당신이 어떤 생각을 했는지 상상도 안 가는군요.」 나는 말했다. 「평소 나는 술집에서 모르는 남자한테 그렇게 접근하지는 않아요.」

「괜찮습니다, 전혀…….」

---

1 *bitter*. 홉이 잘 삭은 쓴 맥주.

「그러니까, 당신 얼굴이 낯이 익어서.」 나는 끝까지 설명하려고 했다. 그것이 내가 생각해 낼 수 있었던 유일한 변명이었으니까. 「내가 예전에 알고 있던 사람하고 똑같이 생겨서. 하지만 당신하고 말을 해보고 나서야 내 생각이 틀렸다는 걸 알았어요. 그래서 어떻게 말을 이을지 난감했던 거죠.」 서투른 변명이었지만 그는 여전히 미소 짓고 있었다.

「더 이상 설명할 필요는 없습니다. 이렇게 만나게 된 것만으로도 즐거우니까요.」

나는 내가 처음 그에게 얼마나 서투르게 접근했는지 머리에 떠올리고는 얼굴을 붉혔다. 우리는 그와 닮은 것으로 되어 있는 가상의 친구에 관해 잠시 얘기를 나누었고, 그제야 통성명을 했다. 나이얼의 말이 옳았다는 것을 깨닫고, 나는 기쁜 동시에 신경이 곤두서는 것을 느꼈다. 나는 그에게 내 이름을 수라고 말했다. 그때까지 내가 알고 지내던 모든 사람은 나를 수잔이라고 불렀지만, 수라는 새로운 이름으로 새로운 사람을 사귄다는 생각이 마음에 들었기 때문이다.

우리는 맥주를 몇 잔 더 마시고, 서로 사귀기 시작한 보통 사람들은 아마 그럴 것이라고 내가 생각하고 있던 얘기들을 나누었다. 직업이 무엇이고, 어디 살며, 두 사람 모두 아는 공통의 장소나 지인들이 있는지, 자신에게 일어난 소소한 일들 따위에 관해서 말이다. 그는 예전에 함께 왔던 여자 친구에 관해 솔직하게 말했다. 그녀의 이름은 아네트였고, 이따금 함께 돌아다니는 사이라고 했다. 지금은 친척을 만나기 위해 한 달 동안 해외에 나가 있다는 얘기였다. 나는 나이얼에 관해서 아무 얘기도 하지 않았다.

리처드가 저녁을 먹자고 해서 우리는 길 건너편에 있는 인도네시아 음식점으로 갔다. 나도 배가 고팠기 때문에 기뻤다. 리처드는 나를 마음에 들어 하는 것 같았지만, 나는 내가 너무 적극적으로 보이지는 않았는지 걱정이 되었다. 조금 더 쿨하게 행동하고, 조금 거리를 두는 편이 오히려 더 관심을 끌지 않겠는가! 잡지에는 그렇게 나와 있었다! 하지만 나는 흥분한 상태였다. 내가 상상했던 것 이상으로 호감을 느낀 데다가, 이 감정은 그를 처음 보았을 때 끌린 것과는 무관했던 것이다. 리처드와 함께 있는 동안 나는 줄곧 그의 구름을 느꼈다. 조금 기분을 고양시키는 효과가 있는 그 뿌연 안개 같은 그의 구름이 나의 구름에 살짝 접촉하고 있는 상태였다. 나는 그 구름으로부터 힘을 끌어내서 아무 힘도 들이지 않고 가시 상태를 유지하고 있었고, 그와 함께 있으면 얼마나 편하고 정상적일 수 있는지를 깨달았다. 그러나 이런 것들이 없어도 리처드는 즐겁고, 지적이고, 재미있는 남자였다. 그가 화장실에 가느라고 잠시 자리를 비웠을 때 나는 흥분을 억누르기 위해 눈을 감고 호흡을 가다듬어야 할 정도였다. 나는 리처드의 눈에 내가 어떻게 비치는지 상상해 보았다. 너무 노골적으로 관심이 있다거나 말이 많은 여자로 보이고 싶지는 않았다. 나는 내가 얼마나 경험이 모자라는지를 통감했다. 스물일곱이나 되었으면서, 정상적인 세상사에 관해서는 완전히 숙맥이었던 것이다!

식사를 마치고 나서 우리는 청구된 금액을 정확하게 반씩 나눠서 냈다. 나는 이다음에는 무슨 일을 하게 될지 궁금했다. 나 자신의 좁은 관점에서 보았을 때 리처드는 경험이 풍부하고 세상 물정에 밝은 사내였다. 그는 과거의 여자 친구들을 가볍게 화제로 삼았고, 미국, 오스트레일리아, 아프리카로 여행한 얘기를 했고, 가까운 가족이 없으며 독신 생활을 청산하고 뿌리를 내릴 생각은 전혀 없다고 했다. 혹시 리처드는 우리가 앞으로 함께 잘 것이라는 사실을 당연시하고 있는 것일까? 그러지 않는다면 그는 나를 어떻게 생각할까?

반대로, 그런다면 그는 나를 어떻게 생각할까?

우리는 리처드의 차까지 걸어갔다. 그는 집까지 데려다 주겠다고 했다. 차 안에서 나는 말없이 운전하는 그의 옆모습을 바라보며, 얼마나 자신감에 차 있는가 하고 생각했다. 나이얼과는 정말 딴판이었다. 나와도 전혀 달랐다.

우리 집 밖에서 그레이는 차의 엔진을 껐고, 집 안에 초대받는 것이 아닌지 기대하는 듯한 표정으로 잠시 기다리고 있다가, 이내 이렇게 말했다.「다시 당신을 볼 수 있을까?」

무심코 나온 이 말에서 아이러니를 느낀 나는 미소 짓지 않을 수 없었다. 몇 년 동안이나 나이얼하고만 살아온 탓에 이런 일들이 정말 신선하게 느껴졌던 것이다. 그가 나를 보는 시각은 정말로 신선했다. 리처드는 내 미소를 보았지만, 물론 나는 내가 왜 그랬는지 설명할 수 없었다. 우리는 몇 분 동안 어두운 차 안에 앉아 다음 주 토요일 저녁에 두 번째 데이트를 하기로 약속했다. 들어와서 가볍게 한잔하고 가라고 말하고 싶은 욕구가 점점 더 간절해졌지만, 금세 나에게 싫증을 낼까 봐 두려웠다. 우리는 가볍게 키스를 나누고 헤어졌다.

8

바로 그 주에 찌는 듯한 무더위가 런던을 엄습해 일에 집중하기가 힘들었다. 어차피 여름에는 내가 거래하는 회사들 모두가 생산량을 낮추는 탓에 일감 자체가 줄어드는 경향이 있었고, 나 자신 날씨가 더우면 제대로 일을 못하는 체질이었다. 여름의 강한 햇살은 런던 특유의 우중충함을 강조했고, 오래된 건물에 간 금이나 풍우가 만들어 낸 상처를 드러냈다. 나는 낮게 깔린 구름 아래의 런던 경치가 더 좋다. 암색(暗色) 석조 건물과 낮은 지붕으로 에워싸인 좁고 북적거리는 거리도 부슬비 아래에서는 부드럽게 변모한다. 여름이 되면 나는 침착성을 잃고, 해변에서 일광욕을 하거나 산속 오솔길에서 시원한 바람을 쐬면 얼마나 좋을까 하는 상상에 빠지곤 했다.

게다가 이번에는 리처드 탓에 한층 더 침착성을 잃고 있었다. 첫 번째 데이트를 한 다음 날 아침 나는 침대에 누운 채로 창문 너머로 집 옆 정원에 심어진 나무들의 우듬지를 바라보며 편안한 마음으로 어제 일을 반추해 보았다. 지금 리처드는 나를 보고 있지 않으니까 이렇게 늘어져 있어도 괜찮다. 10대처럼 굴고 있다는 것을 알고 있었지만 나는 행복했다. 나이얼은 결코 나를 행복하게 해준 적이 없었다.

천천히 사흘이 지나갔고, 내게는 백일몽에 빠질 시간이 충분히 있었다. 내가 너무 열을 올리고 있는 것처럼 리처드가 느끼지는 않을까 하는 걱정도 있었지만, 나이얼이 얼마나 오래 조용히 있을지도 궁금했다. 나이얼이 돌아오기 전에 리처드를 잘 알게 되는 것이 중요했다. 잠시 불가해한 이유로 프랑스로 간 나이얼에 관해서 생각했고, 정말로 프랑스에 간 것일까 하는 의구심을 느꼈다.

토요일 저녁에 집을 나서려고 준비하고 있을 때 전화가 왔다. 물론 나이얼이었다. 가장 불편하고 불쾌한 순간을 고르는 나이얼의 재능은 거의 초능력에 가까웠다. 리처드는 30분 안에 차로 나를 데리러 올 예정이었다.

「요즘 어떻게 지내, 수잔?」

「잘 지내. 뭣 때문에 걸었어? 나 지금 나가야 하는데.」

「그렇군. 또 그레이 만나러 가는 거지?」

「내가 뭘 하든 상관없잖아. 내일 다시 걸어 줄래?」

「지금 얘기하고 싶어. 이건 장거리 전화라고.」

「지금은 곤란해.」 나는 말했다. 수화기에서 들려오는 나이얼의 목소리는 뚜렷하고 쩌렁쩌렁했기 때문에 나는 미심쩍은 느낌을 받았다. 먼 곳에서 전화가 걸려 왔을 때 배경에 쏴하고 깔리는 잡음도 전혀 없었다. 마치 런던 시내에서 걸어온 듯한 느낌이었다.

「그건 네 사정이고.」 나이얼은 말했다. 「난 외로워. 널 보고 싶어.」

「친구들하고 함께 있다고 했잖아. 지금 어디 있어?」

「프랑스야. 전에 얘기했잖아.」

「아주 가깝게 들리는데.」

「회선 상태가 좋은가 보지. 수잔, 너 없이 여기 온 건 잘못이었어. 그러니까 지금 내가 있는 데로 와주지 않겠어?」

「못 가. 할 일이 너무 많아.」

「언제나 여름에는 일감이 별로 없다고 했잖아.」

「이번 여름은 달라. 다음 주까지 끝내야 할 일이 산더미처럼 쌓여 있어.」

「그렇다면 오늘 밤에는 왜 외출하는 거지? 여기까지 오는 데는 그리 오래 걸리지 않을 거야. 며칠만 함께 있어 주면 돼.」

「여비가 없어.」 나는 말했다. 「또 돈이 다 떨어졌거든.」

「여행하는 데 돈은 필요 없잖아. 내일 아침 첫 번째 열차를 타고 와줘.」

「나이얼, 말도 안 되는 소리 좀 작작 해! 하던 일을 모두 내던지고 갈 수 없다는 걸 너도 알잖아!」

「하지만 난 네가 정말로 필요해, 수잔.」

나이얼이 거짓말을 하고 있다는 확신이 갑자기 흔들리기 시작했다. 그가 느닷없이 자성적(自省的)이고 고독한 기분에 빠지곤 한다는 것은 사실이었다. 만약 내가 지금도 반쯤 의심하고 있듯 그가 런던에 있다면, 다른 곳에 가 있는 시늉을 그만두고 나를 보러 왔을 것이다. 그의 목소리에 담긴 자기 연민을 느낀 나는 마음이 굳으며 전혀 동정심이 생기지 않는 것을 자각했다. 그는 나의 친절함에 노골적으로 기대는 기색이 역력했다. 과거에 여러 번 이런 식으로 성공한 적이 있기 때문이다. 왜 나를 그냥 놓아두지 않는 것일까! 나는 무심결에 전화기 옆에 걸려 있는 공용 연락판을 다시 바라보았다. 예전과 똑같은 메시지들이 응답을 받지 못한 상태로 그곳에 쓰여 있다.

「지금은 아무 생각도 안 나.」 나는 말했다. 「내일 다시 걸어 줘.」

「지금 네가 뭐 하려고 하는지 내가 모른다고 생각하는 모양이군. 그레이와 함께 있지, 안 그래?」

「그건 사실이 아냐.」 이것은 일시적으로만 사실이었지만, 거짓말은 아니었다.

「흠, 앞으로 만날 거잖아. 난 네가 뭘 하고 있는지 알아.」

나는 아무 말도 하지 않고 벽과 전화로부터 몸을 돌렸다. 둥그렇게 꼬여 있는 수화기 코드가 늘어나면서 내 목에 밀착되었다. 전화에 의한 대화는 쌍방이 서로를 볼 수 없다는 성질을 가지고 있다. 나는 나이얼이 지금 어디 있는지 상상해 보았다. 프랑스의 별장에 있는 덧문이 닫힌 방. 반들반들하게 연마된 나무 마룻바닥, 꽃과 햇살. 옆방에서 들려오는 다른 사람들의 목소리? 아니면 전화를 쓰기 위해 무단 침입한 런던의 어떤 집? 수화기를 통해 들려오는 목소리가 너무 뚜렷했기 때문에 프랑스에 있다고는 믿기 힘들 정도였다. 만약 정말로 내가 오는 것을 원하고 있다면, 왜 자기가 어디 있는지 가르쳐 주지 않는 것일까? 만약 그레이와 나 사이의 관계에 대해 편집증적으로 집착하고 있다면, 왜 나를 두고 멀리 가버린 것일까?

나이얼은 여전히 나를 압박하고 있었다. 지금 이러는 것도 전술을 바꾼 것에 불과했다.

「왜 아무 말도 하지 않는 거지?」 나이얼이 말했다.

「네가 듣고 싶어 하는 얘기는 전혀 해줄 수가 없어.」

「며칠만 와서 만나자는 거잖아.」

「내가 누군가를 만났다는 걸 알고 방해하려고 그러는 거지? 꼭 알아야겠다면 말해 주지. 오늘 밤 난 리처드를 만날 거야.」

나이얼은 느닷없이 전화를 끊었다. 찰칵 소리가 나더니 위잉 하는 소리로 바뀌었다. 나는 수화기를 들고 여전히 코드에 감긴 채로 그 자리에 우뚝 서서 귀에 거슬리는 잡음에 귀를 기울였다. 전화를 하는 중에 상대방이 이렇게 일방적으로 끊은 것은 난생처음이었기 때문에 나는 어쩔 줄 몰라 하고 있었다. 화를 내면서도, 자존심이 상하고, 후회와 경계심을 동시에 느끼고 있었다고나 할까. 당장 전화를 걸어 따지고 싶었지만 어디로 어떻게 걸어야 할지 알 수가 없었다.

리처드는 몇 분 뒤에 도착했지만 나는 여전히 나이얼의 전화 때문에 동요하고 있었다. 리처드와 내가 아직 서로에 관해 잘 알지 못해서 그나마 다행이었다. 그 사실을 리처드에게서 감출 수 있었기 때문이다. 그날 저녁 우리는 함께 영화를 보았고, 그 후에 느지막하게 저녁을 먹었다. 그날 밤 차로 집까지 바래다 준 리처드를 나는 내 방으로 초대했다. 우리는 결국 늦은 시각까지 얘기를 나눴다. 헤어지기 직전에 나눈 키스는 길고 친밀한 것이었다. 그날 함께 자지는 않았다. 리처드가 집에 가기 전에 우리는 다음 날 오후에 함께 산책하자고 약속했다.

다음 날 리처드가 집에 오기 직전이 되어서야 나는 내 신경이 곤두서 있다는 사실을 스스로 인정했다. 아침 내내 그런 느낌이 조금씩 강해지고 있었지만, 억지로 무시하려고 했던 것이다. 리처드가 도착하기 몇 분 전에는 너무나 긴장한 탓에 가만히 앉아 있지도 못할 정도였다. 나이얼에게서 전화가 걸려 올 것을 알고 있었기 때문이다.

실제로 전화벨이 울렸을 때는 안도감을 느꼈을 정도였다. 다른 사람이 전화를 받기 전에 받으려고 나는 복도로 달려나가 수화기를 집어 들었다. 도대체 〈어떻게〉 알고 이 시각에 전화를 건 것일까?

이번 전화는 달랐다. 나이얼의 말투에는 어딘가 감정을 억누르고 있는 듯한 — 혹은 그렇게 들리기를 원하고 있는 듯한 — 느낌이 깃들어 있었다. 그는 어제 느닷없이 전화를 끊은 일에 대해 사과했고, 동요했던 탓이라고 말했다.

「네가 그레이와 퍼브에 있는 것을 보았을 때, 넌 나보다 그 녀석 쪽을 마음에 더 들어 한다는 걸 깨달았어. 그래서 떠날 수밖에 없었어. 언젠가는 이런 일이 일어날 줄 알았지.」

나이얼의 목소리는 뚜렷했고 마치 옆집에서 전화를 걸어온 것처럼 가깝게 들렸다. 나는 몸을 떨고 있었다.

「난 정상적으로 살고 싶어. 너도 알잖아.」

「알아. 하지만 왜 나한테 **이런** 짓을 해야 하는 거지?」

「리처드는 단순한 친구일 뿐이야.」 이것은 거짓말이었다. 그는 이미 친구 이상의 존재가 되어 있었기 때문이다. 나는 비꼬인 심정으로 나이얼이 화를 냈으면 좋겠다고 생각했다. 그러는 편이 차라리 나았기 때문이다.

「그렇다면 나를 만나러 와.」

「생각해 볼게.」 나는 이렇게 대답하면서 나이얼 말에 귀를 기울이는 시늉을 하면 혹시 무슨 짓을 하고 있는지 알 수 있지 않을까 하는 생각을 했다. 「하지만 난 네가 지금 어디 있는지도 모르잖아.」

「어디 있는지 얘기해 주면 만나러 오겠다고 약속해 주겠어?」

「생각해 본다고 했잖아.」

「며칠이라도 좋으니 함께 있어 줘.」

「그럼 너한테 어떻게 가면 되는지 얘기해 줘. 아, 잠깐만 기다려.」

초인종이 울렸고, 현관문에 박혀 있는 반투명 스테인드글라스 너머로 리처드의 모습이 희미하게 보였다. 전화 코드에 매달려 대롱거리는 수화기를 그대로 놓아두고 나는 현관문을 열었다. 리처드에게 지금 전화 중이라고 설명하고 내 방으로 안내했다. 그가 전화 내용을 듣지 못하도록 방문을 닫아 놓고 수화기의 마우스피스를 손으로 덮고 말했다.

「계속해, 나이얼.」

「거기 와 있군, 그렇지?」

「어디 있는지 얘기해 줘.」

나이얼은 오는 길을 자세히 설명하기 시작했지만 나는 거의 귀를 기울이고 있지 않았다. 열차편으로 마르세유로 가서 버스로 갈아타고, 해안을 남하한 곳에 있는 생라파엘 마을에서 하얗게 칠해진 집을 찾으라는 얘기였다. 나는 이것이 거짓말이고, 나이얼이 있지도 않은 곳을 만들어 내고 있다고 생각했다. 나이얼은 어딘가 가까운 곳에서 나를 감시하고 있는 것이다. 길 너머의 집 창가에 서서 리처드가 도착하는 것을 보고 있는 것이다. 내가 리처드와 만날 때마다 미행할 작정이다. 그렇지 않다면 어떻게 알고 내가 리처드를 만나기 직전에 전화를 걸었겠는가?

나는 나이얼의 설명이 끝나기를 기다렸다가 말했다. 「왜 이런 얘기를 나한테 하는 거지, 나이얼?」

「널 보고 싶어. 언제 출발할 거야? 내일?」

「이제 가봐야 해.」

「기다려!」

「이제 나가야 해. 잘 있어, 나이얼.」

대답을 기다리지 않고 그대로 전화를 끊었다. 나는 아직도 몸을 떨고 있었다. 나이얼이 런던에 있고, 프랑스로 간다는 얘기는 사실이 아니라는 것을 알고 있었기 때문이다. 나이얼은 내가 알고 있다는 것을 알고 있었지만, 두 사람 모두 마치 그의 말이 사실인 것처럼 행동하고 있었다. 나이얼은 무엇을 노리고 있는 것일까?

너무 동요한 나머지 당장 리처드를 볼 엄두가 나지 않았기 때문에, 현관으로 가서 잠시 문에 몸을 기대고 마음을 가

다듬으려고 노력했다. 현관문의 반투명 유리 너머에서 무엇인가가 움직이는 것이 희미하게 보였다. 나는 깜짝 놀라 뒷걸음쳤다. 문 앞을 가로지른 것은 새였거나, 아니면 집 앞 도로를 지나가는 누군가였을 것이다. 나는 몇 미터밖에 떨어져 있지 않은 내 방 안에서 나를 기다리고 있는 리처드 생각을 했다. 내가 원하는 것은 오로지 리처드였지만, 나이얼은 나의 모든 행동에 일일이 간섭했다. 우리 계획을 알고 있는 것에 틀림없었다! 나이얼이 나조차 감지하지 못할 정도로 깊은 수준의 불가시 상태에 달하는 것이 가능하다는 사실을 곱씹으며 나는 소름 끼치는 공포를 느꼈다. 리처드와 함께 있는 동안에도, 줄곧 내 곁에 있었는지 모르는 것이다!

나이얼이 그 정도로 교활한 행동에 나설지도 모른다고 의심하는 것은 미친 짓이다.

하지만 달리 어떻게 설명할 수 있단 말인가? 텅 빈 복도에 우두커니 선 채로 다시 리처드를 볼 용기를 불러일으키려고 노력하고 있을 때, 불가시성은 광기의 일종이 아닌가 하는 생각이 또다시 머리에 떠올랐다. 나이얼 자신도 불가시성이란 자기 자신을 믿지 못하는 데서 비롯된 현상, 정체성의 상실이라고 표현한 적이 있었다. 불가시인들은 병적인 공포와 신경증으로 점철된 미치광이 같은 삶을 영위하고 있다. 편집증적인 신조에 사로잡힌 채로, 사회에 기생해서 살아가는 것이다. 현실 세계를 바라보는 그들의 왜곡된 감각은 정신 이상의 고전적인 정의에 들어맞는다. 이 모든 것이 사실이라면, 보통 사람처럼 살아가기를 원하는 나의 욕구는 정상적인 마음에 대한 갈망이자 나 자신을 믿고, 확고한 정체성을 찾으려는 시도라고 할 수 있다. 나에 대한 나이얼의 집착은, 정신 병원에 갇힌 광인이 동료가 외부로 통하는 문을 여는 광경을 목격하고 필사적으로 ── 따라갈 수 없다는 것을 알면서도 — 손을 뻗는 행위인 것이다.

탈출하기 위해 나는 광기를 뒤에 남겨 두고 와야 했다. 나 자신을 치유할 뿐만 아니라, 불가시 세계에 관한 나의 모든 지식을 바꿔야 했던 것이다. 나이얼이 나를 몰래 쫓아다니고 있다고 믿고 있는 한, 그는 여전히 나를 꽉 잡고 있는 것이나 마찬가지이다.

정상으로 되돌아갈 수 있는 유일한 길은 나이얼의 존재를 믿지 않는 일이었다.

리처드는 내 방 창가에 서서 창문에서 볼 수 있는 초목이 무성하게 자란 뜰의 일부를 바라보고 있었다. 내가 방에 들어가자마자 그는 몸을 돌렸고, 미소 지으며 방을 가로질러 와 내게 입을 맞췄다.

「미안해.」 나는 말했다. 「친구 전화였어.」

「얼굴이 좀 창백하네. 괜찮은 거야?」

「맑은 공기를 쐬면 나아질 거야. 어디로 갈 거야?」

「히스 공원은 어때?」

나는 빨래할 옷들이 바닥에 한 무더기 쌓여 있고 책상 위에 반쯤 끝낸 그림들이 흩어져 있다는 것을 깨달았다. 정리하는 시늉을 한 다음 백을 집어 들었다. 우리는 차를 타고 햄프스테드로 갔다. 오후 날씨는 또다시 무더워졌고, 히스 공원은 런던의 변덕스러운 여름 날씨를 즐기기 위해 온 사람들로 붐비고 있었다. 우리는 오후 내내 팔짱을 끼고 히스 공원을 거닐었고, 잡담을 하며 다른 사람들을 구경했다. 이따금 입을 맞추기도 했다. 리처드와 함께 있으니 너무 좋았다.

그날 저녁 우리는 리처드의 플랫으로 가서 처음으로 사랑을 나누었다. 나이얼이 리처드의 플랫을 찾아낼 수 없다고 생각했기 때문에 나는 안전하다고 느꼈다. 그래서 유례가 없을 정도로 긴장이 풀렸다. 우리가 침대에 누워 있을 때 여름

폭풍이 몰려왔다. 무더운 저녁, 창문을 활짝 열어 놓고 침대에 누워 있자 지붕 너머로 천둥소리가 들렸다. 나는 그의 곁에서 벌거벗은 채로 웅크리고 누워 폭풍우 소리에 귀를 기울였고, 달콤한 동시에 켕기는 듯한 기분을 맛보았다.

9

리처드는 옷을 입고 그리스 요리를 사오기 위해 밖으로 나
갔다. 그가 돌아오자 나는 그의 가운을 입고, 침대 가장자리
에 나란히 앉아 두꺼운 시시 케밥을 나눠 먹었다. 나는 매우
행복했다.

이윽고 그가 말했다. 「지금 바빠? 그러니까, 끝내야 할 일
들이 많으냐는 뜻이야.」

「아니, 사실 거의 없어. 모두 휴가를 가고 없어서.」

「나도 별 일이 없어 놀고 있어. 이번 여름에는 그냥 빈둥거
릴 작정이었는데, 슬슬 따분해지더라고. 이 시기에 프리랜스
일감을 찾는 것도 쉽지 않고 말이야.」 왜 그가 직장을 그만두
었는지는 이미 들어서 알고 있었다. 「실은 예전부터 줄곧 하
고 싶었던 일이 하나 있어. 영화를 하나 찍으려고 해. 솔직히
말해서 여행을 하기 위한 핑계에 가깝기 때문에 무슨 결실을
맺을 것 같지는 않지만 말이야. 나와 함께 여행하고 싶은 생
각은 없어?」

「여행?」 나는 말했다. 「언제?」

「언제든지. 당신만 바쁘지 않다면 지금 당장이라도 떠날
수 있어.」

「어디로 갈 작정인데?」

「흠, 아까 말한 영화와 관련된 장소로. 내 그림엽서에 관해서는 얘기했던가?」

「아니.」

「보여 줄게.」 그는 침대에서 일어나 그가 서재라고 부르는 방으로 들어가 낡은 구두 상자를 들고 왔다. 「난 수집가라고는 할 수 없고…… 이건 단지 닥치는 대로 모아 둔 것에 불과해. 2년 전에 이것들 대부분을 한꺼번에 샀고, 그 후로 틈날 때마다 몇 장씩 사 모은 거야. 모두 2차 대전 전의 것들이야. 어떤 것들은 19세기까지 거슬러 올라가고.」

우리는 엽서 몇 장을 뽑아서 침대 위에 늘어놓았다. 나라와 도시별로 분류되어 있었고, 각 분류마다 알기 쉽도록 깔끔한 레이블이 붙어 있었다. 그림엽서의 반은 영국 것이었는데, 이것들은 따로 분류되어 있지 않았다. 나머지는 독일, 스위스, 프랑스, 이탈리아 따위의 해외 그림엽서였고, 벨기에와 네덜란드 것도 몇 장 섞여 있었다. 거의 모든 그림엽서의 사진은 흑백이거나 세피아 빛이었다. 많은 엽서에는 직접 손으로 쓴 글이 적혀 있었다. 휴가를 간 사람들이 고향에 있는 친지에게 부친 형식적인 안부 편지였다.

「여기 엽서에 나오는 장소들을 직접 방문해 보고 싶다는 생각을 하곤 했어. 현재 경치가 어떤지를 확인해서 여기 나와 있는 낡은 경치와 비교해 보고, 반세기 동안 그곳이 얼마나 변했는지 알아보는 거지. 아까 말했듯이 언젠가는 영화로 만들 수 있는 아이디어이기는 하지만, 내가 정말로 하고 싶은 것은 직접 가서 내 눈으로 그런 장소들을 보는 거야. 당신 생각은 어때?」

그림엽서들은 실로 매혹적이었다. 이미 지나간 시대의 얼어붙은 순간들 ─ 차의 왕래가 거의 없는 도시 중심부, 줄을 지어 이국의 해변을 거니는 반바지 차림의 관광객들, 성당과

카지노, 얌전한 수영복을 입고 일광욕을 하거나 밀짚모자를 쓰고 산책하는 사람들이 있는 해변, 케이블카가 지나는 산속의 경치, 궁전과 박물관과 인적이 끊긴 광장.

「여기 나와 있는 장소들을 모두 돌아다니고 싶어?」 나는 말했다.

「아니, 몇 군데만 가도 돼. 프랑스 남부를 집중적으로 돌아다니면 어떨까 하는 생각이 드는군. 거기서 보낸 엽서들이 많거든.」 리처드는 내가 들고 있던 엽서 중에서 몇 장을 집었다. 「리비에라가 관광 명소로 철저하게 개발된 것은 2차 대전이 끝난 후의 일이야. 그림엽서 대부분은 그 이전의 모습을 보여 주고 있지.」

리처드는 엽서들을 훑으며 예가 될 만한 것들을 몇 장 뽑아 내게 보여 주었다. 이름은 익숙하지만 낯선 경치들. 생라파엘 해안을 찍은 일련의 그림엽서도 있었다. 우연의 일치치고는 너무 충격적이었다. 나는 갑자기 나이얼에 대한 두려움이 솟구치는 것을 자각했다.

「어딘가 다른 곳으로 가면 안 될까, 리처드?」 나는 말했다.

「물론 그럴 수야 있지. 하지만 내가 정말로 가고 싶은 곳은 바로 프랑스야.」

「프랑스는 안 돼. 프랑스는 가기 싫어.」

리처드는 낙담한 표정을 지었다. 침대 위에는 그림엽서들이 우리 주위를 빙 둘러싸고 있었다.

나는 말했다. 「다른 곳은 어때? 스위스라든지?」

「아니, 프랑스 남부여야 해. 흐음, 꼭 갈 필요까지는 없겠지.」

어느새 나는 나이얼에게 했던 것과 똑같은 변명을 늘어놓고 있었다. 「나도 정말 가고 싶어, 정말로. 하지만 지금은 빈털터리라서.」

「차로 가면 되잖아…… 비용은 전부 내가 댈게. 돈은 있어.」

「여권이 없어.」

「관광용 여권을 신청하면 돼. 창구에서 그냥 돈 내고 사는 거야.」

「나는 힘들 것 같아, 리처드. 미안해.」

리처드는 그림엽서를 집어 들고 원래 순서대로 쌓았다. 「다른 이유가 있군. 안 그래?」

「응.」 나는 그를 직시할 수가 없었다. 「실은 아는 사람이 하나 있는데, 그 사람을 보고 싶지 않아서 그래. 지금 프랑스에 있어. 적어도 나는 그렇게 알고 있어. 그래서……」

「결코 얘기 안 하려고 하던 그 남자 친구야?」

「응. 어떻게 알았어?」

「전부터 줄곧 누군가 다른 남자가 있다고 생각하고 있었어.」 리처드는 그림엽서를 차곡차곡 정리해 구두 상자에 넣었다. 「아직도 만나고 *seeing* 있어?」

그는 또 무의식적으로 아이러니컬한 단어를 선택했다. 나는 리처드에게 나이얼 얘기를 하기 시작했다. 내가 처한 현실을 그레이도 받아들일 수 있는 표현으로 치환해서 설명했다. 나이얼은 젊었을 때부터 알고 지내던 오래된 연인이었다. 그러다가 서로 소원해졌지만 나이얼 쪽에서 나를 보내는 것을 주저하고 있다. 나는 나이얼을 독점욕이 강하고, 어린애 같고, 폭력적이고, 전횡적인 인물로 묘사했다. 물론 나이얼은 그런 사내였지만, 그것은 진실의 일부에 지나지 않았다.

우리는 잠시 이 문제에 관해 이야기를 나누었다. 그는 우리가 나이얼과 마주칠 가능성은 거의 전무에 가깝다는 점을 설득력 있게 지적했다. 설령 그런 일이 일어나더라도 우리가 함께 있는 것을 나이얼이 본다면 내가 그와 헤어졌다는 사실을 받아들이는 수밖에 없을 것이라는 얘기였다. 그러나 나는 나이얼이 나에 대해 얼마나 강력한 영향을 끼칠 수 있는지를 그는 상상도 못할 것이라며 물러서지 않았다. 조금이라도 나이얼과 마주칠 위험을 무릅쓰고 싶지는 않았다.

이런 얘기를 하면서도 나는 나이얼이 실제로 어디 있는지에 관해 나 자신이 가지고 있던 의구심을 자각했고, 내가 응당 선택해야 할 대처법을 머리에 떠올렸다. 나이얼이 생라파엘 〈이외〉의 장소에 있다고 믿는 것은 광기를 받아들이는 것이나 마찬가지였다.

「하지만 그 친구와 헤어진 것이 사실이라면, 늦든 빠르든 그걸 받아들여야 할 것 아냐.」

「그건 나중으로 돌리고 싶어. 난 당신하고 함께 있고 싶기 때문이야. 그러니까 어딘가 다른 데로 가고 싶어.」

「알았어. 프랑스에 가자는 건 그냥 떠오른 생각이었어. 다른 제안이라도?」

「내가 정말로 하고 싶은 일은 잠시 런던을 떠나 있는 거야. 그냥 당신 차에 타고 어딘가로 가면 안 될까?」

「영국에서 말이야?」

「상당히 따분하게 들린다는 거 알아…… 하지만 난 국내에서도 한 번도 못 가본 곳들이 많아. 차를 타고 돌아다닐 수 있잖아. 웨일스라든지, 서부 지방 같은 데 말이야. 우리 두 사람만.」

프랑스의 리비에라보다 영국이 낫다는 말에 리처드는 놀란 표정이었다. 하지만 결국 우리는 그렇게 하기로 합의했다. 리처드가 엽서를 제자리에 놓기 위해 서재로 가자 나는 따라가서 그가 수집한 특이한 촬영 기재들을 구경했다. 그러자 그는 조금 창피한 듯한 기색으로 그것들이 자리만 차지하고 먼지를 끌어 모은다고 말했다. 그러나 내 입장에서 보면, 그것들은 우리가 만나기 전의 리처드가 어떤 사람이었는지를 조금이나마 볼 수 있는 기회였다. 리처드가 받은 상들도 서재에 쌓아 둔 필름통들 뒤에 반쯤 감춰져 있었다.

「이렇게 유명한 사람인 줄은 몰랐어!」

나는 프리 이탈리아의 트로피를 집어 들고 그것에 새겨진 글을 읽었다.

「별것 아냐…… 운이 좋았을 뿐이야.」

「……극히 위험한 상황에서도.」 나는 읽었다. 「무슨 일이었는데?」

「뉴스 촬영 팀이 이따금 휘말리곤 하는 일이야.」 리처드는 트로피를 받아 들고 선반 위의 더 안 보이는 장소에 올려놓았다. 그러고는 침실로 나를 이끌었다. 「벨파스트에서 일어난 폭동이었어. 음향 기사도 함께 있었지. 특별한 게 아냐.」

호기심이 일었다. 갑자기 리처드를 처음 보는 듯한 느낌이랄까. 명성과 경력이 있고, 많은 상을 받은 카메라맨.

「어땠는지 얘기해 줘.」

내가 이렇게 말하자 그는 당혹스러워했다.

「얘기하고 싶지 않아.」

「그러지 말고 얘기해 줘.」

「그건 그냥 직업상의 일에 불과했어……. 모두가 교대로 북아일랜드에 가는 식이었다. 상당히 힘든 일이기 때문에 일당이 더 나오지. 나는 별 신경을 쓰지 않았어. 촬영은 촬영이고, 어떤 상황에서든 온갖 문제가 생기기 마련이거든. 흐음, 하루는 신교도들의 데모 행진이 있었고 우리는 그걸 취재했어. 저녁에 일을 마치고 호텔로 돌아가서 한잔하고 있었지. 그러던 중에 군대가 폴즈 로드에서 투석전을 벌이던 젊은이들과 대치 중이라는 소식을 들었어. 우리는 그걸 취재할까 말까 의논했어. 모두 지쳐 있었지만, 결국은 가서 취재해 보기로 했지. 나는 카메라에 야간용 필름을 끼워 넣고 군대 차를 빌려 타고 출발했어. 현장에 도착해 보니 별것 아닌 것처럼 보이더군……. 한 50명쯤 되는 10대들이 돌을 던지고 있을 뿐이었어. 우리는 군대 뒤에 있었기 때문에 투석으로부터는 상당히 안전했고, 시간이 흘러도 별 일이 일어나는 것 같지는 않았어. 그런 일은 자정쯤 되면 저절로 잦아들기 마련이지. 그러던 중에 갑자기 사태가 악화됐어. 화염병 몇 개가 날아들었고, 데모대에 더 나이 든 사내들이 합류한 것을 알 수 있었어. 군대는 군중을 해산시키겠다는 결정을 내리고 플라스틱 총탄을 몇 발 발사했지. 그런데도 데모대는 뿔뿔이 흩어지는 대신 한층 더 격렬하게 돌과 화염병을 던지기 시작했어. 사라센 장갑차 두 대가 현장으로 급파되었고 군인들이 돌격했어. 윌리와 나는 — 윌리는 음향 담당 기사 이름이야 — 군인들과 함께 전진했어. 일반적으로 군인들 뒤가 가장 안전하기 때문이지. 그런데 우리가 1백 미터쯤 앞으로 달려가자마자 일종의 매복에 직통으로 걸려들었어. 가옥 여기저기에 저격수들이 숨어 있었고, 한쪽 골목에서는 많은 사내들이 사제 폭탄과 돌을 들고 대기하고 있었던 거야. 완전히 아수라장이 되었지. 윌리와 나는 보도 기자와 헤어졌다가 한참 뒤에야 다시 만날 수 있었지. 병사들은 사방팔방으로 뿔뿔이 흩어졌고, 화염병이 우리 주위에서 연달아 터지기 시작했어. 너무나 급박한 상황이었던 만큼 아마 나는 제정신이 아니었던 것 같아. 그 한복판에서 촬영을 계속했으니까 말이야. 두 사람 모두 뭐에 맞지는 않았지만, 총알 몇 발은 아주 가깝게 스쳐 지나갔어. 우리는 병사들에게 투석하고 있는 군중 속으로 들어갔지만, 어떤 이유에서인지 아무도 우리를 못 보는 것 같았어. 그러다가 병사들이 다시 플라스틱 총탄을 쏘기 시작했고, 우리는 그 정면에 서 있는 꼴이었어. 흐음, 결국 무사히 도망치기는 했지만 말이야. 촬영한 영상은 아주 좋았어.」

리처드는 별것 아니라는 듯 씩 웃어 보였지만, 문득 나는 그 사건 얘기를 어디선가 들은 기억이 났다. 북아일랜드의 그 끔찍한 유혈 사태 중 하나였다.

나는 말했다. 「거기서 그렇게 카메라를 돌리고 있었을 때, 어떤 기분이었어?」

「이제는 별로 기억이 안 나. 그냥 우연히 그렇게 되었을 뿐이야.」

「아까 제정신이 아니었다고 했지. 그게 무슨 뜻이야?」

「자동 조종 장치로 비행하고 있는 듯한 기분이랄까. 나는 그냥 촬영을 계속했고, 주위에서 일어나는 일에는 그리 신경을 쓰지 않았어.」

「흥분했던 거야?」

「아마 그렇다고 할 수 있겠지.」

「그리고 사람들은 거기 당신이 있는 걸 깨닫지 못했어?」

「사실상 그랬다고 봐야겠지.」

나는 더 이상 아무 말도 하지 않았지만, 그때 그레이에게 무슨 일이 일어났는지 알 수 있었다. 머릿속에 생생하게 당시 상황을 그릴 수 있을 정도였다. 리처드와 음향 기사는 장비로 서로 연결된 채로 허리를 구부리고 마구 달렸고, 폭동 한복판에서 본능적으로 촬영을 계속했다. 리처드는 술을 몇 잔 마신 데다 피곤한 상태였고, 그런 그에게 아무도 신경을 쓰는 것 같지 않았다고 했다. 나는 리처드의 그런 상태를, 그가 정확히 어떻게 느꼈는지 알 수 있었다. 몇 초 동안 리처드의 구름이 짙어지면서 그와 그의 동료를 감쌌고, 불가시 상태에서 위기를 벗어나게 해주었던 것이다.

10

우리는 런던에서 사흘을 더 보냈다. 표면적으로는 휴가 준비를 하기 위해서였지만 실제로는 서로를 더 잘 알고, 침대에서 오랜 시간을 보내기 위해서였다. 리처드의 독신 남자다운 생활 태도는 나를 가정적으로 만들었다. 우리는 리처드의 플랫 안을 다시 꾸밀 계획을 세웠고, 나는 리처드에게 요리 기구와 가정 잡화 따위를 잔뜩 사도록 했다. 그리고 거실에 놓을 커다란 관상식물을 그에게 선물했다. 리처드는 조금 곤혹스러운 기색이었지만 나는 일찍이 그때만큼 행복한 기분을 느껴 본 적이 없었다.

우리는 목요일 아침에 런던을 출발해 M1 고속도로를 따라 북상했다. 딱히 목적지를 정한 것은 아니었고, 단지 서로 함께 있고 싶다는 욕구를 충족시키기 위한 것이었다.

내 입으로 나이얼이 프랑스에 있다고 선언했음에도 불구하고, 그가 혹시 가까운 곳에 있지 않을까 하는 생각에 불안감이 채 가시지 않은 상태였다. 리처드의 차를 타고 빠른 속도로 런던에서 멀어지고 나서야 겨우 안심이 되었다.

그날 밤은 랭커스터에서 일박을 했다. 우리는 대학 근처의 작은 호텔에 투숙했다. 긴 드라이브 뒤에 휴식을 취하면서, 함께 보낼 휴가에 대한 기대로 두 사람 모두 행복해하고 있었다. 그날 저녁 우리는 호수 지대를 차로 둘러볼 계획을 세웠다.

두 사람 모두 관광에는 그리 열성적이 아니라는 사실을 알게 되었다. 차를 타고 어떤 장소에 도착해서 잠깐 주위를 둘러보고, 식사를 하거나 술을 마시고, 다시 다른 곳으로 가는 것 정도로 충분했다. 나는 리처드가 운전하는 차를 타고 돌아다니는 것이 좋았다. 차의 움직임도 매끄러웠고, 좌석도 편했다. 짐을 뒤쪽 짐칸에 넣어 두었기 때문에 뒷좌석은 비어 있었다. 우리는 그곳을 여행 안내서나 지도, 이동 중에 먹으려고 산 음식, 사과와 초콜릿 따위가 든 봉지, 그리고 여행 중에 생기는 잡동사니를 쌓아 두는 공간으로 활용했다.

사흘 동안 우리는 마음 내키는 대로 돌아다니며 잉글랜드 북부를 가로질렀다가 되돌아오기를 거듭했다. 호수 지대에서 요크셔 계곡으로 갔다가, 스코틀랜드 남부의 구릉 지대를 잠깐 방문하고, 다시 잉글랜드의 북동 해안으로 되돌아왔다. 저지대에서 고지대로, 공업 지대에서 널찍한 전원으로 금세 바뀌곤 하는 변화무쌍한 영국의 자연 풍경이 무척 마음에 들었다. 우리는 북부를 떠나 동부 해안을 남하했다. 두 사람 모두 처음 보는 지방이었다. 이런 식으로 함께 시간을 보낼수록 나는 과거의 미숙한 생활을 뒤로 떠나보내는 기분이 들었다. 불안감에서 해방된 나는 행복과 애정을 경험했고, 드디어 정상적인 인생을 시작하는 듯한 기분이 들었다.

그러나 닷새째 되는 날 최초의 침입이 있었다.

11

우리는 노퍽의 북쪽 해안에 있는 블레케라는 마을에 도착해서 해안으로 이어지는 좁은 길가에 위치한, 아침 식사를 제공하는 민박집에 머물고 있었다. 그 마을의 모습이 마음에 들지 않았지만, 하루 종일 차를 타고 이동했기 때문에 하룻밤 잘 장소가 꼭 필요했다. 다음 날에는 노리치로 가볼 예정이었다. 민박집 여주인에게 레스토랑들은 모두 일찍 문을 닫는다는 얘기를 들었기 때문에 방에서 잠깐 쉰 다음 짐을 풀지도 않고 밖으로 나갔다.

식사를 마치고 돌아오자 내 슈트케이스에 들어 있던 옷들이 차곡차곡 접힌 채로 침대 위에 쌓여 있었다.

「아래층의 그 여자가 그랬나 봐.」 리처드가 말했다.

「설마 방까지 들어와서 마음대로 우리 짐을 풀었을 리가 없잖아?」

나는 여주인에게 물어보려고 아래층에 내려갔지만 방의 불이 모두 꺼져 있었다. 문 아래에서 새어 나오는 빛으로 판단하건대, 이미 자고 있는 듯했다.

다음 날 밤 노리치의 호텔에 투숙했을 때, 느닷없이 무엇인가에 맞은 듯한 불쾌한 느낌을 받고 새벽에 잠에서 깼다. 리처드는 자고 있었다. 침대 옆의 등을 켜려고 손을 뻗자 무엇인가가 베개에서 매트리스 위로 미끄러졌다. 딱딱하고 차가운 것이었다. 화들짝 놀라 몸을 빼며 불을 켰다. 침대 위에 비누가 떨어져 있었다. 완전히 말라 있는 데다 좋은 냄새가 났고, 표면에는 상품명이 각인되어 있었다. 리처드는 몸을 뒤척였지만 잠에서 깨지는 않았다. 침대 아래로 내려오자 색색가지 비누 포장지가 눈에 들어왔다. 깔끔하게 뜯어진 채로 융단 위에 평평하게 펼쳐져 있었다. 다시 침대로 올라가서 불을 끄고는 시트 아래로 깊숙이 파고들어 리처드의 몸을 꼭 껴안았다. 그날 밤에는 더 이상 잠을 이루지 못했다.

아침이 되자 리처드는 서쪽으로 가자고 제안했다. 이 나라의 가장 폭이 넓은 부분을 횡단해서 웨일스로 가면 어떻겠느냐는 이야기였다. 나는 밤새 일어난 일에 온 정신이 팔려 있었기 때문에 간단히 그러자고 말했다. 우리는 차에 지도를 두고 왔다는 것을 깨달았다. 내가 내려가서 가져오기로 했다.

자동차는 어젯밤에 주차한 호텔 주차장에 그대로 있었다. 그런데 키가 꽂힌 채로 엔진이 걸려 있었다.

처음 내 머리에 떠오른 생각은 밤새 엔진을 켜놓았다는 것이었다. 리처드가 깜박 잊고 끄지 않은 것이리라. 하지만 문을 잡아당기자 잠겨 있었다. 문을 열 때는 시동을 걸 때와 같은 열쇠를 사용하게 되어 있었다. 나는 몸을 떨며 리처드에게서 받은 열쇠로 운전석 문을 열고는 꽂혀 있는 열쇠를 잡아 뺐다. 새것이었다. 최근에 구입했거나, 혹은 훔친 열쇠처럼 보였다.

나는 그 열쇠를 주차장을 에워싼 덤불 속으로 힘껏 내던졌다. 방으로 돌아와서 리처드에게 도로 지도를 건네자, 그는 내게 무슨 문제가 있느냐고 물었다. 뭐라고 대답해야 할지 몰랐기 때문에 얼마 안 있어 생리가 시작될 거라고 대답했다. 이것은 거짓이 아니었다. 그러나 진짜 이유는 피할 수 없는 것에 대한 두려움이었다.

아침 식사 중에도 줄곧 입을 다물고 있었고, 소택 지대를 횡단하는 직선로를 달리는 동안에도 두려움으로 점철된 깊은 생각에 빠져 있었다.

그러자 리처드가 말했다. 「사과가 먹고 싶어. 남아 있어?」

「볼게.」 나는 가까스로 대답했다.

안전벨트를 맨 채로 뒤를 돌아다보았다. 최근 며칠 동안은 여러 번 했던 동작이지만, 이번에는 공포로 부들부들 떨고 있었다.

사과가 든 종이봉지는 운전석 바로 뒤쪽의 좌석 위에 놓여 있었다. 모든 것이 그곳에 잔뜩 쌓여 있었다. 지도, 리처드의 웃옷, 내 잡동사니 백, 점심 피크닉용 음식이 든 쇼핑백. 이런 것들을 뒷좌석 한쪽에 모두 몰아서 쌓아 놓았던 것이다. 뒷좌석에 무엇인가를 놓을 때마다 우리는 본능적으로 그쪽에 놓았고, 옆자리를 비워 두었다.

승객 하나가 앉을 자리가 생겨나 있었다.

나는 내가 앉은 조수석 뒤의 그 공간을 억지로 바라보았다. 좌석의 쿠션이 무거운 것에 눌린 듯 조금 들어가 있었다.

나이얼이 우리와 함께 차 안에 있었던 것이다.

나는 리처드에게 말했다. 「차를 세워 줄래, 리처드?」

「왜 그래?」

「제발…… 속이 안 좋아서 토할 것 같아. 빨리!」

리처드는 그 즉시 자동차를 도로 가장자리에 세웠다. 차가 멈춘 순간 나는 사과를 손에 든 채 밖으로 뛰쳐나갔다. 몸에서 힘이 빠져서 비틀거리며, 온몸을 떨고 있었다. 위로 올라가는 둑과 낮은 산울타리가 있었고, 그 너머에는 곡물을 심은 광대한 밭이 펼쳐져 있었다. 산울타리에 상체를 기대자 가시와 나뭇가지가 몸을 쿡쿡 찔렀다. 리처드가 시동을 끄고 나를 향해 달려왔다. 그가 내 어깨에 팔을 두르는 것을 느꼈지만, 나는 몸을 부들부들 떨며 울음을 터뜨렸다. 리처드는 상냥하게 나를 위로하려고 했지만, 방금 내가 발견한 끔찍한 사실은 내 마음을 완전히 뒤집어 놓았다. 리처드의 부축을 받으며 나는 산울타리 속에 머리를 박고 토했다.

리처드가 차에서 휴지를 꺼내 왔다. 나는 그것으로 입가를 깨끗이 닦았다. 산울타리에서는 몸을 뗐지만, 도저히 차 쪽으로 얼굴을 돌릴 수가 없었다.

「어떻게 할까, 수? 의사한테 가볼까?」

「몇 분만 있으면 괜찮아질 거야. 생리 때문에 그래. 가끔 이런 일이 일어나곤 해.」 리처드에게 털어놓을 수는 없었다. 「공기를 좀 쐬면 나아질 거야.」

「이 근처에서 호텔을 잡을까?」

「아니, 계속 가기로 해. 조금 있다가.」

리처드는 내 백에 들어 있던 제산제 정제를 가져다주었다. 그것을 먹으니 위가 조금 안정되었다. 나는 마른 풀 위에 앉아 내 주위와 머리 위에서 끄덕거리는 야생 당근 줄기들을 응시했다. 이름 모를 벌레가 열기 속을 한들한들 날아다녔다. 도로를 쌩쌩 지나가는 차들의 타이어가 부드러운 아스팔트 위에서 찍찍거리는 소리를 냈다. 나이얼이 있다는 것을 아는 지금, 나는 도저히 뒤를 돌아다볼 수가 없었다.

처음부터 우리와 함께 있었던 것이 틀림없었다. 아마 내가 리처드에게 말을 거는 것을 엿듣기 위해 퍼브에서 나가지 않고 기다렸고, 처음으로 데이트했을 때도 함께였으며, 차를 타고 런던에서 출발했을 때도 차 안에 함께 있었던 것이다. 나이얼은 아무 말도 없이 뒤에서 우리를 보고, 우리가 하는 말에 귀를 기울이고 있었다. 나는 한 번도 그로부터 자유롭지 않았던 것이다.

나이얼이 나에게 행동할 것을 강요하고 있다는 사실을 알고 있었다. 내가 갈망하던 정상적인 생활을 손에 넣기 위해 나는 나이얼을 과거로 영원히 밀어 넣었다. 다시는 글램들의 그 소름 끼치는 방랑 생활로 돌아갈 수 없었다. 나이얼은 나를 억지로 그곳으로 끌고 갈 생각이었다. 무조건. 나이얼은 내 과거에서 최악의 부분이었고, 절망적으로, 필사적으로 내게 매달리고 있었다.

나이얼과 싸워야 한다. 그러나 지금은 때가 아니고 — 사태를 파악했을 때의 충격은 아직도 너무나 생생했다 — 혼자서 그러는 것은 무리였다. 리처드의 도움이 필요했다.

나는 풀밭에서 기다렸다. 그동안 리처드는 내 곁에서 웅크리고 있었다. 몇 분 전이었다면 나이얼이 있다는 것을 아는 차 안에서 기다리는 것은 상상할 수도 없었을 것이다. 그러나 이제는 일단 돌아가야 할 필요가 있다는 사실을 알고 있었다.

「아까보다 좀 나아졌어.」 나는 말했다. 「이제 가도 될 것 같아.」

「정말 괜찮아?」

리처드는 나를 일으켜 주었다. 우리는 잠시 가볍게 포옹했다. 그에게 나는 이런 소동을 일으켜서 미안하다고 말했다. 다시는 그러지 않을 것이고, 생리가 실제로 시작되면 훨씬 기분이 좋아질 것이라고 말했다. 그러나 나는 리처드의 어깨 너머로 자동차를 바라보고 있었다. 뒷좌석의 창문 유리가 햇빛을 반사하며 번득였다.

우리는 차로 돌아가서 자리에 앉아 안전벨트를 맸다. 나는 혹시 등 뒤에서 차문이 열리는 소리가 들리지 않는지 알아보려고 귀를 기울였다. 우리가 차를 세워 둔 동안 혹시 나이얼도 바깥에 나가 있었을 가능성을 염두에 둔 것이었지만, 불가시인은 아무도 모르게 문을 여닫을 수 있다.

자동차로 돌아가자 나는 마음을 단단히 먹고 고개를 돌려 뒷좌석을 돌아다보았다. 그곳에 나이얼이 있다는 사실을 알고 있었고, 그의 구름도 느낄 수 있었지만…… 그를 〈보는〉 것은 불가능했다. 잡다하게 쌓아 놓은 지도와 음식물 더미도 보이고, 그 뒤쪽의 짐칸도 보였지만, 내가 앉은 조수석 바로 뒤를 보려고 하면 눈의 초점을 맞출 수가 없었고, 어느새 다른 곳을 바라보고 있었던 것이다. 내가 느낄 수 있는 것은 눈에 보이지 않는 존재감뿐이었고, 좌석의 쿠션이 무엇인가에 눌려 있는 듯한 느낌이었다. 나는 곧 전방의 도로를 똑바로 쳐다보았지만, 등 뒤에서 그가 나와 리처드를 보고 있다는 사실을 계속 의식하고 있었다.

12

우리는 그레이트 말번 시에서 일박하기로 하고 도심이 내려다보이는 언덕 위의 풍광명미한 장소에 자리잡은 호텔에 투숙했다. 이브샴 계곡이 아래로 내려다보이는 곳이었다. 나는 하루 종일 나이얼에 관해서 아무 말도, 행동도 하지 않았다. 그 대신 우선순위를 정하려고 노력했다. 나는 몇 번이나 리처드에게 말하려고 했다. 정말로 갑자기 내 인생에서 가장 중요한 사람이 된 그에게. 그렇지만 어떻게 나이얼 얘기를 꺼낸단 말인가? 또 나이얼이 이렇게 계속 우리를 따라다닌다면 우리에게 어떤 미래가 있단 말인가?

내가 내린 결정은 나이얼이 그 자리에 없는 것처럼 행동하고, 그에 관해 생각하지 않는 것이었다. 그러나 그런 결정을 실제로 행동에 옮기는 것은 불가능했다. 언덕에서 산책을 하다가 저녁을 먹기 위해 차를 타고 시내로 돌아오는 저녁 시간 내내 나는 본능적으로 개인적인 화제를 입에 올리는 것을 피하고 있었다. 물론 리처드도 그 사실을 알아차리고 있었다.

나중에 호텔방으로 올라갔을 때 나는 리처드에게서 열쇠를 건네받은 후 내 손으로 직접 문을 열었다. 리처드가 방 안으로 들어가자 나는 재빨리 그 뒤를 따랐고, 급작스럽게 문을 닫았다. 그러자마자 바깥쪽에서 누군가가 문을 미는 느낌을 받았지만, 억지로 닫고 자물쇠를 잠갔다. 빗장은 달려 있지 않았다. 물론 자물쇠로 잠긴 문은 나이얼에게 장애물이 되지 못했다. 마스터키를 훔쳐서 나중에 우리가 모르는 사이에 방으로 숨어들 수 있으니까 말이다. 그러나 그러는 데 몇 분은 걸릴 터이고, 내가 필요로 하는 것은 바로 그것이었다.

나는 말했다. 「리처드, 실은 할 말이 있어.」

「무슨 일이야, 수? 저녁 내내 행동이 좀 이상했어.」

「심란해서 그랬어. 솔직하게 털어놓을게. 나이얼에 관해서는 얘기했지. 실은 여기 와 있어.」

「여기 와 있다니, 그게 무슨 뜻이지?」

「말번에 와 있다는 뜻이야. 오늘 저녁에 산책했을 때 봤어.」

「프랑스에 있다고 했잖아.」

「정말로 어디 가는지는 알 도리가 없어. 나이얼은 프랑스로 가겠다고 했지만, 마음을 바꾼 게 틀림없어.」

「그렇다면 그 작자가 여기서 도대체 뭘 하고 있는 건데? 우리 뒤를 따라온 거야?」

「모르겠어…… 우연의 일치일 거야. 언제나 친구를 만나러 여기저기로 여행하니까.」

「그게 우리하고 무슨 상관이 있는지 모르겠군. 그러니까 뭐야, 앞으로 함께 여행을 하자는 얘기야?」

「아니야.」 거짓말을 하는 것은 괴로웠지만, 어떻게 리처드에게 모든 진실을 털어놓을 수 있겠는가? 「우리가 함께 있는 걸 봤어. 그러니까 내가 만나서 당신하고 나 사이에 무슨 일이 일어났는지를 얘기해 줘야 할 것 같아.」

「우리를 봤다면 이미 알 거 아냐. 그런데 얘기를 한다고 뭐가 바뀐단 말이지? 아침이 되면 떠날 거니까 다시 안 보면 그만이잖아.」

「그런 게 아냐! 나이얼한테 그럴 수는 없어. 너무 오래 알고 지낸 사이라서…… 아무렇게나 헤어질 수는 없다는 뜻이야.」

「하지만 이미 헤어졌잖아, 수.」

리처드의 관점에서 보면 내가 불합리한 행동을 하고 있다는 것을 알고 있었지만, 리처드에게는 우연히 만난 독점욕이 강한 옛 애인이라고밖에는 설명할 수가 없었다. 우리는 한 시간 가깝게 말다툼을 벌였지만, 결국 두 사람 모두 음울해지고 고집만 세졌을 뿐이었다. 나이얼은 우리가 그러는 사이에 방으로 들어왔을 것이 확실했지만, 그에 대한 두려움에 사로잡힐 수는 없었다. 벽에 부딪힌 논쟁에 지쳐 우리는 결국 잠을 잤다. 어둠 속에 있으니까 더 안전한 기분이 들었다. 우리는 시트 밑에서 서로를 껴안고 있었다. 그날 오후에 생리가 정말로 시작되었기 때문에 우리는 사랑을 나누지 않고, 그러고 싶어 하지도 않았다.

나는 또다시 불안하고 뒤숭숭한 밤을 보냈다. 잠을 못 이루게 하는 강박적인 생각이 흔히 그렇듯이, 최대한 빨리 나이얼과 대결하려는 결심을 제외하면 아무런 해결 방법도 머리에 떠오르지 않았다.

6시 30분에 잠에서 깨자, 나는 행동에 나서기로 마음먹었다. 자고 있는 리처드를 침대에 남겨 두고 옷을 입은 다음 재빨리 호텔에서 나왔다.

이미 맑게 갠 따뜻한 아침이었다. 어디로 나이얼을 찾으러 가든 별 차이가 없다는 사실을 알고 있었기 때문에 언덕으로 올라갔다. 시내에서 멀어지는 긴 직선로를 따라서 올라갔다. 언덕 위에는 집이 몇 채 있었고, 거기서 길은 급격히 꺾이면서 두 개의 험준한 절벽 사이를 지나 언덕 반대편으로 이어지고 있었다. 나는 작은 언덕 위로 올라가서 편평한 정상을 가로질렀다. 풀밭 이곳저곳에서 바위가 얼굴을 내밀고 있었다. 움직이는 것은 없었고, 주위는 완전한 정적에 잠겨 있었다.

나는 편평한 바위를 찾아 그 위에 앉은 다음 멀리 보이는 헤리퍼드셔를 바라보았다.

「거기 있어, 나이얼?」

침묵. 아래쪽 사면에서는 양들이 풀을 뜯고 있었고, 차 한 대가 도로를 올라오더니 절벽 사이를 지나 말번 시를 향해 갔다.

「나이얼? 너와 잠시 얘기를 나누고 싶어.」

「난 여기 있어, 쌍년아!」 나이얼의 목소리가 왼쪽 어딘가에서 들려왔다. 상당히 가까웠다. 숨이 찬 듯한 목소리였다.

「어디 있어? 네 모습을 보고 싶어.」

「그냥 이렇게 얘기하면 그만이야.」

「모습을 보여 줘, 나이얼.」

「아냐…… 네가 모습을 감춰.」

그의 이런 말을 듣고 나는 내가 1주일 이상 줄곧 가시 상태를 유지해 왔다는 사실을 깨달았다. 이토록 오랫동안 지속된 것은 사춘기 이후 처음이었다.

「난 그냥 이렇게 있을 거야.」 나는 말했다.

「맘대로 하시지.」

나이얼은 자리를 옮기고 있었다. 그가 말할 때마다 다른 곳에서 목소리가 들려왔다. 보는 방법을 알기만 하면 구름을 찾을 수 있다는 사실을 알고 있었기 때문에 나는 나이얼을 보려고 했다. 그러나 내가 리처드와 너무 오랫동안 함께 있었던가, 아니면 나이얼이 글래머 속으로 너무 깊숙이 들어가 있었던 것 같다. 바위 위에 앉아 있는 내 주위를 빙빙 돌고 있는 그의 모습을 상상했다. 나는 일어섰다.

「왜 나를 내버려 두지 않는 거야, 나이얼?」

「네가 그레이하고 섹스하고 있으니까. 그걸 그만두게 하려고 그러는 거야.」

「제발 우리를 내버려 둬! 난 너와 끝났어. 다시는 널 보고 싶지 않아.」

「이미 그러고 있잖아, 수잔.」

나이얼은 여전히 주위를 돌아다니고 있었고, 때로는 내 등 뒤에 와 있었다. 한자리에 머물러 있었더라면 그토록 두렵지는 않았을 것이다.

나는 말했다. 「간섭하지 마, 나이얼. 우리는 이미 끝났어!」

「넌 불가시인이야. 그 작자하고는 결코 잘될 리가 없어.」

「난 너하고는 달라! 난 네가 싫어!」

그가 나를 때린 것은 그때였다. 딱딱한 주먹이 공중에서 튀어나와 내 옆머리를 때렸던 것이다. 나는 숨을 헐떡이며 휘청했고, 넘어지지 않으려고 뒤로 손을 뻗었다. 그러나 발이 바위에 부딪히며 땅바닥에 쾅 쓰러졌다. 다음 순간 나이얼은 내 허벅지 위쪽을 발로 걸어찼다. 나는 고통을 못 이겨 소리를 질렀고, 양팔로 머리를 감싸며 필사적으로 태아처럼 웅크렸다. 나는 더 큰 고통이 올 것을 예상하고 긴장했다.

그러나 나이얼은 내 곁에서 허리를 굽히고 눈에 보이지 않는 입을 내 귓가에 갖다 댔다. 담배 냄새가 나는 쉰 숨결이 느껴졌다.

「난 절대로 너와 떨어지지 않을 거야, 수잔. 넌 내 거고, 네가 없으면 난 아무 일도 못해. 네가 그레이하고 헤어질 때까지 난 너와 떨어지지 않을 거야.」

그는 내 블라우스 안에 난폭하게 손을 집어넣고 내 젖가슴을 할퀴고, 긁었다. 나는 한층 더 몸을 웅크리며 그의 손을 떼어 내리려고 했다. 손은 떼어 냈지만 블라우스의 앞섶이 찢어졌다.

나이얼은 여전히 내 얼굴에 대고 말했다. 「그 작자에게 아직 내 얘기를 하지 않는군. 네가 불가시인이고, 네가 미쳤다고 말해.」

「싫어!」

「네가 안 그러면 내가 그러겠어.」

「이미 충분히 해를 끼쳤잖아.」

「아직 시작도 하지 않았어. 그 녀석이 운전하고 있을 때 핸들을 콱 틀어 줄까?」

「넌 미쳤어, 나이얼!」

「너에 비하면 그리 미치지도 않았어, 수잔. 우리 두 사람 모두 미쳤어. 그 작자에게 그걸 이해시키고, 그래도 너를 좋아한다면 아마 난 너를 내버려 둘지도 몰라.」

나는 나이얼이 그 자리를 떠나는 것을 느꼈지만 더 구타당하는 것이 두려워서 웅크린 채로 그대로 있었다. 나이얼은 과거에도 화가 나면 나를 때리곤 했지만, 이런 식으로 구름 속에서 손발을 뻗쳐 그런 적은 단 한 번도 없었다. 머리를 맞아 여전히 멍한 상태였고, 다리와 등이 욱신거렸다. 나는 시간이 흐르기를 기다렸다가 천천히 몸을 일으켰다. 그의 모습을 찾아 주위를 둘러보았다. 얼마나 가까운 곳에 있는 것일까?

나는 절실하게 리처드와 이야기를 나누고 싶었다. 나는 리처드가 주는 위안을 필요로 하고 있었다. 그러나 그는 뭐라고 할까? 땅바닥에 주저앉은 채로 몸의 상처를 점검해 보았다. 아랫등이 욱신거리고, 허벅지에 시퍼런 멍이 나 있었다. 팔꿈치에는 풀에 스친 상처가 있었다. 블라우스 앞섶은 찢어져 너덜거렸고, 단추 두 개가 뜯겨 나가고 없었다.

잠시 언덕 위를 하릴없이 돌아다녔지만, 곧 리처드와 함께 있고 싶다는 갈망이 모든 것을 지배했다. 블라우스 앞섶을 손으로 누르고, 호텔로 이어지는 길을 절뚝거리며 천천히 걸어내려왔다. 내가 가장 두려워하는 것을 족집게처럼 집어내는 나이얼의 능력은 오싹 소름이 끼칠 정도였다. 예전에는 불가시성을 광기라고 표현한 적이 단 한 번도 없었던 것이다. 마치 내 마음을 읽기라도 한 것 같았다.

호텔 부지에 들어서자마자 리처드의 모습이 눈에 들어왔다. 자동차의 해치를 열고 자기 슈트케이스를 넣고 있었다. 나는 그의 이름을 불렀지만 그는 듣지 못했다. 그제야 나는 비참한 정황에 처한 내가 어느새 불가시 상태로 빠져 들었음을 깨달았다. 나이얼이 이룩한 또 하나의 업적이었다. 나는 억지로 구름 속에서 빠져나와 리처드를 불렀다. 이번에는 들린 듯했다. 나는 흐느끼며 허리를 펴고 뒤를 돌아다보는 리처드의 품 안으로 뛰어들었다.

13

내가 나이얼을 보았다는 것을 리처드는 알았다. 그 사실을 리처드에게 숨길 수는 없었다. 그가 저지른 일을 최대한 축소해 보려고 했지만, 찢어진 옷과 멍은 감출 수 없었다. 결국 질투에 못 이긴 나이얼이 그랬다는 사실을 시인하고, 문제가 해결되지 않았다는 사실을 인정하는 수밖에 없었다. 리처드가 화를 낼 것이라 예상하고 내심 마음을 단단히 먹고 있었지만, 그는 나 못지않게 동요했을 뿐이었다. 우리는 아침 내내 말번 호텔에 머물며 나이얼에 관해 얘기했지만 ─ 나의 용어가 아니라 줄곧 리처드의 용어를 써서 그랬을 뿐이었다.

이른 점심 식사를 한 뒤에 웨일스를 향해 차를 몰았다. 나이얼은 여전히 내 뒤에 앉아 있었다.

중간에 휘발유를 넣기 위해 차를 멈췄기 때문에 잠시 동안 나와 나이얼 두 사람만 차 안에 남게 되었다.

나는 말했다. 「내일 얘기할게.」

침묵.

「거기 있어, 나이얼?」

몸을 돌려 반이 비어 있는 뒷좌석을 보았지만, 여전히 아무것도 볼 수 없었다. 차 밖에서는 휘발유 펌프가 웅웅거리고 있었다. 햇살 아래에서 오렌지색 디지털 숫자가 반짝였다. 리처드는 주입기를 쥐고 상체를 굽힌 자세로 펌프 쪽을 바라보고 있었다. 나이얼에게서 몇 뼘 떨어지지도 않은 곳에서. 리처드는 내가 보고 있는 것을 깨닫고 희미하게 미소 지었다.

리처드가 다시 몸을 돌리자, 나는 말했다. 「너도 그걸 원했잖아…… 내일 리처드한테 얘기할게.」

나이얼은 아무 말도 하지 않았지만, 나는 그가 그곳에 있다는 사실을 알고 있었다. 그의 이런 ── 아마 의도적인 ── 침묵이 위협적으로 느껴졌기 때문에 나는 차 문을 열고 밖으로 나갔고, 리처드가 요금을 지불하는 동안 차 앞부분에 몸을 기대고 서 있었다.

디버드 주의 서부 해안 끝에 있는 리틀 헤이븐이라는 마을에 도착했다. 바위 해안선이 길게 이어지는 작고 아름다운 장소였고, 관광객으로 붐비고 있지도 않았다. 저녁이 되자 우리는 해변을 걸으며 석양을 바라보았고, 근처 퍼브에 잠깐 들렀다가 호텔로 돌아왔다.

지금 우리는 서로에게 거리감을 느끼고 있었다. 리처드는 내가 왜 나이얼과의 만남을 승낙했는지 이해 못했던 것이다. 또 그렇게 맞고 나서도 왜 내가 나이얼과의 인연을 끊어 버리지 않는지 이해하지 못했다. 리처드가 마음의 상처를 입고, 당혹감과 분노를 느끼고 있음을 나는 알고 있었다. 나는 필사적으로 모든 것을 원상복구하려고 했다. 나이얼이 주장했듯이 나의 불가시성에 관해 털어놓는 것이 해결책이 될지도 모를 일이었다. 그런다면 나이얼도 만족하고, 나 자신의 일도 리처드에게 설명할 수 있을 것이었다.

그러나 나는 이런 화제 자체에 진저리가 났다. 마음을 정리할 시간이 필요했다. 내 입에서 흘러나오는 모든 말은 단지 나이얼을 달래기 위한 수단이 아니라 〈나의〉 내적인 욕구로부터 나와야 했기 때문이다. 아침이 되면 리처드에게 얘기하려고 결심했지만, 일단은 다른 계획을 실행에 옮길 작정이었다.

호텔방으로 올라간 뒤 나는 곧장 화장실로 들어갔다. 여전히 생리 중이었지만, 나는 일시적으로 출혈을 멈추게 하기위해 페서리를 몸에 넣었다.

침대에서 리처드는 또다시 나이얼 얘기를 꺼냈지만 나는직접적인 대답을 피했다. 내가 무슨 얘기를 해도 엎질러진물을 주워 담을 수는 없었다. 나는 그를 껴안고 입을 맞췄고, 흥분시켜려고 했다. 리처드는 처음에는 저항했지만, 나는 내가 무엇을 원하는지 잘 알고 있었다. 오늘 저녁도 따뜻했기때문에 우리는 침대 커버 위에 그대로 누웠다. 우리가 몸을움직일 때마다 낡은 더블 베드는 삐걱였다. 마침내 리처드는반응을 보였고, 나도 조금씩 흥분하기 시작했다. 나는 일찍이 경험한 적이 없을 정도로 자극적인 섹스를 하고 싶었고, 최대한 친밀하게 리처드에게 입을 맞추고 그의 몸을 애무했다. 나는 리처드의 육체를 사랑했고, 그 강인함과 탄력 있는몸의 선을 사랑했다.

우리는 껴안은 채로 굴렀고, 이번에는 리처드가 위로 올라가서 손과 혀로 내 몸을 애무하기 시작했다. 나는 위로 끌어당긴 다리를 벌리고 그를 받아들일 준비를 했지만…… 리처드는 생각이 바뀐 듯 내 옆으로 내려갔다. 그의 손이 내 몸을잡아당기며 내 어깨에 그의 가슴이 밀착하는 것을 느꼈다. 나는 그가 안으로 들어오기를 원했지만, 그는 내 하반신을밀쳐 내며 양손으로 내 엉덩이를 서투르게 뒤틀었다. 우리는입을 맞추고 있었지만, 나는 리처드가 무엇을 원하는지 알수 없었다. 그의 손가락이 내 엉덩잇살을 파고들었다. 그제야 나는 그의 양손이 내 가슴 위에 있고, 내 젖꼭지를 가볍게 만지작거리고 있다는 사실을 깨달았다. 뒤에서 내 엉덩이를 잡아당기고 있는 것은 〈다른〉 손이었다! 누군가 갑자기 격렬한 기세로 뒤에서 삽입하는 것이었다. 엉덩이에 음모(陰毛)가 닿아 따끔따끔했다. 나는 헐떡이며 고개를 뒤로 비틀었고, 수염을 제대로 깎지 않은 턱이 목덜미를 스치고, 무릎이 내 무릎 뒤쪽에 부딪치는 것을 느꼈다. 내 뒤에 있는 사내의 체중 탓에 나는 앞으로 홱 밀려 나가며 리처드와 부딪쳤다. 리처드의 한쪽 손이 내 사타구니를 향해 내려왔다. 나는 이미 그곳에 있는 것이 발각되지 않도록 그 손목을 움켜잡았고, 필사적으로 그 손을 내 입에 갖다 대고 키스를 했다. 나이얼의 성적인 공격은 난폭했고, 나를 분노로 헐떡이게 만들었다. 리처드는 점점 더 크게 흥분하며 내 안에 들어오고 싶어 했다. 어떻게든 그러는 것을 막아야 했기 때문에 나는 몸을 웅크리며 등을 뒤로 홱 내밀어 배후의 사내에게서 억지로 몸을 떼려고 했고, 그와 동시에 리처드의 것을 입에 머금고 빨았다. 나이얼은 앞으로 나오며 내 다리 사이에서 무릎을 꿇은 자세를 취했고, 양손으로 내 배를 붙잡고 강하게 쑤셔박았다. 그 움직임이 점점 더 다급해지더니 그는 한쪽 손으로 내 머리카락을 움켜쥐었고, 아플 정도로 세게 뒤틀면서 아래로 눌렀다. 나는 숨이 막혀 컥컥거리기 시작했다. 이렇게 강간이 계속되는 동안 리처드는 누운 채로 팔을 내 몸에서 떨어진 어딘가로 뻗치고 있었다. 이제는 거의 숨을 쉴 수도 없을 지경이었지만 나는 양쪽 팔꿈치로 뒤에 있는 나이얼을 찍어서라도 떼어 내려고 했다. 가까스로 리처드의 것을 입에서 빼낼 수 있었지만 여전히 머리가 눌려 있어 얼굴은 여전히 그의 사타구니에 맞닿아 있었다. 나이얼이 가차 없이 뒤에서 공격을 해오는 중에 리처드가 쾌락의 신음을 흘리는 소리가 들렸다. 나이얼이 절정에 달하는 것을 느꼈다. 곧 그는 큰 소리로 신음하고, 격한 숨을 내쉬었다. 리처드는 강렬한 욕구가 담긴 목소리로 내 이름을 불렀다. 나이얼은 내 등 위에서 축 늘어졌고, 머리카락에서 손을 놓고는 내 가슴을 만지작거리기 시작했다. 나이얼이 긴장을 늦추자 나는 자세를 바꿀 수 있었지만, 그를 완전히 떼어 내지는 못했다. 나이얼은 여전히 그곳에서 괴물처럼 나를 점거하고 있었고, 자신의 체중으로 나를 압박해서 내 얼굴을 리처드 쪽으로 밀어붙였다. 리처드는 또다시 내 이름을 부르고, 사랑을 나누고 싶어 했다. 가까스로 고개를 돌려 그의 얼굴을 보았다. 눈을 감고, 입을 열고 있었다. 어떻게든 나이얼을 떼어 내야 했지만, 그의 밑에 깔려서 제대로 움직일 수가 없었다. 팔꿈치로 뒤를 찔러 보아도 아무 효과가 없었다. 헐떡이는 숨소리가 귓가에 들렸다. 나의 내부에서 그가 부드러워지는 것을 느끼고 나는 또다시 몸을 위로 올리고, 엉덩이를 비틀며 빠져나오려고 했다. 이번에는 그의 몸 밑에서 빠져나올 수 있었지만, 그는 여전히 뒤에서 나를 붙들고 있었다. 내가 또다시 팔꿈치로 가격하자 나를 잡은 손에서 힘이 빠졌다. 그러자마자 나는 리처드의 몸 위로 기어가서 가슴을 껴안고, 얼굴을 갖다 댔다. 리처드는 열정적으로 내게 입을 맞췄고, 내 몸을 자기 몸 위로 끌어올렸다. 나이얼이 침대 곁에 있는 것을 느낄 수 있었다. 그의 몸 어딘가는 여전히 내 옆구리를 압박하고 있었다.

마침내 리처드가 내 안으로 들어왔고, 우리는 사랑을 나눴다. 나 자신은 아무런 쾌감도 느끼지 못했고, 단지 상대방이 나이얼이 아니라 리처드라는 사실에 안도했을 뿐이다. 나는 리처드의 몸 위에 웅크리고 앉아 있었기 때문에 서로를 바라볼 수 있었다. 나는 굳은 표정을 바꾸지 않았다. 만약 리처드에게 반응을 보인다면 내 진심이 드러날까 두려웠기 때문이다. 내가 할 수 있었던 것이라고는 단지 리처드의 움직임에 맞춰 움직이며 그가 만족하기를 기대하는 일뿐이었다. 나이 얼은 여전히 옆에 있었다. 내 장딴지 근처에서 그의 몸이 발산하는 열을 느낄 수 있었다.

왜 리처드는 나이얼의 존재를 느끼지 못하는 것일까? 도대체 나이얼이 얼마나 깊은 불가시 상태에 돌입해 있기에 그의 목소리를 듣지 못하고, 냄새를 맡지 못하고, 침대를 누르고 있는 그 육체의 무게도 느끼지 못하고, 나이얼이 나에게 강요한 폭력적인 자세 변화조차 자각하지 못한단 말인가?

리처드가 절정에 달하자마자 나는 그의 곁에 드러누웠다. 우리는 시트를 위로 끌어올렸다. 나는 피곤하다고 속삭였다. 우리는 불을 끄고 서로의 팔을 베고 누웠다. 리처드의 숨소리가 고르게 변하며 잠들 때까지 나는 기다리고, 기다렸다. 그를 깨울 염려가 없다는 확신이 생기자 나는 침대에서 슬쩍 내려와 욕실로 갔다. 최대한 조용히 샤워를 하며 몸 구석구석을 씻었다.

방으로 돌아가자 프랑스 담배의 연기 냄새가 났다.

14

다음 날 아침 나는 리처드에게 말했다. 「어린애들 책에 곧잘 나오곤 했던 퍼즐 기억나?」

나는 종이 한 장을 찾아내서 두 개의 표시를 했다.

X   O

「왼쪽 눈을 감고, 오른쪽 눈으로 X를 보면서 종이에 얼굴을 갖다 대면, 어느 순간 O가 사라지는 것처럼 보일 거야.」

그러자 리처드는 그것이 눈의 구조적인 결함 때문이라고 대답했다. 각막에는 제한된 주위시력밖에 없기 때문이라고 말이다.

나는 말했다. 「하지만 뇌는 눈이 볼 수 없는 것을 보강해 줘. O는 **실제로** 사라진 것이 아니야…… 종이에 구멍이 나는 것처럼 말이야. 단지 당신은 O가 있던 자리에 종이가 보인다고 생각하는 거야.」

그러자 리처드는 무슨 얘기를 하고 싶은 거냐고 반문했다.

나는 대답했다. 「참석자들과 거의 안면이 없는 파티에 초대되어 갔다고 상상해 봐. 사람들이 서 있는 방으로 들어가는 거야. 모두 술을 마시고, 담배를 피우고, 말을 나누고 있지. 당신한테 인사하는 사람이 아무도 없기 때문에 당신은 어색한 느낌을 받아. 당신이 주로 의식하는 것은 군중이야. 아무도 특별히 튀는 사람이 없는. 당신은 방 가장자리에서 술잔을 들고 서서 행여나 낯익은 얼굴은 없는지 찾아보고 있어. 그러다가 아는 사람을 하나 발견하지. 그 남자 혹은 여자는 누군가와 얘기를 하는 중이라서 당신한테 오지는 않지만, 당신 눈에는 그 어떤 사람들보다도 이 두 사람이 눈에 띄어.

당신은 여전히 혼자이기 때문에 다른 사람들을 바라보고 있어. 당신이 관심을 가지는 것은 아마 여자들이겠지. 그 여자들의 용모를 재빨리 판정하고, 혼자인지 아닌지를 판단하는 거야. 만약 남자들하고 같이 있으면 그 남자들도 보게 돼. 마침내 누군가가 당신한테 말을 걸고, 그 순간부터 그 사람은 당신의 주의력 한복판에 있게 돼. 시간이 흐르면 당신은 특정 인물들을 골라내게 되고, 한 사람씩 돌아가면서 주의를 집중해. 그 대상은 만취한 남자라든지, 섹시한 드레스를 입은 젊은 여자라든지, 너무 큰 목소리로 웃는 사람 따위야. 당신이 다른 사람들과 대화를 나누면 그 사람들은 당신의 즉각적인 의식(意識)의 영역권 안으로 들어와. 다른 사람들, 아직 대화를 나누지 않았거나 딱히 눈에 띄지 않았던 사람들도 당신의 의식 속에 있겠지만, 그 사람들은 일반적이거나 피상적인 곳에 머물러.

이러면서 당신은 방에 있는 다른 것들도 점점 의식하게 돼. 우선 음식과 술이 있겠지. 애완동물이 있는 걸 볼지도 모르고, 관상식물이 든 화분을 볼지도 몰라. 가구와 융단을 보겠지. 급기야는 방 전체가 어떻게 장식되었는지를 깨닫게 될지도 몰라.

그 방 안에 있는 모든 물체와 사람이 당신 눈에 보이지만, 그것들을 의식할 때는 무의식적인 순서에 따르게 되는 거야.

그리고 그 어떤 파티든 간에, 당신이 **결코** 그 존재를 깨닫지 못하는 사람이 있어.」

나는 말을 이었다. 「자, 또 모르는 사람들의 모임에 갔다고 생각해 봐. 남자 열 명에 여자 한 명이 참석하고 있어. 당신이 방에 들어간 순간 아름답고 관능적인 그 여자는 춤을 추며 옷을 벗기 시작했어. 그녀가 옷을 벗어 던지자마자 당신은 그 방을 떠나. 그런 다음 그곳에 있던 남자들을 당신은 몇 명까지 묘사할 수 있을 것 같아? 아홉 명이 아니라 열 명 있었던 것이 확실한지, 또 있는지도 몰랐던 어떤 사람이 없었다고 단언할 수 있어?

리처드, 당신이 길을 가는데 두 여자가 다가온다고 생각해 봐. 한 여자는 젊고 예쁜 데다 매력적인 옷을 입고 있어. 다른 여자는 중년인 걸 보니 아마 젊은 여자의 어머니인 듯하고, 아무 특징도 없는 수수한 코트를 입고 있어. 지나가는 당신을 향해 두 사람 모두 미소를 지어 보여. 당신이라면 어느 쪽을 먼저 의식할 것 같아?」

물론 젊은 여자를 의식하겠지만, 그건 성적인 반응일 뿐이라는 반론이 돌아왔다.

「언제나 반드시 그런 건 아냐.」 나는 말했다. 「남자 다섯하고 여자 다섯으로 이루어진 그룹이 있다고 생각해 봐. 여섯 번째 여자가 이 그룹에 접근해. 그 여자가 처음 의식하는 것은 다른 여자들이야. 다른 남자들보다 여자들 쪽을 더 선호하는 거지. 남자들이 여자들에게 눈길을 주는 것과 마찬가지로 여자들은 같은 여자들을 쳐다보는 법이야. 어린아이는 어른들을 보기 전에 먼저 같은 아이들을 봐. 여자들도 어른들보다는 아이들을 먼저 보고. 남자는 어린애들을 보기 전에 먼저 여자를 보고, 그런 다음에야 같은 남자들을 보게 되지.

시각적인 관심에는 서열이 있어. 어떤 사람들의 집합이든 간에, 거기엔 언제나 맨 **마지막**에 주의를 끄는 사람이 있기 마련이야.」

나는 이야기를 계속했다. 「사람들로 북적이는 쇼핑가를 걸어 다니면서 당신이 아는 누군가를 찾고 있다고 상상해 봐. 여자라고 해두지. 당신이 모르는 사람으로 이루어진 인파가 당신 곁을 빠르게 지나가고 있어. 당신은 자기 친구를 찾고 있기 때문에, 이 모든 사람들을 보고 있어. 끊임없이 사람들의 얼굴을 훑어보면서, 당신이 알고 있는 얼굴을 찾고 있는 거야. 여자들뿐만 아니라 남자들 얼굴도 볼 거야. 그중 일부는 당신의 흥미를 끌지만, 대다수는 그렇지 않아. 시간이 흐르면서 당신은 혹시 그 친구를 모르고 그냥 지나친 것이 아닌지 걱정하기 시작해. 마지막으로 본 지 하루밖에 지나지 않았으니 그 여자의 얼굴을 뚜렷하게 떠올릴 수는 있지만, 당신은 이 많은 인파 속에서 그 여자를 찾는 것은 무리가 아닌가 하고 생각하기 시작해. 어제와는 전혀 다른 옷을 입고 있는 것은 아닌지? 혹시 헤어스타일이 바뀌지는 않았는지? 그러면서 사람들을 계속 바라보지만, 더 이상 무엇을 찾고 있는지 자신이 없어진 상태야. 당신 친구처럼 생긴 여자를 한두 명 보고, 잠시나마 친구를 찾은 것이 아닌가 생각할 때도 있어. 그러던 중에 마침내 그녀가 나타나고, 모든 문제가 해결되지. 마지막으로 보았을 때와 똑같아 보이고, 당신 머릿속에는 단지 그녀를 찾았다는 안도감밖에 없어. 이제 당신은 거리를 지나는 사람들을 더 이상 의식하지 않아. 인파는 줄곧 당신 옆을 스쳐 지나가지만 말이야.

나중에 곰곰이 생각해 보면, 친구를 찾다가 본 사람들의 얼굴 일부가 기억난다는 걸 알 수 있을 거야. 하지만 친구를 찾던 몇 분 동안 당신은 몇백 명에 달할지도 모르는 사람들의 얼굴을 보았고, 그 밖에도 몇천 명의 사람들이 있다는 사실도 자각하고 있었어. 이들 대다수를 바라보고, 실제로 보았다고 생각했지만, 사실을 말하자면 당신 마음은 그들의 얼굴을 기억하지 않았어.」

그러자 리처드는 그건 하등 이상할 것이 없는 일이라고 반박했다.

나는 말했다. 「내가 말하고 싶은 것은 주위에 있는 사람들 모두를 일일이 의식하지 **않는** 쪽이 정상이라는 점이야. 당신은 당신이 보려고 생각한 것이거나, 당신이 흥미를 느꼈거나, 아니면 어떤 것이든 당신의 주의를 끈 것들만 보게 돼. 내가 당신한테 지적하고 싶은 건, 당신이 **결코** 볼 수 없는 사람들이 존재한다는 사실이야. 아까 말한 서열에서 너무 낮은 곳에 위치해 있는 사람들이야. 어떤 그룹에서든 제일 나중에 주의를 끄는 사람들이지. 보통 사람들은 이 사람들을 보는 방법을 몰라. 왜냐하면 그들은 타고난 불가시인이고, 자기들을 남에게 보이는 방법을 모르기 때문이지.」

나는 잠시 쉬었다가 말을 이었다. 「나는 타고난 불가시인이야, 리처드. 그리고 당신한테 내가 보이는 건 내가 그걸 원하기 때문이야.」

리처드는 말도 안 되는 소리라고 했다.

나는 말했다. 「봐, 리처드.」

이렇게 말하고 나는 리처드 앞에서 일어섰고 불가시 상태로 슬쩍 들어갔다. 나를 보지 못하게 되자, 그가 매우 동요한 기색을 보일 때까지 모습을 감추고 있었다.

15

나는 말했다. 「리처드, 당신도 타고난 불가시인이야. 당신은 그 사실을 모르지만, 당신에게는 자기 몸 주위를 글래머로 에워싸는 능력이 있어. 그 힘을 어떻게 쓸 수 있는지 가르쳐 줄 수도 있어.」

리처드는 도저히 믿지 못하겠다고 대답했다.

나는 말했다. 「그렇다면 불가시성을 획득하기 반보 직전까지 왔다는 얘기가 돼. 불신은 그 일부니까 말이야. 어떻게 하면 당신의 구름을 강화할 수 있는지 가르쳐 줄게.」

우리는 리틀 헤이븐 인근 해안의 바위 위에 앉아 있었다. 썰물이었고, 모래사장이 햇살을 반사하며 반짝이고 있었다. 주위는 온통 휴양객들로 바글거리고, 멀리서는 어린아이들이 얕은 물속에서 철벅거리고 있었다. 나는 글램들이 쓰는 속어를 쓰지 않고 구름을 강화하는 방법을 설명하려고 했다. 내 관점에서 보면 불가시성은 나 자신이 〈보거나〉〈보지 않도록〉 하는 방법이었다. 보거나 보지 않음으로써 나 자신이 안 보이거나 보이게 되는 것이다.

나는 말했다. 「우선 긴장을 풀고, 마음속에서 자기 자신의 존재를 믿지 못하겠다는 정신적 태도를 갖추는 거야.」

리처드는 그런 일은 불가능하다고 말했다.

나는 폭동을 촬영한 일에 관해 리처드가 했던 얘기를 머리에 떠올리고, 말했다. 「촬영하고 있었을 때의 느낌을 떠올려 봐. 여기서 카메라를 보고 있다고 상상하는 거야. 당신은 저기 보이는 사람들, 이를테면 저기서 일광욕하고 있는 두 여자를 찍고 싶어 하고 있어. 만약 카메라를 가지고 저 여자들이 있는 곳으로 걸어간다면 여자들은 그 사실을 **인식**하고, 자의식 과잉 상태에 빠질 거야. 당신을 통해 스스로를 보기 시작한다고나 할까. 그런 상황을 피하려면 당신은 어떻게 하겠어?」

　리처드는 자기라면 망원 렌즈를 쓰겠다고 했다.

　「아니, 가까이 다가가야 해. 여자들 옆에서 몰래 웅크리고 카메라를 들이대는 거야. 당신이라면 어떻게 하겠어?」

　리처드는 알았다고, 해보겠다고 했다.

　리처드는 해변을 가로질러 갔다. 그 여자들을 향해 곧바로 간 것이 아니라, 마치 우연히 그쪽으로 가는 식이었다. 나는 그가 멈춰 서서 바다를 바라보고, 모래를 내려다보고, 생각에 잠기는 광경을 보았다. 두 여자는 10대였고, 할인점에서 팔고 있는 종류의 싸구려 비키니를 입고 비치타월 위에 엎드려 있었다. 옆에 둔 트랜지스터 라디오에서는 팝 음악이 흘러나왔다. 아주 어려 보였고, 상당히 통통한 몸은 아직 볕에 그을리지 않은 채였다. 리처드가 그들을 향해 몸을 돌렸을 때, 그가 허리를 펴며 마치 무거운 카메라를 메고 있는 것처럼 한쪽 어깨를 움츠리는 것이 눈에 들어왔다. 리처드는 아까보다 더 자신 있는 태도로 그들을 향해 걸어갔다. 나는 그의 구름이 짙어지는 것을 보았다. 리처드는 그들 곁에 다가가 웅크렸다. 여자애들은 그가 그곳에 있다는 사실을 깨닫지 못했다. 리처드는 잠시 가만히 있다가, 라디오가 있는 곳으로 가서 그것을 한쪽으로 밀어 놓았다. 여자애들은 여전히 아무 반응도 보이지 않았다. 여자애 한 명이 몸을 뒤집어 한 쪽 무릎을 세우고 햇살 아래에 누웠다. 리처드는 그 주위를 돌아 그녀를 내려다보며, 햇살을 가로막고 그녀의 얼굴 위에 그림자를 떨어뜨렸다.

다시 내가 있는 곳으로 돌아왔을 때 리처드는 여전히 불가시 상태인 채로 껄껄 웃고 있었다. 우리는 서로를 껴안고 입을 맞췄다. 리처드가 말했다. 「이제 또 무슨 일을 할 수 있지?」

나는 대답했다. 「우선 나이얼 얘기를 해야 해.」

16

우리는 리틀 헤이븐에 사흘 머무른 뒤 해안 도로를 지나 세인트 데이비드로 왔다. 앞으로 무슨 일을 해야 할지 고민이었다. 두 사람 모두 런던으로 돌아가고 싶었지만, 휴가를 여기서 끝내는 것을 주저하고 있었다. 예전에 우리 사이를 가로막았던 모든 장애물은 이제 사라졌고, 우리는 사랑에 빠져 있었다. 서로에게 사랑한다는 말을 정기적으로 했고, 사랑하고 있다는 감정 또한 지속되었다.

세인트 데이비드에 도착했지만, 관광객들로 붐비는 이 조그만 성당 도시에서 머물 곳을 찾는 것은 쉽지 않았다. 겨우 발견한 곳도 좁은 골목 안에 있었기 때문에 차를 세워 둘 곳이 없었다. 내가 방으로 올라가는 동안 리처드는 조금 떨어진 곳에 차를 주차하러 갔다.

방에 들어가자마자 나이얼이 말했다. 「너는 내가 하라는 대로 안 했어.」

나는 공포에 질려 뒤를 돌아다보았다. 그의 모습은 여전히 보이지 않았다.

「가까이 오지 마!」 나는 말했다. 「나한테 손대면 소리 지를 거야.」

「그레이한테 내 얘기를 한다고 했잖아.」

「어디 있는 거야, 나이얼? 모습을 보여.」

「어디 있는지 알면서. 왜 그 작자한테 내 얘기를 안 했지?」

「얘기했어. 이제는 모든 걸 알아.」

「네가 얘기하는 걸 들었어. 그 자리에 있었으니까. 그 작자는 여전히 나에 관해서 모르고, 내가 너한테 어떤 존재인지 몰라.」

「넌 나한테 아무 의미도 없는 존재야!」 나는 말했다. 「너하고는 이제 완전히 끝났어. 나한테 그런 짓을 한 너하고 다시는 상종하고 싶지 않아!」

「난 네가 필요해, 수잔. 너를 떠나보낼 수 없어.」

「떠나보낼 수밖에 없을걸!」 나는 재빨리 방을 가로질러 문을 열었다. 나이얼이 더 이상 무슨 말을 하기 전에 한시라도 빨리 리처드를 찾아내야 했다. 나이얼이 내 뒤를 따라 복도를 걸어오는 소리가 들려, 나는 달리기 시작했다. 황급히 계단을 뛰어 내려가서 작은 로비를 지나며, 빨리 리처드가 돌아와 주기를 필사적으로 염원했다. 좁은 골목으로 나간 순간 나이얼이 내 팔을 움켜잡고 억지로 뒤돌아서게 했다. 마침내 나이얼은 내 앞에 모습을 드러냈다.

그의 모습은 충격적이었다. 일주일은 안 깎은 듯한 수염이 거뭇거뭇하게 얼굴을 뒤덮고 있었고, 머리는 빗질을 안 해서 헝클어질 대로 헝클어진 데다가 옷도 더러웠다. 그의 이런 모습을 보는 것은 처음이었다. 예전에는 언제나 깔끔한 차림을 하고 있었던 것이다. 눈에는 거칠고 필사적인 빛이 떠올라 있었고, 평소의 자신감도 완전히 사라져 있었다. 갑자기 그의 이런 모습을 보자 내 마음에 돌연한 변화가 생겨났다. 불가시 상태로 내 주위를 맴돌고 있을 때의 그는 눈에 보이지 않는 위협적인 존재였고, 침입자이자 강간자였지만…… 지금 내 눈 앞에 서 있는 인물은 젊고, 두려움에 사로잡힌, 오

305

히려 비참해 보이기까지 하는 사내였다.

그는 말했다. 「제발 부탁이야, 수잔. 난 너와 얘기를 하고 싶어.」

「그럴 수 없어. 더 이상 할 말이 없어.」

「한 시간만 내줘. 그것도 못 해줘? 잠깐만. 지금 네가 나를 증오하고 있는 건 알지만, 난 너와 함께 있고 싶어서 미칠 지 경이야.」

「난 리처드와 함께야. 그이를 두고 갈 수는 없어.」

「잠깐 혼자 있고 싶다면 이해해 줄 거야.」

「난 너와 있고 싶지 않아!」

「제발…… 작별 인사할 틈도 못 주겠어?」

그때 나는 리처드가 호텔로 오는 것을 보았다. 그는 나를 보고는 손을 흔들었다. 나를 향해 성큼성큼 걸어오는 리처드의 모습을 보고 나는 그가 얼마나 유연하고 건강해 보이는지를 다시 한 번 깨달았다. 나이얼과는 딴판으로.

「너를 볼 거야!」 나는 나이얼에게 말했다.

「아니, 못 봐.」

리처드는 우리 있는 곳으로 왔다. 「오후 시간이 남았어. 해변으로 가면 어때? 수영을 하고 싶어.」

「얘기해.」 나이얼이 말했다.

「잠시 이곳 가게들을 구경하면서 돌아다니고 싶어. 혼자서 갔다 올래.」

「무슨 일이 있었군, 수…… 무슨 일이야?」

「아무것도 아냐. 그냥 해변에 가는 게 내키지 않을 뿐이야.」

「알았어. 그럼 내일 가기로 하지. 나도 함께 쇼핑을 할게.」

나이얼은 우리 뒤에서 어깨를 축 늘어뜨린 모습으로 서 있었다. 나는 말했다. 「잠시 혼자 있고 싶어.」

「왜 그래, 수?」 리처드가 말했다. 「아까와 딴판이잖아.」

「아무렇지도 않아. 단지 잠시 혼자 있고 싶을 뿐이야.」

리처드는 화난 듯한 몸짓을 했다.「꼭 그래야겠다면 난 해변으로 가서 일광욕이나 하고 있을래. 당신이 나와 함께 있고 싶어질 때까지 말이야.」

나이얼은 내가 리처드의 팔을 잡고 애정이 담긴 키스를 하는 광경을 지켜보고 있었다.「그리 오래 걸리지 않을 거야.」

「그럼 호텔에서 만나.」

리처드는 성큼성큼 걸어갔다. 짜증난 기색이 역력했다. 나는 리처드가 호텔에 들어갈 때까지 나이얼과 함께 서 있다가 결연한 태도로 다른 곳을 향해 걸어갔다. 나이얼은 내 뒤를 따라왔다. 이 조그만 성읍을 둘러싼 시골 길에 도달할 때까지 나는 발걸음을 늦추지 않았다. 나이얼이 호텔방에서 말을 걸어온 이래 나는 줄곧 가시 상태였고, 앞으로도 그럴 작정이었다. 나이얼도 가시 상태를 유지했다. 나한테밖에는 보이지 않았지만 말이다.

그 뒤에는 남은 오후를 나이얼과 함께했고, 이것은 결국 이른 저녁까지 이어졌다.

나는 나이얼의 얘기를 끝까지 들어 주었다. 대부분 이미 들었던 얘기였다. 나를 여전히 사랑하고, 고독감에 시달리고 있고, 내게 질투하고 있다는 따위이다. 나이얼은 혼자 있으면 두렵다고까지 말했다. 나는 마음을 굳게 먹고 이런 얘기를 무시했기 때문에 결국 아무것도 변하지 않았다.

그러나 우리는 오랫동안 얘기했다. 나이얼에 관해서 여러 가지 일을 알게 되었고, 너무나도 오랫동안 그를 멀리했다는 사실을 깨달았다. 나이얼은 자신의 과거 행위를 후회하고 있었으며, 나와 마찬가지로 불가시성이 야기한 고독에 종지부를 찍고 싶어 했다. 그는 어딘가에 뿌리를 내리고 살고 싶어 했고, 치사한 범죄와 침입 행위에 이별을 고하고 싶다고 했다. 내가 그림을 그려서 팔고 있는 것이 부러웠던 나머지 자기가 쓰는 글의 양을 늘렸고, 입신양명하기를 원했다. 그의 가장 큰 문제는 일할 장소를 찾는 것이었다. 아이러니컬하게도 그는 자신의 불가시성에 대한 자신감을 잃고 있었고, 누군가가 사는 집에서는 글을 쓰는 일에 집중할 수 없다고 했다.

그리고 나이얼은 자신이 보낸 원고를 아무도 읽지 않는다고 확신하고 있었다. 대다수의 불가시인들과 마찬가지로 우편물이 무시되거나 분실되는 것을 두려워하고 있었기 때문에, 언제나 자기 손으로 출판사에 원고를 배달한다고 했다. 그럼에도 불구하고 그는 자신의 원고를 읽는 사람이 없다는 점을 확신하고 있었다. 되돌아오는 법도 거의 없었고, 출판사에 침입해서 자기 원고를 되찾아 와야 하는 일도 부지기수였다. 때로는 두고 온 자리에 고스란히 원고가 남아 있는 것을 본 적도 있다고 했다. 설령 이런 장애를 극복하고 책을 출간하는 데 성공했다고 해도, 보나마나 누구의 눈에도 띄지 않고 판매되는 일도 없으리라는 시니컬한 신념을 토로했다.

나이얼이 무슨 글을 쓰고 있는지 알아내려고 이런저런 질문을 해보았지만 어떤 이야기라는 대답이 돌아왔을 뿐이었다. 지금까지도 자기가 쓴 글에 대해 비밀주의를 고집했지만, 나는 적어도 그 일부라도 읽고 싶었다. 나이얼은 언젠가 원고를 하나 보여 주겠다고 약속했지만, 나는 더 이상 그를 압박하지는 않았다.

나이얼은 인정하지 않을지도 모르지만, 나는 작가가 되고 싶다는 그의 야심을 더 큰 문제의 일환으로 간주하고 있었다. 나이얼은 나와 비교하면 자신이 고립무원의 상태라는 점을 되풀이해서 강조했다. 과거에는 정상인이 되고 싶다는 나 자신의 소망을 경멸했지만, 이제는 달랐다. 나를 잃을지 모른다는 두려움에 떨고 있었던 것이다. 나는 현실 세계와 그를 이어 주는 접점이었다. 그는 나를 맹인을 위한 맹인견에 비교하기까지 했다. 세상사에 참여하기 위해서는 내가 꼭 필요하다는 것이었다. 리처드에 대해 그가 느끼는 두려움과 혐오감의 원인은 바로 이것이었다. 리처드에게 나를 뺏기면 자기 자신을 잃는 것과 마찬가지였다.

나이얼은 정에 강하게 호소하고 있었다. 나는 나이얼이 한 말이 쓰디쓴 진실임을 알고 있었고, 마침내 그도 성숙해 가고 있다고 느꼈다. 이런 얘기에 대해서만은 냉정하게 무시해 버릴 수가 없었다. 리처드를 잊은 것은 아니었지만, 나는 나이얼이 지금까지 우리에게 행한 침입 행위를 용서해 주었고, 무정한 태도를 보인 것을 사과하기까지 했다. 다시는 리처드를 만나지 않겠다는 약속을 나에게서 얻어 내려고 했을 때는 침묵했지만, 나중에 나는 우리가 앞으로도 친구로 지내지 못할 이유가 없다는 말을 했다.

얼마나 오래 리처드 곁을 떠나 있었는지를 괴로울 정도로 자각하고 있었기 때문에 나는 성읍으로 되돌아갔다. 해가 지면서 기온이 떨어져, 나는 리처드가 더 이상 해변에 없을 것이라고 짐작했다. 나이얼은 나와 함께 걸으며 리처드를 보자마자 내가 단호히 대처할 것을 끈질기게 요구했다.

우리는 성당 근처의 조그만 광장을 돌아다니던 리처드와 느닷없이 마주쳤다. 리처드 쪽이 먼저 나를 보았고, 그러자마자 나는 나이얼과 함께 있는 것을 리처드가 보았다고 생각했다. 나는 혼란에 빠져 어딘가 켕기는 사람처럼 행동했다.

리처드가 말했다. 「줄곧 찾아다녔어. 도대체 어디 있었어?」

「돌아다니면서 가게들 구경을 하고 있었어.」 나는 이 성읍 안의 가게 수가 얼마나 적은지를 뼈저리게 자각하면서도 이렇게 대답했다. 「당신은 어디 있었는데?」

「잠시 해변에서 일광욕을 하다가, 당신을 찾아다녔어.」

나는 나이얼을 흘낏 보았다. 리처드가 그를 볼 수 있다고 확신하고 있었다.

　나이얼이 말했다. 「이 작자는 내가 여기 있는 걸 몰라.」

　리처드는 화난 표정이었다. 나는 그를 껴안고 오해를 풀고 싶었지만, 나이얼이 곁에 있었다.

　「미안해.」 나는 이 사과가 얼마나 미약하게 들리는지를 자각하며 말했다.

　「뭘 하고 싶어?」

　「뭐든지…… 당신이 하고 싶은 것이라면 뭐라도 좋아.」

　「알았어, 당신한테 맡기지. 혼자 있고 싶어 한다는 건 명백하니까 말이야.」

　「난 그런 말은 하지 않았어.」

　리처드는 뒤도 돌아다보지 않고 그 자리를 떴다. 나는 뒤를 따라가려고 했지만 그의 뒷모습에서 결연한 느낌을 받고 당분간 기다릴 필요가 있다는 사실을 깨달았다. 나는 나이얼 쪽으로 몸을 돌렸지만, 그의 모습은 이미 사라진 뒤였다.

　「나이얼! 거기 있어?」

　「여기 있어.」 바로 옆에서 목소리가 들려왔다.

　「모습을 보여 줘.」

　「지금은 안 돼. 저 작자와 함께 있고 싶어 하면서.」

　「네 덕분에 당분간은 그럴 수 없게 됐어.」 나는 주위를 둘러보았고, 거리를 지나는 사람들 눈에는 내가 그 자리에서 혼잣말을 중얼거리고 있는 것처럼 보일 것이라는 사실을 깨달았다. 나는 걷기 시작했다. 나이얼이 따라오리라는 걸 알고 있었다. 나는 말했다. 「그이한테 네가 어떤 영향을 끼치고 있는지 모르겠어?」

　대답은 돌아오지 않았다. 나는 계속 걸었다. 나이얼은 단지 대답을 하지 않았을 뿐이라고 생각했지만, 얼마 안 되어서 그가 내 곁을 떠났다는 사실을 깨달았다. 뒤를 돌아다보았다. 왜 그렇게 떠난 것일까? 그가 마지막으로 내게 말한 장소로 가서 그의 이름을 불러 보았지만 아무 대답도 없었다.

길 가던 행인 한두 명이 이상하다는 듯 쳐다보는 바람에 나는 다시 걷기 시작했다. 광장 중앙에는 작은 녹지가 있었다. 나는 그곳으로 가서 나무 벤치에 앉았다. 저녁 공기는 아직 따뜻했다. 나이얼이 갑자기 떠난 것이 정말 마음에 들지 않았다. 통화하던 중에 일방적으로 그쪽에서 전화를 끊었을 때처럼 나는 당혹하고 불안한 기분을 느끼고 있었다. 이런 기분은 나이얼의 침입이 얼마나 끔찍했는지, 또 그가 나의 내부에 야기할 수 있는 신경증적인 상태가 얼마나 지독한지를 기억하게 만들었다.

그보다 더 끔찍했던 것은 나이얼이 실제로 이곳에 있었다는 확신이 흔들리기 시작했다는 점이었다. 그의 느닷없는 출현은 망령의 그것을 방불케 했고, 공중에서 들려오는 목소리이자 내 과거의 양심이 야기한 것인지도 모른다.

내가 리처드를 만나기 전까지 나이얼은 단 한 번도 나를 향해 자신의 심원한 불가시성을 사용한 적이 없었다. 그건 왜일까?

눈에 보이지 않는다면, 정말로 이곳에 존재하는 것일까?

그가 느닷없이 공중에서 출현할 때, 내 눈에 보이는 것은 무엇일까?

이런 생각들은 내가 두려워하는 광기와 근접해 있었다. 그런 것들을 머릿속에서 쫓아내기 위해 나는 작은 성읍 도시의 중심부에서 빠져나와 호텔을 향해 걸어갔다. 상황이 어쨌든 간에, 또 어떤 결과가 나오든 간에 리처드를 꼭 보고 싶었다. 확실함과 명료함은 오로지 그에게서만 찾을 수 있었다.

17

리처드는 호텔방의 침대 위에 앉아서 조간신문을 읽고 있었다. 나를 못 본 척했다.

내가 말했다. 「배고파, 리처드. 밖으로 나가서 뭘 사먹으면 어떨까?」

「알았어.」 리처드는 신문을 접으며 일어섰다.

우리 마음에 든 유일한 레스토랑은 만원이었기 때문에 다른 커플과 작은 테이블에 함께 앉는 수밖에 없었다. 요리를 주문할 때 의례적으로 하는 몇 마디를 제외하고는 도저히 대화를 나눌 분위기가 아니었다. 우리는 가급적 빨리 자리에서 일어나 호텔로 돌아갔다. 오후 내내 밖에 있으면서 땀이 흐르고 먼지를 잔뜩 뒤집어쓴 기분이었기 때문에 샤워를 했다. 내가 욕실 밖으로 나오자 리처드는 옷을 벗고 침대 위에 누워 있었다. 나는 타월로 머리의 물기를 닦고 시트 밑으로 들어갔다.

나는 말했다. 「당신이 화난 것은 알지만, 내가 사실을 털어 놓으면 들어 줄래?」

「그게 어떤 내용인지에 달려 있어.」

「나이얼 일이야. 이곳에 와 있고, 오늘 만났어.」

나는 리처드가 어떤 식으로든 눈치 챘을 것이라고 생각하고 있었지만, 그는 놀란 표정을 했다.

「도대체 그 작자가 여기서 뭘 하고 있는 거야? 말번에 있었잖아. 우리 뒤를 따라다니고 있는 거야?」

「단 하나 중요한 건 나이얼이 여기 있다는 사실이야.」

「당신이 왜 그 작자를 만나야 해? 난 이제 지쳤어. 내일 런던으로 돌아가겠어. 얼어 죽을 남자 친구와 함께 있고 싶거든 당신은 여기 머물라고.」

「꼭 봐야 했어. 나와 그이는 완전히 끝났다고 말해 주고 싶었기 때문이야.」

「당신 예전에도 똑같은 소리를 했어.」

「리처드, 난 당신을 사랑해.」

「더 이상 그 말이 사실이라고는 생각되지 않는군.」

「사실이야.」

이런 대화가 이어진 탓에 내가 정말로 하고 싶었던 얘기는 어딘가로 사라져 버렸다. 모든 것이 너무 복잡하고 감정으로 가득 차 있었다. 나는 이런 상황을 단순화해서 내가 중심적 사실로 간주하는 곳에서부터 새 출발하고 싶었다. 리처드야말로 내가 함께 있고 싶어 하는 유일한 사람이라는 사실 말이다. 그러나 리처드는 그런 나를 정면으로 거부했고, 그 탓에 나도 화를 냈다. 논쟁은 비논리적인 것으로 변해 갔고, 우리는 결국 대화 자체를 포기했다. 돌이킬 수 없는 변화가 일어났던 것이다.

침묵이 흐르는 동안 나는 나이얼이 오후에 했던 말에 관해 생각하기 시작했다. 내게 나이얼이 왜 여전히 중요한지를 리처드에게 말해 달라는 그의 요청 말이다. 우리가 빠져 든 절망적인 상황 속에서 그것이야말로 리처드의 이해를 얻을 수 있는 방법이라고 느꼈던 것이다. 리처드는 침대에서 일어나 방 안을 왔다 갔다 했다.

이윽고 그는 말했다. 「한 가지 알고 싶은 게 있어. 당신은 왜 불가시성 운운하는 말도 안 되는 얘기를 만들어 낸 거지?」

「그게 무슨 소리야? 무슨 일이 일어났는지 알잖아?」

「난 당신이 일어났다고 한 일에 **관해서** 알고 있을 뿐이야. 도대체 그게 뭐지?」

「우리 두 사람 모두 타고난 불가시인이야, 리처드.」

「아니. 그건 허무맹랑한 헛소리에 불과해.」

「내 인생에서 가장 중요한 진실이야.」

「알았어. 그럼, 해봐. 불가시 상태가 되어 보란 말이야.」

「왜?」

「왜냐하면 난 당신 말을 믿지 않기 때문이야.」 리처드는 혐오하는 듯한 차가운 눈초리로 나를 바라보았다.

「지금처럼 동요하고 있을 때 그러는 건 쉽지 않아.」

「그럼 왜 그런 말도 안 되는 헛소리를 하게 되었는지 설명해 줘.」

「헛소리가 아니야.」 나는 이렇게 말하고 구름을 강화하는 데 정신을 집중했다. 불확실한 몇 초가 지난 뒤에 나는 내가 불가시 상태로 빠져 드는 것을 느꼈다. 「지금 그렇게 됐어.」

리처드는 나를 똑바로 쳐다보고 있었다. 「그렇다면 왜 내 눈에는 당신이 보이는 거지?」

「몰라…… 내가 보여?」

「대낮의 해처럼 뚜렷하게 보여.」

「그건…… 당신이 **보는** 방법을 알고 있기 때문이야. 내가 어디 있는지 알고 있고, 당신도 불가시인이기 때문이야.」

리처드는 고개를 가로저었다.

나는 구름을 더 짙게 만들었고, 그것에 에워싸인 채로 침대에서 나와 벽으로 갔다. 호텔방은 좁았지만 나는 침대에서 최대한 떨어진 곳으로 갔고, 옷장 문의 반들반들한 목재에 등을 바싹 갖다 댔다. 리처드는 나를 바라보고 있었다.

「여전히 보이는데.」

「리처드, 그건 당신이 그러는 **방법**을 알고 있기 때문이야! 무슨 얘긴지 이해 못하겠어?」

「당신은 나와 마찬가지로 불가시 상태가 아냐.」

「난 지금보다 더 깊이 거기로 들어가는 게 두려워.」 그러나 나는 다시 시도했다. 내 구름 속에서 리처드의 화난 얼굴을 바라보며, 도대체 어떻게 하면 그에게 확신을 줄 수 있는지 고민하면서. 나는 미시즈 퀘일이 가르쳐 준 방식을 기억하려고 했다. 내 구름을 어떻게 강화해야 하는지 알고 있었지만, 그림자들에 대한 두려움은 오랫동안 나로 하여금 반대편을 향하게 했던 것이다. 일단 글래머의 가장 깊은 레벨로 돌입한다면 나이얼처럼 영원히 그곳에 갇혀 있게 되는 것이 아닌가 하는 공포에 줄곧 시달려 왔다.

리처드는 얼굴을 찌푸리고 마치 방을 가로지르는 나를 보려는 것처럼 다른 쪽을 보았다. 나는 그가 내 모습을 보지 못한다는 것을 알고 숨을 멈췄다. 그러나 그는 다시 나를 돌아보았다.

「여전히 보여.」 리처드는 내 눈을 똑바로 쳐다보며 말했다.

구름이 흩어지며 나는 침대 위에 힘없이 쓰러졌다. 나는 흐느끼기 시작했다. 잠시 침묵이 흐르더니 리처드는 내 옆에 앉아 어깨에 팔을 둘렀다. 그는 나를 꼭 껴안았고, 우리는 아무 말도 하지 않았다. 나는 몸에서 긴장이 빠져나가는 것을 느끼며 그의 품에 얼굴을 묻고 울었다.

마침내 함께 침대에 누웠지만, 그날 밤 사랑을 나누지는 않았다. 단지 어둠 속에서 나란히 누웠을 뿐이다. 나는 녹초가 되어 있었지만 도저히 잠을 이룰 수가 없었다. 리처드도 깨어 있다는 사실을 알고 있었다. 나이얼에 관해 어디까지

315

이야기할 수 있을까? 리처드가 나의 불가시성을 믿지 않는다면, 내가 하는 이야기를 듣고 그는 뭐라고 할까?

나는 리처드와 마찬가지로 계속 이런 식으로 있을 수는 없다는 사실을 잘 알고 있었다. 그러나 리처드가 진실을 알 경우 그를 잃을까 봐 두려워하고 있었다. 그런다면 나이얼은 앞으로 영원히 나를 놓아주지 않을 것이다.

어둠 속에서 리처드가 말했다. 「아까 저녁때 광장에서 만났을 때 당신은 뭘 하고 있었어?」

「해결책을 찾아보고 있었어.」

「이상한 행동을 하고 있는 것처럼 보였어. 나이얼이 당신을 보고 있었던 거야?」

「그랬던 것 같아.」

「지금은 어디 있어?」

「잘 모르겠어…… 어딘가에 있을 거야.」

「그 작자가 우리를 어떻게 찾아냈는지 아직도 이해가 안 가.」

「뭔가를 원할 때는 절대로 단념하지 않아.」

「당신에 대한 지배력을 가지고 있는 것 같군. 정말로 그게 뭔지 알고 싶어.」

나는 잠자코 자리에 누운 채로 무슨 말을 해야 할까 생각했다. 내가 이해할 수 없는 일은 없었지만, 그렇다고 해서 리처드가 믿어 줄 것 같지는 않았다.

「수?」

「나이얼은 원래 그래.」 나는 말했다. 「당신도 이해할 거라고 생각했어…… 나이얼도 매력glamour이 있다는 걸.」

18

날이 밝자 우리는 하루 종일 차를 운전해서 런던으로 돌아왔다. 원망과 오해의 장벽이 우리 사이를 가로막고 있었지만, 나는 이런 상황을 타개하려면 어떤 말과 행동을 해야 하는지 전혀 알 수가 없었다. 리처드는 상처 받고 화난 기색이었고, 그런 그에게 논리나 애정으로 다가가는 것은 불가능해 보였다. 나는 여전히 리처드만을 원했지만, 더 이상 어떻게 그래야 할지 알 수 없었다. 나는 리처드를 잃어 가고 있었다.

나이얼은 우리와 함께 돌아왔다. 눈에 보이지 않는 상태로, 자동차 뒷좌석에 잠자코 앉아서.

우리가 런던에 도착한 것은 저녁 러시아워 때였고, 고속도로를 빠져나온 뒤에는 혼자로 가는 느리고 피곤한 드라이브가 기다리고 있었다. 리처드는 나를 집에 데려다 주고 집 밖에 차를 세웠다. 눈에 피곤한 기색이 역력했다.

「잠깐 올라왔다 갈래?」 내가 물었다.

「응, 하지만 오래 있지는 못할 거야.」

우리는 자동차 뒷칸에서 내 짐을 꺼냈다. 나는 나이얼의 모습이 보이지 않는지 주의하고 있었다. 그러나 내가 모르는 사이에 벌써 차에서 내렸을 수도 있었다. 리처드와 함께 집으로 들어가며 만일의 경우를 위해 조용히 현관문을 닫았다. 따져 보면 무의미한 행위였다. 나이얼은 이미 몇 년 동안이나 우리 집 열쇠를 가지고 다녔기 때문이다. 나는 복도의 탁자 위에 조금 쌓여 있는 우편물을 집어 들고는 내 방문을 열었다. 두 사람이 방으로 들어가자마자 나는 조용히 문을 닫고 잠갔다. 나이얼이 못 들어오게 하려면 이 방법밖에 없었다. 리처드는 내가 그랬다는 것을 알아차렸지만 잠자코 있었다.

나는 위쪽 창문을 하나 열고 반쯤 쳐진 커튼을 활짝 열었다. 리처드는 침대 끄트머리에 앉았다.

「수, 우린 이런 상황을 정리해야 해. 앞으로도 서로 사귈 생각이 있어?」

「그러고 싶어?」

「그러고는 싶지만…… 나이얼이 근처에서 서성거리는 상태에서는 안 돼.」

「다 끝났어. 약속할게.」

「예전에도 같은 소리를 한 적이 있어. 또다시 그치가 나타나지 않는다는 보장이 어디 있어?」

「내가 나이얼 얘기를 당신한테 해서, 그 사람이 잃는 것이 무엇인지를 당신이 알게 된다면 나이얼도 받아들일 거야.」

「알았어…… 도대체 뭘 그렇게 희생한다는 거지?」

「어젯밤에 얘기했잖아. 나이얼도 불가시인이라고.」

「그 얘기는 질렸어!」 리처드는 벌떡 일어나 다른 곳으로 갔다. 「내가 어떻게 생각하는지 얘기해 주지. 내가 알고 있는 불가시인은 당신을 줄기차게 따라다니는 그 빌어먹을 옛 남자 친구밖에 없어. 난 그 작자를 만난 적도, 본 적도 없고, 내가 아는 한 그 작자는 존재하지도 않아! 당신은 그 작자를 잊어야 해, 수!」

「응, 나도 알아.」

「알았어. 지금은 우리 두 사람 모두 지쳐 있어. 집에 가서 눈을 붙여야겠어. 아침이 되면 기분이 달라지겠지. 내일 저녁 식사 어때?」

「정말 그러고 싶어?」

「그러고 싶지 않다면 애당초 얘기를 꺼내지도 않았을 거야. 아침에 전화할게.」

이런 대화가 있은 후 짧은 키스를 하고 우리는 헤어졌다. 리처드가 차를 몰고 떠나가는 모습을 보자 다시는 그를 볼 수 없으리라는 예감이 들었다. 마치 우리의 관계가 자연스러운 종말을 맞이했고, 처음부터 나는 그것을 막을 능력이 없었다는 듯한 기분이었다. 불가시성에 대해 리처드가 품고 있는 의구심 앞에서 나는 무력했다. 모든 것을 망쳐 놓은 사람은 나이얼이었다.

방으로 돌아가서 문을 잠갔다.

「나이얼, 거기 있어?」긴 침묵이 흘렀다. 「여기 와 있다면 얘기해 줘.」

나이얼의 부재는 불가시 상태의 그가 이곳에 와 있는 것만큼이나 내 신경을 곤두서게 만들었다. 나는 마구 팔을 휘두르며 방 안을 돌아다녔고, 혹시 그가 나를 위협하기 위해 잠자코 있는 것인지 확인해 보려고 했다. 그러나 곧 혼자라는 확신이 생겨났다. 슈트케이스를 열고 옷을 옷걸이에 건 뒤 세탁이 필요한 것들은 방바닥에 쌓아 두었다. 집에는 먹을 것이 없었지만, 런던으로 오던 중에 잠깐 차를 멈추고 점심을 먹었기 때문에 그다지 배는 고프지 않았다. 나는 입고 있던 옷을 벗고 청바지와 깨끗한 셔츠로 갈아입었다. 그러고 나서 우편물 다발이 있다는 것을 생각해 내고 침대에 앉아 훑어보기 시작했다.

우편물 다발 속에 그림엽서가 한 장 끼워져 있었다.

19

그림엽서에는 이름이 쓰여 있지 않았지만 글씨체를 보고 나이얼인 것을 알 수 있었다. 엽서에는 단지 〈당신도 여기 있었으면 좋았을 텐데〉라고 씌어 있을 뿐이었고, 그 밑에는 서명 대신 X자가 하나 있었다. 엽서의 사진은 오래된 흑백 사진을 현대에 와서 복제한 것이었다. 커다란 창고를 배경으로 생트로페의 부두를 찍은 사진이었다. 소인 날짜를 확인하려고 했지만 잉크가 번져 판독할 수가 없었다. 우표는 프랑스의 것이었다. 녹색의 여신 머리에, *France Postes, f. 1.70*이라고 씌어 있었다.

이 엽서를 보낸 사람이 나이얼이라는 데는 의심의 여지가 없었다. 그는 결코 편지에 자기 이름을 쓰지 않았다. 어차피 글씨만 보아도 그라는 것을 알 수 있었다. X자조차 화려하게 보였다.

다른 편지를 개봉하고 내용을 훑어보았지만 거의 읽히지 않았다. 모두 개봉한 다음에는 쓰레기통에 넣어 버렸다. 그림엽서는 침대 위에 놓여 있었다.

나이얼이 걷어찬 허벅지에는 아직도 멍이 남아 있었다. 등에는 아직도 조금 응어리가 져 있었다. 강간당했을 때의 일을 나는 선명하게 기억하고 있었다. 엔진이 켜진 채로 있던 차, 슈트케이스에서 꺼내 차곡차곡 쌓아 놓은 옷들, 한밤중에 머리 위로 떨어진 비누 따위도 모두 기억하고 있었다. 나는 나이얼을 실제로 보았고, 어제 오후 대부분을 그와 함께 보냈다.

그런 그가 어떻게 프랑스에 있을 수 있단 말인가?

조롱하는 듯한 메시지와 여봐란듯한 익명성은 내가 과거 며칠 동안 경험했던 모든 일들을 부정하고 있었다.

나이얼은 리처드와 휴가를 갔던 내 뒤를 밟고 있었던가, 아니면 그가 처음부터 주장했듯 프랑스에 있었던가 둘 중 하나가 아닌가.

혹시 모든 것이 나의 상상인 것일까?

나는 내가 내린 결정을 기억했다. 나이얼은 〈무조건〉 프랑스에 있어야 했다. 그것이 아니라면 나는 불가시 세계의 광기를 받아들이고 있다는 얘기가 되어 버린다. 나는 그 결정에 따라 행동하고 싶었지만, 나이얼은 영국에 모습을 나타냈던 것이다.

나는 여행 중에도 줄곧 광기를 두려워했고, 나이얼의 방문의 불확실성을 두려워하고 있었다. 지나가는 행인에게는 내가 마치 혼잣말을 하는 것처럼 보였을 것이다. 그 누구도 나이얼을 볼 수 없었다. 리처드와 사랑을 나누던 나를 나이얼은 강간했지만 리처드는 전혀 낌새를 알아차리지 못했다. 문이 열리는 것을 나는 보지 못했지만 나이얼은 호텔방에 자유롭게 드나들었고, 차 안에 있다가 없어졌고, 리처드와 나 모두의 눈에 보이지 않는 상태로 내 뒷좌석에 앉아 있었다.

그러나 진짜라고밖에는 느껴지지 않는 기묘한 상황에 몇 가지 존재했다. 우리가 말번 뒤의 언덕에 올랐을 때 숨이 차 헐떡이던 나이얼, 나를 강간했을 때 내 몸에 음모가 닿으며 따끔따끔했던 느낌, 수상할 정도로 가깝게 들리던 전화 속 목소리, 호텔방과 그의 입김에서 풍기던 골루아즈 담배 냄새.

이 그림엽서는 그런 일들이 존재하지 않았다는 객관적인 반증이었다. 그림엽서는 여기서 나를 기다리고 있었고, 실제로 우송된 것이다. 다른 편지들과 섞여 있었다.

나는 아무리 터무니없는 것이라도 좋으니 이 엽서의 존재를 설명할 수 있는 실마리를 찾아보려고 했다. 나이얼은 영국에서 이 엽서를 샀고, 친구에게 프랑스에서 우송해 달라고 부탁했을지도 모른다. 하지만 영국 어디에서 이런 엽서를 찾아낼 수 있단 말인가? 아마 어딘가에 있는 가게에서 이것을 발견하고, 나를 혼란시키려고 보낸 것은 아닐까? 나이얼은 충분히 그런 일을 할 만한 인간이었지만, 그가 했다고 보기에는 필요 이상으로 복잡한 장난이었다. 혹시 프랑스로 갔다는 말은 사실이고, 그곳에서 엽서를 보낸 다음 영국으로 돌아온 것일까? 하지만 왜? 다른 방법으로도 얼마든지 나를 곤란하게 만들 수 있는데, 일부러 프랑스까지 가서 그런 짓을 했다는 가정에는 설득력이 없었다. 그리고 나는 지금까지 걸려 온 전화가 런던에서 온 것임을 여전히 확신하고 있었다.

어쨌든 간에 내가 그를 〈본〉 것은 사실이다. 창백한 안색에 수염이 덥수룩하고 더러운 옷을 입고 있었던 나이얼은 실제로 우리 뒤를 쫓아다닌 것처럼 보였다. 나이얼은 모든 면에서 현실적인 느낌을 주었다. 그를 현실 세계로부터 격리하고 있는 광기를 제외하면 말이다.

또다시 광기라는 개념이 부상했다. 미친 것은 나일까?

혹시 나이얼은 내 상상력의 산물이고, 내 마음속의 가책, 과거, 혹은 양심을 구현화한 존재인 것일까?

내가 정말로 바깥 세계에 대해 나 자신을 불가시 상태로 만들 수 있다면, 그와 마찬가지로 또 다른 존재를 눈에 띄게 만들 수도 있지 않을까?

만약 나이얼이 내 무의식의 소산이며, 내 마음이 갈구하던 방문객이며, 내가 기대하고, 내가 가장 두려워하던 것의 상징이라면?

거칠게 몰아쳐 오는 두려움에 휘말린 채로 그곳에 그렇게 앉아 있다가 나도 모르게 불가시 상태로 빠져 들었다는 사실을 깨달았다. 나의 구름이 나의 공포로 인해 짙어졌던 것이다. 나는 침대 커버 밑으로 엽서를 쑤셔 넣었다. 눈에 띄지 않도록.

나의 불가시성 — 이것이 저주든, 재능이든 간에 — 은 내 인생에서 내가 유일하게 확신을 가지고 있는 부분이었다. 나는 그것이 무엇인지 알고 있었고, 내가 어떤 존재가 될 수 있는지 알고 있었다. 내 광기의 소산일지도 모르지만, 적어도 모두 내 것이었다.

나는 방 건너편으로 가서 길쭉한 옷장 문을 열었다. 옷장 문 안쪽의 거울을 응시하자 내 얼굴이 거울에 비쳤다. 머리가 헝클어지고, 동공이 확대되어 있었다. 옷장 문을 열었다 닫았다 하면서 거울에 비친 모습을 혼란스럽게 만들고, 보지 않으려고 했다. 그러나 나는 언제나 그곳에 있었다. 미시즈 퀘일이 나를 상대로 썼던 트릭이 생각났다. 그녀는 거울을 숨김으로써 내 모습을 보지 못한 나를 놀라게 만든 적이 있었다. 미시즈 퀘일 쪽이 나보다 더 내 힘을 믿고 있었다.

나이얼과 리처드 두 사람 모두 각기 다른 방법으로 나의 자신감을 침식하고 있었다. 나이얼은 행동으로, 리처드는 불신으로. 리처드를 불가시인의 세계로 데려옴으로써 내가 정말로 어떤 인간인지를 보여 주고, 그 이해를 통해서 그가 나에게 탈출 방법을 보여 줄 수 있을 것이라고 생각하고 있었다. 나이얼은 그와 정반대의 이유로 나를 붙들거나, 아니면 붙들려고 시도했다. 나이얼과 리처드는 서로를 보완하는 존재였고, 그 사이에서 나를 허공에 매달았다.

어느 쪽을 돌아보든 나는 미쳐 가고 있는 듯했다.

거울에 비친 내 모습을 바라보면서도, 그것조차 신뢰하지 못한다는 사실을 알고 있었다. 거울은 마치 내가 그곳에 있는 것처럼 보이게 하지만, 나는 내가 그곳에 없다는 사실을 알고 있는 것이다.

리처드는 나를 보았다고 했지만, 나는 그가 그럴 수 없다는 사실을 알고 있었다.

나의 진짜 모습을 알고 있는 사람은 오로지 나이얼뿐이었지만, 나는 그를 전혀 믿을 수가 없었다.

나는 복도로 달려 나가 전화 수화기를 집어 들었다. 리처드의 번호를 돌렸지만 응답이 없었다. 다시 방으로 돌아갔지만, 여전히 나이얼이 보낸 그림엽서를 설명할 필요가 있었다. 잠시 엽서를 바라보며 이것이 가져올 수 있는 결과에 관해 생각하다가, 가스난로 위에 있는 선반에 세워 두었다. 가장 안전한 방법은 이 엽서를 보통 그림엽서처럼 다루는 것이었다. 휴가를 간 친구가 보낸.

남은 우편물을 점검했다. 그중 하나에는 내게 꼭 필요한 수표가 들어 있었고, 다른 하나에는 어떤 그림을 그려 달라는 요청이었다. 나는 옷을 벗고 침대로 갔다.

아침에 눈을 뜨자마자 나는 리처드에게 전화를 걸었다. 몇 번 신호음이 들린 후 리처드는 전화를 받았다. 입을 열기 전에 동전을 두 개 넣었다.

「리처드? 나야…… 수.」

「혹시 어젯밤에 전화를 걸지 않았어……」 쉰 목소리여서, 나는 혹시 그를 잠에서 깨운 것이 아닌가 생각했다.

「걸었지만 받지 않던데.」 내가 이렇게 말하자 리처드는 아무 말도 하지 않았다. 내가 전화를 걸겠다고 단단히 약속을 했는지 안 했는지 기억이 나지 않았다. 「몸은 어때?」

「피곤해. 오늘은 뭐 할 거야?」

「스튜디오에 가보려고 해. 편지가 왔는데…… 일거리를 맡기고 싶대. 그걸 놓칠 여유는 내게 없어.」

「하루 종일 밖에 있을 거야?」

「거의 그럴 것 같아.」

「오늘 저녁에 만날까? 당신을 보고 싶고, 또 소식이 하나 있어.」

「소식? 그게 뭔데?」

「촬영 일을 맡지 않겠느냐는 제안이 있었어. 오늘 저녁에 얘기해 줄게.」

우리는 언제 어디서 만날지를 정했다. 리처드와 말을 나누며 수화기를 들고 방바닥에 앉아 있는 그의 모습을 상상했다. 방금 일어난 탓에 머리카락은 흐트러지고, 눈은 졸린 듯 반쯤 감겨 있는 모습. 혼자 있을 때는 잠옷을 입고 자는지 궁금했다. 이런 생각을 하니 그에 대한 애정이 솟구쳤고, 당장 보고 싶었다. 리처드에게, 그의 집에 가고 싶었다. 혹시 나이얼의 감시를 받고 있는 것이 아닐까 걱정하며, 호텔에서 호텔로 전전하는 여행을 하는 대신 말이다. 어떤 이유에선가 리처드의 플랫은 나이얼로부터 안전한 장소로 느껴졌다. 그것을 뒷받침할 증거는 전혀 없지만 말이다.

리처드 생각을 하니 폭풍이 몰아쳐 왔던 날의 밤이 떠올랐다. 휴가 계획을 세웠던 밤이었다. 리처드의 그림엽서 컬렉션 생각이 났다.

나는 말했다. 「우리가 여행을 가고 없을 때 누군가가 나한테 그림엽서를 보냈어. 혹시 당신이 보낸 건 아니지?」

「그림엽서? 내가 왜 그림엽서를 보내야 해?」

「보낸 사람의 서명이 없었어.」 그러면서 나이얼의 특징이 있는 글씨를 떠올렸다. 「오래된 엽서였어…… 당신이 수집하는 종류의.」

「흐음, 난 아니야.」

「오늘 저녁 만날 때 가지고 있는 엽서를 좀 가져와 줄래? 당신이 가고 싶어 하던 프랑스 지방 사진들…… 그걸 다시 보고 싶어.」

20

나는 런던 시내에 있는 내 스튜디오를 방문해서 의뢰받은 일거리를 가지고 돌아왔다. 오후에 집에서 그 일에 착수했지만 마음은 딴 곳에 가 있었다. 저녁에 리처드를 만나려면 버스를 타고 런던 북부를 가로질러야 했다. 리처드와 만날 장소를 정했을 때 나는 웨스트엔드에서 똑바로 그쪽으로 갈 생각을 하고 있었다. 만나기로 한 곳은 리처드의 집에 상당히 가까운 지하철역이었다. 나는 리처드보다 먼저 도착했지만, 플랫이 있는 방향에서 걸어오는 그의 모습을 보자마자 너무 기뻐서 모든 걱정을 잊었다. 나는 그를 향해 달려갔고, 우리는 차들이 왕래하는 길가에서 오랫동안 입을 맞추며 포옹하고 있었다.

우리는 팔짱을 끼고 리처드의 플랫으로 걸어갔다. 그리고 집 안에 들어가자마자 침대로 직행했다. 마지막으로 사랑을 나눈 이래 실로 많은 일이 일어났지만, 이렇게 다시 함께 있을 수 있으니 모든 문제가 해결되는 듯한 느낌이었다. 그런 다음 우리는 언덕길을 올라 햄프스테드로 갔고, 레스토랑 하나를 찾아냈다.

리처드와 함께 있으니 마음이 편해졌다. 나는 오늘 있었던 일과 내가 받은 의뢰에 관해 얘기했다. 나이얼에 관해서는 의도적으로 생각하는 일이나 언급을 피했다.

그러자 리처드가 말했다. 「내 소식은 듣고 싶지 않아?」

「아까 새로운 제안을 받았다고 했잖아.」

「촬영 일이야. 해볼 생각이야.」

「그냥 받아들이기에 뭔가 문제라도 있어?」

「당신하고 한동안 떨어져 지내야 하니까. 2주일쯤.」

리처드는 중앙아메리카의 긴장된 정치 상황에 관해 설명했다. 영국인 스태프가 필요한 것은 그 때문이었다. 내게 이런 설명을 할 때 리처드는 조금 주저하는 표정을 지었다. 처음에는 그것이 위험한 일이기 때문이라고 생각했다.

「어때, 수? 제안을 받아들일까?」

「목숨을 잃을지도 모르는 일이라면 거절해.」

리처드는 대수롭지 않다는 듯 손을 흔들었다. 「그게 아니라 당신 생각을 하고 있었어. 내가 2주일 동안 런던을 떠나 있으면, 돌아왔을 때 당신은 여기 있을까?」

「당연히 있어!」

「나이얼은 어떻게 할 거야, 수? 완전히 끝났어?」

「완전히 끝났다고 확신하고 있어.」

「오늘도 나이얼을 봤어?」

「아니, 어디 있는지도 몰라.」

「태도를 확실히 하는 편이 나을 거야. 나이얼과 나는 물과 기름이야. 그러니까 과거를 완전히 버리든지, 아니면 더 이상 나와 만나지 않든지 둘 중 하나야.」

나는 식탁 너머로 손을 뻗어 리처드의 손을 잡았다. 「리처드, 내가 사랑하는 사람은 바로 당신이야.」

나는 진심이었다. 지금까지 줄곧 그랬던 것처럼. 그러나 나이얼의 문제가 아직 해결되지 않았다는 사실을 알고 있었다. 나는 화제를 바꿨고, 리처드에게 그 제안을 받아들이라고 말했다. 몸조심하고, 가급적 빨리 돌아와 달라고. 나는 이런 얘기를 함으로써 암암리에 리처드가 듣고 싶어 하는 대답을 그에게 해주고 있다는 사실을 알고 있었지만, 진심으로 그럴 작정이었다. 리처드는 이번 촬영에 관한 얘기를 잠시 더 했다. 함께 일하게 될 동료들이 누구인지, 어디로 가게 되는지, 또 어떤 종류의 취재를 하게 되는지에 관해서 말이다. 나는 리처드와 함께 갈 수만 있다면 얼마나 좋을까 하는 생각을 했다.

그는 가져온 그림엽서 컬렉션의 일부를 내게 건넸다. 나는 그것들을 적당히 훑어보는 척하며 그냥 호기심에서 그러는 것이라는 인상을 주려고 노력했다. 그르노블, 니스, 앙티브, 칸, 생라파엘, 생트로페, 툴롱의 사진이었다. 모두가 아직 순수했던 과거의 풍경을 찍은 것들이었다. 생트로페의 사진은 두 장뿐이었다. 하나는 어촌 근처의 마을을 찍은 것이었고, 다른 하나는 읍내의 길을 보여 주고 있었다. 배경에 있는 집들 사이로 항구가 흘끗 보였다.

리처드가 말했다. 「뭘 찾고 있어?」

「아무것도. 그냥 보는 거야.」 나는 엽서를 모아서 리처드에게 다시 건넸다.

「전화했을 때 누군가가 당신한테 오래된 그림엽서를 보냈다고 했지. 이런 거였어?」

「아니…… 요즘 나온 복제품 같았어.」

「누가 보낸 거야? 나이얼?」

나는 가볍게 웃어넘기려고 했다. 「설마. 최근 며칠 동안 나이얼이 어디 있었는지는 당신도 알잖아.」

「당신의 말을 통해서 알고 있을 뿐이야. 당신은 나이얼이 프랑스에 가 있다고도 했어…… 그래서 거기로 가고 싶지 않다고 했었잖아.」

「응, 그랬지.」

「자, 슬슬 나가자.」리처드가 이렇게 말하고 고개를 홱 돌린 순간 나는 그의 화난 표정을 보았다. 웨이트리스가 오자 그는 돈을 치렀다. 잠시 후 우리는 길 밖으로 나가 그의 플랫까지 되돌아갔다. 리처드는 이번에는 집으로 들어오라는 말을 하지 않았다. 그러는 대신 집 밖에 주차된 그의 차로 곧장 갔다. 리처드는 뒷좌석에 그림엽서 더미를 툭 던져 놓은 다음 나를 위해 조수석 문을 열어 주었다.

우리는 아무 말 없이 차를 타고 혼지까지 갔다. 우리 집 밖에서 나는 말했다. 「잠깐 들렀다 갈래?」

「당신은 나의 이런 언행이 공정하지 못하다고 생각할지도 모르지만, 더 이상 나이얼 일로 나를 속이지는 말아 줘.」내가 뭐라고 대꾸하기 전에 리처드는 말을 이었다. 「당신은 지금까지 내가 사랑한 유일한 여자지만, 이런 일이 언제까지나 계속될 수 있을 거라고 생각하면 오산이야. 난 2주일 동안 런던을 떠나 있을 거야. 당신이 정말로 원하는 것이 무엇인지 결정하기엔 충분한 시간이지.」

「당신과 나이얼 둘 중 하나를 선택하라는 말이군.」

「그래.」

「난 이미 선택했어, 리처드. 단지 나이얼 쪽에서 그걸 받아들이지 않고 있을 뿐이야.」

「그렇다면 억지로라도 받아들이도록 만들어.」

방으로 돌아오자마자 나는 나이얼의 그림엽서를 선반에서 꺼내 잘게 찢었다. 그 조각들을 몽땅 변기에 처넣고 물을 흘려보냈다. 다음 날 리처드는 전화를 걸어 저녁에 마나과로 떠난다고 말했다. 그는 런던으로 돌아오자마자 연락하겠다고 약속했다.

리처드가 떠나고 나서 이틀 뒤에 나이얼이 돌아왔다.

21

그 후 일어났던 일은 내가 한 일, 내가 내린 결정의 결과였어. 당신은 내게 최후통첩을 건넸고, 나는 당신이 진심으로 그랬다는 걸 알고 있었지. 당신은 당신과 나이얼 중 한 사람을 선택할 것을 강요했고, 나는 나이얼을 선택했어.

나이얼을 잊고 새로운 인생을 시작할 수 있을 것이라는 나의 생각은 잘못된 것이었어. 사실을 사실대로 말하자면 나이얼은 내게서 절대 떨어지려고 하지 않았고, 자기가 원하는 결말이 나올 때까지 계속 그렇게 행동할 작정이었던 거야. 나는 더 이상 그런 고통을, 두 사람 사이에 끼여 몸이 둘로 쪼개지는 듯한 아픔을 견딜 수가 없었어. 진저리를 쳤던 거야.

당신과 마찬가지로 나이얼도 모든 것을 상대 남자의 관점에서 보고 있었어. 나는 내가 나이얼과 점점 소원해졌다는 사실을 증명할 필요가 있었고, 그러기 위해서는 단둘이서 만나야 했지. 이 모든 일을 당신이 돌아오기 전에 완수할 작정이었지만, 그럴 수 없다면 당신을 잃을 각오를 하고 있었지.

이것은 차가운 계산에서 비롯된 생각이 아니야. 나이얼이 나타났을 때 나는 여전히 희망을 잃지 않고 당신이 돌아오는 걸 기다리고 있었어. 하지만 나이얼을 보자마자 나는 내가 무슨 일을 해야 하는지 깨달았어.

나이얼은 가지고 있던 열쇠로 집 안으로 들어온 다음 내 방 앞으로 왔어. 내가 볼트를 풀자 안으로 들어오더군. 얼굴이 좋아 보였어. 새 옷차림에 수염을 깨끗하게 깎고, 예전에 보였던 자신감에 찬 분위기를 조금 풍기고 있었어. 의기양양한 표정이었고, 내가 당신이 런던에 없다는 얘기를 하자 결코 잘될 리가 없다는 걸 자기는 처음부터 알고 있었다고 하더군. 그러고는 마치 아무 일도 없었다는 듯 내게 다가왔어. 첫째 날 밤 나는 나이얼이 방에서 머무는 걸 거부했지만, 그 다음부터는 동침하기 시작했어.

나이얼은 어디 가 있었던 걸까? 직접 물어본 적은 한 번도 없었고, 또 두 사람 모두 세인트 데이비드에서 있었던 오후에 관해 언급하려고 하지는 않았어. 확실한 것은 아무것도 없었어. 만약 나이얼이 프랑스 남부에 있었던 것이 사실이라면 당연히 살갗이 볕에 그을려 있어야 하지만 전혀 그렇지 않았어. 하지만 나이얼이 피우는 골루아즈 담배에 영국 정부가 요구하는 건강에 관한 경고가 〈없다〉는 사실도 깨닫고 있었지. 면세점에서 사온 담배일지도 모른다는 생각이 들었어. 나이얼은 자기가 들고 온 1리터들이 프로방스산 포도주를 〈현지에서 산 싸구려〉라고 표현했지만 나중에 나는 인근의 와인 가게에서 똑같은 병에 든 것을 팔고 있다는 사실을 알게 되었지.

나는 그림엽서에 관해서는 한 번도 물어보지 않았고, 침입이나 나를 때린 일, 강간 따위를 언급하지도 않았어. 솔직히 말해서 어떤 대답이 돌아올지 몰라 두려웠거든.

만약 나이얼이 정말로 프랑스에 있었다면, 당신과 함께 그곳에 있을 때 내게 무슨 일이 일어났던 것일까? 만약 나이얼이 우리 뒤를 쫓아다니고 있었다면, 도대체 누가 나한테 그림엽서를 보낸 것일까?

정신적인 고통이 완화되고, 최종적으로는 해결할 수 있는 문제에 집중할 수 있는 시간이 생긴 것이 나는 기뻤어. 나는 나이얼에게 우리 관계가 끝났다는 것을 설득할 〈작정〉이었고, 완전히 내 인생 밖으로 내보낼 〈생각〉이었지만, 시간이 흐르면서 나는 이제 남은 며칠 가지고는 부족하다는 것을 깨달았어.

그리고 최악의 사태가 일어났지. 당신은 내가 예상했던 것보다 2, 3일 더 일찍 돌아왔고, 전화도 걸지 않고 집으로 직접 찾아왔어. 초인종이 울리는 소리를 들었을 때 나는 나이얼과 함께 침대에 누워 있었어. 누군가가 대신 문을 열어 주었고, 당신이 뭐라고 말하는 소리가 들리더군. 공황 상태에 빠진 나는 침대에서 뛰쳐나와 가운을 걸쳤고, 문을 열기 직전에야 가시 상태로 돌아가야 한다는 사실을 깨달았어. 나이얼은 침대 위에 벌거벗은 채로 누워 있었고, 그런 그의 모습은 내게는 보였지만 당신 눈에는 안 보였어. 당신이 노크했을 때 흘낏 뒤를 돌아보니까 표정이 바뀌어 있더군. 조금 전 우리는 졸린 눈을 하고 함께 침대에 누워 나른하게 잡담을 하고 있었어. 나이얼은 담배를 피우고 있었지. 그런데 다시 보니 경계하고 두려워하는 기색이 역력했어.

나이얼은 이렇게 말했어. 「저 녀석이 내가 생각하는 바로 그 녀석이라면 쫓아내.」

「그냥 가만히 있어, 나이얼.」 나는 조용히 말했어. 「부탁이니, 네가 여기 있다는 걸 절대로 알리면 안 돼.」

문을 열자 그곳에 당신이 서 있었어. 당신의 급작스러운 방문에 너무나도 놀랐기 때문에 나는 무슨 말을 해야 할지 알 수가 없었고, 조금 켕기는 듯한 표정으로 뒤를 흘낏 돌아보며 가운 앞섶을 여몄어.

「아직도 자고 있었어?」 당신은 이렇게 말하고 손목시계를 흘끗 보았어. 당신은 피곤하고 혼란에 빠진 것처럼 보였어.

「늦잠을 자고 있었어.」

「혼자 있는 거야?」

「나 말고 누가 보여?」

「나이얼이 다녀갔군. 그렇지?」

「내가 여기 있다고 말해.」 나이얼이 말했어. 내가 뒤돌아보자 침대 옆에 서 있더군. 한순간 보였던 두려워하는 듯한 기색은 사라지고, 가혹하고 결연한 표정으로 바뀌어 있었어. 최악의 상태일 때의 나이얼이 어떤 인간인지, 어떤 짓을 할 수 있는지 잘 알고 있었기 때문에 나는 그와 당신 사이로 끼어들었어. 나이얼이 느닷없이 변덕을 부리고 또 무슨 짓을 벌일지 알 수 없었기 때문이야.

「리처드, 설명하게 해줘…….」

「아니, 아무 말도 하지 마…… 그럴 필요 없으니까. 아마 나도 자업자득이라고 할 수 있겠지. 제기랄, 도대체 지금 몇 시나 됐지? 내 시계는 안 맞아.」

「11시 30분.」 나이얼은 이렇게 말하고 선반 위에 있던 내 탁상시계를 집어 들고 당신의 얼굴 앞에서 흔들어 보였어. 나는 다시 그쪽으로 가서 팔꿈치로 당신과 나이얼을 떼어 놓으려고 했지.

「늦은 아침이야.」 나는 말했어. 「막 일어나려던 참이었어.」

「난 너한테 막 올라타려던 참이었지.」 나이얼이 조야한 말투로 끼어들었어.

「하지만 당신은 또 나이얼과 만나고 있었어. 안 그래?」

「그럴 수밖에 없었어. 당신은 나한테 선택을 강요했어. 내가 할 수 있는 얘기는 그뿐이야.」

「그렇다면 수, 우리 사이는 이걸로 끝이야.」

「내 신경에 제일 거슬리는 게 뭔지 알아?」 나이얼이 다시

움직이며 말했어. 「이 녀석이 너를 수라고 부를 때야. 당장
쫓아내.」

「이제 어쩔래?」 당신이 말했어.

「알았어. 그냥 그렇다고 해둬.」

「하느님에게 맹세컨대, 도대체 나이얼이 당신에 대해 가지
고 있는 힘이 뭔지 알고 싶어. 앞으로도 영원히 이런 식으로
당신 인생을 조종하게 놓아둘 거야?」

「얘기했잖아. 나이얼은 매력*glamour*을 가지고 있다고.」

이러자 당신은 성마른 표정을 지었어. 「또 그 얘기로군!」

「도대체 이런 저능아의 어디가 맘에 든다는 거야, 수잔?」
나이얼이 말했어.

나는 더 이상 그런 3자 대화를 계속할 자신이 없었기 때문
에 뒤로 물러나 침대 가장자리에 앉았고, 절망하면서 방바닥
을 내려다보았어.

「수, 도대체 글래머하고 이 일하고 무슨 상관이 있단 말이
지?」

「그냥 글래머가 아니라 **글래머**야. 나이얼에게는 글래머가
있어.」

「지금 제정신으로 하는 소리야?」

「그건 내 인생의 가장 중요한 거야. 당신도 진실을 안다면
그렇다는 것을 깨달을 수 있을 거야. 우리 모두가 불가시인
이라는 걸 도저히 이해 못하겠어?」

비참한 기분으로 나는 내가 불가시 상태로 빠져 들고 있다
는 걸 자각했어. 이젠 아무래도 좋았고, 당신들 두 명을 내 인
생에서 쫓아내는 것 말고는 아무것도 원하지 않았어. 나이얼
은 당신 곁에 서 있었어. 황당하게도 벌거벗은 채로 말이야.
얼굴에는 자신이 위협을 받고 있다고 느낄 때 보이곤 하는
오만하면서도 어딘가 자신이 없어 보이는 표정이 떠올라 있

었어. 당신은 얼빠진 표정으로 방 안 여기저기를 훑어보고 있었지.

당신이 말했어.「수, 당신이 안 보여! 무슨 일이 일어나고 있는 거지?」

나는 잠자코 있었어. 어차피 대답을 해도 듣지 못하리라는 걸 알고 있었기 때문이야. 당신은 뒷걸음치며 문에 손을 댔고, 몇 센티미터쯤 열었어.

「바로 그거야, 그레이. 꺼질 때가 된 거야.」

나는 말했어.「입 닥쳐, 나이얼!」

하지만 당신은 이 말을 들은 것 같았어. 내 쪽을 날카롭게 보았거든.

「여기 와 있군. 안 그래? 나이얼이 와 있어!」

나는 대답했어.「나이얼은 내가 당신을 만난 이후 줄곧 함께 있었어. 내가 가르쳐 주려고 했을 때 보는 법을 배웠다면, 당신도 볼 수 있었을 텐데.」

「지금 어디 있는 거지?」

「여기 있다, 이 멍청한 새끼야!」

나이얼의 목소리가 유례없을 정도로 커졌고, 나는 마지막 몇 초 동안 그의 구름이 엷어졌다는 사실을 깨달았어. 일찍이 본 적이 없을 정도로 분산된 상태였어.

「난 여기 있어, 그레이!」 나이얼은 양팔을 마구 흔들면서 움직이다가, 발로 당신의 정강이를 걷어찼어. 당신은 깜짝 놀란 기색을 보였고, 나이얼을 뚫어지게 쳐다보았어. 나이얼은 내가 상상도 못했을 정도로 가시 상태에 가까워지고 있었고, 당신이 나이얼의 모습이나 그 일부를 볼 수 있다는 걸 알고 있었어. 당신은 뒤로 돌아서면서 나이얼을 밀쳐 내고는 문을 홱 열어젖힌 뒤 손을 뒤로 돌려서 문을 쾅 하고 닫았어. 잠시 후 현관문이 쾅 닫히는 소리도 들렸어. 나는 침대에 엎

드러서 울기 시작했어. 나이얼이 주위를 돌아다니는 소리가 들렸지만, 나는 나이얼에게 마음을 닫고 있었어. 나중에 고개를 들고 보니까 예의 화려한 복장으로 서 있더군. 눈빛은 반항적이었지만, 동요를 감추지 못하고 있었어.

「나중에 연락할게, 수잔.」

「연락하지 마! 너 따위는 다시는 보고 싶지 않아!」

「그 작자는 안 돌아올 거야. 너도 알잖아.」

「그런 건 상관 안 해! 난 그 작자를 보고 싶지 않고, 너도 보고 싶지 않아! 그러니까 당장 여기서 나가!」

「화가 풀린 다음에 전화할게.」

「안 받을 거야. 당장 이 방을 떠나서 다시는 돌아오지 마!」

「내가 그레이 저 녀석을 손봐……」

「나가!」

나는 침대에서 뛰쳐나가 문을 열고 혼신의 힘을 다해 나이얼을 밖으로 밀어내고 문을 잠갔어. 나이얼은 문을 쾅쾅 두드리면서 뭐라고 했지만 나는 귀를 기울이지 않았어. 침대에 누워서 베개로 귀를 막고 있었지. 모든 것에 진저리를 치고 있었어. 나 자신을 비난하고, 당신을 비난하고, 나이얼을 비난하면서 말이야.

한참 지난 다음 옷을 입고 산책을 나갔을 때, 내가 다시 가시 상태로 돌아왔다는 걸 알았어.

나는 당신과 함께 있으면서 가시 상태로 있는 것에 익숙해져 있었고, 그런 감각을 당연하게 느끼기 시작했지만, 이제 나는 혼자였어. 가까운 곳에는 힘을 끌어낼 수 있는 타인의 구름이 없었어. 그런데도 가시 상태로 있는 쪽이 더 자연스러웠던 거야.

다시 방으로 돌아와서 불가시 상태로 돌입하려고 해보았지만 예상했던 것보다 훨씬 힘들었어. 그걸 유지하기 위해서는 신경을 혹사해야 했어. 긴장을 늦추니까 자연히 가시 상태로 돌아오더군.

저녁 무렵에는 내가 추구하던 모든 것이 이제는 내 것이 되었다는 사실을 알고 있었어. 당신을 잃은 뒤에야 비로소 그걸 얻게 되었다는 건 아이러니였지만, 어떤 의미에서는 당연하다는 생각도 들었어.

자동차 폭탄 사건이 터진 것은 바로 그날이었지만, 내가 그것을 알기까지는 좀 시간이 걸렸어. 나는 텔레비전을 보지도 않고 신문도 읽지 않으니까 말이야. 어차피 개인적인 문제에 완전히 몰입하고 있었기 때문에 누가 가르쳐 주지 않는 한 몰랐을 거야. 그날 밤은 늦게까지 화판을 앞에 두고 일했어.

다음 날 스튜디오가 있는 웨스트엔드로 갔을 때 신문 게시판하고 1면 헤드라인을 보고 런던 북서부의 경찰서 밖에서 폭탄이 터졌다는 사실을 알았어. 사망자는 여섯 명이고, 중상자도 몇 명 있다는 얘기였어. 중상자 중에 당신이 끼여 있을 거라고는 전혀 생각 못했어.

나이얼은 거의 1주일 동안 모습을 안 보이다가 어느 날 갑자기 집에 왔어. 현관 초인종이 울리는 소리를 듣고 나가 보니 침울하고 어딘가 수세에 몰린 듯한 표정으로 그가 서 있었어. 나는 나이얼을 보고도 아무런 충격을 받지 않았어.

나이얼은 이렇게 말했어. 「집 안에는 안 들어가도 돼, 수잔. 단지 어떻게 지내는지 궁금했을 뿐이야.」

「난 괜찮아. 원한다면 몇 분쯤 있다가 가도 좋아.」

「아냐, 그냥 지나가던 참이었어.」 나이얼은 어딘가 켕기는 표정으로 나와 눈을 마주치는 것을 피하고 있었어. 「뉴스는 물론 보았겠지?」

나는 고개를 가로저었어. 「난 신문을 안 읽어.」

「그럴 것 같았어. 이걸 읽는 편이 나을 거야.」 나이얼은 똘 똘 말아 놓은 「더 타임스」를 내게 건넸어. 내가 그것을 펼치려고 하자 나이얼은 〈지금 여기서 읽지 말고 안으로 들어가서 읽어〉라고 말했어.

「리처드에 관한 기사야?」

「읽어 보면 알 거야. 그리고 여기 하나 더 있어…… 내가 뭘 쓰고 있는지 보고 싶다고 말한 적 있지. 너를 위해 난 이걸 썼어…… 돌려줄 필요는 없어.」

그러고는 투명 테이프로 봉인한 서류 봉투를 내게 건네더군.

「리처드한테 무슨 일이 일어났다는 거지?」 나는 이미 신문을 반쯤 펼쳐 보고 있었어.

「거기 모두 나와 있어.」 나이얼은 이렇게 말하고 몸을 돌리더니 빠른 걸음으로 떠나갔어.

나는 현관에 선 채로 신문을 펼쳐 주요 기사면을 보고서야 자동차 폭탄 테러에 당신이 휘말렸다는 사실을 알았어. 뉴스 대부분은 테러리스트를 추적 중인 경찰의 수사 상황하고 새로 도입될 보안 조치에 관한 것이었지만, 당신을 포함한 다른 중상자들이 경찰의 보호 아래 중환자실에 있다는 걸 알았어. 폭탄이 터졌을 때 테러리스트 한 명도 함께 부상을 입었고, 남은 테러리스트들은 〈증인〉으로 나서는 사람은 제거하겠다는 무시무시한 경고를 내놓은 상태였어. 그래서 당신이 치료를 받고 있는 병원의 이름조차 비밀이더군.

닥치는 대로 신문을 샀고, 그 사건이 신문 1면을 장식하는 동안은 줄곧 신경을 쓰고 있었어. 당신은 중상자 중에서도 부상 정도가 가장 심했고, 중환자 목록에서도 마지막으로 빠져나왔어. 내가 정말 그러고 싶었다면 더 이른 시기에 문병을 갈 수도 있었겠지만, 그 당시엔 당신이 내 모습을 보면 상태가 더 악화될지도 모른다고 진심으로 믿고 있었어.

마지막으로는 단 하나의 신문만이 이따금 당신의 회복 상황에 대한 기사를 실었어. 그 신문이 〈스토리〉라고 부르는 당신의 근황에 포함되는 형태로 말이야. 그 신문을 읽고 당신이 회복기의 환자를 위한 요양소로 옮겨진 것을 알았고, 마침내 나는 용기를 쥐어짜서 당신을 만나러 갔던 거야. 신문사에 전화를 거니까 필요한 조치를 모두 취해 주더군.

그날 아침 신문 기자와 함께 당신 모습을 보자마자 내가 알아차린 것은 당신이 글래머를 잃었다는 사실이었어.

이것이 자동차 폭탄 사건이 터지기 전 몇 주 동안 당신에게 일어난 일이야. 리처드. 이제 기억이 나?

제6부

1

런던으로 돌아온 지 3주 뒤에 리처드 그레이는 리버풀에서 촬영 일을 맡지 않겠느냐는 제안을 받았다. 리버풀 폭동의 진원지였던 톡스테스에서 도시 재개발이 어떻게 이루어지고 있는지를 다룬 TV 다큐멘터리를 나흘에 걸쳐 촬영하는 일이었다. 육체적으로도 힘든 일이었지만, 촬영 조수를 포함한 제작진 전원이 조합원들로 구성될 예정이었다. 한 시간 동안 망설인 끝에 결국 그레이는 그 제안을 수락했고, 다음 날 리버풀행 열차를 잡아탔다.

이번 일은 앞으로 무슨 일을 할까 하는 그의 고민을 일시적으로 해결해 주었다. 그레이는 여전히 거동이 여의치 않다는 사실에 좌절을 느꼈고, 일을 다시 하고 싶어서 초조해하고 있었다. 어차피 저축해 둔 돈도 거의 바닥나고 있었다. 영국 내무부에서 배상금을 받아 내자는 얘기가 있었고, 그레이의 변호사와 지역구 하원 의원 사이에서 배상을 논하는 서신 왕래가 있기는 했지만, 그레이는 크게 기대하지 않았다.

이번 촬영 제안이 들어오기 전까지 그레이는 절뚝거리며 일상생활로 복귀하는 훈련을 해왔고, 쇼핑하는 법, 영화 보기, 퍼브로 가는 일 따위를 다시 배우고 있었다. 어떤 일이든 느릿느릿 해야 했다. 일주일에 한 번은 휘팅턴 병원의 물리 치료과로 가서 도수 치료와 운동 치료를 받았다. 점점 나아지고는 있었지만 회복은 매우 더뎠다. 그는 가급적 오랜 시간 걸으려고 노력했다. 걸은 직후에는 피곤하고 거북했지만, 시간이 흐를수록 왼쪽 둔부의 통증이 꾸준히 완화되는 것을 느꼈기 때문이다. 1층으로 내려가는 외부 계단은 언제나 장애물로 작용했지만, 그럭저럭 오르내릴 수는 있었다. 클러치를 밟으면 둔부에 부담을 주기 때문에 운전은 쉽지 않았다. 그가 필요로 하는 것은 자동 변속기가 달린 차였지만, 차를 사려면 돈이 더 모일 때까지 기다려야 했다.

런던을 떠난다는 것은 수와 떨어져 지내야 한다는 것을 의미했다. 몇 주일 전에는 꿈에도 생각할 수 없던 일이었지만, 이제는 반드시 그래야 한다고 느꼈다. 한동안 다른 일들을 생각해 보고, 마음을 정리하기 위해서라도 잠시 그녀와 떨어져 지낼 필요가 있었다.

그레이는 수가 처음 보았을 때 받은 인상 그대로의 여자이기를 절실히 원하고 있었다. 잃어버린 몇 주 동안 실제로 사귀었던 여자 친구인 동시에, 그가 과거를 재발견했을 때 느낀 신선함을 바탕으로 그와 다시 옛 관계를 이어 갈 수 있는 인물이기를 말이다. 수를 처음 만났을 때 느낀 기묘함은 그레이를 자극했고, 그를 매료했다. 그녀는 마음 깊숙한 곳에 여러 겹의 복잡한 비밀을 숨기고 있는 듯한 인상을 주었고, 그레이 자신이 끈기 있게 노력하기만 하면 그 비밀을 알아낼 수 있다는 생각이 들었던 것이다.

수는 육체적으로 여전히 매력적인 데다 여러모로 흥미로웠고, 이제는 정도 많이 들었다. 그레이의 건강이 회복될수록 그들 사이의 육체관계는 예전보다 더 자극적이고 만족스러운 것으로 변해 갔다. 그러나 그레이를 사랑한다고 고백한 수와는 달리, 그레이 자신은 그렇지 않다는 사실을 마음속

깊은 곳에서 자각하고 있다는 점이 문제였다. 물론 그녀가 좋았고, 그녀를 더 잘 이해하고 친밀해지고 싶었지만, 사랑하지는 않았던 것이다. 그레이는 정신적으로 수에게 의존하고 있었다. 떨어져 있노라면 보고 싶을 뿐만 아니라 그녀를 지켜 주고 싶다는 생각까지 들었지만, 여전히 그녀를 사랑하고 있지는 않았다.

문제는 그들이 공유한 과거였다.

그레이는 그 과거를 몸으로 〈느끼지〉 못했던 것이다. 잃어버린 몇 주일 동안의 기억이 조금 되돌아오기는 했지만, 단편적인 데다가 도무지 이해할 수 없는 것들이 대부분이었다. 그레이는 이것들이 잠재의식, 혹은 표층 의식 바로 밑에서 올라오는 것 같다는 인상을 받았다.

현실의 기억이란 간과된 수많은 경험의 혼합물이다. 마음속에는 기묘하고 엉뚱한 사실들이 잠복해 있고, 몇 년이 지나도 사라지지 않고 끈질기게 남아 있곤 한다. 잊힌 선율 조각이 부르지도 않았는데 느닷없이 뇌리에 떠오르는 일도 있다. 기묘한 연상도 존재한다. 이를테면 어떤 냄새가 과거에 있었던 어떤 사건을 환기시키는 일도 있고, 어떤 색깔을 보면 이유 없이 오래전에 방문했던 장소가 떠오르는 것이다. 그레이는 이런 식으로 과거 인생 대부분을 정상적으로 기억할 수 있었지만, 기억을 잃은 그 기간만은 여전히 닫혀 있었다.

설령 그 시기의 기억이 무심코 떠오른다고 해도, 표면적으로는 정확해 보이는 그 기억들을 그는 신뢰하지 않았다. 그레이의 마음은 이야기를 스스로 자아냈고, 그 당시의 일화나 일상을 겉보기만 그럴듯하게 재현하는 경향이 있었기 때문이다. 그는 이런 기억을 이미 편집이 끝났기 때문에 이야기가 끊기지 않고 계속되는 것처럼 보이는 필름에 비유했다.

그 외의 기억, 그러니까 그의 옛 인생에 관한 기억들은 아직 편집이 안 된 러시 필름 같은 느낌을 주었다. 분류되거나 모이지도 않은 상태에서, 그의 마음이라는 필름통 안에 처박힌 채로 편집되기를 기다리고 있는.

이제 그레이는 프랑스에서의 추억이 대부분 거짓이고, 변덕스러운 무의식의 일부가 투영된 결과라고 인식하고 있었다. 그가 프랑스에 가지 않았다는 사실, 아니면 적어도 그가 기억하는 시기에는 그곳에 없었다는 사실을 이제는 알고 있'기 때문이다. 그 얘기의 일부는 사실이었다. 그는 실제로 수를 만났고, 나이얼과의 문제로 고민했고, 수와 함께 휴가를 간 적이 있었고, 혼자 중남미로 가서 촬영 일을 했으며, 마지막에는 서로 다퉜던 것이다.

그러나 정말로 큰 균열이 생겨나는 것은 두 사람이 공유한 과거에 관한 이야기를 수에게서 들을 때였다.

수는 편집된 그레이의 기억을 간접적으로 확인해 줬지만, 그는 그녀의 이야기를 단지 〈들었던〉 것에 불과했다. 그레이의 입장에서 볼 때, 수가 한 이야기를 받아들이는 것은 마치 책이나 신문에 실린 기사를 읽고 받아들이는 것과 흡사했다. 수는 그레이가 일단 그녀의 이야기에 귀를 기울인다면 그레이의 잠재의식 속에 묻혀 있는 기억이 자극을 받고, 당시 일어났던 사건의 실제 기억들이 되살아날 것이라고 확신하고 있었다. 그레이 자신도 그렇게 믿고 싶었고, 그가 알아볼 수 있는 어떤 것, 이를테면 크게 공명이 되는 심상이라든지, 기억의 봇물을 터지게 해줄 강력한 심리적 확신이 생겨나기를 고대했던 것이다. 그러나 그런 순간은 끝내 오지 않았다. 그녀의 이야기는 여전히 이야기일 뿐이었고, 그에게는 멀게만 느껴지는 것이었다.

오히려 잃어버린 시기의 문제를 더 악화시켰다고도 할 수 있을 것이다. 수가 그에게 제시해 준 것은 어떤 의미에서는 또 다른 편집 필름이라고도 할 수 있었다. 이미 완성된 기성품이었던 것이다.

현실의 혼란이 여전히 그의 이해를 가로막고 있었다.

그러나 현재 그레이가 느끼고 있는 불안감은 그와는 별도로 존재하는 두 영역에 집중해 있었다. 하나는 자신의 불가시성에 관한 수의 주장이었고, 다른 하나는 그녀와 나이얼 사이의 강박적이며 파괴적인 관계였다.

과거에 그레이는 짧게나마 삼각관계에 빠져 든 적이 한 번 있었다. 그레이는 그 관계의 중심에 있던 여성을 정말로 좋아했고, 또 그녀에게 심적인 부담을 주지 않으려고 노력했지만, 변하지 않는 그녀의 우유부단함과 오락가락하는 마음, 그리고 그레이 자신을 괴롭혔던 성적 질투심이 결국 그 관계를 망치고 말았던 것이다. 그때 그는 이중생활을 하는 여자하고는 두 번 다시 사귀지 않겠다고 맹세했다. 그러나 수와 바로 그런 관계를 맺어 버린 것처럼 보였다. 무엇인가 형언할 수 없는 것이 그를 강하게 매료했던 것이 틀림없었다.

수는 나이얼이 더 이상 자신을 괴롭히고 있지 않으며, 나이얼이 그녀에게 「더 타임스」지를 건넸던 날 이래 모습을 보지도 못했다고 했다. 현재 그녀의 생활에 다른 남자가 끼어들지 않았다는 것은 확실해 보였다.

그러나 여전히 나이얼이 문제였다.

수는 나이얼에게 여전히 미련이 있는 듯했다. 나이얼이 또다시 불쑥 나타나기라도 하면 자신의 장소를 요구할 것이라고 내심 확신하고 있는 투였다. 그레이도, 수도 더 이상 나이얼에 관해 언급하지 않았다. 화제에 전혀 오르지 않는다는 맥락에서는 멀리 있기는 했지만, 그럼에도 불구하고 나이얼은 언제나 그들 곁에 있었다.

불가시성이 이 균열을 더 깊게 만들었다.

그레이는 실제적인 사내였고, 눈과 손을 써서 관찰하는 훈련을 받고 있었다. 그의 천직은 시각적인 이미지였고, 이것은 조명을 받고, 목격당하고, 사진에 찍히는 성질의 것이었다. 그레이는 눈에 보이는 것을 믿었다. 따라서 눈에 보이지 않는 것은 존재하지 않았다.

처음으로 수가 살아왔던 얘기를 들었을 때, 그레이는 끊임없이 등장하는 눈에 보이지 않는 사람들 이야기는 일종의 우화이며, 인생에 대한 어떤 태도를 묘사한 것이라고 생각했다. 사실 그럴 가능성도 있겠지만, 수가 글자 그대로, 물리적으로 눈에 보이지 않는 사람들 이야기를 하고 있다는 사실을 그레이는 알고 있었다. 어떤 사람들은 남들이 보지 못하고 그냥 지나치는 덕분에 타인의 시선을 피할 수 있다는 것이 수의 주장이었다. 그러나 그레이 자신이 바로 그런 상태의 인간이라는 수의 지적은 솔직히 말해서 믿기 힘들었다.

수는 그레이로 하여금 그런 상태를 자각하게 만들었고, 그가 가지고 있는 능력을 직접 경험시켜 주기까지 했다는 것이 수의 설명이었다. 그러나 그 능력은 사고로 중상을 입었을 때의 충격으로 다시 속으로 숨어 버렸다고 수는 주장하고 있었다. 그 힘을 〈어떻게〉 발휘했는지 기억할 수만 있다면, 그는 다시 그것을 발견할 수 있을 것이다.

끊임없는 자기 불신과, 광기와 망상에 관한 언급에 귀를 기울이고 있으면, 바로 그 부분에서 설명을 찾을 수 있지 않을까 하는 생각도 들었다. 이런 주장을 계속하는 수의 집요함 자체가 망상에 가까웠기 때문이다 — 이해 불가능하고, 끈질기지만 비논리적인 신념이 빚어내는 절박한 주장이라고나 할까.

성격상 그레이의 마음은 증명을 요구했고, 그것이 불가능하다면 증거를 필요로 했다. 그가 보기에 어떤 식으로든 이 문제를 해결하는 것은 간단해 보였지만, 수의 설명은 분통이 터질 정도로 부정확했다. 불가시인들은 바로 〈저기〉에 존재했고, 그들을 〈보는〉 것 또한 가능했지만, 보는 방법을 모른다면 그들은 〈눈에 띄지〉 않는다는 식이었다.

어느 날 두 사람은 켄싱턴 하이 가(街)로 가서, 쇼핑을 하며 바쁜 오후를 보내고 있는 군중과 뒤섞였다. 수는 몇몇 사람을 가리키며 그들이 불가시인이라고 했다. 그레이는 그 사람들을 볼 수 있을 때도 있었고, 못 볼 때도 있었다. 그레이는 그들 모두의 사진을 찍었다. 결과는 확정적이지 못했다. 현상된 사진에서 군중은 단지 군중일 뿐이었고, 어떤 인물이 촬영 시에는 눈에 보였고, 어떤 커플은 눈에 보이지 않았다는 식의 입씨름 재료가 되었을 뿐이다.

「스스로를 안 보이게 해봐.」 그레이가 말했다. 「내가 보고 있는 사이에 그래 보란 말이야.」

「그럴 수가 없어.」

「하지만 당신은 그럴 수 있다고 했잖아.」

「이제는 달라. 더 이상 옛날처럼 쉽게 그럴 수가 없어.」

「하지만 불가능한 건 아니잖아.」

「응. 하지만 당신은 나를 **보는** 법을 알잖아.」

그럼에도 불구하고 수는 그러려고 시도했다. 한참 동안 얼굴을 찌푸리고 집중하다가, 마침내 자신이 불가시 상태로 돌입했다고 선언했다. 그러나 그레이의 눈에 수는 여전히 그 자리에, 방 안에 있었다. 수는 자기 말을 안 믿어 준다면서 그레이를 탓했지만, 실상은 그렇게 단순하지 않았다. 이를테면 그는 그녀의 모습과 관련된 여러 일들을 믿고 있었다.

수의 중립적인 외양은 언제나 그를 매료했다. 그녀에 관한 모든 것이 평범하다고나 할까. 피부는 희고, 머리카락은 밝은 갈색이며 눈은 담갈색이다. 이목구비는 단정하고, 몸매는 날

씬하다. 중키에, 옷매무새는 언제나 가뜬하다. 움직일 때는 조용하게 움직인다. 목소리는 듣기 좋지만 뚜렷한 특징이라고 할 만한 것이 없다. 지나가다가 흘낏 본다면 따분하고 우중충한 여성이라는 인상을 받고 곧 그 존재를 잊을지도 모르지만, 그녀에게 흥미를 가지고 관계를 맺고 있는 그레이의 입장에서 보면 놀랄 정도로 매력적인 여자였다. 그레이가 수에게서 받는 느낌은 언제나 표면의 평범함 아래에 숨어 있었다. 무엇인가 전기적인 것이 내부에서 발산되고 있다고나 할까. 수가 미소 지을 때, 혹은 어떤 일에 몰두하고 있을 때의 표정 변화를 그는 좋아했다. 서로 사랑을 나눌 때, 그레이는 쌍방의 몸이 직접 닿지 않아도 하나로 녹아드는 것을 느꼈다. 언제나 그런 느낌을 받았지만, 말로는 결코 설명할 수가 없는 감각이었다. 그럴 때면 수는 마치 그레이를 보완하는 존재, 그의 다급한 욕구에 민감하게 응해 주는 상대처럼 느껴지곤 했다.

수는 그레이가 그녀의 불가시성을 믿지 않는다면, 지금까지 그녀가 한 모든 이야기를 부인하는 것이나 마찬가지라고 주장했다. 그러나 사실을 말하자면 그레이가 가장 큰 호기심을 느끼고 있는 부분은 그녀 안에 숨겨져 있는 바로 이 특성이었다.

수는 그레이에게는 〈불가시〉한 존재가 아니었다……. 적어도 그가 이해하는 범위 안에서는 그랬다. 그럼에도 불구하고 수가 〈두루뭉술한〉 인물이라는 점에는 의심의 여지가 없다. 이런 연유로 그레이는 그녀의 주장에 내적인 진실이 포함되어 있다는 결론을 내렸고, 그런 그녀를 거부할 이유가 없다고 확신했다.

그렇다고는 해도, 리버풀 여행이 그레이에게 곰곰이 생각할 기회를 준 것은 사실이었다.

2

리버풀에서는 언제나 바다를 느낄 수 있었다. 대안(對岸)의 버컨헤드를 조망할 수 있는 광활한 강변 지대, 서쪽에 멀리 보이는 아이리시 해(海), 웅장한 빅토리아 왕조 양식의 해운업 관련 건물들, 돌풍에 실려 오는 물 내음. 도심에서 떨어져 있지만 아주 멀지는 않은 구획, 건물들이 초라해지며 도로도 좁아지는 구획에서는, 바다가 다른 방식으로 그 존재를 주장하고 있었다. 수상쩍은 홍등가, 예전에는 보세 화물을 보관하던 텅 빈 창고, 바다에 관련된 이름을 붙인 퍼브, 자메이카산 럼주나 미국행 항공 노선을 선전하는 입판이 있는 휑뎅그렁한 공터 따위가 눈에 띄었다.

이곳이 바로 톡스테스, 현재는 뒤늦게 개입한 정부가 공동체 정신을 일으키려 애쓰고 있지만, 찰나적인 것들이 예외라기보다는 규범이었던 장소이다.

또다시 아리플렉스 카메라를 가지고 일하면서 그 육중한 무게를 어깨에 느끼고, 곡선을 그리는 아이피스를 눈에 대는 일은 즐거웠다. 그레이는 조용한 재회의 기쁨을 느끼며 마음속으로 이 전문가용 카메라에게 인사를 건넸다. 손에 잡히는 느낌이 얼마나 자연스러운지, 뷰파인더를 통해 보고 생각하면 시야가 얼마나 협착되며, 명확해지는지를 다시금 깨닫고 놀랐다. 그러나 작은 규모의 제작진과 함께 일하는 일에 익숙했던 그레이는 처음에는 주위를 에워싼 많은 사람들 때문에 집중하는 데 곤란을 겪었다. 마치 그들이 그를 시험하고 있고, 아직도 옛 실력이 녹슬지 않았는지 알아보려고 한다는 느낌을 받았지만, 촬영을 시작한 지 얼마 안 되어 그는 이것이 자격지심에 불과했음을 깨달았다. 동료들은 모두 자기 일에 바빠서 그에게 신경을 쓸 여유 따위는 없었던 것이다.

그레이는 마음을 잡고 일하기 시작했다. 자신이 가장 잘하는 일을 다시 할 수 있어서 기뻤다. 첫날 촬영이 끝났을 때는 녹초가 되어 있었다. 여러 의미에서 연습이 부족했던 탓이다. 다음 날 아침에는 다리와 어깨에 통증을 느꼈다. 그러나 그는 촬영에 몰입했고, 며칠 동안의 촬영이 1백 시간의 물리 치료에 맞먹는 효과를 가져왔다는 사실을 자각하고 있었다.

감독은 경험이 풍부한 다큐멘터리 작가였고, 제작진은 순조롭게 스케줄을 소화했다. 촬영은 언제나 늦은 오후에는 끝났기 때문에 저녁에는 쉴 수 있었다. 그들은 도심 한복판에 서 있는 빅토리아풍의 호화찬란한 아델피 호텔에 묵고 있었고, 제작진 대다수는 야자나무 화분이 잔뜩 놓인 발코니식 바에서 술을 마시며 시간을 보냈다. 그레이 입장에서는 동료들과 전문적인 이야기를 나누고, 옛날 했던 일에 관해 서로 정보를 교환하고, 업계의 지인들에 관한 소문을 귀담아 들을 절호의 기회였다. 앞으로 진행될 일들, 이를테면 사우디아라비아에서 하청받은 작업이라든지, 이탈리아에서 진행 중인 촬영에 관한 이야기도 들었다.

이것은 수에게만 매달려서, 그녀의 기괴한 이야기와 숨 막힐 듯 폐쇄적인 관계에 집착하고 있던 최근 몇 주일 동안의 생활과는 극단적일 정도로 상이한 경험이었다. 어느 날 저녁 자기 방에서 수에게 전화를 건 그레이는, 중계선을 경유해서 들려오는 가늘고 희미한 그녀의 목소리를 들으면서 마치 먼 과거에 남겨 두고 온 것을 향해 긴 터널을 파고 있는 듯한 느낌을 맛보았다. 수는 그레이가 없어서 외롭다고 했고…… 빨리 돌아왔으면 좋겠다고 했으며…… 그 모든 일에 관해 미안하다고 빌었고…… 지금은 달라졌다고 말했다. 그레이는 걱정 말라며 그녀를 안심시키면서도 자신이 입에 발린 소리를 하고 있다는 느낌을 지울 수가 없었다. 그는 여전히 그녀를 원했고 또다시 사랑을 나누고 싶어서 견딜 수 없었지만, 이렇게 떨어져 있으니 그녀가 말했듯이 모든 것이 달라 보였던 것이다.

나흘째 되는 날 저녁에 모든 촬영이 끝났다. 마지막 촬영 장소는 노동자들이 모이는 클럽이었다. 담배 연기가 자욱한 넓은 창고 같은 건물 내부는 음악과 손님들의 목소리로 시끄러웠다. 조수들과 함께 이른 시각에 도착한 그레이는 인터뷰를 위해 조명을 설치했고, 카메라를 돌리에 얹고 이동시키기 위해 테이블 사이의 몇몇 통로를 넓혔다. 클럽 한편에는 여러 개의 스포트라이트로 조명된 작은 스테이지가 있었고, 그 뒤에는 쓰이지 않는 음향 앰프들이 덮개에 덮인 채로 쌓여 있었다. 음향 효과는 강렬했고, 음향 레벨을 재보던 음향 기사는 반향음 수치를 보고 얼굴을 찡그렸다. 클럽의 손님 대다수는 남자였고, 넥타이를 매지 않은 양복 차림이었다. 여자들 일부는 밖에서 입는 코트를 그대로 입고 있었다. 모두가 길쭉한 잔에 담긴 술을 들이켜며, 확성기에서 흘러나오는 녹음된 밴드 음악 못지않게 커다란 목소리로 얘기를 나누고 있었다. 클럽이 꽉 차자 경비원들이 카운터와 출입문 옆에 가서 자리 잡는 광경을 보면서, 그레이는 몇 년 전 촬영을 했던 북아일랜드의 어떤 퍼브를 머리에 떠올렸다. 그 퍼브의 내부 장식도 이곳 못지않게 간소했다. 밋밋한 탁자와 의자에, 그대로 드러난 판자 바닥, 맥주 회사에서 제공한 비어매트와 재떨이, 싸구려 갓이 달린 천장 조명. 바의 카운터를 비추고 있는 것은 형광등이었다.

그레이 일행은 촬영을 개시했다. 손님으로 붐비는 클럽 내부의 전체 화면을 각기 다른 각도에서 찍은 다음, 술을 마시고 있는 몇몇 손님들을 클로즈업해 찍었다. 그러고는 인터뷰를 하기 시작했다. 실업한 사람은 누구누구인지, 사는 것이 어떤지, 이곳을 떠날 생각은 없는지, 임박한 휴업에 관해서는 어떻게 생각하는지 하는 식의 질문이었다.

그날 저녁의 주요 오락은 스트리퍼였다. 그녀는 오랫동안 써왔던 것처럼 보이는, 금속 조각이 주렁주렁 달린 화려한 의상을 입고 스테이지로 올라왔다. 그레이는 어깨에 카메라를 메고 그녀의 연기를 촬영하기 위해 다가갔다. 카메라를 본 여자는 부자연스러울 정도로 열성적인 쇼를 보여 주었다. 섹시한 표정으로 얼굴을 찡그려 보이고, 엉덩이를 도발적으로 돌리고, 과장된 몸짓으로 의상을 하나씩 떼어 냈다. 나이는 30대 중반쯤 되어 보였다. 과체중이었고, 짙은 화장에도 불구하고 안색이 안 좋았고, 배에는 임신선이 남아 있었으며, 유방은 축 늘어져 있었다. 여자는 벌거숭이가 되자 스테이지 아래로 뛰어내렸다. 그레이는 카메라로 그녀 뒤를 쫓았다. 탁자에서 탁자로 이동하며 남자들의 무릎에 앉았고, 다리를 벌리고 가슴을 만지게 하는 그녀의 얼굴에는 갖다 붙인 듯한 쾌활한 표정이 떠올라 있었다.

스트리퍼가 퇴장하고 조수들이 카메라를 다시 돌리에 설치하기 시작하자, 그레이는 벽가에 서서 옛 생각에 잠겼다.

벨파스트의 그 바에도 스트리퍼가 있었다. 그와 음향 기사는 IRA의 분파가 저지른 총격 사건이 일어난 직후 밤중에 현장으로 갔던 것이다. 그들이 도착했을 무렵 구급차와 경찰은 이미 그 자리를 떠나기 시작하고 있었고, 결국 촬영할 수 있었던 것은 벽의 탄흔과 바닥에 널린 깨진 유리뿐이었다. 그곳은 벨파스트였기 때문에 바닥에 흐른 피는 곧 대걸레로 깨끗이 닦여 나갔고 소동도 곧 잠잠해졌다. 그들이 촬영하고 있던 중에도 사람들은 술을 마시고 있었고, 새로운 손님들도 속속 도착했다. 스트리퍼 하나가 등장해서 연기를 시작했다. 그레이와 음향 기사는 끝까지 그것을 구경했다. 두 사람이 바를 떠나려던 순간 총으로 무장한 사내들이 갑자기 돌아와 출입문 근처에 모여 있던 사람들을 마구 밀치며 고래고래 위협하기 시작했다. 두 명의 괴한은 총구가 위로 향한 아말라이트 소총을 쥐고 있었다. 그레이는 자신이 무슨 일을 하고 있는지도 의식하지 않고 어깨에 카메라를 메고 촬영을 시작했다. 사람들을 억지로 밀치고 무장 괴한들 바로 앞으로 간 다음 그들의 얼굴을 촬영했던 것이다. 괴한들이 총을 쏘기 시작하고, 천장을 향해 10여 발을 난사해서 벽토 덩어리와 페인트가 머리 위에 쏟아졌을 때도 그레이는 그 자리에 있었다. 그런 다음 괴한들은 자리를 떴다.

그레이가 찍은 필름은 단 한 번도 방영되지는 않았지만, 나중에 치안 당국이 범인을 찾아내는 데 쓰였다. 무장 괴한들은 체포되었고, 유죄 선고를 받았다.

그레이의 이 무모하기 짝이 없는 만용에 대해 방송국은 현금 보너스를 지급했지만, 사건 자체는 곧 잊혔다. 그레이를 포함한 모든 사람이 이해할 수 없었던 것은, 왜 무장 괴한들이 자신들이 카메라에 찍히는 것을 허용했고, 그레이를 쏘지 않았는가 하는 점이었다.

리버풀의 떠들썩한 싸구려 술집 안에 서 있던 그레이는 예전에 수에게 들었던 어떤 일을 머리에 떠올렸다. 그때 수는 그레이가 경험했던 시가지 폭동 — 아마 그전에 그녀에게

이 이야기를 했던 것이 틀림없다 — 에 관해 언급하면서, 이렇게 말했다.「당신은 무아지경에 빠져 자기 자신을 불가시 상태로 만들었던 거야.」

벨파스트의 그 바에서도 똑같은 일이 일어났던 것일까? 그렇다면 그녀의 말은 어느 정도 근거가 있단 말인가?

그레이는 술집 안에서 남은 촬영을 모두 끝마쳤지만, 자신이 이곳 사람들의 암울한 생활에 파고든 침입자가 된 듯한 어색한 느낌을 받았다. 장비를 챙겨 호텔에 돌아갈 수 있게 되자 안도감을 느꼈다.

3

아침에 눈을 뜨자마자 그레이는 수의 집에 전화를 걸었다. 그녀는 졸린 목소리로 통화에 응했다. 그레이는 촬영 일정이 연장되었기 때문에 앞으로 이틀 안에는 런던에 돌아갈 수 없을 것이라고 말했다. 수는 실망한 기색이었지만 별다른 질문은 하지 않았고, 줄곧 어떤 생각을 하고 있었는데 그것에 관해서 이야기를 나누고 싶다고 말했다. 그레이는 돌아가자마자 연락하겠다고 약속하고 전화를 끊었다.

아침 식사 후 제작진은 로비에 집합했다가 모두 해산했다. 그레이는 그중 몇몇 사람의 전화번호를 받아 적었고, 다음 주 런던에서 프로듀서와 만날 잠정적인 약속을 했다. 작별 인사를 마친 후 그는 맨체스터로 가는 조감독의 차를 얻어 탔다. 조감독은 수가 태어났다고 한 교외에서 얼마 떨어지지 않은 곳에 그레이를 내려 주었다.

전화번호부에서 주소를 찾아낸 다음 주택가를 지나 그곳으로 갔다. 그 집은 전쟁 전에 세워진 단독 주택이었고, 짧막한 막다른 골목 끝에 있었다.

현관에 나온 사람은 여자였다. 그레이를 향해 미소를 지어 보였지만, 조금 경계하는 듯한 표정이었다.

「실례합니다. 혹시 미시즈 큘리이신가요?」

「예, 무슨 일이시죠?」

「혹시 런던에 수잔이라는 이름의 따님이 계십니까?」

미소가 사라졌다. 「나쁜 소식인가요? 그런 건가요?」

「아, 아닙니다. 저는 리처드 그레이라고 하고, 수잔의 친구랍니다. 실은 이 근처에서 일을 하다가, 잠깐 들러서 인사라도 드리면 어떨까 해서 왔습니다.」

「그럼 무슨 사고를 당했다든지 하는 건 아니죠?」

「정말 죄송합니다…… 미리 전화를 드리고 왔어야 하는 건데. 수잔은 잘 지내고 있어요. 안부를 전해 달라고 했습니다. 놀라게 할 생각은 없었습니다.」

「이름이……?」

「리처드 그레이라고 합니다. 아, 혹시 바쁘시다면, 저는 이만…….」

「잠깐 들어오시면 어떨까요? 차를 대접해 드릴게요.」

현관으로 들어서자 긴 복도가 나왔고, 그 끄트머리에 주방이 흘깃 보였다. 융단을 깐 층계가 복도에서 2층으로 이어지고, 벽에는 틀에 끼운 작은 그림들이 걸려 있었다. 그레이는 의자와 장식품 따위가 정확한 위치에 단정하게 배치된 응접실로 안내되었다. 미시즈 큘리는 허리를 굽히고 가스난로에 불을 붙이고는 천천히 허리를 폈다.

「홍차를 드시나요, 미스터 그레이? 원하신다면 커피를 끓여 드릴 수도 있어요.」

북부 지방의 악센트였지만 그레이가 예상했던 것과는 달리 스코틀랜드 사투리는 섞여 있지 않았다.

「홍차를 부탁합니다. 정말 아무 예고도 없이 이렇게 찾아뵈어서 죄송합니다. 하지만…….」

「수잔의 친구들이라면 언제든 환영이에요. 조금만 기다리세요.」

벽난로 선반 위에는 수의 사진이 하나 놓여 있었다. 지금 보다 긴 머리카락을 뒤에 리본으로 동여맨 모습이었다. 훨씬 더 어려 보였지만, 누군가가 자신을 바라보고 있다는 것을 알고 있을 때 그녀가 취하는 어색한 포즈는 예나 지금이나 똑같았다. 사진은 액자에 끼워져 있었고, 사진 한쪽 구석에는 사진관의 이름이 각인되어 있었다. 아무래도 집을 떠나기 직전에 찍은 듯했다.

그레이는 조용히 방 안을 돌아다니며 구경했다. 자주 쓰이는 곳 같지 않다는 느낌을 받았다. 복도 끝에서 목소리와 도기 달그락거리는 소리가 희미하게 들려왔다. 그레이는 침입자가 된 듯한 느낌을 받았다. 그가 지금 무엇을 하고 있는지를 안다면 수는 격노할 것이 뻔했다. 복도 가까운 곳에서 목소리가 들려왔기 때문에 그는 난롯가의 의자에 앉았다. 여자 목소리가 말했다. 「그럼 잘 있어 메이. 내일 또 올게.」

「잘 가, 앨리스.」

현관문이 열렸다가 닫히는 소리가 들리더니, 곧 수의 어머니가 쟁반을 들고 방으로 들어왔다.

서로 너무 격식을 차리는 탓에 분위기가 어색했다. 그레이는 자신이 이 집으로 온 동기가 무엇인지 확신할 수 없었기 때문이고, 미시즈 큘리는 그레이가 느닷없이 출현했기 때문이리라. 수의 어머니치고는 좀 나이가 들어 보였다. 머리는 이미 백발이었고, 몸동작도 완전히 유연하지만은 않았다. 그러나 그녀의 얼굴은 누가 보아도 수와 닮아 있었다. 몸짓도 어딘가 조금 닮은 점이 있어서 기뻤다.

「혹시 그 사진을 찍는다는 친구신가요?」 그녀가 물었다.

「맞습니다. 정확히 말씀드리면 영화 촬영하는 일을 합니다만……」

「아, 맞아요. 수잔한테서 들었어요. 사고를 당하셨다고 했는데, 맞죠?」

두 사람은 잠시 폭탄 사건과 그의 입원 생활에 관해 이야기를 나누었다. 그레이는 수가 자기 부모에게 그의 얘기를 했다는 사실에 놀랐다. 보통 자식이 자기 부모한테 하는 얘기는 진실을 어느 정도 포장한 것이라는 사실을 알고 있었기 때문에, 그레이는 수의 현재 생활에 관해서는 조심스럽게 이야기했다. 그러나 미시즈 큘리의 말에 의하면 수는 집에 자주 편지를 쓴다고 했다. 수의 직업에 관해서도 모두 알고 있었고, 신문 광고 따위를 오려 놓은 스크랩북까지 가지고 있었다. 그중 다수는 그레이가 본 적도 없는 것이었다. 수에 관해서 조금 더 알게 된 듯한 기분이었다. 이렇게 많은 작품을 판 것을 보니, 자기 분야에서는 상당히 알려진 작가임에 틀림없었다.

미시즈 큘리가 스크랩북을 옆에 내려놓고 말했다.

「수잔은 아직도 나이얼과 사귀고 있나요?」

「잘은 모르겠습니다만…… 그런 것 같지는 않더군요. 그 친구를 만나신 적이 있는 줄은 몰랐습니다.」

「아, 나이얼에 관해서는 저도 남편도 잘 알고 있어요. 주말에 한 번 여기로 데려온 적이 있었거든요. 좀 과묵하기는 하지만 아주 괜찮은 청년이라고 생각했죠. 무슨 글을 쓰는 작가라고 하던데, 거기에 관해서는 별 얘기를 안 하더군요. 나이얼과도 친구신가요?」

「아닙니다. 만나서 얘기해 본 적은 한 번도 없습니다.」

「그렇군요.」

미시즈 큘리는 갑자기 불안한 듯 미소 짓고는 시선을 옆으로 돌렸다. 수와 똑같았다. 아마 자기가 무슨 결례를 범한 것이 아닌가 생각했을지도 모른다. 그래서 그레이는 서둘러 자신과 수는 단지 친구 사이일 뿐이라고 말하며 그녀를 안심시켰다. 이렇게 한순간 본심을 드러낸 탓인지 두 사람 사이를 가로막고 있던 얼음이 녹았고, 미시즈 쿨리의 말수도 처음보다 많아졌다. 그녀는 수잔의 언니인 로즈메리에 대해서도 이야기했다. 결혼해서 스톡포트에서 몇 마일 떨어진 곳에서 살고 있고, 손자도 두 명 있다고 했다. 수는 그레이에게 그 이야기를 한 적이 없었다.

그레이는 나이얼과, 예전에 그를 한 번 이 집으로 데려왔을 때 어떤 일이 일어났는지 수가 얘기해 주었을 때의 일을 생각하고 있었다. 이것은 미시즈 쿨리가 방금 넌지시 말한 것과 같은, 딸의 남자 친구에 대한 부모의 관대한 승인 따위와는 거리가 멀었다. 수에 의하면 이 일이 있은 후 그녀는 처음으로 나이얼과 헤어졌던 것이다. 그레이는 눈에 보이지 않는 동반자인 나이얼이 그녀의 주의를 흩뜨려 놓고, 줄곧 못되게 굴었다는 얘기를 들었던 것이다. 그러나 미시즈 쿨리가 나이얼을 만났다는 것은 명백했다. 게다가 이상한 점도 전혀 발견하지 못했을뿐더러 좋은 인상까지 받았다고 했다.

「조금 있으면 남편도 퇴근해서 돌아올 거예요. 이제는 파트타임으로만 일하죠. 그때까지 기다렸다가 남편도 만나 주실 거죠?」

「정말 그러고 싶습니다만, 오늘 오후에 런던행 기차를 타야 합니다. 잠깐 얼굴만 뵙고 갈 수 있을지도 모르겠군요.」

미시즈 쿨리는 수에 관한 일반적인 질문을 하기 시작했다. 사는 곳이 어딘지, 어떤 사람들과 일하고 있는지, 운동은 충분히 하고 있는지, 하고 묻는 식이었다. 그레이는 대답을 하면서도 일말의 불안을 느꼈다. 수가 자기 입으로 말한 인생담과 조금이긴 하지만 어긋나는 대답을 내놓는 것이 얼마나 쉬운 일인지를 깨달았던 것이다. 이런 문제가 생기는 것을 피하기 위해 그레이는 역으로 질문을 하기 시작했다. 사진첩이 등장하기까지는 얼마 걸리지 않았다. 그레이는 한층 더 스파이가 된 듯한 기분을 느끼며 수의 어린 시절 사진들을 들여다보았다.

수는 조그만 드레스를 입고 머리에 리본을 단 귀여운 어린아이였다. 그를 매료해 마지않는 예의 평범함은 더 나이를 먹은 뒤에 나타난 듯했다. 10대의 수잔은 왠지 볼품이 없고 약간 부루퉁한 느낌이었고, 사진을 위해 순순히 포즈를 취하고는 있었지만 고개를 옆으로 돌리고 있었다. 이런 느낌의 사진들은 찬찬히 보기도 전에 재빨리 다음 장으로 넘어갔다. 미시즈 큘리가 사진을 찍었을 당시의 생각을 하고 있는 것은 명백했다.

사진첩 뒤쪽에, 다른 사진들과는 달리 그냥 사진첩 사이에 끼워 놓은 컬러 사진이 한 장 있었다. 미시즈 큘리가 사진첩을 치우려고 할 때 그 사진이 바닥에 떨어졌다. 그레이는 사진을 집어 들었다. 최근에 찍은 수의 사진이었다. 그가 알고 있는 바로 그녀였다. 꽃밭 옆의 정원에 서 있었는데, 그 곁에서 한 청년이 그녀의 어깨에 팔을 두르고 있었다.

「이 사람은 누굽니까?」 그레이가 물었다.

「나이얼이에요.」

「나이얼이라고요?」

「예…… 알고 계시다고 생각했는데. 전에 우리 집을 방문했을 때 정원에서 찍은 사진이랍니다.」

「아, 그렇군요. 지금 보니 누군지 알겠습니다.」

그레이는 사진을 응시했다. 아까까지만 해도 눈에 보이지 않는 이 라이벌은 그레이의 마음에서 위협적인 존재로 자리 잡고 있었지만, 마침내 그의 모습을 보게 된 지금 — 비록 초점도 잘 안 맞은 스냅 사진을 통해서이긴 하지만 — 그 위협은 금세 수그러들었다. 나이얼은 젊어 보였고, 가냘픈 체격에 흐트러진 금발을 가지고 있었다. 표정은 무뚝뚝하면서도 어딘가 잘난 체하는 느낌이었다. 옷맵시는 좋았고 입에는 담배를 물고 있었다. 얼굴을 수 쪽으로 돌린 채로, 마치 자기 것이라도 되는 양 껴안고 있었지만, 수는 불편하고 긴장된 표정으로 그 자리에 서 있었다.

그레이가 사진을 미시즈 쿨리에게 돌려주자 그녀는 그것을 사진첩에 다시 끼워 넣었다. 이 사진이 그레이에게 어떤 영향을 끼쳤는지 모르는 그녀는 수와 그녀의 어린 시절 얘기를 하기 시작했다. 그레이는 잠자코 귀를 기울였다. 그 결과 그가 들은 것은 방금 본 사진이나 수에게서 들은 이야기와도 합치되지 않는 이야기였다. 그녀 어머니의 말에 의하면 수는 행복한 아이였다. 학교에서는 공부도 잘하고 다른 여자 아이들과도 사이가 좋았으며, 그림 그리는 솜씨도 뛰어났다. 착한 딸이었고, 여동생에게도 잘해 줬으며 부모에게도 공손했다. 학교 선생들은 언제나 그녀에 대한 칭찬 일색이었고, 이웃에 사는 친구들도 언제나 수는 어떻게 지내는지 묻곤 했다. 아이들이 모두 자라 집을 떠날 때까지, 서로 감추는 것 없이 잘 지내는 행복하고 친밀한 가족이었다. 지금 그들은 수를 아주 자랑스러워했고, 그녀가 옛날부터 보였던 재능을 완전히 꽃피웠다고 느끼고 있었다. 부모 입장에서 한 가지 아쉬운 점이 있다면 그녀가 고향 집에 자주 들르지 못한다는 점이었다. 그러나 그녀가 얼마나 바쁜지는 충분히 알고 있었다.

무엇인가가 빠져 있었다. 잠시 후 그레이는 그것이 무엇인지를 깨달았다. 자기 자식들을 자랑하는 부모는 모름지기 뭔가 그 자식을 둘러싼 재미있는 일화를 예로 드는 법이다. 어린애다운 결점에서 비롯된 무해한 실패담 따위를 말이다. 그러나 미시즈 쿨리는 일반적이고 막연한 표현만 썼을 뿐이었고, 이미 여러 번 연습해 둔 칭송을 되풀이하고 있을 뿐이라는 느낌을 주었다. 그러나 그녀의 열의만은 진짜였다. 옛이야기를 하면서 미소 짓는 그녀는 친절하고, 착한 어머니 그 자체였다.

12시 반이 조금 넘었을 때 그녀의 남편이 집에 돌아왔다. 그레이는 창문 밖의 길을 걸어오는 그의 모습을 보았고, 미시즈 큘리는 집 밖으로 나가 그를 맞이했다. 잠시 후 그는 방으로 들어와 그레이와 악수를 나누었고, 조금 당혹스러운 듯 미소 지었다.

「점심 준비를 해야겠네요.」미시즈 큘리가 말했다. 「함께 드시겠어요?」

「아니, 괜찮습니다. 기차를 타러 곧 가야 합니다.」

방 안에는 두 사내만 남았다. 선 채로 서로를 바라보는 그들 사이에 어색한 침묵이 흘렀다.

「출발하기 전에 뭐라도 한잔하겠나?」

미스터 큘리는 조간신문을 여전히 옆구리에 낀 채로 말했다.

「예, 주십시오.」

그러나 이 집에 있던 알코올이라고는 달콤한 셰리뿐이었다. 그레이는 이 술을 싫어했지만, 기꺼이 잔을 받아들고 예의 바른 태도로 홀짝였다. 잠시 후 미시즈 큘리가 돌아왔다. 세 사람은 작은 방에 반원 모양으로 앉아 미스터 큘리가 일하는 직장에 관해 이야기했다. 그레이는 최대한 빨리 셰리를 들이켠 다음, 늦지 않으려면 이제는 정말 가야겠다고 말했다. 큘리 부부는 이 말에 안도한 것처럼 보였지만, 예의상 점심을 먹고 가지 않겠느냐는 제안을 되풀이했고, 그레이는 또 다시 예의 바르게 사양했다. 그레이는 다시 한 번 수의 아버지와 악수를 했다. 미시즈 큘리가 현관까지 배웅해 주었다.

집에서 조금 떨어진 곳까지 걸어갔을 때 현관문이 다시 열리는 소리가 들렸다.

「미스터 그레이!」수의 어머니가 서둘러 그가 있는 곳으로 왔다. 햇살 아래에서 보니 갑자기 더 젊고, 수와 훨씬 더 닮은 것처럼 보였다. 「잠시 드릴 말이 있어요!」

「무슨 일이신지요?」

그레이는 상냥하게 미소 지으며 물었다. 그녀는 아까와는 딴판인, 절박한 표정을 짓고 있었다.

「죄송합니다…… 오래 붙잡아 둘 생각은 없어요.」 그녀는 집을 흘끗 돌아다보았다. 마치 남편이 뒤따라 나오지 않는지 걱정하는 듯한 기색이었다. 「수잔 얘기예요. 그 애는 지금 어떻죠?」

「잘 지냅니다. 정말입니다.」

「아니, 그런 뜻이 아니었어요. 진실을 얘기해 줘요!」

「무슨 말씀을 드려야 할지 모르겠군요. 행복하게 열심히 일하고 있습니다. 인생을 즐기고 있죠.」

「하지만 당신은 그 아이를 **보고** 있나요?」

「예, 이따금 만나곤 합니다. 일주일에 한두 번쯤.」

미시즈 큘리는 갑자기 눈물을 쏟을 듯한 표정을 짓고는 말했다. 「제 남편과 저는 수잔을…… 그러니까, 더 이상 잘 알지 못해요. 우리한테 가끔 편지를 보내고 때로는 전화도 하지만…… 그러니까……」

「어머니 얘기를 자주 합니다.」 그레이는 말했다. 「어머니 걱정을 많이 하는 것 같습니다.」

「다시 만나 봤으면 좋겠어요. 꼭 이 말을 전해 주세요.」

그러고는 한 번 훌쩍였지만 재빨리 울음을 억눌렀고, 고개를 들고 다른 쪽을 보았다. 가슴이 떨리고 있었다.

「만나자마자 그렇게 전하겠습니다.」

미시즈 큘리는 고개를 끄덕였고, 재빨리 집 안으로 되돌아갔다. 현관문이 닫혔다. 그레이는 길가에 말없이 서서, 스스로의 인생에 관한 수의 이야기가 기묘하게나마 증명되었다는 사실을 곱씹었다. 여기 오지 않으면 좋았을걸…….

4

그레이는 런던에 돌아오자마자 전화하겠다고 약속했지만, 맨체스터에서 돌아왔을 때는 너무 지쳐 있었기 때문에 침대로 직행했다. 다음 날 아침 하루 여유가 더 있다는 사실을 깨닫고 저녁에 전화를 걸기로 마음먹었다.

수의 부모를 만난 것을 미안하게 생각하고 있었다. 특히 그녀에게 사실을 털어놓을 수 없는 입장에서는. 그는 아무 성과도 올리지 못했다. 이미 그런 일을 해버린 지금 자신의 진짜 동기가 무엇이었는지 곰곰히 생각해 보니, 결국 그녀의 불가시성에 대해 호기심을 느꼈기 때문이라고 인정하는 수밖에 없었다. 그것이 증명되든, 부정되든 말이다.

그가 알아낸 것이라고는 수가 힘든 사춘기를 보냈다는 사실뿐이었다. 그녀의 부모는 이 시기의 기억을 부분적으로 억압하고는 있지만 대체로 정상적인 아이였다고 믿고 있는 듯했다. 만약 그들이 수를 보지 못했다면, 그것은 불가시성 때문이 아니라 부모 특유의 선입견이 작용한 결과일 것이다. 자식이 자라고, 변화하며, 부모 슬하를 떠나 독립된 인격체가 되었다는 사실을 제대로 받아들이지 못한다는 뜻이다.

일상의 압력이 그레이를 짓누르기 시작했다. 여행을 끝내고 집에 돌아오면 언제나 똑같은 일이 기다리고 있었다. 산적

한 우편물, 세탁해야 하는 옷더미, 사야 하는 식료품. 아침 내내 밖에서 이런 일들을 처리했다. 이곳저곳의 가게를 돌아다니다가 평일 아침마다 집으로 꼬박꼬박 배달되는 타블로이드판 신문의 판매소에 들렀다. 그레이는 왕실 행사에 영화배우 가십, 반라의 누드모델 사진, 성범죄에 관한 선정적 보도로 가득 찬 이 신문을 혐오하고 있었다. 게다가 이것은 병원에서의 오랜 입원 생활을 생각나게 했다. 신문사의 지시로 배달되는 것이라는 대답을 들었지만, 그레이는 담당자를 설득해서 신문을 끊는 데 성공했다.

세탁이 끝난 옷과 식료품 봉지를 가지고 돌아오던 그레이는 누군가가 현관문 앞을 서성이는 모습을 목격했다. 머리를 짧게 친 젊은 여자였다. 시선이 마주치자마자 그녀는 기쁜 듯 미소를 지었다.

「미스터 그레이? 외출 중이시라 생각하고 막 떠나려던 참이었어요.」

「쇼핑 중이었습니다.」

그는 불필요한 설명을 했다. 본 적이 있는 여자였지만, 어디서 보았는지 생각이 나지 않았다.

「어제 전화드렸지만 받지 않으셔서…….」 여자는 그레이가 생각이 안 난다는 듯 미간을 찡그리자 이렇게 덧붙였다. 「알렉산드라 가워스입니다. 허디스 박사님 밑에서 연구하는.」

「미스 가워스! 맞아! 안으로…… 들어오시겠습니까?」

「허디스 박사님이 주소를 가르쳐 주셨어요. 실례가 되지 않았다면 좋겠습니다만…….」

「천만에요.」

그레이는 현관문을 열고 먼저 들어갔고, 한쪽 벽에 기대서서 그녀가 들어오기를 기다렸다. 그녀는 좁은 복도에서 그레이 옆을 빠져나갔고, 쪽지를 집어 들었다. 「제가 남긴 쪽지에요.」이렇게 말하고는 얼른 구겼다.

그레이는 그녀 뒤를 따라 평소의 느린 걸음걸이로 계단을 올라갔다.

예전의 그녀는 어떤 얼굴이었는지 떠올려 보려고 했다. 어느 쪽이냐 하면 수수한 느낌을 주는 얼굴에, 볼품없는 옷, 안경, 전혀 멋을 부리지 않은 너무 긴 머리카락. 그때와는 많이 달라져 있었다.

그레이는 거실로 그녀를 안내했다.

「일단 이걸 치워야겠군요. 커피 드시겠습니까?」

「예, 부탁합니다.」

그레이는 부엌에서 물을 끓이고 가게에서 사온 식료품을 정리하며 그녀에 관해 무엇을 알고 있는지 생각해 보려고 했다. 처음으로 최면 치료를 받았을 때 그 자리에 함께 있었던 것이 기억났다. 미들콤 병원을 떠난 이래 허디스 박사에게서는 아무 전갈도 받은 적이 없었다.

커피를 가지고 거실로 돌아가자 여자는 의자에 앉아 있었다.

「인터뷰를 하고 싶은데, 언제 시간 좀 내주실 수는 없는지요?」그녀가 말했다.

「무슨 인터뷰입니까?」

「저는 엑서터 대학의 대학원에서 연구를 하고 있어요. 허디스 박사님이 제 지도 교수랍니다. 지금 최면의 주관적 경험에 관한 논문을 쓰고 있어서, 가급적 많은 사람들과 만나 인터뷰를 하고 싶습니다.」

「흐음, 별로 도움이 되어 드릴 수 있을 것 같지가 않군요.」그레이는 이렇게 말하고 커피를 따른 다음 우유와 설탕을 넣었다. 그러고는 그녀의 얼굴을 보지 않고 이렇게 덧붙였다. 「지금은 거의 기억하고 있지 않습니다.」

「실은 함께 이야기를 나누고 싶은 이유 중 하나가 그거랍니다. 적당한 시간이 언제인지 가르쳐 주실 수 있는지요?」

「글쎄요, 그 얘기는 별로 하고 싶지가 않아서……」

그녀는 잠자코 스푼으로 커피를 저었다. 그레이는 불합리하게도 그녀에게 적의를 느끼고 있었다. 일단 의무 기록의 대상이 된 뒤에는 병원 쪽에서 결코 놓아주지 않는다는 느낌을 받았다고나 할까. 그녀는 그가 휠체어에 앉아 있을 때의 기억을 다시금 불러일으켰다. 끊임없는 고통과 불쾌감에 시달리며, 자신을 치료해 주려는 사람들의 손에 무력하게 몸을 맡기고 있었을 때의 경험을 말이다. 퇴원하면 그런 기억은 모두 과거의 것이 되는 줄 알고 있었다.

「그렇다면 인터뷰에 응해 주시지 않겠다는 말씀이신가요?」

「저 말고도 다른 사람들이 얼마든지 있지 않겠습니까.」

그레이는 그녀가 들고 있던 공책을 다시 핸드백에 집어넣었다는 사실을 깨달았다.

「실은 그렇지 않다는 것이 문제예요. 허디스 박사님에게 접촉 허락을 받은 건, 제가 실제로 참관했던 치료 세션의 환자들뿐입니다. 물론 당사자의 동의를 받아야 하고요. 제가 인터뷰할 수 있는 다른 사람들은 대부분 실험 대상들입니다. 자원한 사람이나 학생 같은. 임상 실례는 그것과 다르고, 그레이 씨의 것은 특히 흥미롭답니다.」

「그건 왜죠?」

「명확하게 말로 설명할 능력이 있는 데다, 최면 시에 일어났던 일이나 당시 상황이……」

「최면 시에 무슨 일이 일어났다는 말입니까?」

그녀는 어깨를 으쓱 하고는 커피 잔을 들어 한 모금 마셨다. 「흐음, 제가 토론하고 싶은 건 바로 그 점이랍니다. 하지만 방해가 된 것 같군요.」

「아니, 괜찮습니다.」 호기심이 발동한 그레이는 이미 아까 적의를 느낀 것을 후회하고 있었다. 「원한다면 그 얘기를 해도 좋습니다. 하지만 너무 느닷없이 나타나신 탓에. 조금 있다가 점심을 먹을 작정이었습니다. 그러니까 뭔가 좀 요기를 하고, 제가 그 아이디어에 익숙해질 시간을 좀 주십시오.」

자신이 사온 식료품을 보여 주기가 창피했던 그레이는 — 혼자일 때 그는 샌드위치와 달걀 프라이와 과일만으로 끼니를 때웠다 — 근처의 퍼브로 가서 맥주나 한잔하며 간단하게 식사를 하자고 제안했다. 천천히 보도를 걸어가던 그레이의 머리에 생각날 듯 안 날 듯하던 이 여자의 기억이 갑자기 뚜렷이 떠올랐다. 최면 상태의 그레이에게 허디스는 이 여자를 보라고 명령했다. 그레이는 그녀가 그곳에 있는 것을 알고 있었지만 그녀를 〈볼〉 수가 없었던 것이다. 수가 지금까지한 이야기를 감안하면, 마치 예언 같은 느낌을 주는 실로 섬뜩한 경험이었다.

손님이 반쯤 들어찬 퍼브를 발견한 그들은 탁자 하나를 차지하고 앉았다. 음식과 맥주를 사이에 두고 알렉산드라는 자기가 살아온 이야기를 했다. 그녀는 대학을 졸업한 뒤에도 취직이 잘 안 되었기 때문에 그냥 엑서터 대학에 머무르며 연구에 종사하고 있었다. 그러면 일단 취직 문제를 연기할수 있고, 그 사이에 경력을 더 쌓을 수도 있기 때문이었다. 장학금으로는 학비만 면제되기 때문에 생활은 빠듯했다. 알렉산드라는 런던에서 오빠와 함께 살고 있는데, 엑서터에 있을 때는 다른 학생들과 함께 빌린 집에서 산다고 했다. 이번 연구는 아마 몇 달 더 계속되겠지만, 그 후에는 일자리를 찾아야 했다.

이런 얘기를 하면서 화제는 자연히 그녀의 논문 이야기로 옮겨 갔다. 그녀가 흥미를 가지고 있는 것은 자발적인 기억 상실증이라고 했다. 이것은 최면을 건 사람이 암시를 주지 않았는데도, 피험자 쪽에서 최면 중 무슨 일이 일어났는지를 망각하는 현상이었다.

「특히 흥미로운 건 외상성 기억 상실로 치료를 받고 있던 그레이 씨가, 최면 상태에서 잃어버린 기억의 일부를 회복한 것처럼 보였지만, 나중에는 그 사실을 기억하지 못했다는 점이에요.」

「바로 그겁니다.」 그레이는 말했다. 「그래서 도움을 드릴 수 없는 겁니다.」

「하지만 허디스 박사님은 이제 당신이 옛 기억을 되찾으셨다고 하던데요.」

「부분적으로 되찾았을 뿐입니다.」

알렉산드라는 가방에서 공책을 꺼냈다. 「괜찮겠지요? 이미 인터뷰를 시작해 버린 듯해서.」 안경을 끼고 재빨리 공책을 넘기는 그녀를 보며 그레이는 미소 띤 얼굴로 고개를 끄덕였다. 그녀가 말했다. 「사고가 일어나기 전에…… 프랑스에 가 계셨다고 했지요?」

「아니요, 단지 프랑스에 갔다는 **기억**이 있을 뿐입니다. 실제로 갔다고는 생각하지 않습니다.」

「허디스 박사님 말로는 당신은 자기가 프랑스에 간 것을 상당히 확신하고 있다고 하던데요. 예를 들자면 프랑스어를 말하기까지 했고.」

「그 일은 그 뒤의 최면 세션에서도 일어났습니다. 나는 내가 어떤 기억을 자체적으로 만들어 냈다고 생각합니다……. 실제로는 한 번도 일어나지 않았지만, 마치 일어난 것처럼 느껴지는 종류의 기억 말입니다. 당시에는 뭐든 기억하는 것이 중요했고…….」

「기억 착오.」 알렉산드라가 말했다.

「압니다. 허디스 박사한테 들은 적이 있습니다.」

「이걸 기억하시나요?」 그녀는 종이 한 장을 꺼냈다. 가장자리가 말려 있는 것을 보니 접었다 폈다 하는 일을 여러 번 되풀이한 듯했다. 「허디스 박사님이 이걸 돌려 드리라고 했습니다.」

그레이는 한눈에 그것이 무엇인지 알아보았다. 처음으로 최면 치료를 받았을 때 그가 쓴 문장이었다. 개트윅 공항의 출국 라운지, 잔뜩 몰린 승객들. 진부하고 낯익은 글이었다. 한번 훑어본 뒤에 접어서 웃옷 호주머니에 집어넣었다.

「관심이 없으신 것 같네요.」 알렉산드라가 말했다.

「지금은 그렇습니다.」

그레이는 맥주를 더 사오기 위해 잠시 자리를 떴다. 알렉산드라와 처음 만났을 때의 기억이 자꾸 마음에 걸렸다. 그녀는 작별 인사를 하면서, 암시를 걸어 사람의 옷을 보지 못하게 하는 무대 최면술사들의 트릭에 관해 진지하게 언급했던 것이다. 당시 그의 머리는 수 생각으로 꽉 차 있었지만, 알렉산드라는 잠깐이나마 노골적인 농담으로 그를 웃겼다. 수가 아닌 여자와 이렇게 함께 있으니 신선한 느낌이었다. 왜냐하면 수와 함께 있을 때는 언제나 언사에 신중을 기할 필요가 있었기 때문이다. 알렉산드라는 복잡하지 않다는 점이 매력적이었다. 물론 그레이가 그녀에 관해 아는 것이 거의 없었기 때문이다. 당시 그레이는 그녀의 진지함과 목표를 향해 매진하는 자세, 그리고 본의는 아니겠지만 어딘가 그를 위압하는 듯한 느낌이 마음에 들었다. 지금은 그때보다 조금 더 성숙해졌고, 자의식 과잉이라는 느낌도 덜했다. 바텐더가 맥주를 따르는 동안 그레이는 그녀 쪽을 흘깃 돌아다보았다. 공책을 보다 손으로 짧은 머리카락을 귀 뒤로 빗어 넘기고 있었다. 머리카락이 눈을 자꾸 가리기 때문인 듯했다.

탁자로 돌아온 그레이가 말했다. 「그날 그것 말고 또 무슨 일이 일어났습니까?」

「트랜스 상태에 관해서 기억이 없다고 허디스 박사님에게 말하셨죠.」

「전부 기억할 수 없다는 뜻이었습니다. 저더러 더 깊은 최면 상태로 들어가라고 말하는 것을 들은 기억은 있지만, 그 다음에는 허디스 박사가 나를 깨웠다는 기억밖에 없습니다.」

「그랬군요. 제가 흥미를 느끼는 건 바로 그 점이랍니다. 실은 그때 뭔가 상당히 이상한 일이 일어났습니다. 허디스 박사님은 언급 안 하신. 물론 그걸 설명하는 것은 가능하지만, 우리 두 사람 모두 그런 것을 실제로 본 경험이 없었죠. 그날 허디스 박사님은 이 얘기를 하면 사태가 더 복잡해질 테니 하지 말자고 하셨습니다.」

「그때 도대체 무슨 일이?」 그레이가 말했다.

「당신이 프랑스어로 말하고 있었을 때예요. 말한다기보다는 웅얼거리는 쪽에 더 가까워서 잘 들리지 않았기 때문에, 박사님과 저 두 사람 모두 아주 가까운 곳에서 정면으로 당신을 바라보고 있었죠. 그때 어떤 일이 일어났어요. 그것이 무엇이었는지 정확히 묘사하는 것은 쉽지 않지만, 제가 받은 **느낌**을 말하자면, 최면 세션이 갑자기 끝났고, 진단도 끝났기 때문에 당신이 이미 방에서 나갔다는 인상을 받았어요. 허디스 박사님이 이렇게 말하던 걸 저는 뚜렷하게 기억하고 있어요. 〈난 점심을 먹은 뒤에 엑서터로 갈 예정인데, 차로 태워다 줄까?〉라고 말이에요. 저는 공책을 집어넣고 코트를 집어 올렸어요. 허디스 박사님은 동료 의사 한 사람과 잠깐 얘기를 나눠야 하지만, 얘기가 끝날 때까지 기다렸다가 같이 점심을 먹으러 가자고 제게 말했어요. 저는 허디스 박사님 뒤를 따라 진찰실에서 나왔어요. 그러면서 당신이 앉아 있던 의자를 흘깃 뒤돌아보았던 걸 기억해요. 그때 당신은 **그곳**에 없었어요. 그것만은 확실해요. 우리는 복도를 지나 계단 쪽으로 갔지만, 허디스 박사님이 갑자기 멈춰 서며 저를 보더니 이렇게 말했어요. 〈아니, 도대체 지금 우리는 뭘 하고 있는 거지?〉 저는 처음에는 영문을 몰라 당황했지만, 허디스 박사님이 손가락으로 커다랗게 딱 하는 소리를 듣고 깜짝 놀랐어요. 마치 꿈에서 깨는 듯한 기분이었죠. 〈미스 가워스, 우린 아직 진단을 끝내지 않았어!〉 우리는 서둘러 진찰실로 돌아갔어요. 그런데 당신은 그곳에 있었어요. 팔걸이의자에 앉은 채로, 여전히 트랜스 상태에 빠져 혼자서 뭐라고 웅얼거리고 있었던 거예요.」

알렉산드라는 잠시 말을 멈추고 음료수를 마셨다. 그레이는 그들 사이의 탁자를 응시하며 그날 있었던 일을 생각했다.

「그때의 기억이 전혀 없는 건가요?」 알렉산드라가 물었다.

「없습니다. 계속 얘기해 보십시오.」

「흐음, 허디스 박사님은 그 일 때문에 크게 동요했어요. 박사님은 화가 났을 때는 좀 까다로워지는 경향이 있어서, 명령조로 저더러 이래라저래라 하기 시작하더군요. 저는 다시 공책을 꺼내고 당신이 하는 말에 귀를 기울이려고 했지만 박사님은 저를 제지했어요. 박사님은 깊은 최면에 빠져 있는 당신을 향해 지금 무엇을 하고 있는지 묘사해 보라고 말했어요. 당신이 필기도구를 달라고 하니까 허디스 박사님은 제 공책과 펜을 낚아채서 당신한테 줬어요. 그러자 그걸 쓰더군요.」 그녀는 종이를 집어넣은 내 웃옷 호주머니를 손짓해 보였다. 「당신이 그걸 쓰고 있는 동안 허디스 박사님은 저를 보더니 〈환자가 최면 상태에서 빠져나온 뒤에도 결코 이 얘길 하면 안 돼〉라고 했어요. 무슨 일이 일어났느냐고 물으니까 나중에 이야기하자고 하더군요. 그러고는 그 어떤 상황에서도 당신 앞에서는 이 얘기를 하면 안 된다고 되풀이해서 말했어요. 당신이 쓰는 것을 멈추지 않자 허디스 박사는 펜을 빼앗고 제게 공책을 돌려주었어요. 그러자 당신은 계속 쓰고 싶다고 했어요. 고민에 찬 목소리로. 허디스 박사님은 최면에 걸린 당신을 다시 원상복구시키겠다고 했고, 저를 보며 또다시 이 얘기를 하지 말라고 경고했어요. 그러고는 당신을 안정시킨 다음 깨우기 시작했어요. 나머지는 아마 기억하실 거예요.」

「그럼 나를 사라지게 했다는 말이군요.」 그레이가 말했다.

「정확하게 말하자면 그렇지 않아요.」

「설명하는 것은 가능하다고 하셨죠. 그건 무엇이었습니까?」

「부(負)의 환각이에요. 최면술을 거는 과정에서 이따금 발생하죠. 되풀이되는 말, 마음을 안정시키는 제안, 조용한 방. 이런 것들 모두가 최면 시술자 본인을 가벼운 트랜스 상태로 유도할 수 있고, 결국은 피험자와 마찬가지로 암시에 걸리기 쉬워지는 거죠. 상당히 흔한 일이지만, 시술자는 보통 예방조치를 취하기 마련이에요. 허디스 박사님과 저는 두 사람 모두 최면술에 잘 걸리는 피험자이고, 그때 두 사람 모두 최면에 걸렸던 것 같아요. 그게 사실이라면 우리 두 사람 모두 똑같은 부의 환각을 경험했고, 그 결과 당신의 모습을 보지 못했던 거예요. 지극히 희귀한 일이지만, 가능한 설명은 그것뿐이에요.」

그레이는 수가 한 이야기를 생각하고 있었다. 불가시성은 당사자가 자신을 안 보이게 하는 능력 못지않게 관찰자의 무의식적인 태도에 의존하고 있다는 이야기였다. 누군가는 〈볼〉 수 있지만, 누군가는 그러지 못한다. 그럼 모든 것이 부의 환각이었단 말인가?

그레이가 침묵하고 있다는 것을 깨달은 알렉산드라가 말

했다. 「도저히 있을 수 없는 일처럼 느껴지겠지만, 정말로 가능한 일이랍니다.」

「예전에도 그런 사례가 있습니까?」

「가능한 한 옛날까지 거슬러 가서 조사해 보았어요. 최면술 시술자가 혼자 걷고 있을 때 비슷한 일들이 일어난 적이 있지만, 시술자와 피험자가 같은 경험을 공유하는 경우는 선례가 없는 것 같더군요.」

이 얘기를 들으면 수는 뭐라고 할까? 스스로의 불가시성에 대한 그녀의 믿음을 허디스와 알렉산드라가 합리적으로 확인할 수 있는 용어로 설명하는 것이 가능할까? 그레이는 수와 그가 거리에서 쇼핑객들의 사진을 찍던 날과, 수가 타고난 불가시인들이라고 지적했던 사람들의 일을 기억했다. 수와 나이얼을 찍은 사진들을 머리에 떠올렸다. 기계인 카메라는 부의 환각을 일으키지 않는다.

「그렇다면 그때 일어난 일이 바로 그것이라고 생각하고 있는 겁니까?」

「당신이 실제로 자신의 모습을 안 보이게 만들지 않은 이상은 그렇겠죠.」그녀는 미소 짓고 있었다. 「달리 설명할 방법이 없어요.」

「그렇다면 눈에 보이지 않았을 경우는 어떻습니까?」그레이는 충동적으로 말했다. 「그럴 가능성은 없었을까요? 그러니까……」

「실제로, 글자 그대로 사람의 육체가 눈에 보이지 않는 경우 말인가요?」그녀는 여전히 미소를 떠올리고 있었다. 「마법을 믿지 않는 한 불가능하지 않나요. 당신도 허디스 박사님이 유도해 낸 부의 환각에 빠진 적이 있고, 그때 제 모습을 보지 못했잖아요. 하지만 그때 저는 **정말로** 다른 사람의 눈에 안 보였던 것이 아니에요. 당신만 제외하고.」

「하지만 그게 어떤 차이가 있습니까? 나는 당신을 보지 못했으므로, 실질적으로 당신은 눈에 보이지 않은 것이나 다름없지 않습니까. 당신은 내가 당신과 허디스의 눈에 보이지 않았다고 했죠. 그때 나는 정말로 그 자리에 있었던 걸까요?」

「물론 그랬죠. 우리는 단지 당신을 보는 것을 멈췄을 뿐이에요.」

「그럼 같은 이야기 아닙니까. 당신들은 나를 눈에 보이지 않는 존재로 만든 겁니다.」

「오직 주관적으로만 그랬던 거예요. 우리는 당신을 보지 못함으로써 당신을 보이지 않는 존재로 만들었어요.」

알렉산드라는 다른 사례에 관해 이야기하기 시작했다. 자발적으로 부의 환각을 일으키는 증세로 최면 치료를 받았던 어떤 여성의 이야기였다. 그레이는 그녀의 말에 귀를 기울였다. 그러나 그와 병행해서 다른 생각을 하고 있었다. 수에게서 들은 이야기를 지금 쓰이고 있는 용어로 재해석해 보고 있었던 것이다.

만약 수가 한 말이 사실이라면 — 그녀가 그렇게 믿고 있다는 점은 확실했지만 — 주위 사람들을 최면 걸어서 자기 모습이 보이지 않도록 하는 무의식적인 능력을 가진 사람이 존재할 가능성도 없지는 않다. 무엇인가를 간과하는 것, 이것은 자연스러운 상태일까? 혹은 특정한 사람들에 의해 유도될 수 있는 성질의 것일까?

그럴 가능성도 있어 보였다. 알렉산드라가 말했듯이, 아무리 불가능해 보여도 그것이 유일하게 합리적인 설명이었기 때문이다. 설령 수가 있다고 주장하는 그 능력의 〈범위〉가 그 개연성을 줄이고 있다고 해도 말이다.

이런 생각을 하며 알렉산드라의 이야기에 귀를 기울이는 것은 쉽지 않았고, 대화가 좀 더 일반적인 방향으로 흐르자 그레이는 생각하는 것을 그만두었다. 그녀는 그의 회복 상황에 관해 물었고, 다시 한 번 정상적인 생활에 적응하는 것은 어떤 기분이며, 어떤 문제가 남아 있는지를 물었다. 그레이는 최근에 끝난 촬영에 관해 이야기했고, 맨체스터를 잠깐 방문했다고 말했다. 어떤 이유에서인가 수에 관해서는 한마디도 하지 않았다.

퍼브가 문 닫을 시간이 되자 그들은 다시 그레이의 플랫으로 걸어갔다. 현관문 앞에서 알렉산드라가 말했다. 「이제 집에 돌아가야 해요. 얘기해 주셔서 고맙습니다.」

「오히려 내가 더 많은 것을 배운 것 같습니다.」

「실제로 어떤 일이 일어났는지에 관해 제가 생각하던 것을 확인하고 싶었을 뿐이에요.」

그들은 처음 만났을 때 그랬던 것처럼 정식으로 악수를 했다.

그레이는 말했다. 「이런 생각을 했는데…… 다시 만나서 한잔하면 어떨까요? 저녁 시간에…….」

「예, 좋아요.」 알렉산드라는 그에게 미소 지으며 말했다. 「하지만 인터뷰는 더 이상 없어요.」

그들은 다음 주에 데이트할 약속을 했다.

5

  그날 밤 그레이는 수의 집으로 갔지만, 도착하자마자 무엇인가가 잘못되었다는 사실을 깨달았다. 그것이 무엇인지 알아내는 데는 오래 걸리지 않았다. 수의 어머니가 전화를 걸어 그가 방문했다는 얘기를 했던 것이다.

  처음에는 거짓말을 하려고 했다.

  「맨체스터에서 촬영할 것이 있었어. 그래서 충동적으로 찾아뵀었던 거야.」

  「톡스테스에서 일하고 있다고 했잖아. 그게 맨체스터하고 무슨 상관이 있어?」

  「알았어. 일부러 간 거야. 당신 부모님을 만나러.」

  「하지만 왜? 부모님은 나에 관해서 아무것도 몰라! 가서 무슨 얘기를 들었어?」

  「내가 당신 인생을 엿보려고 했다고 생각하는 건 알지만, 실제로는 그런 게 아니었어. 수, 나는 알 필요가 있었어.」

  「뭘? 부모님이 나에 관해서 무슨 얘기를 해줄 수 있단 말이지?」

  「**당신의** 부모님이잖아.」 그레이는 말했다.

  「하지만 열두 살 이후로는 거의 나를 보지도 않았어!」

  「그래서 갔던 거야. 리버풀에서 촬영하고 있을 때 어떤 일이 일어났어.」그는 그 클럽에 관해 언급했고, 그것을 계기로 떠오른 벨파스트의 퍼브의 기억에 관해 설명했다.「그 기억은 당신이 한 모든 얘기를 그와는 별개의 관점에서 보도록 만들었어…… 그러니까, 당신 얘기에 진실이 포함되어 있을지도 모른다는 생각을 한 거야.」

「내가 한 이야기를 안 믿는다는 건 알고 있었어.」

「그런 뜻이 아니야. 난 당신 이야기를 믿지만…… 직접 확인해 볼 필요가 있었어. 혹시 내가 당신 뒤를 캐고 다녔다고 생각한다면 미안해. 하지만 거기 갈 생각은 정말 순간적으로 떠올랐고, 난 깊이 생각하지도 않고 행동했어. 단지 당신을 아는 사람과 말을 나누고 싶었을 뿐이야.」

「난 어릴 때부터 엄마 아빠 눈에는 안 보였어. 나를 본 것은 내가 억지로 모습을 드러냈을 때뿐이야.」

「그건 내가 그분들로부터 받은 인상하고는 다른데. 부모님이 당신을 아주 잘 알지 못한다는 당신 말은 맞지만, 그건 당신이 어른이 되어서 집을 떠났기 때문이야. 부모와 자식 사이에서 자주 일어나는 일이지.」

수는 고개를 가로저었다.「부모님은 단지 그런 식으로 설명하려고 하는 거야. 사람들은 주위에 불가시인이 있을 때 그런 식으로 대처하는 법이지. 무슨 일이 일어났는지 설명하기 위해서 합리적인 설명을 자동적으로 생각해 내는 거야. 일종의 대처법이라고나 할까.」

그레이는 알렉산드라 생각을 했고, 그녀 자신의 합리화에 관해 생각했다.

「당신 어머니는 나이얼을 만난 적이 있다던데.」

「그건 불가능해!」그러나 수는 놀란 표정이었다.

「나는 그런 느낌을 받았는데. 당신하고 함께 집에 간 적이 있다고 했잖아.」

「나이얼은 방문 기간 내내 불가시 상태였어. 리처드, 부모님은 단지 나이얼을 봤다고 **생각**하고 있는 거야. 나이얼에 관해서 알고 있는 건 내가 몇 년 전에 언급한 적이 있기 때문이야. 나이얼이 나와 함께 부모님 집에 간 건 그 주말뿐이야. 하지만 나이얼을 봤을 리가 없어. 그건 절대로 불가능해.」

「그럼 왜 당신 어머니는 자기가 나이얼을 안다고 생각하는 거지? 사진까지 가지고 있던데…… 뒤뜰에서 당신과 함께 찍은 거 말이야.」

「알아. 몇 장 찍었지. 나이얼은 사진에 모두 나와 있을 거야. 이해 못하겠어? 엄마는 그런 식으로 자기한테 설명한 거야! 나와 함께 거기 있었을 때 부모님은 무슨 일이 일어나고 있는지 자각하고 있었던 거야. 나이얼은 두 사람에게 인상을 남겼어…… 나이얼만큼이나 극단적으로 불가시한 사람조차, 그 자리에 **존재**하고 있는 거야. 우리가 떠난 뒤에 부모님은 무의식적으로 주말 내내 자기들이 느낀 긴장을 설명하려고 했을 거야. 현상한 사진이 나온 뒤에는 자연스럽게 설명이 됐던 거지. 과거를 되돌아보고, 나이얼을 만난 것을 기억하고 있는 듯한 기분이 된 거야.」

「그렇군. 하지만 그에 못지않게 실제로 나이얼을 보았을 가능성도 있잖아. 어느 쪽이든 간에 아무런 증명도 안 돼.」

「왜 그런 증명이 필요해?」

「왜냐하면 우리 사이에 그것이 끼어들었기 때문이야. 처음에는 나이얼이, 다음에는 이것이. 난 당신 말을 믿고 싶어. 실제로도 믿고 있지만, 당신이 한 얘기는 모두 두 가지의 다른 방식으로 설명될 수 있다는 것이 문제야.」

이런 대화가 진행되는 동안 그들은 줄곧 그녀의 방에 있었다. 수는 침대 위에 책상다리를 하고 앉고, 그레이는 책상 앞 의자에 앉아 있었다. 수는 침대에서 일어나 방 안을 왔다 갔다 하기 시작했다.

「알았어.」수는 말했다.「당신이 런던을 떠나 있을 때 나는 이 일에 관해 많이 생각해 보았어. 만약 당신 말이 옳고, 우리 사이를 가로막는 장벽이 그거라면, 난 그걸 해결하고 싶어. 우리 사이는 점점 벌어지고 있어, 리처드. 그리고 난 그게 마음에 들지 않아. 당신이 증거를 원한다면 난 그걸 보여 줄 수 있어.」

「어떻게?」

「두 가지 방법이 있어. 처음 것은 간단해……. 나이얼이 그 증거야. 나이얼은 우리가 처음 만난 순간부터 우리에게 영향을 끼쳤고, 실제로 우리와 함께 있었어. 물리적으로 우리와 함께 있었다는 얘기야. 그렇지만 당신은 전혀 그걸 깨닫지 못했어.」

「이봐, 그건 나한테는 증거가 안 돼.」그레이는 말했다. 「두 가지 해석이 가능하기 때문이야. 당신 말대로라면 그 작자는 여기 우리와 함께 있고, 불가시 상태에서 서성거리고 있어…… 혹은 결코 내 곁에는 온 적도 없고, 나와 만난 적도 없는 거야. 내가 나이얼을 못 봤다고 해서 그치가 눈에 보이지 않는다는 건 말이 안 돼.」

「아마 그렇게 말할 거라고 생각했어.」수는 손가락으로 머리를 빗으며 방 안을 왔다 갔다 했다. 동요한 표정이었지만, 무엇인가를 결심한 듯한 기색이었다.

「난 나이얼이 정말로 존재한다는 걸 믿어.」그레이가 말했다.「하지만 그걸 내 관점에서 봐줬으면 좋겠어. 당신은 내게 나이얼 **얘기**만 들려줬을 뿐이고, 내가 병원에서 퇴원한 뒤에는 나이얼에 대해 과거형으로만 언급했어. 당신도 오랫동안 나이얼을 만나지 않았다는 얘기잖아.」

「맞아.」

「그럼 또 하나의 증거라는 건 뭐지?」

수는 발걸음을 멈췄다.「그건 좀 더 복잡해. 배가 고파. 요리를 하려고 사둔 재료가 좀 있어. 계속 밖에서 외식할 여유는 없거든.」

그레이가 말했다.「레스토랑으로 가지. 내가 살게.」

「싫어. 그럼 재료가 쓸모없게 되잖아.」수는 이미 식료품 봉투를 꺼내 놓고 있었다. 스튜 냄비를 두 개 내려놓았다.

「그럼 요리를 하면서 얘기해 줘.」

「말이 아니라 직접 보여 줘야 하는 거야. 그냥 거기 앉아서 기다리고 있어.」

그레이는 그녀 말에 따랐고, 수의 사무용 의자에 앉아 좌우로 몸을 돌렸다. 수가 그를 위해 음식을 만들어 준 것은 지금까지 한두 번밖에 없었지만, 그레이는 그녀가 요리하는 광경을 구경하는 것을 좋아했다. 아무렇지도 않게 쌀과 고기와 채소를 냄비에 던져 넣고 끓이기만 해도, 어느새 맛있는 음식이 완성되어 있는 것이다. 일상적인 일을 하고 있는 수를 보고 있는 것 또한 좋았다. 두 사람 모두 너무 서로에게 집착하며 많은 시간을 보내고 있는 탓일까.

요리하는 그녀를 바라보며 그레이가 말했다.「이건 그냥 궁금해서 물어보는 건데, 요즘 나이얼은 어디 있어?」

「언제 그 질문을 하나 생각하고 있었어.」수는 그에게 등을 보인 채로 대답했다.「더 이상 그게 문제가 되지는 않잖아. 안 그래?」

「아마 그렇겠지. 하지만 당신이 한 얘기를 모두 감안하면, 그치는 결코 당신을 떠나보낼 생각이 없다고 봐야 하지 않아?」

「그래.」수는 채소를 썰어 김이 오르는 냄비 속에 조금씩 집어넣었다.「사실, 나이얼은 지금 이 순간에도 우리와 함께 이 방 안에 있을지도 몰라. 나이얼은 자기 자신을 완전히 불가시하게 만들 수 있기 때문에, 내가 할 수 있는 일은 거의 없거든. 하지만 내가 할 수 있고, 또 지금까지 해온 것은 나 자신을 변화시키는 일이었어. 그 과정에서 마침내 내가 무엇을 잘못하고 있는지를 알아냈지. 난 나이얼이 자기 존재를 중요한 것으로 만들도록 내버려 두었던 거야. 이제는…… 상관 안 해. 나이얼은 어디를 가나 있어. 갈 수 있는 곳이라면 어디든 갈 수 있고, 그런 그를 막을 수 있는 것은 거의 없어. 뭐든지 하고 싶은 일을 할 수 있는 거야. 하지만 여기서 중요한 건, 그것이 사실이라면 나이얼이 실제로 그곳에 있든 없든 상관이 **없다**는 점이야…… 나이얼이 그런 능력을 가지고 있다는 사실을 안다는 것은 그가 실제로 그 힘을 쓰는 것과 마찬가지야. 요즘 나는 어디를 가든 나이얼이 있는 걸로 간주하고 있어. 나이얼이 나를 바라보고, 내 말에 귀를 기울이는 걸 당연하다고 생각하는 거야. 나이얼이 정말로 거기 있든, 아니면 단지 내가 그런 상상을 하고 있든 내 입장에서는 아무 차이도 없어. 그 결과 나이얼은 나를 그냥 내버려 두었고, 그건 내가 지금까지 줄곧 원했던 거야.」수는 가스불을 약하게 해놓고 냄비 뚜껑을 덮었다.「됐어…… 10분만 기다리면 돼. 그런 다음 산책을 하기로 해.」

6

저녁에는 비가 내렸지만 밤이 되자 개었다. 도로를 지나가는 자동차 엔진 소리가 비에 젖어 반짝이는 보도 위로 시끄럽게 울려 퍼졌다. 두 사람은 퍼브 몇 군데와 늦게까지 하는 신문 매점과 파란 네온사인이 걸린 인도 요리점을 지나쳤다. 그들은 크라우치 힐 옆을 지나가는 넓은 주택가 도로를 걸어갔다. 북런던의 불빛이 전방에서 반짝였다. 밝은 경고등을 깜박이며 여객기가 머리 위의 하늘을 가로질러 서쪽으로 몇 마일 떨어진 곳에 있는 히스로 공항을 향해 날아갔다.

「어디 특별한 곳으로 가는 거야?」그레이가 물었다.

「아니. 당신이 가고 싶은 데로 가.」

「그럼 저 블록을 한 바퀴 돌아 당신 집으로 돌아가면 어떨까?」

수는 가로등 아래에서 멈춰 섰다. 「당신이 증거를 원하니까, 직접 보여 줄게. 그러면 있는 그대로 받아들일 수 있겠어?」

「그게 증거라면.」

「그럴 거라고 약속할 수 있어. 나를 봐, 리처드…… 조금이라도 평소와 달라 보여?」

그는 나트륨등의 오렌지색 불빛 아래에서 그녀를 보았다. 「이런 불빛 아래에서도 달라 보이지 않아.」

「집을 나왔을 때부터 나는 줄곧 불가시 상태였어.」

「수, 난 지금도 당신을 볼 수 있어.」

「다른 사람들한테는 안 보여. 지금부터 나는 당신도 불가시 상태로 만들어서, 저기 보이는 집으로 함께 들어갈 거야.」

「설마 농담은 아니겠지?」

「진담이야.」

「알았어. 하지만 문제는 나야.」

「아니, 문제없어.」 그녀는 손을 뻗어 그레이의 손을 잡았다. 「이제 당신도 불가시 상태야. 내가 손을 대는 것은 모두 불가시 상태가 돼.」

그레이는 자기 몸을 내려다보지 않을 수 없었다. 가슴과 다리는 여전히 제자리에 있었다. 좌측 깜빡이를 켠 자동차가 도로를 지나가며 그들 주위로 조금 물을 튀겼다.

수가 말했다. 「아무도 우리를 볼 수 없어. 당신은 단지 이렇게 내 손을 잡고, 무슨 일이 일어나도 놓지만 않으면 돼.」 그녀는 손에 힘을 주었다. 「자, 아무 집이나 골라.」

그녀의 목소리에 진지한 느낌이 깃들었다. 흥분한 기색이 역력했다. 그레이도 비슷한 감정을 조금 느꼈다.

「저기 저 집은 어떨까?」

두 사람은 그 집을 보았다. 창문 대부분은 어두웠지만, 제일 위층 창문의 커튼 사이로 희미한 불빛이 스며 나오고 있었다.

「플랫으로 개조한 집 같아 보이네.」 수가 말했다. 「다른 걸 찾아보기로 해.」

두 사람은 길가의 집들을 응시하며, 손을 잡은 채로 걸었다. 몇몇 집의 현관 앞까지 가보았지만, 여러 개의 초인종에 이름표도 여러 개 있는 것을 본 수는 다른 곳으로 가자고 했다. 다세대 주택인 경우는 안에 들어가도 잠긴 문이 너무 많기 때문이었다. 길 끄트머리에 어두운 포치에 초인종이 하나 달린 집이 있었다. 거실 커튼 뒤로 텔레비전의 밝은 화면을 엿볼 수 있었다.

「여기면 됐어.」수가 말했다. 「문이 열려 있으면 좋겠네.」

「창문을 깰 생각인 줄 알았는데.」

「하고 싶은 일은 뭐든지 할 수 있지만, 굳이 손해를 주고 싶지는 않아.」

두 사람은 앞뜰을 지나 비에 젖어 축축해진 나무와 관목을 헤치며 좁은 길을 나아갔다. 뒤뜰에 면한 방은 형광등으로 밝게 조명되어 있었고, 수가 그 문을 열자 쉽게 열렸다.

「오래 머무르지는 않을 거야. 내 손을 놓으면 안 돼.」

수는 문을 열고 안으로 들어갔다. 그레이는 뒤로 손을 돌려 문을 닫았다. 그들은 부엌에 와 있었다. 여자 두 명이 조리 카운터에 등을 돌리고 서 있었고, 그중 한 사람은 잠이 든 갓난애를 안고 있었다. 그들 앞의 식탁 위에는 맥주가 담긴 싸구려 유리잔 두 개와 피우다 만 담배를 올려놓은 재떨이 한 개가 놓여 있었다. 더러워진 롬퍼스를 입은 어린애 한 명이 비닐 바닥 위에서 플라스틱제 자동차와 나무 블록 따위를 가지고 놀고 있었다. 갓난애를 안은 여자가 말했다. 「……하지만 거기 들어가니까 사람을 마치 쓰레기라도 되는 것처럼 취급하더라고. 그래서 난 그 작자한테 그런 식으로 나한테 말하지 말라고 했어. 그랬더니 그 작자는 마치 쓰레기 보듯 나를 보더라고. 세상에, 난 입장료로 30파운드나 내고 들어갔는데 거기 있는 인간들은 마치 나를 거지 보듯 하는 거야…….」그레이는 비좁은 부엌 안에서 자신의 큰 몸집을 의식하며 불편한 기분을 느꼈다. 두 여자 사이를 빨리 지나가고 싶었지만 수는 그를 싱크대 쪽으로 데려가서 찬물 수도꼭지를 틀었다. 싱크대 안에 쌓여 있는 설거지거리 위로 물이 시끄러운 소리

를 내며 흘러내렸고, 위로 튄 커다란 물방울들이 바닥에도
떨어졌다. 친구 얘기에 귀를 기울이던 여자는 식탁 주위를
돌아 싱크대 쪽으로 와서 수도꼭지를 잠갔다. 다시 원래 자
리로 돌아가면서 그녀는 재떨이 위의 담배를 집어 들고 입에
물었다.

수가 말했다. 「텔레비전에서 뭘 하고 있는지 가서 알아보
기로 해.」

이렇게 말한 수의 목소리가 너무나도 컸기 때문에 그레이
는 놀라 움찔했다. 여전히 수의 손을 잡은 채로 그녀 뒤를 따
라 부엌에서 나왔고, 집의 전면 거실로 통하는 짧은 복도로
들어섰다. 오래된 자전거 두 대가 층계 난간에 기대 있었고,
유리병이 든 커다란 마분지 상자 세 개가 탑처럼 쌓여 있었
다. 수는 두 번째 문을 열었다. 두 사람은 안으로 들어갔다.

텔레비전에서는 축구 경기가 진행되고 있었고, 볼륨도 크
게 높여져 있었다. 방은 중년이거나 젊은 사내들로 가득 차
있었다. 그들은 팔을 무릎 위에 얹고 책상다리를 하고 앉아
맥주를 마시거나 담배를 피우고 있었다. 담배 연기가 자욱했
고, 사내들은 중계자의 해설이나 시합에 반응하고 있었다.
잉글랜드 대 유고슬라비아 경기였는데, 잉글랜드가 지고 있
었다. 잉글랜드 측이 볼을 놓칠 때마다 조롱과 야유가 쏟아
져 나왔다.

수가 말했다. 「저 사람들을 보기로 해.」

수는 천장의 등을 켜고 그레이를 이끌고 거실을 가로질렀
다. 어른 세 명에 10대 네 명이 있었다.

「그 빌어먹을 불 좀 꺼, 존.」

어른들 중 한 명이 화면에서 눈을 떼지 않고 말했다. 10대
한 명이 일어나서 등을 껐다. 자기 자리로 돌아가면서 그는
그레이를 밀쳤다. 그레이는 본능적으로 몸을 움츠리며 옆으

로 비켰다. 수의 손에 다시 힘이 들어갔다.

「우리 앉을까?」수가 말했다.

그레이가 대답하기도 전에 그녀는 두 사내가 앉아 있는 소파로 그를 이끌었다. 두 사내 모두 위를 올려다보지는 않았지만, 그중 하나가 앞으로 걸어나와 바닥에 앉았고 소파에 남은 사내는 옆으로 비켜 수와 그레이가 앉을 자리를 만들어주었다. 그레이는 당장이라도 그들이 와 있다는 사실이 발각될 것이라고 확신했다. 시합은 계속되었고, 잉글랜드는 또 한 번의 기회를 놓쳤다. 경멸하는 듯한 외침이 방 안에 울려 퍼졌고, 맥주 캔을 따는 쉭 하는 소리가 들렸다.

「기분이 어때?」수는 소음에 지지 않는 큰 소리로 말했다.

「당장이라도 우리를 볼 거야.」

「아니, 그러지 못해. 증거를 원했지? 이게 바로 증거야.」그레이는 수의 목소리가 변한 것을 깨달았다. 사랑을 나눌 때의 그녀를 연상케 하는 낮고 관능적인 목소리였다. 그녀의 손바닥에 땀이 배어 있었다. 「더 보고 싶어?」수가 말했다.

수는 소파에서 일어나 그레이를 끌고 움직였다. 놀랍게도 그녀는 텔레비전 앞으로 가서 사내들이 볼 수 없도록 화면을 가로막았고, 채널을 돌렸다. 몇 번 채널을 바꾸더니 스튜디오에서 벌어지는 대담 프로그램을 찾아냈다. 금융 정책에 관한 토론인 듯했다. 수는 뒤로 물러나서 그레이와 함께 사내들의 반응을 지켜보았다.

그들은 마치 시합이 갑자기 끝난 것처럼 행동했다. 분위기가 바뀌며 모두 긴장을 풀었고, 사내들은 의자에 등을 기대고 담배에 불을 붙였다. 그들은 방금 본 시합에 관해서 얘기하기 시작했고, 전술, 측면 공격, 멤버 선출 따위에 관해 불평을 늘어놓았다.

그레이가 말했다. 「이 친구들은 아까 당신이 불을 켠 걸 깨달았어. 채널을 바꾼 건 모르고 있는 거야?」

「우리가 텔레비전 옆에 이렇게 서 있는 한은 몰라. 지금은
모두 다른 누군가가 채널을 돌렸다고 생각하고 있어. 우리가
여길 떠나면 다시 보기 시작할걸.」

「하지만 **지금**도 알고는 있을 거 아냐?」

「우리가 여기 있다는 건 알지만, 우리를 보지는 못해. 저
사람들 중 우리를 본 사람이 한 명이라도 있어?」

「똑바로 바라본 사람은 없었어.」

「그러지 못하는 거야.」 수의 얼굴은 발그레하게 상기되어
있었다. 입술도 촉촉하게 젖어 있었다. 「이걸 봐.」

비어 있는 쪽 손으로 수는 재빨리 블라우스의 단추를 끌렀
다. 그레이의 손을 잡아끌며 한 사내 앞으로 가더니, 재빨리
블라우스 안에 손을 넣어 한쪽 유방을 밖으로 노출시켰다.
그러고는 그 사내를 향해 몸을 수그렸다. 유두가 그의 얼굴
에서 몇 센티미터밖에 떨어지지 않은 곳에 있었다. 사내는
친구를 보며 축구 전술 얘기를 계속했다. 수는 완전히 무시
하고 있었다.

그레이는 수의 손을 잡아끌었다. 「그런 짓 하지 마!」

「어차피 날 못 보잖아!」

「알았어. 하지만 당신이 그러는 걸 보고 싶지 않아.」

수는 열린 블라우스 사이로 젖가슴을 드러낸 채로 그레이
를 마주보았다. 「이걸 보고 흥분 안 돼?」

「이런 식으로는 안 돼.」 그러나 그레이는 발기하는 것을 느
꼈다.

「이러면 언제나 호색스러운 기분이 돼.」 수는 그레이의 손
을 자기 젖가슴에 갖다 댔다. 유두가 구슬처럼 딱딱해져 있
었다. 「섹스할래?」

「농담하지 마!」

「아니, 농담 아냐…… 자, 하자고. 뭐든지 우리가 하고 싶
은 일을 해도 돼.」

「수, 이건 도저히 무리야.」그레이는 너무 신경을 쓰고 있었
고, 방 가득한 사내들이 자꾸 마음에 걸려 견딜 수가 없었다.

「당장 섹스하자. 방바닥에서…… 저 사람들이 보는 데서.」

사랑을 나눌 때 수는 평소의 그녀답지 않게 조금 조야해지
는 경향이 있었지만, 이번만큼 노골적이었던 적은 없었다.
그녀는 비어 있는 손으로 그레이의 바지 지퍼를 내렸다.

「여기서는 안 돼.」그레이는 말했다.「밖으로 나가자.」

그들은 서둘러 복도로 나갔다. 계단을 본 수는 그의 손을
잡은 채로 2층으로 뛰어 올라갔다. 그들은 침대가 있는 방을
찾아내자마자 그 위에 몸을 던졌다. 옷도 벗는 둥 마는 둥 하
고 황급히 몸을 합쳤다. 수는 절정에 달하자 쾌락에 찬 비명
을 질렀고, 양손으로 그의 머리카락을 움켜쥐고 아플 정도로
잡아당겼다. 일찍이 그녀가 이토록 거리낌 없이 행동하는 것
을 본 적이 없었다.

여전히 몸이 합해진 채로 침대에 누워 있는데 방문이 열리
더니 아까 부엌에서 보았던 여자가 들어왔다. 그레이는 긴장
하며 고개를 돌려 필사적으로 얼굴을 감추려고 했다. 수는
보통 목소리로 말했다.「가만히 있어. 저 여자는 우리가 여기
있는 걸 몰라.」

다시 고개를 돌린 그레이는 여자가 옷장 문 여는 것을 보
았다. 그곳에 서서 키 높이의 거울로 자기 모습을 비춰 보더
니 대뜸 옷을 벗기 시작했다. 벌거숭이가 되자 다시 거울 앞
에 서서 몸을 이리저리 돌려 보았다. 그녀의 엉덩이는 육중
하고 보조개처럼 패어 있었고, 배는 아래로 축 처진 데다 평
평해진 가슴은 좌우를 향하고 있었다. 여자는 상체를 앞으로
수그리고 거울에 반사된 자기 눈을 바라보다가 아래 눈꺼풀

을 밑으로 잡아당겼다. 그러더니 소리 내서 방귀를 뀌었다. 다시 몸을 곧추세운 여자는 손으로 자기 머리를 만지며 모양을 다듬고는 여전히 요리조리 움직이며 자신의 모습을 살폈다. 그레이는 거울에 자신과 수의 모습이 비쳐 있는 것을 볼 수 있었다. 그레이는 강렬한 자기혐오에 빠졌다. 다른 사람의 개인적인 행위를 엿보고 있다는 사실을 자각했기 때문이다. 성욕이 사라지면서 그는 수에게서 화들짝 몸을 뗐고, 자신이 수의 몸에서 빠져나오는 것을 느꼈다.

수는 그레이의 어깨를 움켜잡고는 누워 있는 자신의 몸에 밀착시켰다. 「움직이면 안 돼, 리처드! 저 여자가 나갈 때까지 기다리고 있어.」

「하지만 저 여자는 침대에 올라올 거야!」

「아직은 아냐. 우리가 있는 동안은 불가능해.」

몇 초 뒤에 여자는 한숨을 쉬고 거울이 안에 달린 옷장 문을 닫았다. 문에 걸린 가운을 집어 들고 입었다. 방에서 나가기 전에 그녀는 담배에 불을 붙였고, 침대 옆의 탁자 위에 성냥갑을 던져 놓았다. 여자가 나가자 그녀가 뿜은 담배 연기가 문가에서 소용돌이쳤다.

「빨리 나가자, 수. 당신 주장은 증명됐어.」

그레이는 수에게서 떨어져 나와 침대 옆에 섰고, 팬티와 바지를 입고 셔츠단을 바지에 쑤셔 넣었다. 수와 몸을 맞대고 있지 않은 지금 자신이 다시 가시 상태로 돌아왔다는 것을 알고 있었지만, 한시라도 바삐 이 집에서 나가 이 사람들을 내버려 두고 싶었다. 마음속은 여전히 혐오감으로 가득 차 있었다.

수는 그레이 못지않게 빠른 동작으로 옷을 입고 단추를 채운 다음 다시 그의 손을 잡았다.

「아무 일도 일어나지 않을 거야.」 그녀가 말했다.

「알아. 하지만 우린 여기 있으면 안 돼.」

그레이는 열린 문틈으로 층계참 쪽을 살폈다. 여자는 문이 열린 화장실 안에 서서 얼굴의 크림을 닦아 내고 있었다. 그러고 나서 화장실 문을 닫고 잠갔다.

「나이얼하고 이런 짓을 하고 다닌 거군. 그렇지?」

「난 이런 식으로 **살아**왔어. 몇 년 동안이나 다른 사람들의 집에서 잤어. 그 사람들의 음식을 먹고, 화장실을 쓰고, 책을 읽고, 욕조에 몸을 담갔던 거야.」

「당신에게 프라이버시를 침해당한 사람들 생각은 한 번도 안 해봤어?」

「그걸 말이라고 해?」수는 손을 홱 잡아 뺐다.「내가 왜 그런 생활에서 빠져나오고 싶어 했다고 생각해? 그때 난 어린애에 불과했어. 내가 당신을 만난 이후, 이런 것들을 모두 과거로 밀어 넣으려고 했다는 걸 이해 못해? 이건 나이얼의 현재 생활 방식이고, 앞으로도 줄곧 나이얼은 그렇게 살아갈 거야. 우리가 여기 와 있는 건 당신이 그 빌어먹을 증거를 원했기 때문이잖아!」

「알았어.」그레이는 나직하게 말했다. 남이 그의 목소리를 듣는 것을 우려했기 때문이다. 수의 성적 흥분에 관해 생각하며 그는 말했다.「솔직히 말해, 당신은 여전히 그런 일에서 자극을 받고 있는 것 같지만 말이야.」

「물론 그래! 언제나 그랬어. 그건 불가시성의 저주야, 마약 같은.」

「이제 나가자. 당신 집에 가서 얘기하고 싶어.」그레이는 그녀에게 손을 내밀었다.

수는 고개를 가로젓고 침대 위에서 몸을 일으켰다.「지금은 안 돼.」

「여기 너무 오래 있었어.」

「리처드, 난 더 이상 불가시 상태가 아냐. 우리가 사랑을 나눈 뒤에 사라지기 시작했어.」

「그럼 다시 그 상태로 돌아가면 되잖아.」

「그럴 수가 없어…… 녹초가 되어 버려서. 어떻게 해야 될지 모르겠어.」

「그게 무슨 소리야?」

「더 이상 마음대로 불가시 상태가 될 수 없어. 오늘은 몇 주 만에 처음으로 그런 거야.」

「여기서 나갈 때까지만이라도 그럴 수는 없어?」

「아니, 완전히 없어져 버렸어.」

「그럼 우린 이제 어떻게 해야 하는 거지?」

「몰래 도망치는 수밖에 없을 거야.」

「이 집에는 사람이 잔뜩 있잖아.」

「알아. 하지만 현관은 계단을 내려가자마자 있어. 아마 괜찮을 거야.」

「그럼 가자. 아까 그 여자가 언제 돌아올지 몰라.」

그러나 수는 움직이지 않았다. 그녀는 조용한 목소리로 말했다. 「언젠가는 이런 일이 일어나지 않을까 두려워했던 적이 있었어. 옛날 나이얼과 함께 있던 시절에 말이야. 지금처럼 다른 사람 집에 있다가 글래머가 갑자기 우리를 떠나 버리면 어떻게 하나 걱정하곤 했지. 그게 언제나 자극이 되었어. 위험을 즐겼던 거지.」

「무슨 일이 일어날 때까지 마냥 기다리고 있을 수만은 없어. 이건 미친 짓이야!」

「당신이 시도해 볼 수도 있잖아, 리처드. 방법을 아니까.」

「뭐라고?」

「스스로 불가시 상태가 되어 봐…… 예전에 그랬던 것처럼.」

「그런 기억은 안 떠올라!」

「그때 우리는 해변에 있었고…… 일광욕을 하고 있는 여자애들이 있었어. 당신은 그들을 촬영하는 시늉을 했지. 또 벨파스트의 그 퍼브 얘기도 했잖아? 당신이 촬영을 하고 있다고 상상하는 거야. 우린 막다른 골목에 몰렸지만, 당신에겐 카메라가 있고, 그걸 쓸 수 있다고 생각하는 거야.」

「난 발각될까 봐 너무 두려워! 이런 상황에서 어떻게 집중하라는 거지?」

「하지만 당신은 바로 그럴 때 최고의 촬영을 했잖아. 화염병이 난무하는 거리에서 오도 가도 못하게 되었을 때 말이야.」

그레이는 오른쪽 눈을 가늘게 떴고, 반쯤 내린 눈꺼풀 사이로 보이는 광경을 뷰파인더의 좁은 시야라고 생각해 보려고 했다. 갑자기 스펀지 고무로 된 익숙한 아이피스의 감촉이 머리에 떠오르면서 모터의 희미한 진동이 이마에 느껴졌다. 한쪽 어깨를 움츠리며 카메라를 받치고, 머리를 오른쪽으로 조금 기울였다. 허리 뒤쪽에는 파워 팩을 차고 있었고, 어깨 위의 카메라로 연결된 파워 케이블이 견갑골에 부딪혔다. 곁에는 음향 담당자가 있었다. 잿빛 촬영용 마이크가 뒤에서 그레이의 머리 위로 내밀어졌다. 그는 벨파스트의 거리를 머리에 떠올렸고, 공장 정문 밖에 피켓을 들고 몰려 있는 대규모 데모대를, 하이드 파크에서 벌어진 CND(핵무기 폐기 운동)의 데모를, 에리트레아에서의 식량 폭동을 기억했다. 이것들 모두가 뇌리에 선명하게 되살아나면서, 렌즈 너머로 언뜻 목격한 예상 불가능한 위험의 감각이 솟구치는 것을 느꼈다.

수는 일어서서 그의 어깨에 손을 얹었다. 「이제 나갈 수 있어.」

두 사람 모두 변기 물이 흐르는 소리를 들었다. 문이 열리더니 바깥의 층계참에서 발소리가 들려왔다. 다음 순간 아까 옷을 벗는 것을 보았던 여자가 반쯤 태운 담배를 입에 물고 방 안으로 들어왔다. 그레이는 카메라를 돌려 그녀의 움직임을 쫓으면서 렌즈의 초점을 맞췄다. 여자는 그들이 있는 침대 주위를 돌아 다시 옷장 쪽으로 갔다.

그레이는 앞장서서 계단 쪽으로 갔고, 천천히 한 계단씩 내려가기 시작했다. 1층 거실의 열린 문을 통해 텔레비전의 축구 중계 소리가 들려왔다. 그레이는 거실을 향해 카메라를 천천히 좌우로 움직였고, 사내들의 뒤통수를 찍었다. 수가 뒤에서 손을 내밀어 현관문을 열었다. 밖으로 나가자 수는 뒤로 손을 돌려 현관문을 닫았다.

그레이는 거리에 나올 때까지 촬영을 계속하다가 심한 피로를 느끼고 휘청거렸다. 수는 그레이의 팔을 잡고 그의 볼에 입을 맞췄지만, 그는 그녀에게서 몸을 돌렸다. 화나고 녹초가 된 상태에서, 혐오감에 시달리며.

7

무슨 일이 일어나든 간에 다음 날은 반드시 찾아오는 법이고, 현재의 현실을 자각할 수 있게 된다. 깨어 있을 때 리처드 그레이는 꿈의 내용을 거의 기억하지 못했지만, 꿈을 꾸었다는 사실 자체는 언제나 자각하고 있었다. 이 자각은 꿈이란 낮 동안에 실제로 일어난 일들의 기억이 무의식 속에서 일종의 상징화된 기호로 재구성된 것이라는 본능적인 이해를 수반하고 있었다. 따라서 집에 혼자 있을 때는 매일 아침이 새로운 기억의 시작이었다. 잠에서 깨어난 뒤의 처음 두세 시간 동안 졸린 눈으로 우편물을 훑어보고, 신문의 표제를 읽고, 뜨거운 커피를 홀짝이고 있자면, 거의 기억이 나지 않는 꿈과 어제 있었던 일들의 단편이 뒤죽박죽이 된 일종의 몽상적인 잡탕이 마음속에 존재한다는 사실을 의식하게 된다. 억지로 맑은 머리로 생각을 하려고 노력하지 않는 이상 뚜렷한 기억이 머리에 떠오르는 일은 거의 없었다. 커피를 두 잔 마시고, 옷을 갈아입고 수염을 깎은 다음, 오늘은 무엇을 할까 생각하기 시작한 뒤에야 새로운 날을 지나간 나날과 연관시켜서 볼 수 있게 된다. 그제야 비로소 연속성이 확립되는 것이다.

그 집을 방문한 다음 날 아침, 그레이는 평소 때보다 잠에서 깨기가 힘들다는 사실을 깨달았다. 특별히 늦게 잔 것은 아니었지만, 집에 돌아오기 전에 수의 방에서 길고 언짢은 대화를 나눴던 것이다. 대화를 하던 중에 섹스에 관한 알력이 있었다. 수는 또다시 섹스를 하고 싶어 했지만, 그는 그러고 싶지 않았다.

잠에서 깨어나자 기분이 안 좋았다. 우편물은 없었고, 신문을 읽으면 한층 더 우울해질 것이 뻔했다. 지진 계란으로 기름기가 많은 샌드위치를 만들어 먹고, 커피를 마셨다. 그런 다음 창문 아래의 거리를 내려다보았다.

깨끗한 옷으로 갈아입고 소지품을 새로 입은 옷의 호주머니로 옮겼다. 동전이나 열쇠, 지폐 따위의 잡다한 물건들 사이에서 알렉산드라가 준 종이쪽지가 나왔다. 건네받은 다음 제대로 읽지도 않고 웃옷 호주머니에 처박아 둔 것이었다.

조심스럽게 펴서 탁자 위에 올려놓고, 손으로 쓰다듬어 주름을 폈다. 글은 이렇게 시작되고 있었다.

출발 표시판을 보고 내가 탈 비행기 편의 출발이 지연되었다는 것을 알았지만, 이미 여권 수속을 마치고 안으로 들어와 있었기 때문에 승객용 라운지에서 벗어날 방도가 없었다.

뒤이어 공항 라운지의 묘사가 이어졌고, 이런 식으로 끝나 있었다.

앉아 쉴 만한 곳이 없었기 때문에 그냥 서 있든가 아니면 여기저기 돌아다니며 다른 승객들을 바라볼 수밖에 없었다. 나는 이와 비슷한 상황에서 언제나 하곤 하는 게……

허디스가 그레이를 제지한 것은 바로 이 대목에서였다. 마지막 단어 — 그레이는 이것이 〈게임〉이라는 사실을 알고 있었다 — 는 반만 쓰여 있었고, 그 뒤로 짧은 줄이 그어져 있었다. 그레이는 나머지 내용도 모두 알고 있었다. 그에게는 익숙한 이야기였다. 그레이는 나른하게 창밖을 내다보며 프랑스에서의 오랜 여정과 수와의 만남을 기억했고, 두 사람이 사랑에 빠졌다가 나이얼 탓에 헤어지고, 나중에 다시 만나 함께 영국으로 돌아왔던 일을 반추했다. 기억은 그가 테러리스트의 폭탄 사건에 우연히 휘말린 곳에서 끝나 있었다.

이런 일들은 여전히 매우 현실적으로 느껴졌고, 사건을 당한 시기의 기억 중 유일하게 남아 있는 것이었다. 그 시기에 관해 생각하면, 뚜렷하고 설득력이 있는 이미지가 머리에 떠올랐다. 수와 처음으로 사랑을 나눴을 때의 기억, 그녀와 사랑에 빠졌을 때의 그 〈느낌〉, 헤어진 그녀에 대한 갈망, 생트로페에서의 길고 무익한 기다림, 허츠 사무실에서 일하던 여자에게서 받은 위로, 사람을 무기력하게 만드는 지중해의 열기, 음식 맛, 콜리우르에서 그림을 그리던 피카소. 이런 기억들은 내적인 확신에 뒷받침되어 있었고, 어떤 이야기 속에서 사건이 펼쳐지는 듯한 감각을 내포하고 있었다. 처음에는 이미 편집이 끝난 필름의 일부 같다고 생각했지만, 돌이켜 생각해 보면 영화를 보는 듯한 느낌에 더 가깝다는 생각이 들었다. 영화 관객은 자신들이 보고 있는 영화가 허구라는 사실을 믿어 의심치 않는다. 감독의 지휘 아래 각본에 따른 연기를 하는 배우들을 찍는 카메라 뒤에는 다수의 영화 스태프들이 대기하고 있고, 관객이 보고 있는 것은 촬영분을 편집해서 동조화 작업을 거친 다음 음악과 음향 효과를 덧붙인 결과물이라는 사실을 알고 있는 것이다. 그럼에도 불구하고 관객은 이런 사실을 일시적으로 무시하고 영화가 제공하는 환상 속으로 빠져 드는 것이다.

그레이는 자신이 영화관 안에서 그 영화를 보고 있는 동안 그의 실제 인생은 영화관 밖에서 진행되었다는 인상을 받았다. 그러나 그런 영화를 본 기억은 그가 실제 인생의 대용으로서 받아들일 수 있는 것이었다.

이런 식으로 메워진 과거의 단편(斷片)은 또 하나의 중요성을 내포하고 있었다. 이것은 그레이의 잠재의식에서 자발적으로 뛰쳐나온 것이었고, 내적인 필요성과 〈알고〉 싶다는 갈망에 의해 생성된 것이었다. 그 결과 이 기억은 그레이의 일부가 되었다. 설령 실제로 일어난 일이 아니라고 해도 말이다. 폭발 직전까지 이어지는 이런 사건들의 기억은 전적으로 그가 잃어버린 시기에 관해 언급하고 있었으며, 그에게 연속성을 선물해 주었다.

그리고 이 기억에서는 수가 배제되어 있었다. 그녀는 어디까지나 2차적인 배역을 맡고 있을 뿐이었다. 기억은 그녀의 불가시성 또한 인정하지 않았다. 현실 세계의 수는 주역 자리를 요구했고, 불가시성에 대한 그녀의 주장을 받아들이라고 강요하고 있었다.

수 생각을 하자 어젯밤 일이 머리에 떠올랐다. 오늘 아침 잠에서 깬 후에도 그 집에 갔던 일은 생각하고 있지 않았다. 머리 구석에서 줄곧 모호하게 어른거리기는 했지만 말이다.

혹시 일부러 억누르고 있었던 것일까?

그레이는 침입, 모독, 관음증, 침해 따위의 감정으로 점철된 그 일을 지극히 불온한 경험으로 받아들이고 있었다. 수의 미친 듯한 육체적 욕구에서 비롯된 섹스는 단지 신경증적인 안도감을 가져왔을 뿐이었고, 쾌락과는 거리가 멀었다. 성급하게 단추를 끄르고, 신도 벗지 않고 그녀 안으로 돌입했던 기억이 떠오른다. 서로 무릎께까지만 청바지를 내렸고,

수의 블라우스는 반쯤 드러난 젖가슴 위에 달라붙어 있었다. 그런 일이 있은 후 타인인 그들은 뚱뚱하고 나르시스틱하지만 아무 죄도 없는 여인이 자기 방 안에서 하는 일을 구경했다. 그런 다음 그들은 남의 집에 숨어 들어갔다가 갇혀 버린 도둑처럼 잡히지 않을까 전전긍긍했던 것이다.

이 아침에, 잠에서 깬 직후의 몽롱한 상태로 집 안을 돌아다니고 있는 지금, 이 경험은 반쯤 기억하고 있는 꿈의 특징을 모두 갖추고 있었다. 마치 이 경험의 현실성이 밤사이에 상징적으로 재분류되고, 암호화된 다음 무의식 속으로 발송된 듯한 느낌이라고나 할까. 그레이는 몇 년 전에 일어났던 어떤 일을 머리에 떠올렸다. 친구가 죽은 꿈을 꾸었고, 다음 날 깬 뒤에도 한참 동안 모호한 슬픔과 상실감을 느꼈다. 오후가 되어서야 그는 친구의 죽음이 단지 꿈에 불과하며, 그 친구가 멀쩡하게 살아 있다는 사실을 깨달았던 것이다. 어제 불가시 상태에서 남의 집에 들어간 경험 또한 이와 비슷한 느낌이었다. 인과 관계가 정반대였지만 말이다. 그 경험을 머리에 떠올릴 때까지 그레이는 그것을 마치 꿈인 것처럼 기억하고 있었고, 그의 감정도 미묘하게 그 영향을 받고 있었다. 그것이 실제로 일어난 일임을 의식하기 전까지 말이다.

불가시성이 언제나 불완전한 기억에 에워싸여 있다는 점이 흥미롭다.

사라져 버린 시기에 관한 수의 얘기를 들어 보면 그레이가 타고난 불가시화 능력을 가지고 있으며, 그녀 또한 같은 능력의 소유자임을 그가 무의식적으로 알고 있었다는 식의 해석이 가능했다. 그러나 폭탄 테러 탓에 이 모든 일을 잊고 있었다. 불가시성은 과거의 일부였고, 기억에 없는 생활 방식이었다. 수는 그레이가 그 능력을 발휘하는 방법을 망각했고, 자기 자신의 능력도 쇠락했다고 주장했다. 극도의, 궁극적인 불가시 상태에 있는 나이얼조차 더 이상 곁에 없었다.

그리고 그레이는, 수가 결정적인 증거를 얻기 위해 획책한 어젯밤의 일을 방금까지만 해도 반쯤 잊고 있었던 것이다.

기억 상실과 불가시성 사이에는 본질적인 관련이 있는 것일까? 알렉산드라는 그레이가 그녀와 허디스 박사 앞에서 불가시 상태가 되었다고 했다. 그러나 이것은 그가 기억하지 못하는 피최면 상태에서 일어난 일이었다. 그것 말고도 기억을 잃어버린 몇 주가 있다. 머리에 떠오르지 않지만, 위조되고 작화(作話)된 기억으로 대체된 몇 주가. 이것은 보통 사람들이 자기들이 조우한 불가시인들의 존재를 설명할 때 쓰는 바로 그 방법이 아니던가? 자신들도 제대로 이해하지 못하는 자식을 키운 수의 부모는, 다루기 힘든 딸이 장성해서 집을 떠났다는 식으로 그 의문을 설명했다. 옛 집을 방문한 수를 이기적인 이유에서 못살게 군 눈에 보이지 않는 나이얼조차, 선의의 해석을 거쳐 나중에는 좋은 청년으로 둔갑했던 것이다. 텔레비전으로 축구 경기를 보다가 몇 분 동안 시청을 방해받은 그 사내들도 시합이 끝난 것이라고 자기들끼리 지레짐작했다. 그 집에 있던 여자는 부엌의 수도꼭지가 마치 혼자서 열린 것처럼 행동했고, 나중에 낯선 사람 두 명이 자기 침대에서 섹스를 하는 것을 보지 못했다.

수는 타인의 존재를 깨닫지 못하는 주위 사람들이 불가시인들을 〈만드는〉 것이라고 얘기한 적이 있다. 그들은 일종의 자발적인 기억 상실을 경험하고, 그 후 설명할 수 없는 것을 설명하기 위해 없는 일을 꾸며 내는 것이다.

그레이도 뚜렷하게 기억하는 불가시 체험이 하나 있었고, 이것은 촬영 시에 이따금 도움이 되어 주었다. 그러나 이것조차 의심의 대상이었다.

촬영 스태프는 위험한 상황에서는 자신들이 무방비 상태

라고 느낀다. 그들은 거추장스러운 고가의 장비를 메고 다녀야 하며, 보통 타인의 관심을 끄는 법이다. 사람들은 언제나 카메라의 존재를 의식하기 때문이다. 북아일랜드에서 위험한 장소를 방문하려고 하는 촬영 팀과 그것을 막으려는 치안 부대 사이에서 일어났던 알력이 생각났다. 카메라가 현장에 도착하면 사건이 일어나거나 악화된다는 것이 그들의 주장이었다. 야간 촬영에는 이따금 조명이 필요할 때도 있었지만, 이 문제는 대부분 고속 촬영을 하는 방법으로 회피할 수 있었다. 어떤 사건이든 간에 카메라맨은 보통 그 한복판에 있기 마련이다. 안 그런다면 애당초 그곳에 가는 의미가 없기 때문이다. 만약 취재하는 사건이 비합법적인 행위나 정쟁에 관계된 것이라면, 촬영 팀이 언어폭력이나 물리적 폭력의 대상이 되는 일도 종종 있다.

몇 년 동안 참여했던 보도 촬영을 돌이켜볼 때, 카메라맨이 타인의 시선을 받지 않고 촬영할 수 있다는 생각 자체가 그레이로서는 실로 믿기 힘든 것이었다. 그러나 실제로 그가 극단적인 상황에서도 촬영에 성공했던 경우가 몇 번 있다는 사실에는 변함이 없었다. 수의 해석은 기묘한 타당성을 내포하고 있었다. 그레이 마음속의 본능을 자극하는.

어떻게 생각해야 할지 모르겠다는 것이 그의 솔직한 심정이었다.

점심을 먹은 다음 그레이는 혼자서 산책을 하기로 했다. 허리 통증을 완화시켜 주는 운동은 여전히 필요 불가결했기 때문에 집이 있는 햄프스테드 부근의 웨스트 히스 공원으로 차를 몰고 가서 두 시간 동안 참나무 숲을 돌아다녔다. 숲은 작지만 매력적인 곳이었다. 방문객들은 히스 공원의 더 넓고 잘 알려진 부분을 선호했다.

그곳을 거닐던 중에 어떤 드라마의 야외 장면을 찍고 있던

BBC의 촬영 팀과 마주쳤다. 낯익은 카메라맨을 본 그레이는 촬영 사이사이에 그와 잠시 이야기를 나누었다. 그레이는 이제 적극적으로 일감을 찾아 나섰고, 그 사실을 여러 사람에게 알리는 일에도 주저하지 않았다. 두 사람은 며칠 뒤에 만나서 한잔하자고 약속했다.

그레이는 잠시 촬영 작업을 구경하면서, 자신도 이 일에 합류할 수 있다면 좋을 텐데 하는 생각을 했다. 드라마는 스릴러 시리즈의 일부였고, 촬영 팀은 두 사내가 숲 속에서 금발 여배우를 추적하는 장면을 찍고 있었다. 여배우는 얇은 노란색 드레스를 입고 있었고, 촬영 중간에는 자기 남자 친구 옆에 서서 코트를 두르고 몸을 떨며, 줄담배를 피우고 있었다. 카메라 렌즈 밖의 그녀는 지금 연기하고 있는 공포에 질리고 연약한 캐릭터와는 딴판으로 보였다.

그레이는 산책을 계속하며 어젯밤 일어났던 일 중에서 그의 관점에 근본적인 변화를 가져온 사건에 관해 곰곰이 생각해 보았다. 수가 자신이 불가시 상태라고 생각할 때는 성적으로 고양된다는 사실은 새로운 발견이었다. 그레이 자신도 그 자리에서 그녀에게 그런 변화가 일어나는 것을 목격하고, 실제로 그것을 느꼈기 때문에 반응했다. 아직도 당시의 다급한 욕망을 기억할 수 있었다. 그러나 그것은 그가 예상하지 못했던 발견이었다. 그레이는 자신이 그녀의 수줍음과, 응시당하는 것을 별로 좋아하지 않는 버릇, 그리고 딱히 특징이 없는 외모에 매료당한 것이라고 줄곧 생각하고 있었다. 과거에 섹스할 때 수는 이따금 적나라할 정도로 조야한 반응을 보이곤 했고, 그레이는 그런 반응을 이끌어 낸 사람은 자신이라고 믿고 있었다. 성행위는 종종 그 사람에 관해 많은 것을 얘기해 주는 법이다. 그러나 수가 그렇게 적극적이었던 것은 이번이 처음이었다. 그렇다고 해서 성적으로 혐오스럽다거나 한 것은 아니었지만, 지금까지 그녀를 잘못 인식하고 있었던 것이 아닌가 하는 생각이 자꾸 드는 것만은 어쩔 수 없었다.

그곳에 있던 그 여배우는 실제 생활에서 맡고 있는 역할과는 다른 인물이었다. 자신이 불가시 상태라고 생각한 수는 습관적으로 맡던 역할에서 완전히 다른 캐릭터로 변신했던 것이다. 그녀는 두 사람이었다. 그가 평소에 보는 여자, 그리고 어젯밤까지는 본 적이 없었던 다른 여자이다. 불가시 상태에서 그녀는 바깥 세계로부터 은폐된 본성을 드러내 보였다. 마치 그레이가 느끼던 의구심이 이 사건 주위에서 응축된 듯한 느낌이었다. 이런 일이 지금보다 이른 시점에 노출되었더라면 아무 문제도 없었겠지만, 지금처럼 이렇게 늦은 단계에서는 새로운 반전을 제대로 소화하지 못할 듯한 느낌을 받았다.

차를 주차해 둔 곳으로 돌아가면서, 그레이는 다시는 수를 만나지 않겠다고 결심했다. 오늘 저녁에 만날 약속을 했지만, 집으로 가자마자 전화를 걸어 약속을 취소하기로 마음먹었다. 차를 몰고 자기 플랫으로 돌아가면서 그레이는 수에게 무슨 말을 해야 할까 생각했다. 그러나 그녀는 조그만 현관 포치로 올라가는 계단 위에 앉아서 그를 기다리고 있었다.

8

헤어질 결심을 했음에도 불구하고 그레이의 마음속에는 수의 모습을 보고 기뻐하는 부분이 남아 있었다. 그녀는 집으로 들어가기 전에 그레이에게 따뜻한 키스를 했다. 그러나 그레이는 냉정했고 동요하지 않았다. 마지못해 2층으로 그녀를 들여보내 주면서, 어떻게 말을 꺼내야 할지를 생각했다. 한잔하고 싶은 기분이었기 때문에 냉장고에서 캔 맥주를 꺼냈지만, 수에게는 홍차를 대접하기로 했다. 맥주를 마시며 주전자의 물이 끓는 것을 기다리는 동안 그녀가 거실에서 서성이는 기척을 느꼈다.

홍차를 가져가자 그녀는 창가에 서서 길을 내려다보고 있었다.

「내가 여기 있는 것이 싫지. 안 그래?」 그녀가 말했다.

「전화하려고 했어. 실은……」

「아주 중요한 일이 있어서 왔어, 리처드.」

「그 얘기는 듣고 싶지 않아.」

「나이얼에 관한 거야.」

그레이는 빈 의자 옆에 홍차가 든 잔을 내려놓으며 수가 종이가 잔뜩 들어 있는 서류 봉투를 가지고 왔다는 것을 깨달았다. 봉투는 의자 쿠션 위에 놓여 있었다. 집밖에서는 누군가가 차의 시동을 걸고 있었다. 시동 모터가 거듭해서 귀에 거슬리는, 낑낑거리는 듯한 소리를 냈다. 이 소음을 들을 때마다 그레이는 마부의 가차 없는 채찍질에 신음하는 병든 말을 연상하곤 했다.

「나이얼에 관해서 더 이상 알고 싶은 건 없어.」 그레이는 말했다. 그는 자신의 마음이 멀어지며, 두 사람 사이의 괴리가 점점 넓어지는 것을 자각했다.

「나이얼과 완전히 헤어졌다는 얘기를 하러 왔어.」

「어제 했던 얘기하고는 다르군. 어쨌든 간에 난 상관 안해. 나이얼은 더 이상 문제가 안 돼.」

「그럼 뭐가 문제야?」

「어젯밤 일어났던 모든 일, 당신이 한 모든 얘기, 이제는 신물이 나.」

「리처드, 내가 여기 온 건 이제 우리 사이를 가로막는 것이 아무것도 없다는 얘기를 하기 위해서야. 모두 끝났어. 나이얼은 갔고, 나는 글래머를 잃었어. 그런데 더 이상 뭘 원해?」

수는 방 건너편에서 그를 응시했다. 무력한 표정이었다. 그레이는 갑자기 그녀와 사랑에 빠졌을 때의 감정을 기억했고, 또다시 그럴 수 있었으면 좋겠다고 생각했다. 집밖에서 들려오던 귀에 거슬리는 소음이 멈추었다. 차의 시동을 걸려고 여러 번 무익한 시도를 하다가 마침내 포기한 듯했다. 마지막 1분 동안 시동 모터는 한심하고 절망적인 소리를 냈지만, 급기야는 배터리가 닳아 버린 듯했다. 그레이는 방을 가로질러 수가 서 있는 창가로 가서 아래를 내려다보았다. 저렇게 시동을 거는 소리를 들으면 언제나 정신이 산만해지곤 한다. 누군가가 그레이 자신의 차를 건드리고 있을지도 모른다는 생각이 뇌리를 스치기 때문이리라. 아무도 보이지 않았고, 그의 차는 원래 주차해 놓은 장소에 그대로 서 있었다.

수는 그의 손을 잡았다. 「뭘 찾고 있어?」

「아까 시동을 걸고 있던 그 차는…… 어디 있는 거지?」

「내 얘기를 듣고 있었던 게 아냐?」

「물론 듣고 있었어.」

수는 그의 손을 놓고 의자로 가서 앉았고, 무릎 위에 서류 봉투를 올려놓았다. 도로를 한 번 더 훑어본 다음 그레이는 자기 의자로 가서 앉았다.

수가 말했다. 「어젯밤 일이 실수였다는 건 우리 두 사람 모두 알고 있어. 그런 일은 다시는 일어나지 않을 거야. 그러고 싶어도 이제 그럴 수가 없으니까. 설명하고 싶어…… 나는 나이얼이 근처 어딘가에 있다고 믿고 있었을 무렵에는 여전히 불가시 상태가 될 수 있다고 확신하고 있었어. 하지만 어젯밤은 달랐어. 뭔가 잘못 돌아갔던 거야. 난 내 불가시성의 증거를 당신한테 보여 주고 있다고 생각했지만, 실제로는 내가 나이얼의 영향에서 완전히 탈피했다는 걸 나 자신에게 증명하려고 했던 거야. 이젠 그렇다는 확신이 있어.」

수는 서류 봉투를 들어 보였다.

「그게 뭐야?」 그레이가 말했다.

「마지막으로 만났을 때 나이얼이 주고 갔던 거야.」 수는 그레이를 바라보며 숨을 들이켰다. 「나이얼은 나를 만나러 와서, 자동차 폭탄 테러로 다친 사람들의 명단이 실린 신문을 주고 갔어. 그건 그 사건이 있은 지 며칠 뒤의 일이었고, 당신이 데번에 있는 병원으로 이송되기 훨씬 전의 일이야. 나이얼은 신문 말고도 이 봉투를 내게 주고 갔어. 난 이게 뭔지 몰랐고, 알고 싶지도 않았어. 뜯어 보려고 하지도 않았지. 나이얼이 쓴 것이라는 사실은 알고 있었지만, 그때는 나이얼이라면 진저리를 치던 상태였어. 하지만 오늘 아침 어젯밤 있던 일을 생각하고, 뭐가 잘못되었는지를 생각하다가, 어떤 이유에서든 나이얼에게 책임이 있다는 걸 알았어. 그러니까 뭐랄까, 나이얼이 없어진 후로는 내 인생의 일부가 더 이상 이해할 수 없는 것으로 바뀌었다고나 할까. 그때 나이얼이 준 이 봉투 생각을 했고, 여기저기를 뒤져서 찾아냈던 거야. 당신은 이게 뭔지 알아야 해.」

「수, 난 더 이상 나이얼에게는 관심이 없어.」

「부탁이니 훑어보기라도 해줘. 아주 중요한 일이야.」

그레이는 그녀에게서 서류 봉투를 건네받고 내용물을 끄집어냈다. 원고 뭉치였다. 아무 문방구에서나 살 수 있는 공책에서 뜯어낸 종이에 손으로 직접 쓴 것이었다. 모든 종이 왼쪽에는 공책에서 뜯어냈을 때 생긴 물결 모양의 자국이 있었다. 가장 위에 있는 종이에는 본문과 같은 필적으로 짧은 메모가 쓰여 있었다. 〈수잔, 이걸 읽고 이해해 줘. 잘 있어. ─ N〉

원고 자체는 판독이 가능했지만, 글자 끝이 동그라미나 곡선으로 치장되어 있어 읽기가 힘들었다. 알파벳의 i자 위에 찍힌 점조차 조그만 원으로 이루어져 있을 정도였다. 펜을 바꿔 가면서 쓴 탓에 문장 사이사이에서 잉크 색깔이 바뀌는 일도 부지기수였다. 그러나 가장 선호도가 높은 잉크는 녹색과 선명한 청색이었다. 그레이는 필상학(筆相學)에 관해서는 전혀 아는 바가 없었지만, 이 글씨체 전체가 자의식 과잉과 유명해지고 싶다는 야망으로 가득 차 있다는 인상을 받았다.

「이게 뭐야? 모두 나이얼이 쓴 거야?」

「응…… 당신은 그걸 읽어 봐야 해.」

「지금? 당신이 거기 앉아 있는 동안?」

「적어도 그게 무엇인지 알 수 있을 정도만이라도 읽어 봐.」

그레이는 첫 번째 종이를 옆에 내려놓고 다음 페이지의 첫 문장을 읽기 시작했다. 이렇게 쓰여 있었다.

집은 바다가 내려다보이는 곳에 있었다. 회복기 환자들을 위한 요양 병원으로 개조된 후 원래 건물에 두 채의 커다란 부속 동(棟)이 추가되었고, 정원은 산책을 원하는 환자들이 급사면을 지나다닐 필요가 없도록 새롭게 조경되었다.

「영문을 모르겠군.」 그레이가 말했다. 「도대체 이건 뭐야?」
「더 뒤로 가서 읽어 봐.」 수가 말했다.
　그레이는 몇 장을 더 넘기고 적당히 아무 곳이나 골라 읽기 시작했다.

　　그녀는 고개를 가볍게 흔들어 머리카락을 뒤로 넘긴 다음 그를 똑바로 바라보았다. 그레이는 그녀를 응시하며 과거에 자신이 그랬을지도 모르는 것처럼 그녀를 기억하거나, 보려고 해보았다. 그녀는 잠시 그의 눈을 바라보다가 또다시 눈을 아래로 내리깔았다.
　　「나를 그렇게 쳐다보지 말아요.」 그녀가 말했다.

　그레이는 곤혹스러운 어조로 말했다. 「이건 당신을 묘사한 글 같은데.」
「맞아. 그런 부분도 있어. 더 읽어 봐.」
　그레이는 종이를 넘기며 적당한 문장을 골라 읽기 시작했다. 지독하게 장식적인 필적과 복잡한 소용돌이꼴의 난무에 현기증이 날 지경이었다. 그냥 훑어보는 쪽이 읽는 것보다 더 쉬웠지만, 그러던 중에 또 한 대목이 눈에 띄었다.

　　그레이는 긴장이 풀린 것을 느꼈다. 쾌적하고 졸렸지만 여전히 주위 환경을 모두 인식하고 있었다. 눈을 감은 채로 허디스 박사의 목소리에 귀를 기울이고 있었지만, 그 외의 것들도 지각할 수 있었다. 두 사람이 이야기를 나누며 바깥 복도를 지나갔고, 방 어딘가에서 알렉산드라 가워스가 찰칵 하고 볼펜 스위치를 누르는 소리와 종이를 부스럭거리는 소리가 들렸다.

수에게는 아무 말도 않고 그레이는 나머지 페이지를 빠르게 넘겼다. 그는 이 원고가 무엇을 묘사하고 있는지 알고 있었다. 제대로 읽지 않아도 감이 온 것은 모두 익숙한 이야기이기 때문이었다. 얼마 남지 않았다. 원고는 다음과 같은 글로 끝나 있었다.

늦은 시각에, 그가 생각했던 것보다 훨씬 더 늦은 시각에, 그녀는 공중전화에서 그에게 전화를 걸어왔다. 방금 토트네스 역에 도착했고, 택시를 타려고 한다는 전갈이었다. 반시간 뒤에 그녀는 그레이와 함께 있었다.

그레이가 모두 읽은 것을 본 수가 말했다. 「그게 뭘 의미하는지 이해할 수 있어, 리처드?」

「도대체 이건 뭐하는 물건이지?」

「피할 수 없는 운명에 대처하기 위한 나이얼 특유의 행동이야. 그건 이야기야. 그이가 우리에 관해 만들어 낸.」

「하지만 왜 이런 걸 당신한테 주고 간 거지?」

「내가 알기를 원했던 거야. 그이하고 나 사이의 관계가 끝났고, 내가 원하는 건 당신이라는 사실을 마침내 받아들였다는 걸 알리기 위해 이걸 쓴 거야.」

「하지만 이건 실제로 일어났던 일들이잖아! 도대체 무슨 수로 그걸 **쓸** 수 있었던 거지?」

「그건 하나의 이야기에 불과해.」 수가 말했다.

그레이는 손에 쥔 종이 뭉치를 천천히 말아 짧은 곤봉처럼 만들었다.

「하지만 어떻게 **알** 수가 있는 거야?」 그레이는 말했다. 「나이얼은 이걸 언제 당신한테 줬지? 당신은 폭탄 테러 직후라고 했지만…… 여기 쓰여 있는 건 모두 그 뒤에 실제로 일어난 일들이잖아!」

「나도 그 점을 이해 못하겠어.」 수가 말했다.

「나이얼은 이걸 만들어 낸 게 아냐! 그런 일은 불가능해! 틀림없이 현장에 있었던 거야…… 내가 병원에 입원해 있는 동안에도 나이얼은 줄곧 거기 있었던 거야! 바로 그거야. 이해 못하겠어?」

「리처드, 그 이야기는 몇 달 동안이나 내 방에 손대지 않은 채로 놓여 있었어.」

갑자기 그레이는 의자 위에서 몸을 뒤척이며 황망하게 좌우를 둘러보았다.

「나이얼은 지금도 우리를 따라다니고 있어? **여기** 와 있는 거야?」

「얘기했잖아. 나이얼은 언제나 자기 가고 싶은 곳에 간다고. 신경 쓰지 마.」

「나이얼은 여기 있어, 수! 이 방 안에 있는 거야!」 그레이는 벌떡 일어섰고, 아직 제대로 말을 듣지 않는 다리 쪽으로 비스듬하게 몸을 기울이며 힘겹게 옆으로 이동했다. 손에 든 종이 뭉치로 공중을 마구 휘저었다. 발치에 내려놓은 맥주 캔이 넘어져 융단 위에 거품을 뿜으며 라거 맥주가 콸콸 쏟아졌다. 그레이는 몸을 돌리며 한 손으로는 주위 공간을 더듬고, 다른 손에 든 둥그렇게 만 종이 뭉치로는 허공을 쿡쿡 찌르고, 때렸다. 절뚝거리며 문간으로 가서 문을 홱 잡아당

412

겨 밖을 내다보고는 다시 쾅 하고 닫았다. 그레이는 무작정 나를 향해 손을 뻗었고, 우리 두 사람 주위의 공기를 휘저어 놓았다.

나는 뒤로 물러서서 그와의 거리를 유지했고, 내가 만들어 낸 곤봉에 얻어맞는 일이 없도록 주의했다.

「멈춰!」 나는 이렇게 외쳤지만, 물론 그는 듣지 못했다.

수잔이 말리고 있었다. 「리처드, 바보 같은 짓 하지 마!」 그러나 우리 두 사람 모두 그녀의 말에는 주의를 기울이지 않았다. 그는 내 정면에서 안 다친 다리에 체중을 싣고 서서, 주먹 쥔 손을 들어 올리고 있었다. 필사적인 표정이었고, 두 눈은 마치 나를 직통으로 노려보고 있는 것처럼 보였다. 나는 그의 곤혹스러운 시선을 외면했다. 그가 나를 결코 볼 수 없다는 걸 알면서도.

이걸로 충분해. 이제 끝이야.

그 자세로 멈춰, 그레이. 더 이상 아무 일도 일어나지 않을 거야. 수잔, 너도야. 꼼짝하지 마!

한숨을 돌렸다.

내 손이 떨리고 있어. 그레이, 난 네가 두려워. 우리는 서로를 위협하는 존재야. 너는 툭하면 남에게 고통을 느끼게 하는 능력을 통해서. 나는 너를 마음대로 조종할 수 있는 능력에 의해. 하지만 이제는 내가 주도권을 잡고 있으니, 넌 거기서 계속 그렇게 서 있어.

좋아, 그레이. 지금부터 네가 가장 듣고 싶지 않을 얘기를 해주지.

나는 너의 눈에 보이지 않는 적이고, 네 주위 어딘가에 있어. 너는 결코 나를 볼 수 없어. 나는 네가 있던 모든 곳에 있었어. 나는 병원에 있는 너를 바라보았고, 수잔이 너를 만나

러 왔을 때도 옆에 있었고, 네가 하는 말을 엿들었지. 나는 프
랑스 남부에도 갔고, 웨일스에서도 네 뒤를 따라다녔고, 런
던에서도 너와 함께 있었어. 너는 결코 내게서 벗어날 수가
없었어. 나는 너를 관찰하고, 네가 하는 말에 귀를 기울였어.
나는 네가 무슨 일을 했는지 알고, 네가 했던 모든 생각을 알
고 있어. 너에게 프라이버시란 없어. 왜냐하면 나는 너만큼
이나 너에 관해 잘 알고 있기 때문이야. 난 너를 손봐 주겠다
고 했어, 그레이. 그리고 내가 한 일은 바로 그거야.

나는 네가 지금까지 두려워했던 모든 것이야. 사실 나는
네 눈에는 보이지 않는 존재이지만, 네가 생각하는 의미에서
그런 것은 아냐.

9

　우리 세 사람이 함께 있는 방을 머리에 떠올려 봐. 이곳은 네가 네 것이라고 생각하고 있는 집의 거실이야. 모두 이곳에 모여 또다시 서로와 대치하고 있지만, 여전히 제대로 보지도, 깨닫지도 못하고 있지.

　나는 이 장소를 잘 알고 있다는 느낌을 받아. 현실에서는 한 번도 방문한 적이 없지만 말이야. 그런 건 별로 중요하지 않아. 왜냐하면 나는 그걸 〈볼〉 수 있기 때문이지. 나는 그 주위를 걷거나 떠다니면서 둘러볼 수 있고, 전체상을 보거나 세부를 샅샅이 조사해 볼 수도 있어. 여기 수잔이 그토록 싫어하는 흰색 벽이 있어. 이 집을 플랫으로 개조한 건축 업자들이 싸구려 페인트를 써서 칠해 놓은 거지. 네가 부모에게 물려받은 조금 낡은 양탄자와 가구도 있어. 한쪽 구석에는 텔레비전이 놓여 있고, 그 화면은 엷은 먼지로 덮여 있어. 그 아래에는 비디오 녹화 장치가 있고, 전면 패널의 디지털시계가 깜박거리고 있어. 네가 한 번도 제대로 시각을 맞출 생각을 안 했기 때문이지. 한쪽 벽에는 두 개의 서가가 고정되어 있군. 선반의 중간 부분이 아래로 처져 있는 것은 이것들을 설치한 사람이 누구든 간에 까치발 사이의 거리를 제대로 재보지 않았기 때문이야. 서가를 훑어보면 네가 무슨 책을 꽂아 놓았는지도 알 수 있어. 기술 매뉴얼 몇 권, 사진집, 남성 잡지*glamour magazines*, 책등에 줄이 간 잡다한 페이퍼백 소설 따위이지. 여행 갔을 때를 제외하면 네가 그리 독서에 열성적이 아니라는 걸 나는 알고 있어. 흰 페인트칠이 된 창문턱 위에는 예전에 화분을 올려놓았던 자국들이 남아 있어. 창문턱은 다섯 개의 동그란 부분을 제외하면 햇볕으로 누렇게 변색해 있고, 동그란 부분 주위에도 퇴비 가루를 흘린 자국이 남아 있어. 먼지 냄새가 희미하게 풍기고, 약간 축축한 냄새도 나는군. 네 거실에는 찰나적이고 덧없는 느낌이 깃들어 있어. 주인은 빈번하게 집을 비우는 인물이고, 상당 기간 이곳을 소유했음에도 불구하고 뿌리를 내리지도 않았고, 편안해하지도 않는다는 것을 알 수 있지.

난 이 방을 알아. 내가 너를 처음 본 그날부터 정신적으로 이곳에서 살고 있었으니까 말이야. 나에게 이곳은 현실이야. 지금까지 내가 상상하던 그대로의 장소이고, 네가 여기 있다는 것을 알고 내가 머릿속에 그렸던 바로 그 장소이기 때문이지. 이 플랫의 다른 부분도 이런 식으로 잘 알고 있어. 너에 관한 나의 관심은 너와 관련된 모든 것으로 확대되니까 말이야.

나는 너의 실제 생활에는 관심이 없고, 네가 실제로 어딘가에 살고 있을지도 모른다는 현실적인 가능성에 대해서도 흥미를 느끼지 않아. 이곳은 내가 너를 위해 창조해 낸 장소니까.

그런 연유로 너는 이 방에 있고, 수잔도 너와 함께 있어. 너희 두 사람 모두 미동도 않고 있는 건 당분간 그렇게 있도록 조치해 놓았기 때문이야. 수잔은 창가에 놓인 의자 위에서 눈을 크게 뜨고 앉아 있고, 너의 행동을 바라보고 있어. 수잔은 자신의 캔버스 백을 의자 옆 방바닥에 내려놓았고, 그

스트랩이 한쪽 발 위에 살짝 감겨 있어. 수잔 앞의 양탄자 위에는 내가 원고를 넣어 수잔에게 건넸던 봉투가 열린 채로 놓여 있어. 넘어진 맥주 캔 옆의 양탄자 표면이 둥그렇고 검게 젖어 있군. 너는 수잔에게서 몇 미터 떨어진 곳에서, 공격적으로 주위를 수색 중인 자세로 얼어붙어 있어. 내가 정지를 명했을 때의 바로 그 자세로 말이야.

그리고 물론 나도 여기 와 있어. 너희 두 사람은 나를 볼 수 없지만.

너는 나를 찾아내서 뭘 달성하고 싶은 거지? 나를 찾아낸다면 무슨 일을 할 건데? 우리 사이의 불행한 관계에 대해 어떤 식으로든 결론을 내고 싶은 거야? 솔직히 말해서 나는 이제 너한테는 아무 문제도 되지 않아. 나는 최근 몇 주 동안 너를 그냥 내버려 두지 않았어? 그게 아니라면, 적어도 너의 의식이 미치는 한도 안에서는 너를 그냥 내버려 두었잖아? 그랬던 네가 갑자기 나에 대해 돌발적인 관심을 품은 탓에 조용히 살던 나를 자극했던 거야. 홀로 남겨진 너는 수잔과의 관계를 끝내려고 마음먹었지. 나도 그쪽이 좋았어. 내가 관심을 느끼는 사람은 수잔뿐이고, 네가 그녀와의 관계를 끝내는 즉시 너와 나 사이의 관계도 끝나. 그런데 왜 내가 문제가 된다는 거지?

하지만 수잔은 내가 너에 관해 쓴 것을 네게 보이고 말았어!

너는 그걸 움켜쥐고 있어. 그것이 너를 묘사한 글이라는 걸 깨닫고 말이야. 그 글은 너를 무효화하고 있어, 그레이. 병원에 관한 네 기억은 이제는 모두 거짓이 되어 버렸어. 왜냐하면 내가 너를 위해 그걸 창조했기 때문이야. 그 연장선상에서 보면 프랑스에 관한 너의 기억 또한 무효가 되고, 거기서 한 걸음 더 나아가면 너에 관한 모든 것들이 없던 일이 되어 버려. 너는 확신이 깃들어 있다는 이유 하나만으로 그 기억들을 신뢰할 수 있다고 생각했지만, 그런 네 생각은 틀렸어. 그런 기억에 확신 따위는 없어.

나를 믿을 수 있겠어? 네 기억력은 얼마나 좋지? 너는 네가 기억하는 거라면 무조건 믿어? 아니면 네가 들은 얘기밖에는 믿지 않아?

우리는 모두 픽션이야……. 너, 수잔, 그리고 그보다는 덜하긴 하지만 나 자신도. 너는 내가 나를 대변하기 위해 이용한 또 하나의 표현이었다는 특수한 맥락에서 픽션이었어. 나는 너를 창조했어, 그레이. 너는 나의 존재를 믿지 않지만, 내가 너의 존재를 믿지 않는 것만큼 확고하게 그러지는 않아. 너 자신의 인생에서 너는 충분히 실체를 가진 존재이지만, 네가 나의 인생에 간섭했을 때 나는 너를 붙잡아서 이용했어. 네가 너를 〈리얼〉하다고 할 때는 내가 만들어 낸 너의 리얼함이 나를 기쁘게 하는 한도에서만 〈리얼〉하다는 뜻이고, 네가 수잔을 만난 그날 이래 너는 내게 아무런 기쁨도 주지 못했어.

그런 네가 왜 이런 일에 저항해야 하는 거지? 사람은 누구나 픽션을 창조하는 존재야. 겉과 속이 똑같은 사람은 아무도 없어. 사람은 현재의 자기상(自己像)에 맞춰 기억을 재배열하지, 과거를 정확하게 설명하기 위해 그러지는 않아. 우리가 타인을 만날 때는 상대방을 기쁘게 하거나 상대방에게 영향력을 끼칠 수 있는 자기 자신의 이미지를 어떤 식으로든 투영하는 법이지. 사랑에 빠지면 우리는 보고 싶지 않은 것을 보지 않게 돼.

자기 자신을 현실성이 있어 보이는 픽션으로 고쳐 쓰려는 욕구는 우리 모두의 내부에 깃들어 있어. 욕망이라는 이름의 글래머(魔力)을 두르고, 진정한 자기가 다른 사람의 눈에 안

418

보이기를 희망하는 거지.

내가 한 일은 바로 이거야. 너는 네가 아니고, 단지 내가 그렇게 보이도록 만들었던 존재야. 수잔은 수가 아냐. 나는 나이얼이 아니지만, 나이얼은 나의 한 버전이지. 또다시 나는 무명의 존재가 되었어. 나는 단지 나일 뿐이야.

그래서 너는 네가 원한다고 생각한 결말을 박탈당한 거야. 이 모든 얘기는 네가 네 것이라고 믿고 있는 의문에 대해 아무런 해답도 제기해 주지 않지만, 너에게 뭔가를 설명해 줄 의무는 내게 없어. 수잔은 이미 너에게 진실을 얘기해 줬고, 너는 그 말을 믿을 수 있고, 또 믿어야 해. 설령 그녀의 말을 빌려서 직접 글로 쓴 사람이 나라고 해도 말이야. 이 글에 포함된 사실은 그녀 것이지만, 픽션은 내 거야.

수잔에 관해서 너에게는 무엇이 남겨져 있지? 내가 막 움직이려던 너를 얼어붙게 한 탓에 너는 고개조차 돌릴 수 없는 형편이잖아. 따라서 우리가 이곳을 떠날 때도 너는 그녀의 모습을 보지 못해. 수잔을 잃었다고 해서 너는 괴로워하지 않을 거야…… 이미 스스로 그런 결론에 도달했으니까 말이야. 하지만 네가 다시는 수잔을 만나는 일이 없도록 확실한 조치를 취해 두지. 내게는 그만한 능력이 있으니까.

나는 너를 이곳에 그냥 두고 갈 수도 있어. 이 순간에 영원히 고정된 채로, 결말도 없이 방치된 하나의 픽션으로……. 유혹적이기는 하지만 그건 옳지 않은 일이겠지. 너 자신의 진짜 인생은 앞으로도 계속될 거고, 이제는 너를 놓아줄 때가 왔어. 이제 너의 인생은 안정되고, 너의 몸은 회복되고, 상황도 점점 나아질 거야. 네가 그 이유를 깨달을 것 같지는 않지만 말이야. 너는 망각하고, 스스로 부(負)의 환각을 이끌어 낼 거야. 너에게는 낯선 일이 아냐. 왜냐하면 너에게 망각이란 보지 못하는 것을 의미하니까.

10

그해 여름은 무더웠다. 더위가 시작되면서 리처드 그레이에게도 정식 직장을 얻을 수 있는 기회가 왔다. BBC에 다니는 친구가 일링에 있는 영화 제작사의 사장에게 그를 소개해 줬던 것이다. 일링은 그레이가 촬영 기사로서 첫걸음을 내디딘 곳이기도 했다. 면접을 본 후 그는 9월 첫째 주부터 정식 직원으로 출근해 달라는 부탁을 받았다.

여름이 끝날 때까지의 오랜 기간 동안 별다른 예정이 없었던 그레이는 평소 때와 마찬가지로 좀이 쑤시기 시작했다. 몰타에서 잠시 자유 계약직으로 일했지만 체류 기간이 그리 길지 않았기 때문에 그는 전보다 더 따분한 생활로 되돌아갔다. 그제야 정부의 보상금이 나왔다. 그가 기대했던 것보다는 적었지만, 그가 당장 필요로 하는 것을 충당할 만큼은 되는 액수였다. 이제는 더 이상 육체적인 고통을 느끼지도 않았고 둔부의 상처도 완전히 아물었다. 그레이는 자동 변속기가 달린 차를 새로 샀다. 예전에 타던 차는 자꾸 배터리가 방전되면서 고장이 잦아졌기 때문이다. 알렉산드라가 논문을 탈고하기 위해 엑서터에서 돌아오자 그레이는 1, 2주쯤 기다렸다가, 휴가를 가자고 제안했다.

그들은 그레이의 새 차를 타고 프랑스로 건너갔고, 마음

내키는 대로, 때로는 기억이 명하는 대로 이곳저곳을 돌아다
녔다. 파리, 리옹, 그르노블로 갔다가, 리비에라로 남하했다.
아직 초여름이었기 때문에 관광객들은 붐비지 않았다. 알렉
산드라는 그레이보다 훨씬 더 연하였지만, 그녀와 함께 지내
는 시간은 정말로 즐거웠다. 그들은 옛날 일이나 두 사람이
처음 만났을 때의 이야기 따위는 결코 입에 올리지 않았고,
휴가를 즐기며 서로를 사랑하는 일에만 전념했다. 남부에서
오랜 시간을 보내며 일광욕을 하고, 수영을 하고, 박물관과
역사 유적을 방문하고, 관광 명소들을 둘러보았다. 생트로페
에서는 잠깐밖에 머물지 않았지만, 그레이는 이곳에서 복제
그림엽서를 파는 가게를 보았다. 특히 마음에 드는 엽서가
한 장 있었다. 아직도 이곳이 어촌이었을 당시의 항구를 찍
은 사진이었다. 수에게 보내려고 그 엽서를 샀다. 〈당신도 여
기 있었으면 좋았을 텐데.〉 그는 일부러 멋 부린 필체로 이렇
게 쓰고는, X라고 서명했다.

매혹하는 힘, 글래머

경계 소설 선집의 최신작인 크리스토퍼 프리스트의『매혹 *The Glamour*』을 독자 여러분에게 소개한다. 프리스트는『말벌 공장』(열린책들, 2005)의 저자인 이언 뱅크스와 더불어 21세기 영국 문단을 대표하는 거물 작가이지만, 구조적으로 장르 문학과 주류 문학의 구분이 뚜렷하지 않은 영국 출판계 특유의 상황 탓에 작가적, 문학적 비중에도 불구하고 한국에서의 소개가 너무 늦어진 감이 있다. 프리스트가 경계 소설 기획의 중심을 이루고 있는 〈슬림스트림〉[1] 개념의 중심축에 서 있는 작가라는 맥락에서, 중기의 최고 걸작으로 간주되는 본서의 한국어판 출간은 큰 의의를 가진다.

리처드 그레이는 영국 데번 주의 한 요양 병원에서 단조롭고 고통스러운 나날을 보내고 있다. 유능한 보도 카메라맨이었던 그는 우연히 IRA의 자동차 폭탄 테러에 휘말려 중상을 입고, 장기간 회복 치료를 받았음에도 불구하고 아직 지팡이를 짚어야 겨우 운신이 가능하다. 게다가 사고 직전 몇 주 동안의 기억이 완전히 결락되어 있다는 사실이 그를 괴롭힌다.

1 『말벌 공장』의 해설 「질풍이 몰아치는 주류의 바다에서」 참조.

그러던 어느 날, 그레이의 옛 연인을 자처하는 수잔 쿨리라는 매력적인 여성이 면회를 온다. 그레이는 수잔을 전혀 기억하지 못하지만, 여러 가지 정황 증거로 미루어 볼 때 짧은 기간이나마 둘이 연인 사이였다는 수잔의 말에는 거짓이 없는 듯하다. 그레이는 지푸라기를 잡는 심정으로 수잔에게 매달리고, 그녀와 함께 남프랑스를 여행했던 기억이 조금씩 되살아나면서 두 사람 사이에서는 다시 애정이 싹트기 시작한다. 퇴원 후에도 그레이는 수잔의 도움을 받으며 다시 예전의 생활을 되찾으려고 하지만, 과거에 두 사람이 헤어지는 원인을 제공한 수잔의 옛 애인 나이얼의 그림자가 그들 사이의 관계에 불길한 그림자를 떨어뜨린다.

자칫하면 진부해질 수도 있는 도입부임에도 불구하고, 프리스트의 간결하고 명확한 산문은 초반부터 독자의 뇌리에 강한 인상 — 호기심이라고 해도 좋다 — 을 남긴다. 특히 최초의 수수께끼가 제시되는 2부에서, 두 주인공이 풍광명미한 남프랑스를 여행하며 사랑에 빠지는 부분을 묘사한 3부로 이어지는 부분은, 순수한 연애 소설로 보아도 될 정도로 아름답고 상징적인 이미지로 가득 차 있다. 그리고 중반부에 가까워지면 독자는 본서가 읽는 이의 능동적 참여를 촉발하는 중층적 구도를 내포하고 있다는 사실을 깨닫게 된다. 그 뒤에 찾아오게 될 모종의 형이상학적 〈충격〉에 대해서는, 더 이상 구구절절 해설하지 않고 독자 여러분의 판단에 맡기는 것이 현명한 선택일 것이다. 왜냐하면 이 책의 모두(冒頭)에서 화자가 밝히고 있듯이 이것은 여러 목소리voice로 술회된 여러분 자신의 목소리이기 때문이다. **그리고 그 사실을 실감하는 순간 픽션은 메타 픽션으로 변용된다.**

『매혹』은 남녀 간의 인지적, 사회적 엇갈림을 각자의 시점을 통해 보여 준다는 점에서는 홍상수 감독의 초기작을 방불케 하지만, 프리스트가 일상을 〈전복〉시킬 때의 논리성은 SF 문법의 그것에 맞닿아 있다. 그의 소설을 읽을 때는 우선 그 구성의 영화적인 교묘함에 감탄할 때가 많지만, 이 교묘함은 어휘의 수준에서도 조금 톤을 낮춘 형태로 재현된다. 이를테면 원서의 제목이자 본문 안에서도 빈번하게 사용되는 〈글래머*glamour*〉라는 단어는 어원적으로 〈타인에게 주문을 거는 행위〉 내지는 〈매혹하는 힘〉을 의미하며, 현대에 와서는 광의의 카리스마라든지 관능적인 매력을 가리키는 단어가 되었다. 스코틀랜드의 전승에 의하면 이 〈글래머〉 마법의 대상이 되는 것은 남자가 아니라 여자이며, 마녀의 마법에 걸려 〈글래머러스〉하게 된 여자는 다른 남자에게는 주의를 기울이지 않고 오로지 한 남자만을 〈보게〉 된다고 한다. 또 다른 남자 주인공의 이름인 나이얼*Niall*은 〈챔피언〔英雄〕〉을 가리키는 게일어에서 비롯되었으며, 〈구름〉이나 〈정열적〉이라는 속뜻을 가지고 있다!

크리스토퍼 매켄지 프리스트는 1943년에 잉글랜드의 체셔 주에 인접한 맨체스터 시(현재는 스톡포트) 근교의 한 마을에서 태어났다. 초등학교에 입학할 무렵부터 이미 독서에 열중하던 조숙한 소년이었던 그는 16세에 맨체스터의 퍼블릭스쿨을 졸업하고 회계 사무소에 취직했다. 무미건조한 회계 업무의 압박에서 해방되기 위한 방도로 짬짬이 SF를 썼고, 1966년에 처녀 단편 「도주*The Run*」를 브리티시 뉴웨이브의 온상으로 유명했던 『뉴월즈』의 자매지 『SF 임펄스』에 게재함으로써 SF계에 데뷔했다. 이 단편은 독자와 평론가들로부터 호의적인 반응을 얻었고, 주목할 만한 영국 SF 작가의 작품을 모은 주디스 메릴의 미국판 앤솔러지 『영국이 SF

를 뒤흔든다『England Swings SF』(1968)에 실리기도 했다. 이에 힘입어 몇 편의 후속 중단편을 위의 두 잡지에 발표한 프리스트는 1968년에 회계 사무소를 그만두고 전업 작가의 길을 걷기로 결심한다. 당시 영국 SF 시장의 규모나 출판계 상황을 감안한다면 이것은 스스로 가시밭길에 뛰어드는 것과도 같은 모험적인 결정이었지만, 1970년에 발표한 처녀 장편『세뇌자Indoctrinaire』의 성공으로 그는 작가로서의 입지를 다지게 된다. 이 작품은 남극에서 향정신 약품을 개발 중이던 과학자가, 자신이 개발한 약품이 22세기의 암울한 전체주의 국가를 유지하는 데 쓰인다는 사실을 알고 그것을 저지하기 위해 고투한다는 내용의 일종의 시간 여행 소설이다. 두 번째 장편인『어두워지는 섬을 위한 푸가The Fugue for a Darkening Island』(1972)는『세뇌자』의 디스토피아적 전통을 잇는 근미래 정치소설이며, 작가 특유의 섬세하면서도 현실적이고 박력 있는 문체가 살아 숨 쉬는 작품이다.

프리스트가 작가적, 문학적으로 완전히 환골탈태하는 계기를 제공한 것은 2년 뒤인 1974년에 발표된 세 번째 장편『역전된 세계The Inverted World』였다. 지면이 수학적인 쌍곡면을 이루는 이세계(異世界)에서, 지면에 깔린 레일을 따라 천천히 이동하는 너비 1500피트의 거대한 〈도시〉와 그 주민들의 이야기를 다룬 이 소설은 출간되자마자 영국과 미국의 SF 문단에서 센세이션을 불러일으켰다.『역전된 세계』는 프리스트가 주저 없이 자신의 문학적 고향으로 지목하는 과학 소설의 사고실험 전통을 바탕으로, 작가 필생의 화두라고 할 수 있는 인간 지각(知覺)과 〈현실〉 사이의 알력을 장르 문법으로 형상화한 작품이며, 프리스트 초기의 최고 걸작으로 간주된다. 할 클레멘트의 기념비적인 하드 SF『중력의 임무 The Mission of Gravity』(1954) 이래 〈가장 기괴〉하다는 평가를 받은 설정도 설정이거니와, 〈제2차 세계대전 이후 영국에서 출간된 소설 중 다섯 손가락에 꼽히는 명작〉이라는 찬사에 걸맞은 중후한 필치는 프리스트를 일약 SF계의 기린아로 만들었다. 『역전된 세계』는 영국 SF 협회의 최우수 장편상을 수상했고, 같은 해의 휴고상 장편 부문에서는 수상작인 어슐러 K. 르귄의 『빼앗긴 자들The Dispossessed』과 마지막까지 경합했다. 그 이래 프리스트는 H. G. 웰스의 파스티슈인 『스페이스 머신The Space Machine』(1974), 꿈과 가상현실의 인간적 측면에 초점을 맞춘 『웨섹스의 꿈The Dream of Wessex』(1977), 중단편으로 이루어진 〈꿈의 군도The Dream Archipelago〉 시리즈의 연장선에서 기억과 정신 분열을 다룬 『확인The Affirmation』(1981) 등을 발표했다.

작품 목록을 보면 알겠지만 프리스트는 짧게는 2년, 길게는 5년이 넘는 간격을 두고 장편을 발표하는 과작가이면서도, 발표하는 작품마다 주제와 소재를 다루는 방법에 괄목할 만한 변화 — 평론가와 애독자들을 즐겁게 하고, 때로는 경탄하게 만드는 — 가 있다는 점은 특기할 만하다. 특히 문학적 완성도에서 J. G. 발라드의 저명한 연작 소설 『버밀리언 샌즈The Vermillion Sands』(1971)에 맞먹는다는 평가를 받은 〈꿈의 군도〉 연작 및 『웨섹스의 꿈』이 집필된 1970년대 중반은 작풍에 질적인 변화가 온 중요한 시기였다. 과학 소설계에 뒤늦게 입문한 특유의 (본격적으로 읽기 시작한 것은 18세부터였다고 한다) 열성적인 장르 의식은 그대로였지만, 『역전된 세계』가 구현하고 있는 SF 특유의 세계 구축(構築) 아이디어 대신에, 등장인물들의 행위와 심리에 관한 치밀한 묘사가 작품의 기조를 이루기 시작한 것이다. 초기 작품에서 논리성을 획득하기 위해 쓰인 SF적인 소도구gadget가 〈논리〉 그 자체로 치환되면서 그의 작품들은 주류 내지는 일반

소설에 접근하기 시작했고, 이것은 결과적으로 독자층의 확대로 이어졌다. 위에서도 언급했듯이 구조적으로나 역사적으로도 주류 의식 자체가 희박한 영국 문단에서는 그리 희귀한 일이 아니지만, 일관된 창작 원칙을 유지하며 장년에 걸친 꾸준한 문학적 수련을 통해 작품의 완성도를 높여 간 프리스트에 대해 영미권 문단은 거의 예외 없이 호의적인 반응을 보였다. 1970년대에는 브라이언 올디스나 J. G. 발라드에 비해 그리 눈에 띄지 않는 브리티시 뉴웨이브의 신인 취급을 받았던 프리스트가, 1980년대 들어서는 살만 루슈디와 그레이엄 스위프트와 더불어 〈영국을 대표하는 젊은 소설가 10인〉으로 뽑히게 된 배경에는 이런 사정이 존재한다.

1984년에 초판이 출간된 본서 『매혹』은 이런 변화의 논리적인 귀결이자, 〈현실이란 무엇인가?〉라는 작가의 가장 기본적인 테마를 지적인 동시에 정서적인 입장에서 해부한 걸작이다. 문학사적인 복선으로 H. G. 웰스의 『투명인간*The Invisible Man*』(1897)에 대한 오마주를 거론하는 평론가도 있지만, 〈지금까지 나온 삼각관계를 다룬 소설 중 가장 기이한 이야기〉라는 데이비드 프링글의 평에서도 알 수 있듯이 시적이고 섬세한 필치와 아름다운 풍경 묘사, 그리고 면도날 같은 아이러니가 빛을 발하는 연애 소설의 체제를 갖추고 있다는 점이 독특하다. 본서는 비영어권의 여러 나라에서도 프리스트의 대표작으로 번역 소개되었으며, 독일에서 주는 쿠르트 라스비츠상의 최우수 장편 부문을 수상했다.

본서 이후 프리스트는 6년간의 공백 기간을 거쳐 근미래의 영국을 무대로 한 정치소설 『조용한 여자*The Quiet Woman*』(1990)를 발표했다. 1995년부터 약 3년의 간격을 두고 잇달아 내놓은 『명성*The Prestige*』(1995), 『극한*The Extremes*』(1998), 『분열*The Separation*』(2002)은 철두철미한 사전 연구와 원숙의 경지에 오른 필치가 맞물려 일종의 우화적 팩션*faction*의 위치를 점유하는 걸작들로서, 평단과 독자들 양쪽의 열렬한 지지를 받고 아서 C. 클라크상과 영국 SF 협회상을 비롯한 여러 개의 문학상을 수상했다. 무대 마술사들의 세계를 다룬 세계 환상 문학상 수상작 『명성』은 「메멘토Memento」(2000)의 감독인 크리스토퍼 놀란에 의해 2006년에 영화화되어 개봉을 앞둔 상태이다.

현재 크리스토퍼 프리스트는 이스트 서섹스 주 연안의 항구 도시 헤이스팅스에서 작가이자 두 번째 부인인 리 케네디와 두 명의 10대 쌍둥이 자식들과 함께 살면서 다음 작품을 집필하고 있다.

본서의 텍스트로는 미국 더블데이의 1985년판을 사용했으며, 2005년에 영국 골란츠에서 나온 작가 수정판을 부본(副本)으로 삼았음을 명기해 둔다. 프리스트 자신이 첨삭한 부분은 대부분 개인용 컴퓨터나 휴대전화로 상징되는 지난 20년 동안의 기술적인 발전을 반영한 것이며, 전체적인 내용이나 플롯과는 직접적인 상관이 없으므로 작가와의 협의를 거쳐 대부분 그대로 남겨 두는 쪽을 택했다. 무려 다섯 개나 되는 이본(異本)이 있다는 사실을 알고 좌절감(?)에 시달리던 필자에게 아낌없는 조언을 해준 작가에게 이 자리를 빌려 다시금 감사의 말씀을 드린다.

작품 목록

장편

Indoctrinaire(1970)

Fugue for a Darkening Island(1972)

The Inverted World (1974)

The Space Machine (1976)

A Dream of Wessex (1977)

The Affirmation (1981)

The Glamour (1984) — 본서

The Quiet Woman (1990)

The Prestige (1995)

The Extremes (1998)

The Separation (2002)

단편

Real-Time World (1974)

An Infinite Summer (1979)

The Dream Archipelago (1999)

논픽션

The Book on the Edge of Forever (1994)

김상훈 (환상 문학 평론가)

옮긴이 **김상훈** 서울에서 태어났다. 환상 문학 평론가이며 열린책들의 〈경계 소설〉 시리즈의 기획을 담당했다. 강수백이라는 필명으로 SF 비평과 번역 분야에서도 활약하고 있다. 번역서로는 로저 젤라즈니의 『신들의 사회』, 『앰버 연대기』, 『전도서에 바치는 장미』, 스타니스와프 렘의 『솔라리스』, 로버트 홀드스톡의 『미사고의 숲』, 이언 뱅크스의 『말벌 공장』, 그렉 이건의 『쿼런틴』, 테드 창의 『당신 인생의 이야기』, 팀 파워즈의 『시인의 피』 등이 있다.

매혹

발행일	**2006년 8월 30일 초판 1쇄**

지은이	크리스토퍼 프리스트
옮긴이	김상훈
기 획	김상훈 · 최용준
발행인	홍지웅
발행처	주식회사 열린책들

경기도 파주시 교하읍 문발리 521-2 파주출판도시 내
전화 031-955-4000 팩스 031-955-4004
www.openbooks.co.kr

Copyright (C) 김상훈, 2006, *Printed in Korea.*
This edition is translated by Kim, Sanghoon.
ISBN 89-329-0696-3 03840

이 도서의 국립중앙도서관 출판시도서목록(CIP)은 e-CIP 홈페이지(http://www.nl.go.kr/cip.php)에서 이용하실 수 있습니다. (CIP제어번호 : CIP2006001699)